名家文丛

粤派评论丛书

李钟声集

李钟声 著

本项目受广东省宣传文化发展专项资金资助出版

SPM

广东人民出版社

南方出版传媒

·广州·

图书在版编目（CIP）数据

李钟声集 / 李钟声著. —广州：广东人民出版社， 2018.1
（粤派评论丛书）
ISBN 978-7-218-12469-8

Ⅰ. ①李… Ⅱ. ①李… Ⅲ. ①中国文学—当代文学—文学
评论—文集 Ⅳ. ①I206.7-53

中国版本图书馆CIP数据核字（2017）第321813号

LI ZHONGSHENG JI

李 钟 声 集

李钟声 著

出 版 人：肖风华

责任编辑：李 黎 古海阳
装帧设计：张绮华
排　　版：广州市奔流文化传播有限公司
责任技编：周 杰 吴彦斌

出版发行：广东人民出版社
地　　址：广州市大沙头四马路10号（邮政编码：510102）
电　　话：（020）83798714（总编室）
传　　真：（020）83780199
网　　址：http://www.gdpph.com
印　　刷：珠海市鹏腾宇印务有限公司
开　　本：787毫米×1092毫米　1/16
印　　张：21.25　字　数：285千
版　　次：2018年1月第1版　2018年1月第1次印刷
定　　价：88.00元

如发现印装质量问题，影响阅读，请与出版社（020-83795749）联系调换。
售书热线：（020）83795240

"粤派评论丛书"编辑委员会

（按姓氏音序排列）

总　序

　　近百年来中国文坛，"京派批评""海派批评"以及20世纪80年代崛起的"闽派批评"已是大家公认的文学现象，但"粤派评论"却极少被人提起。事实上，不论从地域精神、文化气质，还是文脉的历史传承，抑或批评的影响力来看，"粤派评论"都有着独特精神气质和文化品格，有它的优势和辉煌。只不过，由于历史、现实、文化和地域的诸多原因，"粤派评论"一直被低估、忽视乃至遮蔽。有鉴于此，我们认为，以百年粤派文学以及美术、音乐、戏剧、影视等评论为切入点，出版一套"粤派评论丛书"，挖掘被历史和某种文化偏见所遮蔽的"粤派评论"的价值，彰显粤派文学与文化的独特内涵和深厚底蕴，不仅能更好地展示广东文艺评论的力量，让"粤派评论"发出更响亮的声音，而且有助于增强广东文化的自信，提升广东文化的影响力，促进区域文化的繁荣发展。

　　出版这套丛书，有厚实、充分的历史、现实、文化和地域等方面的依据。

　　第一，传统文化的影响。岭南文化明显不同于北方文化。如汉代以降以陈钦、陈元为代表的"经学"注释，便明显不同于北方"经学"的严密深邃与繁复，呈现出轻灵简易的特点，并因此被称为"简易之学"。六祖惠能则为佛学禅宗注进了日常化、世俗化的内涵。明代大儒陈白沙主张"学贵知疑"，强调独立思考，提倡较为自由开放的学风，逐渐形成一个有粤派特点的哲学学派。这种不同于北方的文化传统，势必对"粤派评论"的形成起到潜移默化的作用。

　　第二，文论传统的依据。"粤派评论"的起源可追溯到晚清，黄遵宪的"诗界革命"，梁启超的"小说界革命"的倡导，开创了一个时代的风潮，在全国产生了普泛的影响。上世纪二三十年代，黄药眠在《创造周报》发表大量文艺大众化、诗歌民族化的文章，风行一时。钟敬文措意于民间文学，被视为中国民间文学的创始人。新中国建立后的"十七年"，"粤派评论"的代表人物有黄秋耘、萧殷、梁宗岱等人。新时期以来，"粤派评论"也涌现出不少在全国具有一定知名度的文艺评论家。如饶芃子、黄树森、黄修己、黄伟宗、洪子诚、刘斯奋、杨义、温儒敏、谢望新、李钟声、古远清、蒋述卓、陈平原、程文超、林岗、陈剑晖、郭小东、宋剑华、陈志红等，其阵容和影响力虽不及"京派批评"和"海派批评"，但其深厚力量堪比"闽派批评"，超越国内大多数地域的文艺评论阵营。如果视野和范围再开放拓展，加上饶宗颐、王起、黄天骥等老一辈学者的纯学术研究，则"粤派评论"更是蔚为壮观。

第三，地理环境的优势。从地理上看，广东占有沿海之利，在沟通世界方面具有得天独厚的优势；同时，广东处于边缘，这既是劣势也是优势。近现代以来，粤派学者在中西文化交汇的背景下，感受并接受多种文明带来的思想启迪。他们视野开阔，思维活跃，不安现状，积极进取，敢为人先，因此能走在时代变革的前列。黄遵宪、康有为、梁启超、孙中山等是这方面的代表人物。他们秉承中国学术的传统，又开创了"粤派评论"的先河。这种地缘、文化土壤的内在培植作用，在"粤派评论"的发展过程中是显而易见的。

"粤派评论"有属于自己的鲜明特点。

第一，中国现当代文学史写作，是"粤派评论"最为鲜亮的一道风景线。在这方面，"粤派评论"几乎占了文学史写作的半壁江山，而且处于前沿位置，有的甚至成为中国现当代文学史写作的高地。比如20世纪80年代，钱理群、陈平原、黄子平联合发表的著名论文《论二十世纪中国文学》，其中陈平原、黄子平均为粤人。洪子诚的《中国当代文学史》以方法先进、富于问题意识、善于整合中西传统资源和吸纳同时代前沿研究成果著称，它与陈思和的《中国当代文学史教程》被学界誉为中国现当代文学史的"南北双璧"。杨义的三卷本《中国现代小说史》是比较方法运用在文学史写作的有效实践，该著材料扎实，眼光独到，分析文本有血有肉，堪与夏志清的《中国现代小说史》比肩。此外，温儒敏的《中国现代文学批评史》、黄修己的《中国现代文学发展史》、古远清的港台文学史写作，也都各具特色，体现出自己的史观、史识和史德。

第二，"粤派评论"注重文艺、文化评论的日常化、本土经验和实践性。粤派评论家追求发现创新，但不拒绝深刻宽厚；追求实证内敛，而不喜凌空高蹈；追求灵动圆融，而厌恶哗众取宠。这就体现了前瞻视野与务实批评的结合，经济文化与文艺批评的合流，全球眼光与岭南乡土文化挖掘的齐头并进，灵活敏锐与学问学理的相得益彰，多元开放与独立文化人格的互为表里。粤派评论家有自己的批评立场、批评观念，亦有自己的学术立足点和生长点。他们既面向时代和生活，感受文艺风潮的脉动，又高度重视审美中的文化积累和文化传承；既追求批评的理论性、学理性和体系建构，又强调批评的实践性，注重感性与诗性的个性呈现。

我们认为，建构"粤派评论"，不能沿袭传统的流派范畴与标准，它不是一种具有特定文化立场、一致追求趋向和自觉结社的理论阐释行动。它只是一个松散的、没有理论宣言与主张的群体。因此，没有必要纠结"粤派评论"究竟是一个学派，还是一个地域性的概念，但有一点可以肯定："粤派评论"已是一个客观存在的文化实体，即虽具有地方身份标识，却不局限于一地之见的文艺理论家、批评家群体。

党的十九大报告指出，发展中国特色社会主义文化，就是以马克思主义为指导，坚守中华文化立场，立足当代中国现实，结合当今时代条件，发展面向现代化、面向世界、面向未来的，民族的科学的大众的社会主义文化，推动社会主义精神文明和物质文明协调发展。广东省委宣传部策划、组织、指导编纂出版"粤派评论丛书"，是贯彻落实十九大关于文化建设发展精神的一项重要举措，是讲好中国故事、传播中国声音、阐发中国精神、展现中国风貌的一次文化实践。我们坚信，扎根广东、辐射全国的"粤派评论"必将成为新时代坚定文化自信、实现中华民族伟大复兴路上其中一块最稳固的基石。

"粤派评论丛书"编辑委员会

作者近照

作者简介：

　　李钟声，毕业于暨南大学汉语言文学专业，资深报人，高级编辑，中国作协会员，曾任中国报纸副刊研究会副会长、作协广东分会副主席、广东文艺批评家协会副主席、南方日报报业集团副总编辑兼南方日报出版社总编辑，广东省政府参事，享受国务院政府特殊津贴专家。曾获中国当代文学表彰奖及广东鲁迅文艺奖等省级以上奖项10多项。出版有《漫论特区文学及其他》《李钟声报告文学选》《岭南画坛60家》等著作15部。 是国内最早关注特区文学创作的批评家。

目 录

当代文学批评（之二）

岭南画坛漫评

随笔与序跋

回顾与随想

今年5月,接华南师范大学陈剑晖教授短信,说他与蒋述卓教授正在为广东人民出版社主编一套"粤派评论"丛书,"拟将您列进'粤派评论'丛书'名家文丛'第二辑(第一辑收黄药眠、钟敬文、萧殷、黄秋耘、梁宗岱等诸大家)。因打几次电话没打通,故发此短信。文集有几点要求:1.25万字左右;2.有二三千字的新写前言;3.今年六七月间交稿"。

近两年来,报刊一直在讨论"粤派评论"这个话题,并引起了文学界、艺术界的广泛关注。我觉得,今天我们提出这一命题,加以讨论、总结、提高,可谓太及时,太重要了!这关系到我们如何来看待当代广东文艺的传统,如何去挖掘、总结、发扬其特色,以使我们的当代文艺批评做得更为尖锐,更为敏捷,更为合乎实际,更为自觉,使之更加活跃起来!

回想起来,我能参与"粤派评论",是因为正好赶上了这个时代——经过了"文化大革命"的创伤,社会文化处于巨大转型和变革的时期。我所做的工作,主要有如下三个方面——

1979年,改革开放的号角刚刚吹响,浪潮汹涌,历史将每一个人推涌到时代的潮头,尽情表演。那时,我正年轻,在南方日报文艺部做编辑。同时,我还是一个长期关注创作的作家。那时,刚刚经历过"文革"的历史灾难,老一辈作家刚从巨大的阵痛中醒来。我们省的欧阳山、秦牧、陈残云、萧殷、杜埃等一大批老作家刚刚复出,我常去拜访他们,听他们讲受"四人帮"迫害的经历。我身处省委机关报的文艺前沿和有利位置,深感自己的责任。我同部里的谢望新同志为此商定选题,利用早晚的业余时间,区别轻重缓急,写作了一系列作家作品论。当时,我们"初生牛犊不怕虎",常是白天上班编副刊,晚上彻夜商谈、讨论、切磋,用心血和共同的智慧,写作了一篇篇作家作品论,去"占领"《文艺报》,"占领"《人民文学》《文学评论》,"占领"《作品》……从1979年夏到1983年11月，约4年半时间，完成了《岭南作家漫评》（花城出版社），论列了34位最有代表性的岭南作家作品。这些作品分两种情况：一是各自独立完成的，二是共同讨论、合作完成的。加上部分平日各自写作的篇目，于1984年11月出版了这本评论著作。这本书，秦牧先生作序，《作品》编辑部主任黄培亮写了"编选说明"，他们都给予了热情的肯定和较高的评价。现在回头来看，它只是对当时岭南文学界的大致的评论；介绍了一批"很有光芒"的新人，可说是当时较为系统地评介岭南作家的一本书。这是我参与"粤派评论"的第一项工作。为了记下这段历史，本书编选了《岭南作家漫评》一书中我执笔和独立完成的若干篇作品，在此一并说明。

1980年8月，深圳特区正式成立，特区文学应运而生。我意识到，随着特区巨大的经济建设高潮的兴起，特区的文化建设高潮必然到来。作为身在广东的评论家和文艺编辑，有责任去关注它，并有义务去参与、扶持，使之健康地成长。当时，省委批准创立《特区文学》，省作协副主席、著名诗人韦丘任首任主编，他不停地向我约稿，创刊号即刊发了我的评论特区文学的作品。此后，从评介它创刊一年的中短篇小说，到同后来接任的主编戴木胜探讨特区文学的"特味"，探讨其内涵是什么。我指出"《特区文学》创刊一年，开始培养起一支属于深圳这座城市的自己的文学创作队伍，像谭日超、朱崇山、钟永华、郁茏等，同时，一批年轻的、移居这里及在这片土地上土生土长的业余作者，像黎珍宇、李兰妮、刘西鸿等，也开始逐步成熟起来……"在《特区文学》创刊五周年时，"呼唤深圳作家群"的诞生；在《特区文学》创刊十周年时，赞美特区人文精神的勃发。特别是有一件事我记忆尤深：当谭日超以敏锐的政治触角，以独特的实事求是的眼光，较早地写出用新的观点评价香港的长篇政治抒情诗《望香港》的时候，我即给予充分肯定和极高的评价，指出"这是一首拨乱反正的难得的优秀诗篇"。总之，从1980年起，关注特区，关注特区文学，可以说是我做的"粤派评论"的第二项工作。在这10多年的时间里，除《特区文学》之外，我还在穗、深等地的文艺理论杂志如《当代文坛》《文艺新世纪》《广州文艺》上，发表了许多文章。对此项工作所付出的心血和精力，以及时间跨度，远大于第一项工作。为此，当时的省委宣传部副部长、著名作家和评论家杜埃，在为我一本评论集作序时指出："颇为难得的是，在特区文学发展的最初阶段，评论家李钟声即倾注了极大的热情，给予关注。他的《论深圳特区五年来的文学创作》，是对深圳创作的一次认真的巡礼，而且是评论界巡礼的第一人。此文对深圳特区前五年的文学创作（包括率先兴起的报告文学及小说、诗歌等）进行了系统细致的分析和较全面的介绍，并向年青的特区作家们提出了向沸腾的特区生活做进一步的贴近，并加以感情的沉淀、艺术的孕育，从而写出更高质量的富有特区味的作品的要求。这种深情的呼唤，体现了评论家超前的意识和睿智的眼光。"当时，我的确是这样默默地深情地关注着、守护着特区文学——用心关注和守护了十多年！

我所做的"粤派评论"的第三项工作，是关注和评介了一批岭南画派画家。这事纯属偶然。上世纪90年代，我在副刊编辑和文艺工作的领导岗位上，时常接触画家，发现岭南画派在国内画坛独树一帜，然而，总结、评论的人不多（除广州美院的迟轲、李伟铭教授等外），自己又常感到有话想说，就操弄起画评来。先是出于版面需要，单篇，精短，再到开专栏，写专论、专著。15年下来，断断续续，有百余篇。至2012年，出版了《岭南画坛60家》（岭南美术出版社）。现选了这本书中部分篇章，水平、篇幅参差，但覆盖面较广。用评论家钟晓毅的话来说，我是"从文学评论的园地里，抽出一只脚，涉足画评了"。个中原因，一半是工作需要，一半是兴趣使然！总的来说，是花了十几年心血，认真地关注了一番。我说，文学和书画是艺苑中血缘相近的姐妹。尽管她们的表现形式不同，但美学基础同源。我系统地阅读了中国书画史、古人留下的各种书论画论，及各朝代书画经典，用这些做基础，去分析岭南画坛画作，心里也就踏实了！比如，我在岭南画坛首先提出对第二代的代表人物关山月、黎雄才、黄肇民的研究和资料的搜集、整理不够重视的问题；新一代画家如何继承和发扬岭南传统；历史将如何造就大师，而不是人为地炒作大师等等话题。

当然，这本文集还收入了一部分文艺随笔、序跋之类的作品。为省内各地区的文学新人写序，有六七十篇，这里只随手选取数篇，以供浏览。这些，当可看到我从事文艺编辑工作的一个侧影。

回望从事"粤派评论"工作这40来年，我知道自己做的工作仍少，内容和火力仍不够集中，且遗憾一直是业余的（主业是文艺编辑），但这也使我能立于潮头，接触实际，明确"粤派评论"最宝贵的特质：要站在时代的前列，独具慧眼去关注它的动态和创作，注意它出现的问题和倾向；挖掘新人，扶持新人；实事求是，不拔高，不虚夸；同作家、艺术家交朋友，共同探讨问题，研究问题，寻求答案。这样，你的评论最终才能经得起历史的检验，读之有味，使业界受益！

然而，今天看来，这实在是需要付出心血，去奋斗一辈子的事。时不我待，唯有祈望后人接力了。

李钟声

2017年6月5日夜，广州雨后

特区文学简论

论深圳特区五年来的文学创作

——呼唤深圳作家群

当读者看见这个题目，可能有一部分人会产生疑问：深圳特区的文学创作，现时能给读者提供一些什么呢？现在出来呼唤确乎有影响的深圳作家群，是否为时过早？

是的，上面这些质疑，如果是在两年前听到，我也会毫不迟疑地举双手赞成。因为多少年来，在我的印象里，深圳的文学创作和这座边城的建设事业一样，显得是如此地落后和不引人注目，可以说，它在我们省里是无足轻重的。

但是，近一年来，由于工作的关系，我较为系统地阅读了一百多万字的各类反映特区生活的作品。我发现，内中十之七八出自深圳的作家、作者（包括中国作家协会广东分会长期在这里生活的作家）之手。将这些作品集中起来，可以看到一个令人欢欣振奋的新气象：一批新的作家已经开始在深圳这片土地上萌生和崛起（我这里也是一个"崛起论"）！他们有自己独特的构成特色，并开始在特区文学这一独特的领域中，进行着自己艰难的跋涉！

作家离不开生活，对生活具有敏锐的嗅觉。文学评论家离不开作品，通过作品研究作家的创作活动，这也需要有敏锐的嗅觉。评论家在对创作实际的研究中，常常不能局限于单个的作家，而应该放眼于一个地区的一群作家，注意研究他们与时代的密切关联，恰如其分地分析他们的产生、发展，及其成败得失，这对于推动文学事业的发展，是有重要作用的。

这就是本文写作的动因。

一批崭新的、朝气蓬勃的作家正随着特区的繁荣而渐渐萌生、崛起，他们的现在与未来都不能不令人刮目相看

文学属于上层建筑。作家的思维和创作活动受其所处的时代和社会生活的影响与制约。翻开世界上许多国家的文学史都可以看到，每当社会处于一个重大的历史变革的时代，必然产生伟大的作家阵容和作品。比如，19世纪40～60年代的别林斯基、杜勃罗留波夫等俄国革命民主主义作家、评论家，就是产生于当时俄国社会的伟大变革时代。

我国的情况也是如此。远的不说，就以五四运动以后的新文学来看——

19世纪30年代，在国统区的上海，一批有民族自尊心和不满国民党反动派黑暗统治的进步作家，在"左联"的旗帜下，以笔当枪，刺向黑暗、反动和亡国的势力，形成了当时国统区的一个颇有战斗力的作家阵容。

40年代，在红星照耀的延安，一批向往革命的作家，在毛主席以"讲话"为旗帜的文艺路线的指引下，也形成了一批以描写革命根据地的新生活，描写中国人民的抗日战争以及后来的解放战争为主要内容的延安作家阵容。至今，以上两个庞大的作家阵容中的多位作家仍然是活跃于文坛的中坚力量。他们的名字我们不必一一列举。

全国解放以来，我国一些地区也形成过以一定的思想内容和创作个性为特色的作家阵容。比如，"文化大革命"前已名噪一时的山西"山药蛋派"，就是在内容上以描写晋西北农村生活为主，风格上带有鲜明的汾河乡土风，易为北方农民所接受的一个作家群。其中的代表人物有马烽、西戎、孙谦、李束为等。粉碎"四人帮"后这几年，湖南一代中青年作家的崛起，又形成了思想内容和艺术个性均具特色的作家群，如莫应丰、古华、叶蔚林等。前者是在赵树理接近于民间文艺和故事的风格上形成发展起来的。后者呢？则是在清除了"四人帮""左"的影响，重新恢复的革命现实主义与深广的湖南乡土生活融合的结晶。

以上这些充分说明，每一个历史时期——特别是历史的急剧变革期，在某些富有生活特色的地区，总会产生和成长与之相适应的一群作家。尽管他们的成就大小不一，但这一类作家是肯定会出现的。今日四海瞩目的深圳也是如此。

当然，我们现在评介的深圳这群作家完全还不具备全国性的影响，更不能同以上国内外的这些文学大师、理论大师，以及这些著名作家相比。他们中的许多

人都还刚刚步入文学之门，显得有点步履蹒跚；有的开始振翅，但远谈不上已经腾飞。总之，他们中的大多数都还只是处于小字辈的位置。但无论如何，我们都不能否定这样一个事物发生发展的规律：特区生活的沃土催生的这群作家新芽已经长出，谁也不敢断言他们不会长成参天大树！

多少年来，深圳这块平凡而又特殊，普通而又引人注目的土地，一直是社会主义和资本主义两种制度的接合口。"左"的禁锢和闭关锁国的政策，使它长期经济停滞，处在一种极度的贫困落后中。经济基础决定上层建筑。人们的思想不是活跃，而是板结着。精神文化生活也板结着。这边境小镇，基本上可以说是没有自己的创作，更谈不上产生一批作家了。

党的十一届三中全会的各项政策使整个中国大地上的一切——包括经济基础与上层建筑的工、农、商各业，政治思想、伦理道德、审美情感等都幡然复苏。在党的对外开放、试办特区的政策下，深圳特区的创作也越来越活跃，一批作家脱颖而出。现在看来，他们的成长、发展大概有如下几个方面的特色：

第一，试办特区与开放政策的"催化剂"，使长期荒僻、死寂的边城变得沸腾起来。各条战线正在深入进行的改革，人的精神面貌的变化，为作家的创作活动提供了一个最威武雄壮的"大舞台"，这是深圳这批作家得以萌生的土壤与崛起的基础。没有这一基础，再高明的大手笔到这里也只能是无能为力，甚或是两手空空。

第二，经过四五年的充实、锻炼，这里已拥有了一支多层次的、立体构成的创作队伍。首先，一些原来与深圳有各种联系的较成熟的省内其他城市的作家，几年前就率先到这里挂职、生活，对特区的文学事业的发展和队伍的组织，做了一定的工作。这其中如韦丘，就是如此。其次，中国作家协会广东分会文学院一批中年作家，如陈国凯、朱崇山、谭日超，以及调到这里工作的中年作家陈荣光、郁茏、钟永华等，先后到这里落户，使特区增加了一批中年创作力量。再次，当地土生土长的一批青年作者也在长期的磨砺和特区崭新的生活中逐渐成熟起来。他们对边城生活及其历史变迁较熟悉，感受也较深刻，朝气蓬勃，思想活跃。这是他们的优势。这其中如雨纯、廖虹雷、黎珍宇、张黎明等，都较引人注目。以上这三个层次的作家、作者，组成了深圳老中青创作的立体梯队。

第三，这里有以培养特区文学新人为己任、以反映特区生活为主要内容的报刊——《特区文学》刊物和《深圳特区报》《深圳青年报》两报的副刊。这就为深圳这群作家的成长筑起了最好的演兵场。

第四，他们有了处于广东创作的中等水平线的作品。这些作品虽然还谈不上有全国性的广泛影响，但其所展示和描绘的特区生活富有自己的特色。下面，我们将对深圳作家的作品做一分类概述。

一支"轻骑兵"——报告文学，最先驰进特区生活的领域，表现出一种先声夺人的气势，但量与质都仍须下更大的功夫

可以说，从1979年冬党中央决定试办经济特区之日始，文学界的有识之士就在注视着这举世瞩目的历史性变革了，海内外的朋友们也总希望通过文学作品来了解这片土地上的变革。率先满足读者们这一要求的，是被誉为文学"轻骑兵"的报告文学。这几年来，就我所读到的深圳作家、作者写的报告文学有：《蛇口走笔》（邓维等）、《骄傲的头颅》（谭日超）、《深圳湾的驾浪者》（李伟彦等）、《看这里的黄土怎样变成金》（谭日超）、《信誉》、《突破》（陈锡添）、《小人物的大责任》（李建国），以及速写报告集《深圳飞鸿》（雨纯等）等。

这些作品，首先体现了深圳作家对特区建设的一股热情，也表现了他们对这里的新人新事新变革的敏锐的嗅觉。这批报告文学的作者，有的是长期生活在特区的干部，有的是与特区的各个企业、各个部门有密切联系的记者，有的是特区一开办即到这里落户的专业作家，有的是投身生活海洋不久的青年业余作者。尽管他们的年龄、经历、文学素养和创作风格有很大的差异，但他们有一个共同点，就是衷心拥护和热诚赞美党的开放政策。从这点出发，他们才能以较快的速度，提供这批为读者所欢迎的报告文学。比如，《蛇口走笔》就是在蛇口工业区开创还不到半年的时候，第一篇向人们报告我国第一个加工出口区的诞生经过及其盎盎春色的报告文学作品。内中提供的许多材料，具有史料性的价值。特区开办才几个月，作家就以巨大的热情，关注着这片土地了。他们以异常快捷的速度向人们报告：中国的第一个经济特区的摇篮，是如何在蛇口选定；中外合资这健壮的"混血儿"，是如何在这里诞生。《蛇口走笔》的作者以自己极大的政治敏感和翔实有力的材料，向人们揭示了开办特区是时代的要求，是历史的必然。作者敏锐而风趣地抓住和描写了工业区左侧自宋代以来就蹲在那里的一对石狮

子——它是千百年来荒凉蛇口的见证。"它们经历了无数风云变幻和朝代变迁，眼巴巴地望着隔海对面的香港新界迅速地变化着：一幢幢几十层高的大厦突兀耸立，一条柏油路盘旋于大青山下，还有那令人头昏目眩的灯光……人家已由一个破烂的小镇一跃而为香港的现代化'卫星城市'了。而这边仍是'满滩明月晒银沙'的古老画卷。它们怎能不焦虑呵！"这段形象的拟人化描写和富于感情色彩的议论，将我们经济的落后与差距，创办特区的紧迫感，呈现在读者面前了。石狮子千百年来郁积心头的焦虑，以及另一篇作品《深圳湾的驾浪者》的主人公——蛇口渔业大队党支部书记周德仔隔海面对日渐繁华的新界的感慨，都强烈地抒发了特区人民不甘贫困的心声！

这批报告文学的价值还在于，它们从不同侧面、不同层次组成了反映特区生活的真人真事的形象系列。从报告的题材上来说，涉及的有特区的工、农、渔、商等各业。这其中，有新崛起的蛇口工业区，有大型的合资经营的餐厅，有按照现代科学管理的工厂，有渔业大队，还有过境耕作点，等等。从报告的人物上来看，有走在"四化"建设前列一心带领农民创特区新业的党支部书记，有知识分子出身的厂长，还有朝气蓬勃的女经理。他们以自己独有的创造性的工作，向我们展示了特区起飞的雄伟气势和宏大规模。多少年来，地理环境的特殊和复杂，使边城蒙着一层神秘的面纱。试办特区后，内地的许多人也对这里的变化认识不一，有的甚至带着疑惑的目光，来看待这里的变化。《龙飞蛇舞》《特区女经理》《信誉》《看这里的黄土怎样变成金》等，从各个不同的角度告诉人们："蛇口速度"是怎样改变着我国第一个加工出口区的面貌；"蛇口方式"是怎样协调这个加工出口区的企业制度灵活运转；在合资经营的制氧厂，在每天营业额有数十万元外汇兑换券的友谊餐厅，"铁饭碗"制度是怎样被打破的；各行各业的能人又是怎样施展其才；还可以看到，特区农村是怎样从当年办"政治边防"和"学大寨"的桎梏中解放出来，在特殊政策和灵活措施中得到新生，变得富足而年轻。

在归进这一报告文学系列的作品中，可以再提出来谈的是《深圳飞鸿》。这是直至目前我省出版的第一部报道深圳特区信息的速写集。既然是以快捷简练为其主要特色的速写，我们大概不必对它的文学性做过多的要求。雨纯等两位作者写作这批速写时，分别是市委宣传部和特区报社的干部，他俩既是这里土生土长的作家，又广泛接触各条战线、各种人物，熟悉这片土地的变化与枯荣盛衰，并同这里的人民一起，满怀信心地耕耘着未来。这本书的选题是颇具匠心的。十万字左右的篇幅中收进的数十篇作品，多角度地透视着深圳的风土人情和迅疾变革，折射出特区政策的新辉。这本书以作者观察的敏锐、接触的多面、报告的快速和文笔的简练见长。它以新鲜、活泼、抒情的文字，娓娓地向人们介绍特区建设的崭新模式；伴人们游览深圳各新兴旅游点的优美风光，体验现代化的设施；叙述外商、华侨、港澳同胞参与建设特区的故事。它是一本了解特区的指南。它一出版即得到广大读者的欢迎。据说，一些内地的建设者，就是首先通过这本书了解特区而后奔赴特区的。

这批报告文学作品都震荡着我们时代的主旋律——改革。可以说，这是一曲曲改革者的颂诗和新章。女经理周洪（《特区女经理》）、蛇口制氧厂厂长虞德海（《信誉》）、蛇口工业区总指挥袁庚（《龙飞蛇舞》）等，尽管他们的年龄不同，行业不同，职务不同，摆在他们面前需要解决的问题也多种多样，但他们都具有特区建设者那种对不合理的东西勇于进行改革的开拓进取的性格。周洪带头打破企业人事、工资的"铁饭碗"制度，制氧厂厂长虞德海对土建工程公开招标，蛇口工业区总指挥不光引进资金和设备，而且也敢于引进人家资本主义企业的科学管理制度与经验，等等，这都是有胆有谋的表现，非具改革家的气魄不可。《深圳湾的驾浪者》有一件事写得很动人：主人公——蛇口渔业大队党支部书记周德仔准备以补偿贸易的合作形式，由港商投资500万港元，购买一批设备先进的渔轮，以扩大再生产。可是，上面有关部门却以"渔业搞引进从来没搞过"为由，拖了下来，说是层层报批至少要几个月时间。为了渔业生产的起飞，为了春汛能打更多的鱼，周德仔等不住了。他终于征得港商的同意，不等合同签订就先接受投资。作品中有一处细写他开了船来与港商洽谈投资事宜，因为没来得及办理赴港证，而只得凭他的下海证，在离香港码头不远的船上洽谈。有谁见过，500万港元的投资就这样在渔船上一次洽谈成功？当然，今日特区法规不断健全，大大简化了层层审批的手续，类似这样的事可能不会再发生，但在当时来说，周德仔有如此胆识、魄力，确实是按常规走路的人们难以想象的。这不就是特区人的事业心、气质和改革精神么！

总的来说，这批报告文学作品所描绘的特区生活，能给人以蓬勃的新鲜感。但从更高的要求来看，这批报告文学作品无论在数量还是质量上，都与特区日新月异的发展速度有差距，明显地反映出"量少质粗"的缺陷。

所谓"量少"，就是说，特区生活中许多生动的、可以向人们报告的东西，还没有得到及时的反映。以上我们列举的十来篇作品中，写蛇口的两篇，写商业财贸的两篇，写渔业大队的一篇，写边境农村的一篇，写工厂的一篇，写医学专家的一篇，仅此而已！特区已经建设了五年，这个数目和描写的范围实在是太小太窄了！那雄伟大厦群的设计师和建设者呢？那经历过两种社会制度、从界河对面回归的万元户"鸭倌"呢？那既想赚钱又有着一颗灼热的中国心的外商、侨商、港商呢？这些人的事迹在一些报章的新闻报道中，读了就令人心暖肺热了，他们不也有权走进特区报告文学的人物画廊么！报告他们，将使深圳作家的作品显出更浓的特区气息，更鲜明的时代色彩。因此，是否可以这样说，题材的继续开拓，是摆在深圳报告文学作家面前的迫切需要改进的一个问题。

所谓"质粗"，除了主题的开掘外，主要是指这些报告文学作品普遍存在着文学性不足的毛病。这就大大影响了这批报告文学作品的可读性和艺术价值。就全国来说，粉碎"四人帮"后这几年，报告文学的发展速度是惊人的，这其中主要的标志是文学性的加强。当然，这也使一些作品出现了离开真实去过分造饰、过分雕琢的倾向。这是为加强生动性而将报告文学引向歪路的一个弊端。这是应引起我们警惕的。但就深圳作者笔下的报告文学作品来看，当前的主要问题不是这点——而是相反。如作品加工不精细，缺乏高明的艺术构思，文字较粗缺少美感，等等。这与作家的艺术表现功力有关，也与采访深度有关。高明的报告文学作家能够在采访中，最高效率地挖掘材料，并根据所掌握材料的特色，去铺排取舍，选好一个最佳角度进入，从而有力地去完成自己的主题。

小说作家的贡献在于：开始注意把握特区生活的特质，创造富有特区气质的人物。然而，离真正的艺术典型的完成，仍有遥远的途程

深圳作家的小说创作的起步比报告文学稍迟。由于这里的作品所提供的声、光、色与内地作品的不同，这些小说一出现，当然会引起人们的注目。读者无不想通过小说中描写的生活，去认识这崭新的万花筒般的世界，去结识处于两个社会和新旧两个时代的窗口的人物。

深圳小说创作的起步阶段，为我们描绘的特区生活不能说已十分丰富，但也确是初具姿彩。朱崇山的《门庭若市》，写出了办特区以后农村的深刻变化。《特区女经理》《一瓣飘落的蔷薇》等，都展示了处于变革中的特区生活的不同侧面。郁茏的《车到关前》则提醒人们：在特区明丽的阳光下和一片桩声锤声中，要警惕从阴沟里涌出的污秽。赞美了与走私者、冒险家做斗争的海关人员，是如何机智地守卫着国门的。

以上这些深圳作家前期的小说，体现的生活面虽广，但大都还不工于写人。环境场景有新意，人物形象却缺乏深度。这也许是崭新的生活反映进他们心中，还来不及细细消化的缘故。

随着时间的推移，对特区生活的观察力、思辨力的深化，许多在这里默默耕耘的作家，迈出了新的步伐。比如，开始为评论界所注意的朱崇山，就是其中的一个。

朱崇山投身特区生活这些年来，共写了十几篇短篇小说，四五部中篇小说。他的作品，距离思想艺术的完美境地当然甚远，未能达到成熟的程度。但是，在深圳的小说作家中，在他身上较明显地展示了达到这一境地的可能性。他的小说中的上乘之作，透发出一定的思想力度，较博大的生活视野，并开始出现不同于内地生活的人物形象。就是说，他已经开始注意把握特区生活的特质，并将这些特质熔铸进笔下的人物中。他对生活观察的大角度，矛盾交织的多线，决定了他的中篇小说比短篇小说的成果要大。在他的短篇小说中（如前面提到的《门庭若市》），似乎不工于高度的精练与浓缩，只停留于事件和人物关系的交代，腾不出手去深入展开人物的个性；主题也显出单一和浅露。大多数篇章，读后不觉得人物性格的凸显。正当我们为他的创作状况不无担忧的时候，这两年，他先后发表了《温暖的深圳河》《影子在月亮下消失》等中篇小说。可以说，他的创作开始出现"柳暗花明又一村"的新地。

《温暖的深圳河》作为朱崇山反映特区生活的中篇小说处女作，是初具功力的。这部小说，洋溢着较深沉的历史感与强烈的现实感，写出了深圳界河两岸不同人物的众生相，展示了试办特区前后这儿的风云变幻。沈家海、何少文、凌筠、玉珍这四个身处两个世界的青年，以及他们四个家庭对生活、对人生、对故乡的态度，特区创办后复杂的感情纠葛，都在作家笔下一一做了深入的解剖。作家赋予人物重大行动的历史背景，对这一背景是把握得很准确的。沈家海与何少文是在1976年的天安门事件的风声鹤唳中越过界河去港，如今则是在十一届三中全会后落实政策的锣鼓鞭炮声中，一个高高兴兴地回归，建设特区，另一个呢？则甘愿留在香港去追逐铜臭。将人物放在如此历史背景下去展开他们的思想分歧和冲突，其典型意义当然不同凡响。

这篇小说中沈家海、何少文思想性格对比鲜明，相得益彰。前者对家乡的爱并不只是停留在口头上，而是体现在他回归后建设家乡的行动中。后者对家乡感情的变化也不是停留在概念的交代，而是较深刻地挖掘其变化的依据、内涵。面对这两者感情的微妙变化，凌筠爱情的转移是痛苦的，然而却是崇高的、可信的。沈家海与凌筠的感情结合，顺应和合符特区的潮流及他们各自的性格发展。他们是在特区建设中奋起的志同道合的新一代。

沙湾村支部书记吴木生与粉碎"四害"后下台的干部何兆行这两个人物，后者更具典型意义。对何兆行，作者不仅写出了他在历次农村人为的政治运动中，如何看风使舵，靠耍政治手腕而飞黄腾达，更为重要的是，作品入木三分地刻画了他身处界河边而"吃两个制度的优越性"的"变色龙"术与钻营的"本领"。这是只有面对香港、背靠特区才能产生的人物。粉碎"四人帮"的胜利，经济的振兴，使他预感到他这种政治爬虫仕途的结束，因而，他转向经济上"捞一把"了。相同的铜臭气使他与儿子何少文走向同流合污，在内外勾结走私的泥沼里越陷越深。这是新时期对外开放工作中的一条危险蛀虫，可从反面唤起人们的警惕。

《温暖的深圳河》对生活的描绘富于"特区味"，洋溢着亲切动人的真实感。界河两岸数十年沿袭下来的民间来往，种插花地，昔日办"政治边防"时的河边守哨，今日开放政策下两岸生气勃勃的经济交往，香港下层社会打工仔的生活，上层巨贾在多种矛盾漩流中的周旋，还有浓郁的客家风俗，等等，融汇成一幅界河两岸的今日人情世态图。难得的是，朱崇山对这些人情世态的描绘，不是游离于故事和人物之外，而是在故事和人物情感的发展之中水乳般交融。比如，小说前半部分写到沈家海与何少文越过界河之后，常常在石坑村度过的"望乡之夜"。作家用细腻的笔触，写了界河对面故乡沙湾村的灯光，熟悉的鸡鸣狗吠声，村子边影影绰绰的竹林，深圳河粼粼的波光，荔枝树下的大牛牯……这些故园景物写得越细致，越渲染了主人公对故乡的依恋，以及暂时不能回乡的离愁。对沙湾村的这一系列描写，在揭示人物内在感情中起了不可或缺的作用，是不能从作品中删除的。还有，作家对凌筠与外商合资办石场等描写，也能从特区建设中找到生活原型。作品读来可信、亲切。

如果说，朱崇山的《温暖的深圳河》从比较广阔的历史背景上，写出了试办特区前后界河两岸的风云变幻，那么，他的另一部中篇小说《影子在月亮下消失》，则在开掘特区青年的心态这一点上显其亮色。这部小说，通过描写几个特区青年的不同理想与复杂的精神世界，赞颂了生活中的真善美。对这部小说的主题，已不能拿简单的一句话来概括。它不单给人以认识教育，而且还有情感教育、伦理道德的教育和美感教育。它比较深入地接触了特区青年对事业、爱情的不同志趣与追求。这种追求，与内地青年有很大的区别。因为它出现在打开了对外开放的窗口，五彩缤纷的外部世界、眼花缭乱的各式生活奔涌到我们眼前这样一种条件下，出现在三十年的闭关锁国和十年内乱的影响之后。一旦接受外来的东西，免不了会夹杂一些灰尘，会在一部分青年中引起一点迷惘。这并不可怕。西方资产阶级生活方式的影响，从资本主义社会带来的一些污浊，在社会主义明朗的生活、同志的温暖、事业的光芒中，就像在明亮的月光下的影子，终将败退消失！绝大多数青年能在美与丑、香与臭、善与恶的鲜明对比中，确立自己的人生。

《影子在月亮下消失》中的枚云，是朱崇山的所有中短篇小说中最具性格光彩的人物。枚云的个性是复杂的，体现了当代青年性格的多面性与可塑性的特征。她对生活放荡不羁，对工作却认真负责；她对世态冷漠，却追求做人的温暖；她厌倦一切外来的约束，追求个人生活的所谓"自由"和恋爱的"自由"。她是十年内乱的受害者。正是在这段人生的宝贵年华里，她失去了父母之爱、家庭之爱，这些先天性的不足与外来的思想、文化生活方式的影响，就孕育出她这个资产阶级思想的怪胎，并在放荡不羁的生活中变成特区青年的畸形儿。她对人生、理想、爱情的一系列心理变态与行为过失，当然负有其自身的主观责任，然而这个人物引起我们思索的，更多的是历史的和社会的动因。她有许多越出常轨的言行，在正常人看来难于接受，但却叫人不无同情。她的忧郁性格和扭曲的心灵隐含着一种"病态美"。因此，当她最终在同志的爱和姐姐枚玲被资本主义社会吞噬的教育中，猛然回头，走上生活正轨时，这个人物就爆发出一种强烈的性格光感。

在塑造当代青年独具个性的形象上，刘西鸿的《月亮，摇晃着前进》又有不同的特色。刘西鸿是一位投身特区时间不长的青年女作者。她以前长期生活在风光秀丽的粤西山城，刚步入文学之门，可谓出手不凡。这部作品，通过描写一个普通家庭的一对姐妹的日常生活，真实细腻地表现了现代青年的心灵世界。若愚、若谷这一对姐妹，与前面我们论述的朱崇山笔下的枚云一样，都是二十多岁的青年，然而，这一对姐妹却没有枚云那样的坎坷经历，没有她那种大悲大喜。但生活也一样向她俩提出各种各样的问题。她俩观察世界的眼光是独特的，处理人际关系的方式方法也充满着80年代青年的特色。

与特区的青年作者主要将自己的目光放在同时代的特区青年身上一样，几位50年代末即开始从事文学创作的中年作家，目光则更多地注视着老一代革命者在崭新的特区事业中如何奋发。陈荣光的《特区的早晨》，就是这样的一部中篇小说。也许因为陈荣光是一位在车间泡大的工人作家，后来又长期从事领导机关的工作，他笔下创造的主人公——特区管委会主任丁文清这一人物，有着浓厚的工人领导干部的气息。这位从小放过牛、揍过伪乡长，在打过游击的战争年代成长起来的老干部，却在特区管理体制的条条与块块的矛盾中，碰到了麻烦，施展不开手脚。就拿他长期感到头痛的处理车辆堵塞问题来说吧，市道路管理部门总是与他们特区管理部门扯皮，最后只有在国务院一位部长的亲自裁决下才得以解决。丁文清处理问题具有不留情面，干净利落，厌恶两面三刀等工人干部的气质。这是一篇从正面展开特区建设中的矛盾的小说。可惜作家开掘得不够深刻，解决矛盾有一些简单化的痕迹。这些不足，在他后来创作的中篇小说《区委书记》中，有了改进。有关他的小说，准备另写专文详细论述。

在这两年的深圳作家的短篇小说新作中，凝聚着较强力度的佳作，还未见到。但具有新意之作，倒有不少。女作家黎珍宇的《中国ANGEL》中的小天使启沅这位特区姑娘，颇有特色。她是一个共产党员，但没有我们常见的党的某些干部中存在的那种"左"的思想。她对人对事都不因循过去的陈腐观念。

郁茏的《市长买菜》，撷取了城市生活中的一个小故事，揭示出城市改革中值得我们思索的一个问题。本来，初看这个题目，以为作者写的是领导干部要密切联系群众这一类主题。如果是这样，当不免囿于一般和陈旧。《市长买菜》没有停留于这一点。作家以自己独到的眼光，开掘出主题的新意：着重鞭挞了妨碍这种联系的沿袭了多少年的人们头脑中的惰性力。还是市长夫人林娜说得深刻："你们领导参加一点小活动，每次都是要报道的。剪彩呀，奠基呀，哪次不是又拍电视又发文章！"是的，"多少年来，我们早已习惯了这套搞法了！"一语道出了存在于我们生活中的这种必须改革的积弊。

继《市长买菜》之后，郁茏在今年又接连发表了《匿地信》《新娘的橙皮书》等短篇小说。前者可以说是《市长买菜》的姐妹篇。作家同样是以一种勇气，将阻隔领导干部与群众联系的鸿沟挑开来让人看。特区的一位基层领导为了解决一台进口机器问题，多次想找昔日的战友、现任市长反映情况而不得其门而入。最后，他不得不将请示信托人从北京转寄，才得以一见市长。这个故事告诉人们：崭新的特区也有陈旧的陋习需要清除；否则，特区的事业就不能前进！《新娘的橙皮书》是反面文章正面做。一位纯朴正直的香港小姐找一位特区青年结婚，这本是生活中新而不怪的事，但她却由此招来了一系列的折腾：报道夸张，频频找她上电视，还要选她出席妇女代表大会，当区人民代表……最后，弄得她被老板炒了鱿鱼，令人啼笑皆非。郁茏的这三篇短篇小说，像一丛带刺的玫瑰，含蓄而又辛辣地批评了生活中一些荒唐可笑之举。新闻宣传违背实际想当然、一再拔高也好，秘书工作中下情不上达也好，这在现实生活中并不是罕见的。郁茏用一种犀利的笔触，形象的镜子，将这些生活中的龌龊放大给人们看。这组小说，现实针对性强，不是不痛不痒的"消遣品"，而是一服清醒剂。

必须看到，在深圳作家创作的数十部中短篇小说中，能列进我省创作水平前列的，仍然极少。这其中的差距，是否主要表现在作品的思想深度和人物创造的典型程度上？

思想深度是每一个小说家一辈子孜孜以求的境界，是人物创造的归宿。作品的思想深度主要是来源于作家对生活认识的深度。从现有的反映特区题材的小说来看，一些平庸之作，要么是用一种尽人皆知的社会学概念的框框去套丰富的生活，即是带着一种概念模式去找材料编织故事；要么是简单地从复杂的生活中找几个表象的故事去印证社会概念的框框，即用简单的故事印证那些尽人皆知的主题。这样的"作品"当然不会有思想深度。提高作品的思想深度要在马克思主义的思想和审美眼光的指导下，从提高自身对生活的观察力、感受力、理解力上去获得（这点，后面我们准备再详细地谈）。生活本身是深沉的，小说家观察生活的眼光也应该是深沉的。在一个成熟的作家眼里，生活远不会显得平板和单一。谁能通过复杂的生活透视到我们社会和时代的深层，谁的作品价值就大。前面我们评价较高的《影子在月亮下消失》，其思想深度正在这里。

在塑造人物形象上，我看深圳许多作家须下大力气解决人物个性问题。他们笔下的一些人物形象，常常在一种阶级共性的左右下，难以鲜明起来。这样的人物必然落入类型化的窠臼。这是作家未成熟前描写人物的一个通病。高明的作家应该善于把握各种人物的个性——不但写出他们的社会特征、时代特征，而且也写出他们独有的个性特征。这种独具个性的人物活动在他们所依存的独特社会环境里，才能显现出典型来。

现代小说的发展越来越注意出"新"。在加深作品的思想深度和人物创造的典型程度中，主题的淡化（不是没有）、多义，人物性格的多面等，越来越被作家重视。这是解放以来文学走过了长长的一段弯路后的复归。然而，在深圳的许多作家作品中，有的还没开始注意这一点。或者说是注意了却未能解决好这一点。一些作者对生活没有自己的真知灼见，没能从生活中掘出闪光的思想，概括提炼出属于"自己的"——即"自己有别人无"的人物。许多篇章写出的人物有似曾相识之感。有的作品主题单一，人物性格单一，如一碗水见底，令读者得不到更多的思想启迪和美感享受。当然，解决这一问题不是一朝一夕之事，非经过长期的艺术实践不可。

诗歌创作从沉寂到开始活跃，给南国诗园注进了一汪新绿；但我们有理由更热切地呼唤给人以厚重感的诗篇

与报告文学和小说相比，深圳的诗歌创作更为年轻。特区创办伊始，很难听见本地诗作者的歌。但这是事物发展的暂时现象。正如我国前辈诗人何其芳说的：哪里有新的生活，哪里就一定能听到诗人的歌唱。终于，这种沉寂维持了一段时间之后就被打破了。除了到这里挂职、落户的较成熟的诗人韦丘、谭日超、钟永华，陆续献出了诗篇外，另一些本地的诗歌新人也在成长起来，如黄振超、赖志华等，他们也写出了一些歌赞特区的短章。这些新人的诗，虽然大多数仍较单薄，但毕竟是从特区建设者心中涌出。

回顾深圳这几年的诗歌创作，当首先谈谈写在特区开办前夕的《望香港》。这首诗写于1979年春，发表于党的十一届三中全会刚刚召开之后。当时，思想解放的春风刚刚拂起，长期以来禁锢人们头脑的"左"的思想观念还没有得到深入的清理。诗人谭日超正是在这样的时候从珠江三角洲的东莞县来到深圳生活。在

酡红如醉的夕阳的映照下，在苍茫的暮色中，诗人驰笔于梧桐山边，谛听着从大鹏湾涌来的潮水的喧响，遥望五彩虹霓升起的香港，深情地回顾她那夷侵豪夺、挨打受欺的过去，大胆地寻觅着她隐含在浊浪里的"亮光"，终于看见了光点，从内心深处唱出了对这座畸形发展的都埠的光明面的赞美！诗人冲破"左"的藩篱和障眼的夜雾，大声地疾呼：不能、也不要再用忌讳的心理和看待魔鬼般的眼光去看待香港！我们要建设"四化"，就要跳出夜郎自大的井底，像海绵吸水般去向外学习别人之长！

诗人当时的这一见解是大胆而又深邃的。对香港的评价与看法可以说是从历史的天平上翻了个个儿！这首诗的题旨在今天看来也许显得普通，但当时发现它却颇真不易。因为诗人冲破了一个"荆棘莽莽、荒无人烟的文学禁地"，大胆地去驾驭当时还没有人敢接触的题材。这首诗的出现，应该说是我省诗歌界思想解放的先声，是一个重要收获。将来如果有人去写作粉碎"四人帮"以后的广东诗歌史的话，我想，这首诗应该提上重要一笔。

可惜的是，《望香港》在题材和思想上的突破，几年来一直未能为我省诗歌理论界所认识。对此，只要略略回顾一下这之前，人们对资本主义制度的香港存在何种偏见，就可以看出作者的眼力了。长期以来，由于束缚人们思想的形而上学，由于"一点论"的思想方法的宣传，这颗祖国南大门口的明珠，蒙上了一层厚厚的灰尘，被人视为阴森恐怖的地狱，面目可憎的魔鬼，人世间的溃疡……呜呼！祖国南大门的这座世界上颇有名气的大城，好似用显微镜也找不到它的一个光明的细胞了。这是一段多么令人痛心的历史呵！如今，只有粉碎了"四人帮"，清除了头脑中的唯心主义和形而上学之后，人们才得以用正确的眼光，一分为二的思想方法去看待香港，如同以一分为二的眼光去看待资本主义社会的各种矛盾一样！

谭日超同志正是从这点出发，将香港入诗的。他在创作这一题材时，不是就事论事，限于一隅，而是目光四射，心潮澎湃，站在时代的高处，立足自己正向"四化"起飞的祖国，将祖国内地的发展速度、效率、管理水平等，与香港进行形象的对比，深刻地揭示了香港那可供我们学习和借鉴的一面，引发出一串发人深省的问题——

香港，对着你，我怎能不在暗想——

曾几何时，傲慢的鹭鸶还在德辅道徜徉；
古木屋和檐滴就是象征派诗人的佳句，
杂货摊摆着荒芜和苍老，还有一抹斜阳……
那时，我该是多么地骄傲和自豪！
因为你是在衰亡，我们是在蓬勃生长。

三十个春秋被潮汐淘去了，淘去了！
我伫立在时代的沙滩上深深地思量：
是时间不公平呢，还是地理反常？
为什么，一个苦短，一个偏长？
无论功率，时速，尺寸，水准……
凡可比较的一切，多么值得思量。
…………
就为这个缘故，仅仅是这个缘故呵，
我怎能再不松解那多年偏见的绳缰？

形象、哲理和辩证法，是多么紧密地交融着！最后，诗人以独到的眼光，大
胆地抒发出自己郁积胸中多年的情感——

香港呵，好挤拥的一隅人间竞技场！
公正地说，你的名字，未泯当日的清香，
我知道，金元口袋处处张着血盆大口，
但我指出，浊浪里，你有另外一种光亮；
这种光亮，只要我们一旦发现它便是能源，
可以溶解傲慢无知，焚尽那夜郎思想。

作者这一公正的判断，精辟的见解，融汇在感情真挚、形象鲜明的诗句里，
沉甸甸地叩击着人们的心扉，教人深思，令人奋发！
据作者介绍，这首在当时取材新鲜、大胆，闪射着辩证法光芒的诗，发表却
颇费了一番周折。作者当时写好后，先是送到一个县级文艺刊物。排了清样，却

被这个县主管文艺的一位部长判了"死刑",不准发表。后来,作者又将稿子送到一家报纸编辑部,亦遭摇头。造成这两次厄运的主要理由,据说是"以前我们还没有人像这样来'赞美'过资本主义的香港!",他们怕"分寸把握不准","对香港唱得过了头",犯错误。从这一点可以看到,掌握思想辩证法的解剖刀,对诗人和编辑都是何等重要呵!

如果说,《望香港》在冲击"左"的僵化上,开了特区诗人思想解放之门,那么,韦丘写作的一组《边城赋》《特区人物》,则在为边城正名,为特区人立传上,最早建立了功绩。应该说,韦丘的名字是与深圳特区早期的诗歌创作连在一起的。边城这荒漠的诗野,是韦丘较早在这里耕耘。特区试办才一年多,他就从原来挂职生活的高州农村,飞临边城。诗人在最近出版的诗集《青春和爱情的故事》的后记中,回忆这段经历时说到:当时,他是带着一种犹豫的心情去的,"因为过去听到关于这个神秘的边境的不堪的传说太多了","生怕不能出污泥而不染"呵!但是,生活了一段时间以后,特区的高速发展与崭新的生活,深深地吸引了他,促使他为边城歌唱。他借主编《特区文学》之便,直接接触与间接了解了各式各样的人,写出了一组又一组富于边城色调而又清新明快的歌。

在韦丘反映特区的诗篇中,《边城赋》是闪烁着耀眼的时代之光的。这是党的对外开放、搞活经济这80年代的时代强音在诗人心扉上的嘹亮回声!在这里,昔日铁丝网前刺目的寒光,警犬吠吠的哨岗,冒死越境的偷渡者……都看不见了,今日这里变成了祖国南大门现代化建设的橱窗,对外开放的橱窗,引进世界先进技术的橱窗。诗人兴奋地唱道——

> 时代卷起的暴风骤雨,
> 终于冲塌了心造的藩篱。
> 科学和技术渡过了界河,
> 东方的文明由此向西。

> 边境的呼吸顿时畅通了,
> 打一个喷嚏,翻身崛起。
> 黄尘中脚手架虽然杂乱无章,
> 卸掉它,便露出一个崭新的特区!

多少年来，月暗星昏的边城，梧桐山垂首、深圳河呜咽的边城，土地丢荒，人心思港的边城，有谁见过这蓬勃的气息和明丽的色彩呢？！

韦丘的另一组《特区人物》，用简练的笔触，为我们活画出特区创业者的群像。他们中，有渔业大队的党支部书记，有开拓型性格的女经理，有将晚年的智慧献给边城的老专家，还有富于思考的一代青年……韦丘这组诗的深度在于，其中一些篇章，如《求索者》《业余舞蹈家》《寻找失落了的……》等，已经将诗笔深入到特区青年的心灵深处，探究着他们内心的复杂世界，揭示了他们面对边城物质文明的发展，在精神生活方面的思考、探索与追求。这样，诗人的歌唱已不仅仅停留在边城的表面视像，而是已开掘到不同人的心灵之中，寻找着他们心的轨迹。这也许是这些作品比我们常见的许多写特区的诗分量重的原因。

有人说，韦丘的诗风是粉碎"四人帮"后他到高州生活时开始变化的。但我觉得，到特区生活以后，他的诗的风格变化得更大。早年，他在吸收民歌与古典诗词——特别是小令的精华上下过很大的功夫，进行过长期的探索，讲究韵律谨严、短句子等。如今，也许是现代生活的色彩斑斓，内容的恢宏博大，联系的交叉纵横，前面那些技法显得不够用了，并一概被他打破了。他将"洋腔""土调"冶于一炉，大胆地进行表现手法的"改革"与尝试。他的诗开始不忌怕长句子，长短视内容需要而用。常是韵无定则，不像以前那样一韵到底。同时，他还吸收了国外意象派、意识流的某些表现方法，借鉴、吸收了它们的某些表现长处。总之，从内容出发，大胆冲破形式的束缚，使韦丘的诗出现了别开生面的新境界，无论数量还是质量都跃上了一个新台阶。这也许是他投身特区生活以来，创作上的又一收获。

前几年，省内一些人曾为深圳诗的寂寞担忧。今天看来是不必要了。处女地已经犁开，种子总是要萌动的。果不其然，自1983年之春，一颗颗诗芽在特区建设的桩声锤声中，冒出地面了。赖志华、黄振超等原来陌生的名字，升起在特区诗坛。赖志华今年只有20岁，去年第一次在《特区文学》上发表了一组《犁，拉过大地》，引起人们的注目。他的诗，构思有新意，注意在鲜明的时代气息中，融进浓烈的"自我"个性。他的"自我"，不是游离于阶级和时代精神之外，不是孤芳自赏，也不是悲悲戚戚，无病呻吟，而是紧连着"大地母亲"——祖国的命运，过滤了他的同龄人胸中的感情。黄振超的进步也较大。他占据着特区的一个"有利地形"——蛇口。这里的生活，有比特区别的地方更新鲜有味的东西。

他将这些锤炼为诗。他是蛇口崭新生活哺育下逐步成长的新人。

在1984年特区的诗坛上，又出现了一位引人注目的歌者——钟永华。他原是武汉部队一位中年诗人、歌词作家。20多年前，是著名文学评论家萧殷引导他踏进文学之门，使他与诗结下了不解之缘。在椰风海韵的海南岛，在衢通九州的江城武汉，他创作发表了500多首歌词和诗作，其中有10多首在全军与全国各地的各种评选中获奖。他已经结集出版了一本诗集《红枫的恋情》。钟永华的诗歌创作道路，是颇为有趣的：1962年他读着大学，在祖国经济困难与国防前线需要热血男儿的召唤中，他投笔从戎。22年的部队生活，他从南国辗转中原，追随着战士的脚步，到过对越自卫反击战的前沿，到过冰天雪地的北疆，还到过大别山寻访当年刘邓大军的足迹……如今，他又在"四化"建设和改革开放的进军号声中，转业投身到这边城深圳。钟永华的创作道路，体现了新中国培养的一代中年诗人追随时代脚步的战斗传统。这个传统是宝贵的。不久前诗坛出现的那些远离时代生活，对人民的劳动和斗争缺乏热情，热衷于表现"自我"的"现代派"歌者，完全不能与钟永华相比！

钟永华到深圳半年，他的贡献在于：通过自己的一腔热情，将描绘特区生活的诗，推进到了一个新的抒情境界。在这之前的特区题材的诗，笔力放在描绘特区建设新貌的多，自我的独特感受抒发得淋漓尽致的少。钟永华的诗，在这方面是一个填补。他的《新城，向你致敬！》，写出了一个转业战士投身特区、热爱特区的真挚感情。他抒发的是时代精神辉映下的自我感情的真实。"十八年前，我曾在此站岗放哨，/山山水水都渗透战士深情"，如今，面对横空崛起的林立的大厦，诗人再也按捺不住了，终于，"拥抱着你峭拔的大柱，/轻扶着你峥嵘的楼群，/攀援你绵然（延）的排架，/倾听你马达的欢鸣"，一股激情从诗人胸中滔滔涌出。他唱道——

　　昨日，摔打在保卫者的行列呵——
　　烟雨里走笔，风雪中歌吟，
　　如果我曾以血汗写下几页诗行，
　　我将珍惜它，珍惜士兵的忠贞。

　　如今，行进在建设者的队伍呵——

生命该咋发出更加光亮的火星?
一切都在重新开始,重新开始呵,
我会奋力去追赶开拓者的脚印。

放下行装呵,走向沸腾的工地,
宏亮的汽笛岂不是军号长鸣?
新城的期冀是这样深情而热烈呵,
我懂得该如何回报特区的深情。

这是一股炽热的情感,自然的情感,是从祖国保卫者转移到特区建设者位置上的独特的情感。这首诗以其泼墨般的抒发而动人!

钟永华的抒情诗的特色大概可以用一句话来概括:洋溢着对特区的真挚的爱。这是对踏上"四化"途程的祖国的爱,对实行对外开放政策的英明的党的爱,对正在向小康奋斗的人民的爱。在歌唱这种爱的挚情时,诗人并没有忘记过去。在另一首诗《你呵,崭新的长城》中,诗人着意去描绘了新城崛起的历史背景。他用一种对比的写法:将新城今日的高楼飞檐,对比昔日的寒舍陋棚;将今日的长街大道,对比昔日的曲巷小径;将今日的绿树繁花,对比昔日的野草荆棘。这样,不单画面效果强烈,而且揭示了我们这一代人正站在历史的交接处,站在"繁华与穷白的交界处",站在新与旧的交替期,站在"变革的涛声"中,承担着"涤荡陈污、陋习、浑浊,呼唤色彩、光洁、清新"的责任。这首诗表现出诗人深邃的目光和高阔的胸襟!

深圳诗人反映特区生活的诗,从无到有,从个别诗人较单调的"独唱"到如今的多声部"合唱",成果是明显的。然而,不足之处也显而易见。这主要表现在:第一,反映和表现的生活面较窄。触及的生活视像、色彩、内容,都还单调;第二,大多数诗的分量都还较轻。仍难显示出概括的力度,倒显出一种零碎的、小打小闹的印象。经过数年生活的积蓄与技巧的磨砺之后,到今日,特区已经到了呼唤有更大容量的抒情长诗甚至史诗的时候了!有人说,史诗多少朝代才出一首!你这是过高的奢求。不对!一千多年前唐朝的白居易写《长恨歌》,他又怎能想到这会成为我国的史诗呢?一个有作为的诗人,在艺术上应该有高高地登攀的追求。当代诗史上,我们党领导的每一个革命进程都涌现过动人的诗篇。

相信进入新时期的特区，也一定能涌现这样的诗篇。事实上，崭新而又丰富的特区生活，已经为我们的诗人准备了这方面的条件。我想，只要在思想艺术上再下苦心去耕耘，充满新时期时代特色和韵味的《蛇口颂》《特区之歌》……一定会诞生！

与深圳作家共勉的结束语

前面我们论列了深圳作家在报告文学、小说和诗歌方面的创作情况。限于篇幅关系，有些领域（比如散文）准备放在别的文章中再谈，这里从略了。事实上，由于接触材料的限制，就报告文学、小说和诗歌而言，也可能有挂一漏万的情况。这是需要说明的。在本文结束之前，我觉得有必要再从根本上探讨一下：深圳作家要如何才能突破现有的创作水平？

特区文学兴起五年了。时至今日，我看首先还得正视这样一个基本现状，即五年来，尽管出自深圳作家（作者）之手的作品林林总总，但达到省的水平线的仍然不多。

那么，应如何着手去解决呢？

对于这个问题，常听到一些评论者用什么"从生活、思想、技巧方面去提高"之类的话。这是一万年也不会错的，可惜这种"大实话"对深圳作家眼前的创作不能有较为具体实用的帮助。就从生活方面来说吧。深圳特区创办已整整五年，这对一个一直在这里生活的人来说也不是很短暂了。何况这些作家中许多人原来就在这里生活，或者是与这里的生活有各种联系，各种了解。说完全没有生活底子，我看也有点冤枉。那么，在"生活、思想、技巧"这创作的总层次上，主要缺陷又在哪里呢？

我认为，首先在对特区生活的洞察力、感受力、理解力及表现力这上面。我一向认为，优秀的作家对社会生活的感受力，完全不应低于一个思想家——作家应该是一个很有头脑的思想家。思想的敏锐，感受的敏锐，是一切从事创造性劳动的人的必具条件；而感受、理解的深刻，则是一切从事创造性劳动的人成就的标尺。作家对生活的感受和理解，不能只着眼于有形的表象本身，而同时应更多地着眼于别人还没发现的形象深处的内涵。比如，特区的急剧变革带来的社会生活和人与人之间关系的变化，就应更多地着眼于人的心态、感情、劳动关系、价值观念，以及伦理、道德等。特区的新人新事新变革层出不穷，我们的文学创作如只满足于"纪录"这些，那只是小学生写大字的描红水平。成熟的作家对生活应该有自己独特的深刻见解。能透视其本质，估量其发展。作家应该学会思索，善于将大量的生活视像摄入心的镜头中积蓄，经感情的酝酿、发酵，经强力的思辨、筛选、比较、过滤，将取得的精华全部融入自己的艺术表现才力中。这样才能酿出高浓度的艺术原汁。

作家对生活的感应、思索，应该是紧密联系整个时代大舞台的。现在深圳作家的某些作品，特别是某些小说，太过拘泥于生活中的一个原型，一个事件，一个人物，缺乏整个生活广度的联系，还有就是将这缺乏提炼的生活转化为艺术形象时，常又表现得太实、太硬、太直，缺少艺术的拓展和感情的孵化。再加上一些人语言功力的不足，当然会将一篇作品弄成寡淡得如同一碗白开水。特区的产生、兴起、发展，不是孤立的。特区人的个性、思想、眼光、生活、观念等方面的变化，也不是孤立的。一个作家应站在宏观与微观的角度，细心去研究这些变化。要深入地研究、把握特区生活区别于内地的"特质"；深入去考察、思索特区崛起的历史条件与环境条件；研究两种社会制度及其思想文化在这里的交接与影响；等等。如果深圳的作家能时时思索这些，并将成果过滤渗透进自己的作品中，那么，作品的思想艺术质量的提高是完全可以预见的。

另外，对于那些初出茅庐、显得稚嫩的深圳作家（作者）来说，技巧的圆熟也是必须进一步解决的。一位作家的读书、修养、创作，是一辈子的事。这三者是相辅相成、齐头并进的。当然，不同的人在不同时期可以有不同的侧重。但对于深圳大部分作家来说，许多人在十年内乱中没有得到全面的艺术教育，系统的自学也不足，因此，读书、修养对这部分人显得十分重要。据说他们中有的人，在读书时只注意钻研一些中外文学名篇，对思想理论、文学理论、哲学、心理学、社会学、伦理学、美学、历史学、民俗学等缺乏重视，这当然会得思想知识的"贫血症"。一个作家如果不积累上列各门知识，则可以断言是不太容易写出恢宏博大的佳篇的。深圳作家应该利用对外开放前沿的有利位置，有选择地吸收国外的研究成果，吸收对我们有用的艺术精华，这对于开阔思想艺术视野，丰富表现手段，都是十分需要的。

"碧水满湖春三月，一枝新荷带露开"。在对外开放的春风里，在特区生活的哺育下，目前仍处于稚嫩的、刚刚从各方面集结起来的深圳作家，一定会成长壮大为有战斗力、有影响的一群。相信不用再过五年，深圳作家中可能会崛起一些佼佼者。特区题材的作品可能且应该跻身于全省甚至全国优秀作品之林！我们热切地期待着。

1984年11月，深圳—广州

沉淀·思索·起飞

——关于特区文学的现状与发展答《文艺新世纪》记者问

问：近年来，我们连续读到你发表的特区作家作品论。在广东文学评论界中，对特区文学的研究，看来你处于领先的位置。今天，我们想就这个领域的一些问题，请你发表看法和意见。你认为这一选题价值如何？

答：贵刊向来较重视对特区作家作品的研究。记得创刊号即辟了"特区文学专页"的栏目，用以评介特区作品。我看这是有价值的明智之举。

就我个人来说，对特区文学的研究还谈不上有多大成果。虽读过一些作品，写过几篇评论文章，但粗陋显而易见，目的是抛砖引玉。如果站在整个文学事业的高度来鸟瞰，特区文学的研究是该提到我们广东文学界的议事日程上了。这是因为：经济特区的创办已经超过五年，这个崭新生活领域所出现的人物、事件，已经纷纷涌进了五彩缤纷的文学殿堂。这应该引起文学界（特别是评论界）的关注，应该给予必要的总结。另外从广东所处的位置来看，目前我国设置的四个经济特区，广东省就占了三个！这不光意味着在我国改革开放的经济试验中，广东肩负着重大的责任，而且在文学的改革试验——包括题材、内容的拓展，表现形式的创新以及创作观念的变化等方面，我们也肩负着重大责任。经济领域正在开垦这块处女地，作为上层建筑的文学领域，也同样需要我们去开垦这块处女地。总之，耕耘好这块新地，将推动我国当代文学的繁荣和发展。

问：你谈到了当代文学，那么，请你谈谈特区文学在当代文学中的地位好吗？

答：特区文学应该在我国当代文学中占有较重要的一席之地。这个观点现在还很少听到有谁提出，但我看是一定会提出来的。特区文学是新时期文学的重要一翼，是当代文学百花园中长出的新枝。尽管它刚刚萌芽，但谁也不敢断言它不会长成参天大树。

纵观这几年来的新时期文学，军事题材的创作和西部文学的成就令人瞩目。这当然有其产生、发展的历史原因和环境原因。但它们的经验同样可供刚刚起步的特区文学借鉴。比如军事题材的创作，是在清除了前进路上"左"的樊篱，作家（主要是部队作家）对这方面的生活有了深厚积累，敢大胆地用新观念的透镜来观察军人的心灵世界，并将他们放在历史和社会的荧光板上去感光和显影的结果。这是在这一题材领域能创造出震撼读者心灵的系列军人群像的主要原因。

西部文学系列作品的脱颖而出，也大概如此。它标志着这一题材领域作家思想艺术的日臻成熟。西部文学概念的提出，虽然是近年来的事，但它的个性的形成却有悠久的历史。它是以祖国西北的辽阔和高原的壮美等独特的自然环境条件，与这里人民的勤劳、憨厚的性格相交接，而形成的以雄浑、壮丽、质朴、恢宏、博大、赤诚为主要特色的区域性文学。了解了这一点，对于研究同样是区域性的特区文学必须具备的个性、风格，有极好的借鉴作用。特区文学也必然离不开自身的环境因素、社会特征和时代特征。当然，前者有悠久的历史（它的源头可以追溯到古代著名的边塞诗），有发展到今天人们公认的代表作品。因而，它的经验值得向后来者炫耀。后者呢？创作上才刚刚起步，还没有较成熟的具有典型价值的代表作，理论上也基本上是一张白纸。这就更需要我们的奋起直追。

问：特区文学的崛起与内地港台文学研究热的兴起，有什么联系？

答：我看有一点内在关系。首先，它们都是在对外开放这总的时代环境和时代思想指导下的产物。没有开放，就没有特区，当然也没有特区文学；而没有开放，同样也不可能有港台文学的研究热的兴起。特区文学与港台文学——特别是香港文学，事实上存有特殊的血缘。两地的一河之隔，人民的长期往来，地理环境和近代人文历史的影响的相近，使他们在各个方面均联系紧密。他们同宗同祖，同渊同源，有共同的民族传统，甚至有一样的语言，两地的文化艺术应互相吸收。解放以来，我们对香港进步文学的介绍，有过一些，但深入的研究却非常不够，应该加强。要在借鉴别人中来发展自己。有人认为香港是"文化沙漠"，没有文学，或认为它有的只是资本主义文学，我看都是片面的。

问：能否谈谈对特区文学创作领域的印象？

答：不久前，我曾写过一篇《论深圳特区五年来的文学创作》的文章（《特区文学》1985年第2期），北京的《文艺情况》转发了此文的摘要。拙文对深圳特区文学的现状谈了我个人的看法。主要观点有——

第一，一批崭新的、朝气蓬勃的作家正随着特区的繁荣而萌生、崛起。他们的现在与未来都不能不令人刮目相看。

第二，报告文学的"轻骑兵"，最先驰进特区生活的领域，表现出一种先声夺人的气势；但量与质都仍须下更大的功夫。

第三，小说作家开始把握特区生活的"特质"，创造富有特区气质的人物。然而，离真正的艺术典型的完成，仍有遥远的途程。

第四，诗歌创作从沉寂到开始活跃，给南国诗园注进了一汪新绿；但我们有理由更热切地呼唤给人以厚重感的诗篇。

总的印象是否可以这样说：深圳作家正在奋发，但达到省的水平线的作品仍然不多。他们的路还长，对生活还有一段沉淀、思索的过程，然后才能谈得上起飞。

问：衡量一个地区的文学水准，人们较注重小说，你能具体谈谈特区题材小说的状况吗？

答：特区小说创作，在这几年中大体经历过这么两个阶段：第一阶段，在特区开办头几年，一些作者的目光所及，只是这个地区的表面视象的变化。一些作品只停留在摹写高楼的崛起，经济和生活水准的提高……有的人一写就是赞成开放、引进外资与闭关守旧的矛盾；作家常常是用一种社会学的概念去套纷纭复杂、瞬息万变的生活，将生活写得平板、单一；或者只是找几个故事去印证尽人皆知的主题。早期出现的一些短篇小说大都如此。这些作品缺乏新意和思想深度，人物创造也落入类型化的窠臼。出现这种现象的原因是多方面的，既有长期以来"左"的文学观念的影响，也暴露出作家自身思想艺术功力的幼稚和不成熟。第二个阶段：随着作家认识的提高，他们开始注重研究、提炼，并创造出蕴含着特区气质的人物。这一类人物在他们笔下的出现，使特区文学与内地文学间巍然耸起了分水岭，使特区文学能够与别的区域性文学明显地区分开来。这种富于特区气质的人物开始在深圳一些作家的笔下出现，如朱崇山笔下的枚云、一凡（《影子在月亮下消失》）、何少文父子（《温暖的深圳河》）等。他们以自己独具的性格光彩进入了小说人物的画廊。其他一些小说作家也在做着这方面的追求，他们的名字不必一一列举，因为凡是关心特区创作的同志都看到了他们所做的努力。

问：让我先插一句。我想听你谈一下，何谓"特区气质的人"？特区作家要如何才能创造出这种人？

答：我这里主要是指特区的急剧变革和社会生活的变化给人带来的影响。更具体地讲，是指特区不同于内地的人的心态、感情、劳动关系、价值观念，以及伦理、道德、审美观点及思维方式等。这些方面，构成了能区别于内地的"特区气质的人"的典型素质。当然，"特区人"应具有新时期我国人民共有的精神风貌和时代特征。这种共性是不言而喻的。然而，作家更重要的是捕捉共性中包藏的特殊性，才能创造出属于自己的典型。

作家在提炼和创造这种人物形象时，思辨力的敏锐和艺术概括力的老到是关键的。我这里想强调的是，在这过程中，作家自身思想的沉淀，感情的积累和追求，独特的思索，同样是必不可少的。因为，只有经过这种沉淀、积累、思索，通过感情的发酵、酝酿，形象的筛选、比较、过滤，才能将具有生活甜味又带着生活原型的各种果子，酿成高浓度的艺术原汁。特区的变革和发展，特区人的生活和观念变化，他们的个性、思想、眼光等方面的变化，不会是孤立的，因此，作家对生活的感应、沉淀和思索，也不应当是孤立的；应紧连着我们这个时代的大舞台，将微观的思考同宏观的观察沟通起来，连接起来。要深入地考察和思索特区崛起的历史条件与环境条件；研究两种社会制度及其思想文化在这里的交接与影响。如果我们能将对人的研究与对时代环境的研究结合起来，所创造的形象的价值就会更大。

问：在特区小说领域中，你能预言几位有潜力的作家吗？

答：记得一位哲人说过，成功的机会对每一个人来说都是均等的。关键在于自身的努力。

深圳特区的大多数作家，都是刻苦努力的，他们都会逐步成熟。小说作家如此，别的文学样式的作家也是这样。他们都有可能获得成功。从已有的小说作品来看，朱崇山前一段的步子迈得较大。我曾在一篇文章里说过，"他的作品离思想艺术的完美境地当然甚远，未能达到成熟的程度。但在深圳的小说作家中，在他身上较明显地展示了到达这一境地的可能性"。他中篇小说中的上乘之作，能透发出一定的思想力度，较博大的生活视野，并开始出现不同于内地的人物形象。这是难能可贵的。然而，他身上也常显示出收获的不稳定性。比如，他短篇小说中的人物大多写得并不成功，中篇小说的创作近一段也出现了沉默。

年青的女作者刘西鸿，去年以获《花城》文学奖的《月亮摇晃着前进》而蜚声深圳文坛。这篇作品，展示了她一定的艺术才力，但我认为并不能预示她今后的成功。艺术的路崎岖且漫长，竞争者非有马拉松跑的韧力不可。何况刘西鸿这第一篇作品还没有触到特区题材，她还得跨过从只能概括自己到能概括整个社会生活的这不同深度的艺术壕堑。她一定会碰到许多新的烦恼。

黎珍宇在创作上蕴蓄的时间比刘西鸿要长。她的作品能在不成熟中透发出新意。以前，我读过她带有新意的短篇小说《选择》和《中国ANGEL》，最近，读到她的中篇小说《星星和它的轨迹》（《广州文艺》1985年第9期），仿佛见到她在艺术的崎岖小道上继续艰难地前行。这部中篇小说无论思想容量、人物个性还是语言，都比前面两篇朝前迈进了一步。我欣赏它能如此大胆地逼近生活，表现出繁华特区的声、光、色下面蕴含的复杂人物关系和几个复杂的心灵世界。这说明，作家在开拓人物的同时，也在开拓自己，开拓崭新的创作天地。这就预示着她还有新的潜力可供挖掘。我预言她会有新的超越和成功。

问：请谈谈特区题材的报告文学的状况和前景。

答：无疑，特区题材的报告文学创作同样需要进行细致的沉淀、思索，才能继续起飞。

本来，报告文学在特区题材的创作中出现最早，这是一个好的开端。但它在后来的发展中却显得缓慢了。题材日显单调，文学色彩较为淡弱，这都与四海瞩目蒸蒸日上的特区的浓烈色调相矛盾。我认为特区这几年的报告文学存在"量少质粗"的缺陷。作品的"量少"，是由于特区以这种文体为自己主要经营对象的作家太少的缘故。时至今日，还未能见到一本特区作家、作者自己写成的报告文学集子（小说集已经有了好几部）。"质粗"则表现在，还没有一篇特区作家自己写作的报告文学，在省以上的文学评奖中获奖！本来，这种题材提供了这种获奖的可能性。

现在，深圳文学界的有识之士已经看到了这一点。据说，在不久前他们召开的一个总结文学创作的会议上，已经提出了在一两年内先将报告文学抓出成绩来的意见。《特区文学》等报刊都设置了重奖，以促进特区报告文学创作的繁荣。此举是聪明的。近期内当可收到效果。我认为，振兴特区的报告文学，目标并不必定得太高。除特区自己设奖鼓励"勇夫"冲刺外，如能使《特区文学》所刊的报告文学在全国评奖中打中一元，则特区报告文学在人们心目中的地位就将改观。这并不是过高的奢求，而是在特区作家的努力下可以办到的事。为达到这一目标，应提倡特区的小说作家在创作空隙，下功夫穿插经营一点报告文学。每人每年高质量地写一两篇，就很可观。

问：在你谈的特区题材创作中，大多列举的是深圳作家的作品，不知其他特区情况如何？

答：是的，我是以深圳为主来谈的。因为这里经过数年的经营，已经初步形成了以特区题材为主要创作对象的作家阵容。这个阵容，主要由省作协到这里深入生活的作家和当地土生土长的作家组成。从整体来看，他们已经有了数量可观的作品。深圳也有《特区文学》《深圳特区报》等以发表特区作品为主的阵地。这些条件，促使这个特区的作品数量和作家阵容都远远走在另外三个特区之前。事实上，在汕头以至珠海，以特区题材为创作对象而又有一定数量作品的作家寥若晨星，这些地方还不能支撑起自身独具特色的作品系列。也许这种状况是暂时的。

问：最后请你谈谈，在促进特区文学的发展中，评论界应做些什么？

答：广东的文学评论历来薄弱。这其中，当代作家作品研究更是少人问津。50年代、60年代以及近几年有成就的作家作品少有人系统研究，刚刚起步的特区文学就更可想而知了。这种理论研究的贫乏，放弃对创作的切磋与指导，已经使我省的文学工作出现了恶性的循环。

许多人都读过俄国文学史。我们不妨回顾一下，19世纪的俄国为什么能出现许多颇有名望的大作家？这是因为当时以别林斯基为代表的文学评论家，及时地总结了现实主义文学理论，指导和帮助了当时的作家们，使他们坚持了现实主义的道路，大大促进了创作的繁荣。比如，当时开创讽刺文学风格的果戈理，写出了他的代表作《死魂灵》，对俄国农奴制度发出幽默的控诉，这立即得到评论界的赞扬和肯定。而当他晚年写了《与友人书信集》，为农奴制辩护时，别林斯基立即写了《给果戈理的一封信》，对他的思想错误进行批评，捍卫了俄国文学的现实主义传统。

由此我想到，在特区文学的发展中，我们多么需要"特区自己的别林斯基"——能给特区题材创作以正确的帮助和指导的文学批评家！（记者：整个文坛都如此。）

培养这样的批评家和培养特区作家一样并非易事。这应该是一位掌握了马克思主义的文学原理和美学原理的浇花手，是能运用历史的观点和审美的尺度去解剖作品和人物的出色的"大夫"。他应该懂得一点经济领域的知识，以及特区的风土、人情、习俗、沿革，还应该懂得港台文学、东南亚文学以及西方现代各种流派的盛衰……总之，他应具备开放型的思想意识和开放型的最新业务知识。他能在八面来风中帮助作家辨清风源，过滤空气，使人耳聪目明。

特区应该培养自己的文学批评家。

广东的文艺批评家应该关注特区的创作。

这就是我们当前可以去做的事。

1985年2月于广州

评《特区文学》创刊一年的中短篇小说

　　《特区文学》，是继《花城》之后我省又一份大型文学丛刊。它的创办是一件十分有意义的事。它从筹备到出版，时间短促，人员又少；创刊之初，发行也碰到了困难。可是，在编辑部全体同志的锐意经营下，只是一年工夫，局面就完全改观，以它自己的姿彩，跻身于琳琅满目的我国当代文学期刊之林，并逐步探索和发展着自己的个性特色。这其中，中短篇小说的成果最大。据粗略统计，它创办一年以来的四期刊物中，共发表了短篇小说二十多篇，中篇小说五部，另港澳作家的中短篇小说共三部，全部共五六十万字。尽管这些小说的水平参差不齐：高的可以列进我省期刊发表的最优秀小说之列，低的还只是停留在简单的故事、速写的水平，但就其大多数篇章构成的总的印象来看，成绩仍然是很大的。我们以为，《特区文学》创刊一年，在小说领域的贡献，最少有如下三点：

　　第一，吸引了省内外许多知名的老、中、青作家，为南国读者贡献了一批他们的新作。像我省的老作家陈残云、杜埃、萧殷、李门、陶萍，后起之秀陈国凯、杨干华、吕雷，以及北京的白刃、徐刚等，都奉献了自己的新作。

　　第二，开始培养起一支属于深圳这座边境城市自己的文学创作队伍。像谭日超、朱崇山、郁茏等在这里落户的原作协广东分会文学院的专业作家，已经以全部或大部分的精力贡献于反映特区生活的创作，并且取得了喜人的收获，分别写出了有一定质量的中篇小说和短篇小说，为新时期的文学画廊，增添了新的人物；而一批年轻的、原来在这里土生土长的业余作者，也在这块文学园地的栽培下，逐步成长起来。这其中，雨纯、黎珍宇、张黎明等，就是突出的代表。他们的前进步伐是明显的。他们的作品，有一部分虽还略显稚嫩，但思想内容和人物，都透发出了一股朝气。他们是特区生活哺育和《特区文学》扶持的新人，是一股很有希望的力量。可以预言：只要他们沿着现在的路子走下去，完全有可能成长为属于深圳自己的作家群。

第三，团结了一批港、澳、台进步作家。这本刊物，每期都以一定的篇幅，发表和介绍港、澳、台进步作家的作品。这对于帮助广大读者认识和了解这些作家所处的社会和时代，吸收他们作品的艺术之长，无疑地有一定的作用。总之，重视和有选择地介绍他们的小说，使《特区文学》增加了"海洋风味"。

一

从再现生活的能力来说，小说有其他许多文学样式（如散文、诗歌）不能比拟之长。短篇小说又是小说中的轻骑。它可以概括比较广阔的社会生活的内容，可以描绘生动、逼真的各式人物与事件。它是作家评判生活的一面形象的镜子。《特区文学》一年来所发表的短篇小说，给人们展示的生活是丰富、生动而又真切的。这其中，有的作品再现了在十年内乱那荒诞岁月中，知识分子所受的迫害及他们的痛苦遭遇（李汝伦《靠边奏事件》）；有的作品抒写了今天他们重新受到党和人民的信任以后，事业中的欢乐与矛盾（张鑫《署名》）；有对城市里那些端铁饭碗坐柜台，而对顾客冷淡的服务人员的颇具幽默的批评（陈国凯《进城》）；有对当今社会中存在于某些人中的关系学、行贿受贿等不正之风的鞭笞（陶萍《烟》）。

这里要特别提出来谈的是，一年来，《特区文学》在所发的短篇小说中，反映特区生活的作品占有很大的比重。该刊从创办伊始，就将这一内容作为重点去组织经营，明确提出要在"特"字上做文章。这一指导思想无疑是正确的。一年来，他们所发反映特区生活的作品，占了小说篇幅的一半以上，多侧面地为我们描绘了一幅幅特区生活的崭新的画图。这些画图，虽然还远远谈不上是浓墨重彩，但也完全可以说是色彩斑斓，给人以一种清新、愉悦、生动、逼真的印象。透过这些短篇小说，我们可以看到，试办特区以来，在这片土地上正发生着怎样的变化。

朱崇山的《门庭若市》，展示了处在这种变化中的特区农村的状况。作家为我们描绘的这座特区无名小村，再也没有了昔日学大寨的"左"的喧闹，没有了长期办"政治边防"而始终都拦不住的偷渡者的脚印，没有了边界线铁丝网前的田园荒芜，没有了背着"超支户"包袱的一张张忧郁的脸……出现在我们眼前的，是这个村子夜里"家家户户门缝里透出的电视机荧光屏的蓝色闪光"，是精心侍弄的包产田，是菜园里"结了一个个小瓜儿"的反季节瓜菜，是生产队与港商合办的制衣厂……这些党的对外开放政策给边境农村带来的股股亮色，照耀得主人公桂明叔家"门庭若市"了，三朵"金花"，大女儿当了港商办的制衣厂的检验员，二女儿当了这间厂的技术员，小女儿呢，"自学了英语，公社小额贸易公司请了去"，还准备派去香港考察贸易市场的行情呢！这种事情，是党的十一届三中全会前边境农村做梦也不敢想象的事！难怪主人公桂明叔久久地带着一种怀疑的眼光和怕变的心理，来看待眼前的变化！对于这一点，我们没有丝毫理由去责怪这个纯朴、善良的老农，二十年来，边境农村与中国其他地方一样，所受的"左"的折腾太多太大了！桂明叔面对特区农村的变化而产生的疑虑真实地反映了处在急剧变化中的一部分农民的思想状况和感情。作家紧紧地抓住了这一点，并以此为轴心，去掀起主人公的心理波涛，从而展示出当前农村的一片春色。

无独有偶，带有桂明叔那一类怀疑和不放心的思想的，还有《多出来的薪金》（阿铮）中的张二婶。当然，张二婶的不放心与桂明叔有某些不同，桂明叔怕变的是政策，张二婶呢，怕变的是自己的女儿。她怕当服务员的女儿在为那些"大肚皮"老板服务中，重演她在旧社会经历的悲剧。这是多么令人胆战心惊的辛酸呵！因而，当她得到女儿交回来的越来越多的工钱时，她的这种担心也就日渐加浓了。张二婶的思想，有一定的典型意义。当今社会上，有一些人，他们对党的试办特区的政策不理解，担心特区变成了"昔日的租界"，有的甚至提出"深圳会不会香港化"这样的疑问，那么，就请这些同志跟着张二婶的脚步，到她女儿工作的特区南虹旅游公司去看看吧！在那里，她的女儿小燕再也不会遇到像她母亲那样在旧社会当服务员受人污辱的事。她仍然像以前在公社竹器厂做工"那样老实、勤劳、朴素"，所不同的是，她按照社会主义的按劳分配原则，按照改革了的特区工资制度，而得到比以前高得多的薪金。在这里，我们可以通过纯朴的张二婶的眼睛，看到我们特区的企业，是怎样姓"社"而不是姓"资"！

当然，特区不是处在真空里，不会是明净如水，一尘不染——何况它还紧邻一个灯红酒绿、万花筒式的资本主义世界！在反映特区生活的作品中，大多数篇章的作者都将自己的笔触，伸到了同特区有密切联系的港澳社会。《内有恶犬》写了在1976年春寒料峭时节，一个可怜的偷渡姑娘在港岛上的遭遇。十年内乱给她家庭带来的悲剧，无疑是使她走上非法越境之路的重要原因；但个人对社会和生活的无知，不得不说是她在港岛受骗的又一个原因。《果哥一家》写了生活在香港社会的底层的一个劳动家庭，如何在赌博这种社会恶习的熏染下，堕入生活的深渊。而《车到关前》，则又反映了我忠诚的海关工作人员，如何识破那些投机家、冒险者的闯关阴谋，护卫了我们的国门……我们从这些短篇小说中，看到了祖国南大门内外广阔的社会生活画图，它们构成了《特区文学》表现生活的自己独有的声、光、色。

二

一篇小说，题材选择固然是重要的，但核心的问题，还是塑造典型人物。没有具有典型意义和鲜明个性的人物，再新鲜、重大、时髦的题材，也没有长久的艺术生命力。历代那些有为的作家，都十分注重这一点，总是下极大的功夫，去经营自己小说中的人物。

在刻画人物的灵魂，描写人物的性格方面取得了可喜成果的，在短篇小说中，我们可以首先列举吕雷的《彩虹在伸延》。吕雷是一位专以青年为其小说主人公的年青作家。在他的笔下，曾刻画过众多的思想性格色彩纷呈的青年形象。这其中，带有十年内乱留在心头的创伤，经历过人生的许多坎坷，仍然不屈不挠，在人生路上奋发前行的青年形象，最具感人的力量。《彩虹在伸延》中的陆志光，就是这样的一个形象。他在16岁——这人生美好的青春年华，就经历了许多成年人没有经历过的坎坷：父母在"文化大革命"中死了，一个人孤苦伶仃地到山区插队。他喜爱文学，却因为记下一些所谓"黑日记"而差点被当时的公安机关判刑；他跑回城后，没有户口，找不到工作，还在一次意外的经历中背了"小偷"的黑锅。然而，就是在这样的坎坷遭际中，他没有沉沦，没有自弃，"即使心上的伤口淌着血，也要堂堂正正做人！"。他在没有户口摆摊卖水果的生涯中，仍勤奋地学习写作。这倔强的个性和向上的精神，多么令人钦佩！

陆志光这个青年形象的动人之处，还表现在他有一个善良、诚实、乐于助人的美好心灵。他在海滩的泳场边卖西瓜，却专帮不内行的买者挑拣自己的好瓜；他在突然而来的风雨中，坚持下海去找那不相识的孩子，使其免遭海浪卷走；他在黑夜碰见坏人拦路抢劫，则挺身而出，冒死与之搏斗……在他受过创伤的心灵中，仍然洋溢着热血青年的正义感和人性。他不是形象高大的"英雄"，他心上有"文化大革命"烙下的疤痕，然而，也有阳光照耀的一隅。这两者交织，构成了这个人物区别于其他青年形象的鲜明的个性特色。如果说卢新华的《伤痕》和刘心武的《班主任》刻写了"文化大革命"给青年一代心灵造成的创伤，开创了"伤痕文学"的先河，从而具有很高的社会价值的话，那么，吕雷笔下的陆志光这个形象，则是通过着力开掘受过内伤的心灵深处的光斑，来揭示当代青年的美好潜质和主流。

像陆志光那样写得成功动人的人物，还有被美称为"中国小天使"的特区姑娘启沅（黎珍宇《中国ANGEL》）。她是粉碎"四人帮"后成长起来的生活在特区的青年，具有80年代青年的那种"开放型"性格。她没有像陆志光那样的坎坷经历。在她眼里，生活中的一切都是美好的，因而，对周围一些带着"左"视眼来看待她的人，她从不抱怨，不计较，甚至于是不屑一顾。她的身份是共产党员，但她没有党内一些人（比如她的顶头上司、经理兼支部书记孙大姐）存有的偏见和僵化的思想——如表现在对外交往中的冷漠加"正统"。她敢去做"一般党员不易主动去做的事"，比如为外国投资公司的经理解决驾驶执照；她是特区广告装饰公司的美工，但她做的却常是与绘画无关、而属于经理范围的分外事，比如主动协助解决公司的纸张困难等。她那"爱别人，等于爱自己"的信条和襟怀，集中地体现在她出差广州时一再帮助三位外国自费旅行青年这件事上。作家在塑造这个"幸福的天使"的形象时，不是让人物停留在为做好事而做好事这一水平上，而是着力写出了主人公行动的社会环境的依据。启沅不是生活在离群索居的真空里。她的行动，受着种种社会关系的制约。比如，几个在特区合办企业的投资公司的外国人，在汽车驾驶执照这件事上碰到了麻烦，他们找到了曾在这个公司担任过中方代表的启沅。当启沅了解到，他们是持有国际驾驶执照而不能通行时，她就"很不服这口气，世界通行的规例为什么中国就不行？为什么我们要把我们这个大国排除在世界之外？封闭落后的尾巴不砍，如何去完成'全世界无产者联合起来'的大业"？于是，她宁愿缺席党的组织生活受批评，而去为这群外国人一级一级上访。作者赋予主人公的这一行动，有很深的现实意义，揭示了我们社会中一些似合法而不合理的矛盾，预示着它必须改革。

黎珍宇是一位初露创作才华的女作者。她的文笔，有女性作者所特有的细腻。她创造的人物，也尽量不与别人雷同。她的另一篇1.6万字的小说《选择》，主要人物只有三个：20年相依为命直到办起特区后生活变得富裕的秀枝和她的女儿阿珍，以及早年去了香港的秀枝的丈夫阿仓。小说抓住女儿阿珍申请去港探望父亲而母亲又生怕她不回来这一矛盾纠葛，细腻地写出了女儿阿珍对两个世界、两种社会制度的选择。本来，这种选择的答案是明显的，结局大多数读者也可以预料。但作者在表达这个主题时，没有采取简单化和概念化的做法，写成两种社会制度对比的说教式的宣传，而是细致地将笔触伸入人物的心灵，写了父、母、女三者由于矛盾纠葛而引起的心的悸动。特别是阿仓这个人物，写得较深，写出了他生活在香港这另一个社会的复杂多面的性格。读完小说，我们很难用一句话来概括阿仓是一个好人还是忘恩负义者。阿仓就是阿仓。用阿珍对父亲进行了实地调查、考察后的评价来说，"他没母亲说的那样坏，也没自己想得那么好"。他的遭遇有许多地方值得我们同情，也有许多做法令人遗憾：他是因为开的船出了故障，为了修理而停泊香港的——而不是家乡人传说的是故意偷渡；但他又因为想得到姑父的大笔遗产而见钱眼开，不想回乡；后来，他的"遗产梦"被姑母养子勾引的一群流氓打得粉碎，自己也落入一位药房老板娘的控制之中，越陷越深，挣扎在生活的底层而不能自拔。当20年后女儿到港找他时，他已是一个开垃圾车的临时工。小说写他来到约见女儿的地点那一节很感人。他站在自己的垃圾车旁，偷偷地望着站在街对面的眉心有一颗美人痣的女儿，想起了爱他而又恨他的秀枝，想起了害他而又利用他的老板娘，他的心中升起了多少忏悔和怅惘！理性和良知促使他停下了走向女儿的脚步。女儿应该是属于秀枝的！自己没有权利再夺走秀枝的依靠和寄托！阿仓的这一抉择，是他20年人生道路苦涩的总结，包含有许多生活的哲理！

在《特区文学》一年来所发的短篇小说中，为我们塑造的身在特区而有美好心灵的，还有《月满西楼》（陈伯坚）中的女教师筠玲。作者在她身上虽然着墨不是太多，只是在几处关键场合、关键细节，通过简练的传神的工笔勾勒或白描，即展示了这个人物丰满而又鲜明的个性。她兢兢业业，为着自己的教育事业；她善良贤惠，爱丈夫，爱孩子；她不羡慕别人的"南风窗"，也不妒忌别人的"南风窗"，甚至对经不起浪荡女郎涟涟的勾引而想同家庭离异的丈夫，也不敢做有力的斗争，表现了她性格中逆来顺受的脆弱的一面。也许有人会说，她是因为天生的没有"南风窗"而这样清贫克己。但事实上，当她后来得到父亲的60万元的家产时，也仍然是那样。她本来有条件在继承遗产后留在香港，因为她有

60万元之巨。但她却提前回归，并将全部巨款献给了全区10间学校买仪器，她自己则因抢救坠水学生而牺牲于水库里！筠玲，是中国善良女性传统美德的化身。小说在表现她时，运用的也是传统小说的表现方法。通篇主人公没有激烈的言辞，作者没有从正面去描写她动人的壮举，而只是通过丈夫"我"的眼睛的过滤，从侧面去揭示她的心灵。

在反映港澳生活的几则短篇小说中，香港作家海辛的《最后的手车夫》写得最为生色。作品中的老手车夫黄老中被淘汰（失业）后的心境，刻画得深切而动人。读完这篇小说，黄老中的形象就像一幅清晰的版画一样，刻进了我们脑间。这篇小说没有更多的故事情节，全文只围绕一个被资本主义的现代物质文明所淘汰的手车工人，在回家路上的所见、所感、所想，不断引出老手车夫黄老中几十年的手车生涯、遭际，表现了资本家与工人之间的矛盾，展示出资本主义社会的物质文明对工人的劳动与生存带来的威胁。全篇采用了意识流的表现手法，着重写意念，写心理，一层一层地揭示主人公在特定环境下的心理状态。主人公一路前行，通过视觉形象在心头的反射，追忆事件，再穿插以幻觉、意象、渴念等表达人物情绪的细节，不断掀动人物的心理波涛，从而将人物写得栩栩如生。当前，国内有许多青年作者，都热心于对西方现代主义的某些表现手法的学习，对此我们不能笼统反对。借鉴是应该的。别人的技巧之长当然可以为我用，但要经过消化，不要照搬。成功地运用了意识流表现手法的《最后的手车夫》，在这方面给我们提供了有益的经验。

三

《特区文学》一年来发表的五部中篇小说中，我们觉得，徐刚的《大地》和朱崇山的《影子在月亮下消失》成就较大。

粉碎"四人帮"以来，随着短篇小说的繁荣，中篇小说也跟着崛起。它和短篇小说一样，大体也经历过发展的几个潮头：首先，写"伤痕"的中篇小说的出现，是中篇小说进入文学新时期的第一个潮头。这股潮头是由短篇小说"伤痕文学"的兴起带来的。第二个潮头，是对封建残余的鞭挞和探讨。第三个潮头，就是对我国这30多年来政治、经济各方面的总结和思考。第四个潮头，则是表现当前"四化"建设的进程和矛盾。前面我们列举的《大地》可以归入中篇小说的第三个潮头之列；而《影子在月亮下消失》，我们则可以无愧地说，它是中篇小说第四个潮头中的一朵引人注目的浪花。

《大地》的成功之处，首先在于作家通过一对恋人的悲欢离合，形象地总结了我们国家30多年来在政治生活中的经验教训。解放以来，亿万人民为社会主义的宏伟事业而奋斗，在艰难曲折的道路上前进着，取得了巨大的成绩。但是，也有许多"左"的干扰和教训。粉碎"四人帮"以前（包括50年代后期），由于历史的局限，我们的文学作品不可能提出和正确地总结这些教训。党的十一届三中全会以后，文学的现实主义得到了复苏，作家们重新以一种新的历史尺度，以实事求是的精神，对我们这30多年的历史，做着一种严肃的思考。相当数量的反省历次政治运动的文学作品破土而出。《大地》在这一类作品中，虽然诞生较迟，但是它提供给我们的，是一幅庄严、生动、真实、悲怆的历史长卷。老作家徐刚长期在中国作协文学讲习所主持工作，他那娴熟的笔触，跨过了30多年，写了主人公经历过的土改、合作化、"四清""文化大革命"，并且写到党的十一届三中全会以后的1980年，农村实行了联产承包责任制。主人公的命运贯穿在我们国家30多年来的政治风云变幻之中，并且一直联系到三中全会以后的生产责任制，触及了当前农村新生活的脉搏，这在我们读过的同类题材的中篇小说中，实不多见。读完小说，每一个读者都会提出这样一些深刻的问题：一对两小无猜，本来美满幸福的恋人，他们的结合为什么等待了30多年？为什么他们在人生的路上，会留下那么多的不幸和辛酸？对于这些，小说给我们提供了形象的答案。它告诉我们，30多年来，我国农村政策中的那些"左"的做法，是怎样给田秋香这一类善良的人带来不幸，在他们的心中留下难于平复的创伤的。

《大地》的成功之处还在于，作家为我们塑造了冷子华、田秋香等具有典型意义的形象。冷子华是我国农村优秀基层干部的代表。河坝乡完小学生—志愿军战士、干部—乡支部副书记兼合作社副社长—大队党支部书记兼生产队长，这就是他的主要经历。对党的感情，实事求是的作风和深刻的群众观点，就是他几十年办每一件事情的立足点和出发点。在他身上，集中了我国农村基层干部的许多优秀品质。土地改革时，当工作队要定田秋香母亲为地主成分时，他就敢挺身而出到区上提意见。他的行动，完全不是出于对恋人的私情，而是要维护党的政策。他的思想水平和政策头脑，还表现在他三次受"批判"：第一次是1958年，许多人头脑发热时，他敢"说几句冷话"。他这样做，当然就成了"妨碍大跃进的一面白旗"，受到批判；三年经济困难时期，他又因为不忍心眼看着群众挨饿，坚持说了真话，还将队上的孬地分给了社员种瓜菜、荞麦，而被定为"攻击上级领导""走资本主义道路"；到林彪大吹大擂"活学活用"的1965年，他又因为不同意"用愚公移山精神，填苇塘造地"，而第三次受"批判"。几十年来，他尽管经历了这样多的磨难而始终腰杆不弯，这是因为他的眼光早已不是局限在个人得失的狭隘天地，而是将人民的利益看得比自己的生命还崇高。小说中对此有一处写得催人泪下：在1960年春荒的一个清晨，田秋香闯关外的前夕，她在去挖野菜的路上意外碰到冷子华。当时，冷子华在人生的路上正遭受到多种不幸和打击：不能与秋香结合的精神痛苦；政治上刚刚受批判的折磨；妻子王淑琴和孩子逃荒路上被火车辗死的打击！据此，秋香带着离别的感情，劝他"不要当基层干部了，吃苦遭罪落不到好收场"。冷子华的回答是铿锵有力的："有人说基层干部春天是忙人，夏秋是红人，冬天是罪人，发誓不干了，可是叫我干我还干。""人活在世上，都想吃饱穿暖，叫我为大家的温饱干事情，只要我不死，一定尽心尽力干。"这是一个共产党员的肺腑之言，掷地有金石声！

冷子华的优秀基层干部的思想性格的最后完成，体现在他与秋香结婚时，处理"金板地"所表现的风格上。1980年，田秋香带着女儿从关外返回鲁西，冷子华对她有着深深的同情，他按照党的政策，将队里的一块最好的金板地，分包给秋香母女，有的群众（比如"报导"夫人），却认为冷子华的做法是个人私心，因为，当时赵怀德已经死去，子华也是光棍一人，秋香与子华的结合，只是时间问题。可是，当半年后冷子华与秋香结婚时，他却立即将那块金板地让给了困难户赵老拐。他的所作所为，表现了一个共产党人的公心。

田秋香这个人物也是动人的。她前30年在爱情和生活道路上的悲剧遭遇，令人深深同情！田秋香的母亲在土改时被错划为地主，是田秋香走上悲剧道路的起点。在家庭的威逼下，她自己"同意"与另一家地主的儿子赵怀德换婚，这几乎葬送了她的大半生。然而，她的性格也正是在同地主的儿子换婚中爆发出强烈的光感：她是经过了长期的痛苦思索之后，为了保护冷子华，使他免遭"与地主女儿结婚"而被开除党籍，而采取的牺牲自己的行动。虽然这一行动给她带来了漫长的悲剧生涯，然而，人物却在这漫长的悲剧生涯中显现了她独有的思想性格光彩。

朱崇山的《影子在月亮下消失》是《特区文学》中篇小说中颇有艺术功力的

佳篇。这部小说比起我们在前面谈到过的他的短篇小说《门庭若市》，无论在思想上还是艺术上都有了新的突破。《门庭若市》只向读者展示了边境的一个村庄在办特区以后发生了哪些变化，而《影子在月亮下消失》却深入地刻画了变化中的人的思想。当然，《门庭若市》也写了人，写了处在变化中的人的心理矛盾，但总的来看，人物的性格写得较为单一，没能创造出具有鲜明时代特色和独特个性的形象，表现手法也较陈旧。《影子在月亮下消失》则不同，它通过描写特区生活中几个青年的复杂的精神世界，颂扬了生活中的真善美。这部中篇小说的主题，已不能像《门庭若市》那样可以用一句话来概括。它给人们的教育和熏陶，已不光局限在认识教育（指人物的思想行为哪是对的哪是错的），而且还有情感修养、道德品格的教育和美感教育。它揭示了特区青年对事业、理想、爱情以及美的不同志趣和追求。这种追求，出现在我们实行对外开放政策后，五彩的外部世界，眼花缭乱的各式生活呈现在我们眼前这样一种条件下，出现在经过30年的闭关锁国和十年内乱的影响之后。一旦打开窗户，空气中会夹进灰尘，这并不可怕。资本主义世界的各色东西，在一部分青年中引起一点迷惘，也不足为奇。西方资产阶级生活方式的影响，从资本主义社会带来的一些污浊，在我们明朗的生活、同志的温暖、事业的光芒中，就像在明亮的月光下的影子，终将败退、消失！大多数特区青年能在美与丑、香与臭、善与恶的鲜明对比中，确立自己的正确理想和追求！

朱崇山的这一创作题旨，通过他笔下创造的洁文、一凡、枚云这几个带着鲜明的"特区气质"的人物，得到了有力的体现——

洁文这个人物，是带有"特区气质"的。作家对她虽然着墨不多，但给我们勾勒了一位有事业心，有进取精神的特区创业青年这样一个形象。她爱我们的祖国，爱祖国的民族文化，为特区建设和"四化"建设珍惜每一寸光阴，勤奋学习，孜孜以求。

一凡这个人物，也是带着鲜明的"特区气质"的。他是一位出租汽车司机，收入很高；受所接触的各式人物资本主义生活方式的影响，他的人生指南曾发生过很大的偏摆，思想差点越出了革命青年的常轨。这既有客观的职业、环境的影响，又有思想免疫力不强这一主观原因。他经历过长期闭关的烦闷、痛苦，一旦开放，就不加区别地吸收外来的东西。在他身上主要表现在追求物质享受，追求时装、家庭陈设的现代化，还有不严肃的生活作风，等等。这样，他就每时每刻都要面对资产阶级思想的挑战。

枚云这个人物呢，当然不能反映特区大多数青年的思想本质。但毋庸讳言，她的所作所为，也透发出特区生活中的某种非主流的"气质"。她的性格，明显地体现着当代青年性格的多面性和可塑性的特征。她对工作认真，但生活上却放荡。她梦寐以求的是个人生活的自由和恋爱的自由。她在十年内乱中失去了母亲，失去了父爱，还失去了相依为命的姐姐。总之，她失去了人间的一切温暖，失去了生活的理想。这种先天性的缺陷和外来的思想文化的影响相接，就产生了她这个资产阶级思想的怪胎，并在浪荡不羁的生活中变成了特区青年中的畸形儿。

这几个人物，都打着鲜明的时代印记，在他们的行动中透发出强烈的特区生活的气息。他们的个性在特区的环境中不断地发展着：洁文变得更加成熟；一凡在洁文和枚云两者截然不同的爱情观和实践中摇摆；枚云呢，最终在同志的爱和姐姐枚玲被资本主义社会吞噬的教育中，得到警醒，幡然悔悟，走上正轨。总之，每一个人物都在他们的性格和环境的制约下，找到了自己的归宿。

这部小说，在艺术表现上也有许多值得我们称道的长处。首先是构思比较巧妙。作品用第一人称的写法，主人公以"我"为轴心来编织故事和安排人物关系，亲切自然，富有感情色彩。作家对几个人物的感情纠葛，做了细心的铺排，每一个人物在作品中的位置和作用，都恰到好处。其次，作品采用了"中西结合、土洋并举"的表现手法来刻画人物，收到了互为补充、兼取所长之效。比如，作品自始至终均注意铺排故事、运用悬念、重视情节，小说的后半部分的第五、六两节，基本上就是运用我国传统小说的手法表现人物。同时又重视展示人物的内心世界，重视写意念，写心理，将人物的内心世界揭示得丰满而又有层次。比如对枚云追求个人自由和性爱解放的思想，作品通过"你就不可以亲我一下吗？"的两次连续发问，将人物感情一步一步地推向峰巅，这时，文章像马奔悬崖突然收缰那样，恰到好处地戛然而止，在感情的跌宕中推进情节，表现人物，解决矛盾。至于小说的前面两节，则完全是吸收了意识流的表现手法，打破了故事的时间和空间界限，通过人物意念的剪接，以眼前情景带出过去的情景，以眼前的事件引出过去的事件。这种方法，在艺术上收到了强烈的对比效果。

四

《特区文学》创刊一年的中短篇小说成果是主要的，但读完四期刊物，掩卷凝思，又似乎感到它仍有某些不足。

这首先表现在，有一些作品缺乏应有的思想深度，有的人物创造的典型化程度也不够。随着现代小说的发展，作家只停留在单纯地再现社会生活、满足于一个作品揭示一个概念式的主题这上面，已经是远远不够了。作家应该锻炼自己敏锐的思想，凭着自己对生活的独特理解，通过自己的作品，写出自己的真知灼见，或提出一些发人深省、令人警醒的问题。近几年来，许多优秀的中短篇小说，都给我们提供了这方面的经验。在加深作品的思想深度和人物创造的典型化上，主题的多义性、人物性格的多面性，越来越被作家重视。然而这几期刊物中，有一些小说却没有注意到这一点。或者说是，注意了却未能解决好这一点。有的作者，对生活没有自己独到的见解，没能从生活中掘出闪光的思想，没能概括、提炼出属于"自己的"——即"自己有，别人无"的人物形象。有的篇章创造的人物，我们曾在以前的作品中见到过；有的作品主题和人物性格较单一，只是企图通过一段故事，去印证一个别人重复过不知多少次的概念。如果说得严重一点，即是将自己的作品，降低到新闻通讯、速写的水平。比如，《国徽，在心底闪光》及《署名》等，都有这一缺陷。

其次，读完四期刊物中的小说，我们感到尤为遗憾的，就是还没有一篇从正面去表现当前特区建设的、比较广阔地概括特区生活的作品。前面我们列举的一些较好的作品，大多只是从侧面去反映特区的建设和变革。中央试办的特区，全国瞩目的特区，其建设的速度、效率、体制、形式，改革的大胆，等等，都是人所公认、有目共睹的。这一切，为什么不能在我们作家的笔下得到更深切的反映和表现呢？这里面的原因，我们认为可能有两点：一、特区建设是崭新的事业，作家要把握住它的本质，摸清它的规律、矛盾，深化自己的认识，塑造出自己的人物，仍然需要时日；二、深圳、珠海等特区，原来的创作力量比较薄弱，要写出从正面表现特区的建设和改革的容量较大的作品，许多人一时会感到困难。如果这两点分析合乎事实的话，只要我们采取一些切实可行的相应措施，比如鼓励省内外有能力的作家长期到深圳生活，加强对深圳青年作家的培养等，这个状况是可以尽快改变的。事实上，深圳市的有关部门和《特区文学》编辑部，都正在做这方面的工作。

时代呼唤着我们的作家。我们没有必要去指手画脚要求作家一定要写什么，不要去写什么，但我们却提倡生活在深圳的有作为的作家，都来关心特区建设和改革这个题材，并努力从正面去表现这个题材。特区建设已经进行了三四年，并涌现出许多崭新的人物，许多改革家，我们热切地期待着作家们去反映他们，表现他们。我们深信，不用太长的时间，一批带着时代生活气息和鲜明个性的特区建设者形象，必将进入新时期文学的人物画廊！

1983年元月5日于广州

关于特区文学的"特"味

——致戴木胜

木胜兄：

本月初你们《特区文学》在深圳水库举办特区题材笔会，我因事务缠身，又适逢出差粤北刚刚返穗，办公室许多编务待处，故未能前往参加。此事伟宗、奥列等同志想已转告，乞谅！

我们这一代中年文学评论家，在做事业的时间上也实在可怜。到目前为止，在省一级的中年评论家中，据我所知，还没有几位是专业的。就我来说吧，分管了一个报纸副刊，还有文艺评论专版，天天被案头的一叠一叠有质量和没有质量的稿子，一件一件需要办或不需要办也得去办的杂务缠绕，忙乎得喘不过气来，耗费了许多宝贵的时间和精力，想来实在觉得可悲可叹！然这种状况我也不知何时才能解脱！

你们这次笔会，据说安排有大会研讨发言，自己没能亲自到会聆听各路方家对特区文学状况和发展走向的高见，这是憾事。黄伟宗兄出发前曾打电话来，说我是特区文学研究的"权威"……这实在是过奖。事实上，在特区文学的研究中，虽然本人较早注意了这一领域——大约是从1985年起，即开始意识到应该关注中国当代文学这棵大树萌发的新枝。但由于前面所述的时间等方面的原因，研究的深度和成果也实在太浅太小。每每想起这点，总感到不安。但不管怎样，我还是决心把这项研究再做一段时间。因为，转眼间特区文学已走过了十年，身处广东的文学评论界如果不去关注它，将来是会对不起后人的。你说呢？

应当如何来看待新时期这后五年（1985—1989）深圳特区的文学创作成果？它今后应朝哪一个方向努力？最近，我准备将自己的一些不成熟的想法陆续写成书简，分致你们那边的作家朋友。想到你身处在深圳市文联领导和《特区文学》

主编的位置，可以说是扛大旗的角色，所以首先想到同你聊聊对这五年深圳文学的某些印象。

1985年1月，我在贵刊发表了《论深圳特区五年来的文学创作——呼唤深圳作家群》的长篇评论。我在此文中曾对深圳特区新时期五年的文学创作做过这样的评判："一批崭新的、朝气蓬勃的作家正随着特区的繁荣而渐渐萌生、崛起，他们的现在与未来都不能不令人刮目相看。"在这篇评论文的结束语中，我还充满自信地断言——

> "碧水满湖春三月，一枝新荷带露开"。在对外开放的春风里，在特区生活的哺育下，目前仍处于稚嫩的、刚刚从各方面集结起来的深圳作家，一定会成长壮大为有战斗力、有影响的一群。相信不用再过五年，深圳作家中可能会崛起一些佼佼者。特区题材的作品可能且应该跻身于全省甚至全国优秀作品之林！

可以告慰的是，在五年后的今天回首，我这评断和预言全部都得到了实现：深圳特区一群很有潜质、很有发展势头的作家已经脱颖而出，他们已经在岭南文学的群落中，崛起和形成了一个完全属于自己的新的文学群落。在省内，这个群落能与省属作家（主要是省作协文学院）以及近年来发展较快的广州市属作家群落相抗衡，成为80年代后半期广东文学鼎立的三足之一。深圳作家中，一群成就较丰者，已经越来越被文坛承认，为文坛所注目。深圳许多作家已经不满足于仅仅占领广东省内的文学舞台，他们的许多作品在这几年中已经走出五岭，跨越长江、黄河，登上了京都文化、吴越文化和西北黄土文化的舞台，一连串深圳作家的名字，已越来越为国内文坛所熟知——但必须说明一句：本人历来对作品走出五岭过长江、黄河等并不百分之百地看重与推崇，因为任何先进的地域文化和大报刊刊发的作品，都铁定地有上中下品之分，文坛上发表作品以及一些号称神圣的评奖中，投机、钻营等不择手段的丑行，我们见得已经不少！因此不管作品飞了哪山哪水，我始终认为评价的根本标准还是看作品自身，而不能将出五岭过长江、黄河作为评估作品的唯一条件。在最近广东省庆祝中华人民共和国成立40周年文艺作品评奖中，深圳有《无碑年代》（伊腊即乔雪竹）、《你不可改变我》（刘西鸿）这两部作品获奖。这不是一种表面的荣耀，而实实在在是深圳作家中已有一部分人突入了省级创作水平的前列的一个证明。

从乔雪竹到刘西鸿，文学界有人认为深圳文学达到今日的高度今日的声望，是移民作家的功劳使然，是一种"输血效应"。我看这有失偏颇。近些年来，如磁铁般的特区生活的吸引，使一些作家怀着不同的兴趣不同的目的北雁南飞，这对反映特区生活，繁荣特区文学来说，应该是一件好事。他们中的一些人现在已经写出了一批佳作。但从总体上来说，特区文学的繁荣并不是只靠外来作家就能办到的，当然，它同样也不是只靠本土作家就能达到。从个人感情和文学的本质而言，我当然对深圳的本地作家寄予厚望。在特区建立的后五年，特区一些土生土长的作家经过生活的沉淀、提纯和对艺术的吸纳、优选，已经形成了自己的特色，闪烁着自己的光彩，如黎珍宇、廖虹雷、张黎明等。本土作家也好，外来作家也好，从本质上来说，要写出反映特区生活的有深度和广度的作品，并不是看你这位作家来自哪里，关键是看你对深圳特区的独特社会构成、生产构成、人际关系构成和地域风俗构成等人文历史的把握深度和转化为艺术形象的能力。也就是说，看你能否在自己的作品中把握特区的"特"味。

也许你还记得，去年5月，我在石岩湖度假村参加你们的文学笔会时，就特区文学的"特"味问题，曾有一个发言。我谈到：第一，深圳特区既是经济上对外开放的窗口，又是文化上对外交流的窗口。这种窗口式的地理环境，决定了深圳的文学应该是不同于内地而富有自己的"特"味的。第二，深圳地区特殊的经济结构（比如外资、独资、港资企业较多；生产更加强调外向型；商品经济已经成为市场运转的主要机制的特色等），也必然决定了深圳的文学应该是不同于经济改革略为滞后的内地，而富有自己的"特"味的。第三，创办特区后大规模的移民现象与一河之隔的香港社会制度的长期影响，必然在生活习惯、行为方式、心理性格、伦理道德观念等各个方面，带来新与旧、传统与现代的碰撞，由此产生的生活波涛和漩流，都给作家展开了一个无比深邃、无比广阔的大地，这不要说与内地——就是与近在咫尺的广州相比都是有很大差异的。总之，深圳这一块被人称为咸淡水交界的土地，社会主义与资本主义两种社会制度的接合口，完全应该也是能够产生富有特区的"特"味的作品的。事实上，这几年来，深圳文坛所出现的一些较有影响的反映特区生活的作品，大体上均体现了以上三个方面的特质。

当然，在展示特区不同于内地的"特"味上，每一个作家均未能包揽上面所列举的全部，而只能去描绘自身最熟悉、体味最深刻的某些方面。

就这几年我所读到的作品而言，能很好地体现特区文学的"特"味的，当莫过于特区作家笔下描写的特区青年思想意识、价值观念的蜕变了。在特区文学十年的人物画廊中，在这方面较成功的除《影子在月亮下消失》（朱崇山）中的枚云外，也许，刘西鸿笔下的一群青年形象也是颇具特色的。

这两年来，文学界在对刘西鸿的评价中，曾有一些论者认为，刘西鸿对现代都市生活表现的洒脱，来源于作家"创作心态的放松"。这一宏论，我觉得并没有言中作家创作思想的内核，而只是勾勒了她笔下的作品形态——善于在极平常的生活描写中，营造中国当代文学中少见的富有新意而又轻松活脱的艺术世界。然而我认为，这种独具的匠心，绝不仅仅是写作心态的放松即可造成，其中更重要的是作家对生活的思维眼光，有了可贵的超前和突破。有了这一点，刘西鸿才能在她笔下平凡的都市青年生活中，开掘出富有现代意味的青春题旨和有强烈的自我价值的人生主题。在刘西鸿作品价值中占有很重砝码的人物思想观念之新——这些多表现在青年主人公的价值观念、职业观念、交友择偶观念和家庭伦理观念等的变化——构成了特区青年"特"味的一个重要侧面。刘西鸿能以一种突破传统的眼光，开掘出这一崭新的具有清新淡雅的美学情味的文学领地，她也就同时开掘了属于自己的曲径通幽的艺术路子，从而屹立于特区文学之林。

这几年特区文学的"特"味，还表现在许多作家已经开始关注到这里实行"特殊政策、灵活措施"所出现的许多新的生活矛盾。捕捉和表现生活中的矛盾，是作家在创作中永远也不会放弃的课题。陈荣光笔下的独资厂劳资双方，在新的历史条件下的既有合作又有斗争的微妙关系（《老板与女工们》）；丹圣笔下的"总经理负责制"后面所存在的经济和人际关系的负面现象（《小姐同志》）；谭甫成描绘的内地知识分子移民特区后思想和生活的失衡和倾斜，都深刻而又生动地展现了特区生活中的新的矛盾。这是特区人认为平常而内地人读起来新鲜的生活层面。

能体现特区文学的"特"味的，当然远远不止前面这些。比如，廖虹雷笔下的边界小镇向现代都市蜕变过程中的民风世俗（《老街》《老村》）；杨群笔下的胸怀正气走进特区建设行列的不穿军装的大兵的情怀；郁茏笔下的市长与市民形象……都为特区文学的"特"味增添了自己独有的一笔。

对于有良好艺术眼光的作家来说，地域性特色总是他们进行创作时掘之不尽的富矿。文学的地域性并不是个别地区才独有。生活的地域差异决定了文学的地域特色。然而，特区文学的特色与其他地区的文学特色又有显著的不同，因为它是冲破板结封闭实行改革开放的时代金风，与界河北岸的社会现实和人文积淀相融汇的艺术结晶。没有改革开放，不可能有特区文学；同样，没有界河边上独具的人文历史风情，也不可能有独具深圳生活特色的特区文学。因此，可以说，任何一位作家在营造作品的地域特色时，总不可能离开时代氛围；而在表现时代特色时，也总不能缺少地域氛围。只有两者紧相交融，作为艺术的精灵的文学才有价值，才能招人喜爱。

下功夫去烹调特区文学的"特"味吧！特区作家应如此，作为扶持特区作家的刊物——《特区文学》，我认为也应该这样。遵循这一条，深圳的文学方能走出自己的路子。

我这个看法，不知你能同意么？

谨祝

文安

李钟声

1990年5月14日黎明

（注：戴木胜，曾任深圳市文联副主席，时任《特区文学》社长、总编辑。）

潜质：悄悄勃发的特区人文精神

——读"献给深圳特区成立十周年深圳作家专辑"

经历过十载春风夏雨十载秋岚冬雾，特区文学这幼芽终于长成中国当代文学大树上繁茂的一枝。大树是无言的，但十圈年轮却恰似文学跑道的崎岖、曲折和漫长。今天，当我们带着一脸微笑万千感慨回眸展望界河这边新崛起的现代化新城的时候，我们也值得为新城十年崛起壮大的特区文学事业而骄傲。向商品生产过渡的特区尽管在精神文化的生产上常常勉为其难，讲求金钱和效益的社会在艺术耕耘中尽管带有许多的苦涩和寒酸，但特区文学的大厦毕竟是建构起来了，她带着自己独有的风姿和耕耘者独特的个性，耸立在中国当代文学之林。和这里的国贸大厦、金融中心等值得深圳建设者们骄傲的物质艺术品一样，这方精神艺术品已经开始得到文学界的承认并成为岭南文学的重要一支！假如我们站在全省的文学范畴和高度来鸟瞰，深圳文学的成果、深圳作家的实力，已经成为能与省作协文学院作家群和广州市专业作家群相抗衡的鼎立的第三足。

这就叫作十年树人呵！当然，这十年有人会说短暂有人会认为漫长……

不管短暂也罢，漫长也罢，苦涩也罢，寒酸也罢，今天，在一向以扶持特区文学为己任的《广州文艺》的精心经营下，深圳一批作家庄严地举着他们的旗帜带着他们的作品向我们走来。诚然，这批作家并不能代表今日深圳作家的全部，这批作品，也不可能完全反映深圳特区文学创作的水平，甚至可以说，作为献给深圳特区成立十周年的专辑来看，内中有的篇章的题材和内容，还是有缺陷的——但这都并不要紧，因为这批作品为我们窥探深圳特区文学的近期态势及其发展走向，提供了真实而又崭新的材料，一定程度上体现了深圳文学的水准和深圳作家驰骋的轨迹。

摆在我们面前的"献给特区十年专辑"的这批作品，没有一篇是从正面去对激动人心的特区经济建设场面做自己的文学建构。有人可能会认为这是他们演出的大型合奏曲中少了"主旋律"乐段的缺陷。如果我们比较全面地掌握了深圳作家的创作经历以及他们的思想体验，我们将不会做出如此的判断和要求。因为对特区建设和管理的正面描绘，那是五年前即在他们笔下奔腾澎湃绘声绘色的事，这几年来，特区作家的写作正在做着一种过渡和转型。他们中的许多人的视觉已从特区社会形态物质形态的表层超越出去，进而探究着这块土地上由于历史和现实的发展交汇而出现的人文新质。这是深圳的窗口式的开放环境、特殊的经济结构和一河之隔的香港社会制度的长期影响所带来，而又区别于内地的。由此所产生的新时期的特区文化——特区人"生活的样法"（诸如生活习惯、行为方式、价值眼光、心理性格、伦理道德观念等），都必然是带有传统的烙印而又超越传统的，是既受中华文化法则、模式的制约而又在许多方面突破了它的框架的。深圳作家审视生活的视角的这一调整，也许是他们近几年来不断有作品进入省一级甚至全国创作水平行列的关键。刘西鸿的"轰动效应"盖源于此，近年来写作势头较好的黎珍宇、张黎明、李兰妮等也是这样。

对于黎珍宇、张黎明我准备放在后面再做评述，因为这两位已开始进入中年的本土女作家，有着很相似的走得有点艰难沉重的文学之路，也有着深圳许多作家所没有的对边城独特的体验。而李兰妮，作为从粤西进入深圳的移民女作家，她的人生意识和生活体验则与前两位有所不同。记得改革开放之初，当李兰妮以对生活的敏感和清新的文笔写出小说《竞争》，在笔者编辑的副刊上发表，从而第一次登上省报副刊的时候，她还是一个天真无邪的粤西广播站的小姑娘。她在这十年文学路上的腾跃，看来主要得益于两点：一是投奔深圳特区。这也许是拓展她的生活视野，提升思维的深度所添加的重要催化剂；二是几年前进南京大学深造。笔者虽然没有确切地听她本人谈及这一段学习对她的创作有多大的作用，但从她在学习期间和学成之后发表的一些作品来看，她这一段的"紫金山进香"，对她来说是重要的，特别得益的是她的散文随笔。今日送到我手上的《新故事·老故事》，当然不是她近年散文中的最上乘之作，但也仍然可以看出李兰妮将人生经历中很平凡的故事信手拈来的本领，看出她构思的匠心和奇谲。李兰妮没有给我们重复许多作家写过的特区建设的雄伟壮观，没有进行新旧对比，而故意将我们带进她父母感情的暖流里，给我们叙述今日听来如中世纪人经历的那种有点荒诞有点愚昧还带"忠"字色彩的故事。这就在她的作品中没有展现的今日特区画幅之前，为我们展开了一幅有点苦涩有点像天方夜谭的历史参照画面，从而给我们带来情感和思维的巨大差落，使作品有更深邃的历史内涵。

深圳作家这种审美眼光和思维方式的进步，使他们已不满足于仅仅去表现和涵盖特区生活。都市文明的进程、现代社会的信息交流和人对生活追求的扩大，使他们有更宽的包容眼光和更开放的思维意识。黎珍宇的《你我相逢在香港》和张黎明的《秃鸟》所触及的生活，已经不是特区而进入到香港和澳大利亚这资本主义的世界。十分难得的是，这两位特区女作家笔下所展示的香港、澳大利亚，与我们在香港作家、台湾作家以及海外华人作家笔下见到的香港、澳大利亚有很大的不同。它们是特区赴港旅行者和特区赴澳留学生的亲身感受之作。

黎珍宇的《你我相逢在香港》这部中篇纪实作品的精彩之处，并不在于它所描述的改革开放之后，我们见到的花花绿绿的世界，而在于这位女性作家自身与这世界的情感交融。心的投入使光怪陆离的港岛有了喜怒哀乐有了各色人等的感情。一群昔日的同学后来的逃港者，在资本主义社会无情的竞争淘汰或拼搏成全下，各自寻找到自己的位置自己的归宿。正像"世界上没有什么地方是绝对的天堂也没有绝对的地狱"一样，这个"魔术岛屿"在作家深邃、冷峻的目光的透视下，呈现出的是一个多色调的立体。从豪华奢侈的大资本家世伯（文章中写到的唯一一个不是同学的角色），到三班倒打工打得背酸腰疼仍只能在姨妈家当"厅长"的小月表姐；从小时怕风怕狗怕毛毛草去港后靠背景嫁给80岁大富翁的玲玲，到搞地产发了财当了中产阶级的大卒……他们中的每一个人就是一部大书，一个神秘的魔匣。

我们不妨剪辑一段作家在港岛上见到的几位同学的逸事——

> 阿光靠骗发了横财，姐们哥们都不搭理他了。
>
> 美娇嫁了个单眼农民生了二男一女规规矩矩地过日子，根本没有当舞女。
>
> 秀容的丈夫又赌又吸白粉最后入了精神病院。
>
> 秀娣嫁了个建筑佬当了地道的家庭妇女。
>
> 明明在时装界搏斗了十几年终于升为经理助理。

这一类简洁的镜头亲切可信地向我们展示出港岛的社会真实——这是许多内

地赴港的作家笔下都能描绘的。不同的是，黎珍宇在展示这些描绘这些的时候，冲破了许多作家无法冲破的就事论事的窠臼，将港岛上各色人等的遭际、境遇、经历，以及事业、爱情、家庭等，放在深刻的经济背景和人文背景下去评说。文内闪光的议论、精辟的警言、深挚的哲理迭出，对香港社会的"势"与"利"、"金钱"与"友谊"、香港不同人的信条等，都有自己的独到看法独到感受。比如，当亲历昔日同学间人情冷暖的时候，作家写道："我们（穷人）十分看重过时的友谊。香港的有钱人常被金钱利益及长远目标占据了，他们不可能也剩不下什么时间空间给友谊和情感。"当见到小月表姐过日子的艰难和玲玲的阔绰奢侈的时候，作家又写道："有钱人为自己而活，要别人为她而活；穷人则为别人而活，受别人指责而活"，"人生第一次看到金钱法则上的真理光芒"。甚至当得到同学的"赞助"进了一次美容院之时，"我"也能从中得到一种"顿悟"：美是可以创造的。这种点缀在不同场合不同人物中的如珠妙语，使这篇作品变得隽永耐读和富有哲理意味。

《你我相逢在香港》表现出作家的成熟。这是作家自身人生的成熟思想的成熟。黎珍宇是上山下乡的年代走出中学校门投身社会的年青作者。她最初只是凭着对文学的爱好写作。她当过市报记者，后来成了专业作家。十数年的磨砺使她变得深沉老练起来。她的成熟表现在这篇作品中，就是敢于大胆而又准确地坦露"我"的内心世界"我"的情感。她坦露"我"访友不遇的惶恐，坦露"我"在人前不得已地爱面子的虚荣，坦露"我"不接受别人买裙子的赠金这件事背后的伪脸，坦露昔日"我"还是小姑娘时胆小没有冒死越过界河的勇气，还坦露今日"我"仍然缺乏打破坛坛罐罐竞争奋发当强者的决心……作家的这种大胆剖白内心世界将之和盘托出的做法，在文章后半部写到与昔日的"好朋友"坚强相会时，达到了高潮。作家写到"我"在港岛街头与坚强的见面，写到昔日在深圳时坚强对"我""我"对坚强的朦胧恋情，写到昔日的恋人如今在雨中花伞卜的默默的然而能听得见彼此心跳的行进，写到路上揪心的对话和时装店坚强体贴的赠衣，写到两人对爱和失去爱的看法，特别还写出了"我"情感深处将坚强与丈夫的对比——

　　　　不知为什么我想哭。我丈夫是个好人，可是他从来不像坚强那样爱护我，关心我。我不后悔嫁给他，可是我真切地感到了我的婚姻是有所欠缺的。然而这种欠缺在我们那个社会里，是不容许、也不可能补足的。我作为一个女人，别指望能改变我自己的生活。如果我想补足那份欠缺，我想也许能达到目的，也许能向坚强说真话。可是，那会带来什么样的后果？我将会"泥足深陷""千夫所指"罢了。

读着这种复杂的坦露真实情感的文句，我自然地想到了卢梭。当然，作家黎珍宇不是像二百多年前卢梭那样地向我们忏悔什么——因为她一直头脑清醒，没有越出中国的传统道德规范，但字里行间却充满像卢梭那样毫不隐藏地解剖自己心灵的勇气——这是具有浓烈封建影响的中国作家极难做到的。女作家的这种无遗的坦露和赤裸裸的解剖，同时又将"我"推置于爱情、婚姻、道德、家庭等剪不断理还乱的多难选择之中，光有坦露心灵的勇气还不行，更重要的是必须找到正确的解脱的方式方法。黎珍宇思想的成熟人生的成熟在这里得到了质的升华和发挥：她能有最大的勇气让"我"的感情骏马奔驰，但绝不脱缰。她敢将"我"与坚强的见面写得缠绵而又真挚，热烈而又痛苦，甚至带着几许伤感和无奈，却始终理智地做出"只能是友谊"的框限。她心海中所有爱的失衡和矛盾，都在纯朴的友谊的阳光下，找到了慰藉和下楼的台阶。张黎明的小说虽然主要不是写爱情，但也同样有这种人生的心灵的真切体验。

与前面这几篇较为动人的小说、散文相比，专辑中给我们提供的一组诗则显得略为逊色和纤弱。中年诗人钟永华与青年女诗人赵婧、费岚岚各站在了诗桥的两极：钟永华的《"琴"音》调子是昂扬的，但感情过于直露，句式也过于散文化。赵婧、费岚岚感觉细腻，重视感情体验，但却缺乏人生和社会的体验。钟永华的诗仍未脱尽旧的诗歌模式的影响，赵婧、费岚岚的诗笔则过于囿于自己，缺乏对社会的穿透力。由这几首诗，我想到这几年特区诗歌创作的问题。回顾特区创办十年来，深圳的诗歌创作有一定的成绩，但不能完全令人满意。全副身心从事特区诗创作的钟永华写出了许多歌唱特区的诗作，但也面临着如何突破如何提高艺术质量的难题。赵婧、费岚岚、杨雪贞等一批特区青年诗人的出现，为解决90年代特区诗歌队伍的承传衔接，带来了转机，但她们要成为真正属于特区的出色的歌手，仍然还要走很远的路程。总之，特区的诗歌创作与这些年来蓬勃发展的特区报告文学和小说创作相比，也许是一个弱项。去年，笔者曾提议深圳有关部门召开一个"特区诗歌创作研讨会"，解剖一下自己的创作，寻求起飞的途径，这也许是行之有效的。

困难依然存在，弱点也很明显，但深圳一批青年作家的潜质令人鼓舞！这种潜质表现在他们的作品中，已在悄悄地勃发起一种特区的人文精神！它是中国文化的基本精神与改革开放时代及特区环境融合的产物。特区人文精神与中国文化的基本精神是既有联系又有区别的。特区作家已比以前更为注重更为深入地去感知、认识人的本体，关注在特区条件下人的理智、情思、意志、爱情、友谊……关注特区人的人格个性及与社会、时代的和谐。所有这些，都标志着特区作家的创作犁头已从特区的外在的物的层面，掘进到人的精神的沃土。

这也许就是我读完这一批作品后，得到的令人欣慰的信息和从心头涌出的感受。

最后，我还要为深圳特区文学创作的第二个十年祝福！

1990年6月6日深夜于广州

当代文学批评

（之一）

激荡着时代波澜的生活画卷

——评《花城》创刊三年的中篇小说

　　《花城》从1979年创刊，至1981年，近三年的时间，共出版了13期，另4期《花城》增刊，11本《花城丛书》，六七百万字。在《花城》开辟的众多栏目和发表的各种文学样式的作品中，我以为中篇小说的成就较为突出。例如，华夏的《被囚的普罗米修斯》，是《花城》刊发的第一部中篇小说，它较早地正面歌颂了"四五"运动的英雄。周原的中篇小说处女作《覆灭》，在全国军事题材的文学作品中，称得上是一部较有特色的作品。周翼南、顾笑言、郁雯的中篇小说《珊妹子》《你在想什么？》《李清照》，《中篇小说选刊》都先后予以选载。

　　《花城》创刊三年，发的中篇小说几乎占了整个刊物容量的四分之一。无论在题材涉猎的广度上，还是在对社会生活开掘的深度上，以及形象创造的典型、艺术风格的多样化方面，都不乏优秀之作。读这些中篇小说，我们既可以从中听到对"四人帮"所造成的灾难的血泪控诉，又可以看见对十年内伤的深刻剖析；既可以听到人民思想解放的呐喊，又可以看到人们对"四化"建设进程中的各种矛盾的深沉思考；既有对新人形象的赞美，又有对丑恶灵魂的鞭挞！它们以不同的色彩，交织出一幅幅动人的生活画面，呈现在广大读者面前。

　　《花城》发表的反映十年内乱时期人们遭际的中篇小说，有许多都表现出了作为人民的代言人的作家的责任心和勇气。他们站在人民的立场上，用自己特有的锐敏眼光，去探视时代的底蕴，去对我们时代发生的各种错综复杂的事件，做出自己的评判。本来，对一位作家来说，在历史事件有了正确的结论之后，才运用文学样式去反映和表现，这也无可非议。但一位有勇气和对生活独具慧眼的作家，何尝不能将自己在实践中获得的见解，借助艺术形象的创造，去推动人们的认识呢？有时候，作家可以而且能够做到这一点；可以走在某些人的认识的前面，去对某种较为特殊的生活现象和事件，做出自己的合乎唯物辩证法的正确评判。

华夏的《被囚的普罗米修斯》的发表，就是一个生动的例证。华夏是一位文学新人。他这部处女作，写在"天安门事件"平反之前。它没有从正面去表现英雄人民丙辰清明在天安门广场反对"四人帮"的冲天壮举，没有去写广场上真理的呐喊，人民的怒吼，斗争的鲜血，而只是通过在"天安门事件"中被捕的热血青年斯强在狱中的不屈斗争，以及他周围的正直的人们对他的同情、支持，从侧面揭示出"天安门事件"中革命人民同"四人帮"斗争的实质。作者是有勇气的。他相信"四五"运动一定会以其不可磨灭的功勋载入史册。因此，它就不可能是文学表现的"禁区"。作者是有眼光的。他笔下的主人公斯强——这位像古希腊神话中盗来火种温暖人类的普罗米修斯式的人，以其在牢房里燃烧起来的对人民对党无比热爱的炽烈感情，赢得了读者，赢得了人民，使他能作为"四五"运动的参加者和历史见证人的身份，走进文学之林。尽管这部中篇小说在艺术表现上还不够成熟，但其问世之早，主人公感情的真挚强烈，作家对事件评判的准确，都是难能可贵的。可以毫不夸张地说，这个作品，是"天安门事件"的春雷在小说领域的第一声回响！是小说塑造"天安门事件"英雄的第一曲乐章！

另一部能充分体现作家勇气和力度的，是《泥泞》。从维熙是一位读者熟悉的有成就的作家。他在艺术途程中进击的勇气，首先来源于他对生活的勇气。二十几年前，一场政治风暴将他吹到生活的最底层。在矿山，在农场，甚至在"大墙"之内，长期的囚徒生活使他磨砺了意志，更深切地认识了生活，理解了人生。一旦强加在作家身上的政治镣铐被砸碎，他就以人所未有的勇气大胆地闯"禁区"。他那以十年内乱中冤狱生活为题材的《大墙下的红玉兰》，开创了新时期中篇小说的先河，震动了文坛，让人们从中真切地看到当时人妖是如何颠倒，善良和丑恶是怎样搏击的。如果说，这部作品体现的作家的勇气是大胆选择了人民民主专政工具——监狱作为典型人物的活动环境，并写出了人民的专政工具部分蜕变为法西斯专政工具的悲剧现实，令人痛定思痛，那么，《花城》发表的《泥泞》，则以更深远的眼力，在更广阔的历史背景上，从纵的方面给我们展开了一幅时代风云的画卷。它大笔挥洒地从大处着墨，将历史的灾难和主人公的命运，表现得风雷激荡，大气磅礴。对人们总结20多年来的历史经验，思考教训，提供了一部含意深刻的形象的教材。从这个意义上可以说，《泥泞》是我们读到的反映"右派"生涯的颇具气势、悲壮的为数不多的篇章之一。《泥泞》不纯粹是一部悲剧,而是一部深沉的壮歌。悲中给人力量,发人思考,令人警醒!这是作家创作勇气和艺术功力熔铸的佳制。

从纵的方面给我们展示时代生活的画卷的,还有张一弓的《山村诗人》。这部中篇小说像《泥泞》那样,是一部时间跨度较大的佳作。它通过中国一个偏僻山村的一位老实、善良、坚持讲真话的农民"快板诗人"李老怪,在30年间的政治坎坷和沉浮起落,深刻地反映了我国农村解放以来的风云变幻。它的力度在于,透过敢讲真话的一个纯朴农民的遭遇,概括出了我国当代农村所走过的曲折道路。刚解放那几年,李老怪的说唱到处受到山村农民的欢迎,并且在宣传婚姻法、促进生产自救中起了良好的作用,这是和当时的区政府所执行的一条正确路线分不开的;到了1958年以及"文化大革命"当中极左思潮泛起的时候,李老怪那种"严格地以自己所见、所闻、所感为基础"的说唱文学当然也同他生活的农村一样,遭了殃。主人公多次受极左思潮的折磨造成的心灵的创伤,实质上是中国农村普遍的创伤。这部作品,对于我们今天认识和总结30年来的我国农村工作,无疑是有益的。

从《花城》三年所发中篇小说的发展轨迹,我们发现,作家的笔触是紧紧追随着我们这个时代前进的步伐的。许多作品的笔锋,已从揭露"四人帮"所造成的内伤,转向"四化"建设征途中的人物,转向他们在新时期碰到的悲喜、忧乐,表现他们的个性和心理;从写个人在十年内乱中的命运,转向对当今社会各种矛盾的思考。这是一个重要而又可喜的转机,是我们当前所迫切需要的。

在这里,应该先提出来谈的是马宗启的《将军泪》,顾笑言的《你在想什么?》,以及甘铁生的《"现代派"茶馆》这几篇主题开掘得较为深刻之作。这些作品反映的都是当今时代发人深省的主题。《将军泪》提出了在过去战争年代里,曾受过革命根据地父老乡亲养育之恩,而今天在高级领导岗位上的共产党人,应如何保持同人民的血肉关系,树立牢固的群众观点这么一个原则问题。这无疑在今天有其现实意义。像老司令员那样关心下级,热爱群众,与人民同呼吸共命运,始终不因地位或环境的改变而高高在上的可贵品德,当然值得景仰;然而,对于阻隔他和群众联系的当今社会的种种"可恶的力量",诸如逢迎、捧场、等级森严的"官"念等,更值得我们警惕。否则,当年养育我们的父老的期望,自己一辈子为之奋斗的事业,都将毁于这地位变化所滋生的思想病毒之中。

司令员当年的老战友、地委书记老董对职务的不满，兴城县委办公室李主任那一套资产阶级欺下捧上的庸俗手段，对我们都是一声声长鸣的警钟！

顾笑言的中篇小说《你在想什么？》，却又以其对人的价值的独具眼力的主题开掘，赢得了许多普通青年读者和战斗在第一线的基层领导读者。这是一篇关于青年价值观的形象的探讨。经过"文化大革命"的一场灾难之后，不是有许多社会学家为存在于老一辈和年青一代之间的"代沟"而深感忧虑吗？不是有人对现代社会的青年思考和处理问题的方法"看不惯"吗？究竟要怎样去认识和理解经过"文化大革命"以后的青年一代？作家以形象的创造，抨击了那些想靠简单的思想、方法（比如不看具体环境、对象，只管用忆苦思甜之类）来做现代青年的思想工作的可笑做法。作家同时揭示了青年一代美玉和瑕疵同存的内心世界。他们充满自信和要求；他们既会创造，又要求消费；既履行义务，又追求权利……总之一句话，他们具有宝贵的主导面，同时，心灵中也有还需要开垦的落后地带，具有可塑的性格。只要引之得法，是完全可以发挥他们在"四化"建设中的作用，并将他们塑成社会主义的新人的。在这篇小说中，作家提出并试图回答如何看待当代青年价值这一新鲜重大的主题，促进了人们对现代青年的理解。作为表现青年工人的生活和心灵的小说，《你在想什么？》确是透发出一股给人以启迪的动人力量。

如果说，《你在想什么？》指出了如何认识青年人的价值这一题旨的话，另一篇中篇小说《"现代派"茶馆》，则从另一个角度，指出了如何尊重青年的创造性劳动这一命题。一群回城知青，依靠自己的双手和青年人特有的智慧，在龙潭湖畔开设了一间别有风韵的、具有青年特色的"现代派"茶馆。他们扬起的生活的风帆并不是一路顺风的。他们工作中的创造精神和冲破因循守旧的干劲，也时时碰到各种阻力。他们也有自己的欢欣、烦恼、痛苦、哀乐。小说如果仅仅是表现了这些，也许是一部平庸之作。这部作品的力度在于，作家在表现如上这类青年的生活时，注入了一连串发人警策的思想漩流。比如，在对待青年的劳动上，如何去重视他们除旧布新的创造才能，如何去点燃他们那曾被冷落过的热情，挖掘那被埋没了的良知，修复那被损害过的心灵，爱护他们曾被束缚现已解放的思想，等等。主人公朱祖在各种问题和阻力面前，最后离开了"现代派"茶馆，这诚然有他对事业不够坚定的弱点，但他的行动，也不能不引人深思。正如朱祖说的："当你的领导，刻板、僵化、平庸，干起事来没魄力，可整起人来，却又阴又狠。你怎么干？咱们是在一个透明的金鱼缸里生活的金鱼，等着他往缸里撒食，撒多少就吃多少。我们看得见外面的世界，但活动范围，却只是这个小缸。"这段深刻的话，对那些对待青年抱残守缺，因循守旧的领导者，是多么有力的鞭笞和讽刺呵！

毋庸置疑，任何一篇好的文学作品，都是主题的深刻性和形象的生动性融合为一的。游离了具体的形象，思想必然无从依托；离开了生动的形象，主题的深刻当然也无从谈起。《花城》的一些优秀中篇小说，深邃的思想总是潜藏于一个个真切动人的形象之中，使人读后历久难忘。它塑造的一些富于性格特征的艺术形象，为我国中篇小说的人物画廊，增添了一组动人的群像。

在这组群像中，《泥泞》中的石凤妮最为熠熠生光。这朵在旧社会的苦水中泡大的苦菜花，坚韧、质朴。她"不怕苦难，最怕温暖"，"当幸福来临时，她只是流泪；灾难临头时，她像石头下的竹笋，能顶起看上去她无法承受的压力"。像条毒蛇潜藏于她身边的雷光挥舞极左的棍棒整她、陷害她，但在政治气候稍有一点转变的时候，雷光这条变色龙只是向她做了几句假惺惺的"检讨"，她就立即"噙着眼泪向他伸去温暖的手"。雷光的妻子大出血，凤妮也毫不记仇地偷偷为她输出自己宝贵的鲜血。就是在她惨死于"文化大革命"的乱棒之下，尚未停止呼吸前，留给我们的话也是："……不要为我难过。没有党，我这条命早就结束在苦井里了。"这就深刻地道出了凤妮对党忠贞不贰的可贵品德。

凤妮性格中最动人之处，还集中地表现在她对高水崇高的爱情。如果说，《天云山传奇》中的青年女教师冯晴岚对身陷困境的"右派分子"罗群以身相许，是一个正直的青年知识分子勇敢的行动的话，那么，从小参加革命，解放后担负着农场场长领导职务的石凤妮，能跟"右派分子"高水结成伴侣，这就更加令人肃然起敬。她不怕雷光之流的明枪暗箭，也不怕来自各方的重重压力，始终不渝地等待高水，信任高水，最后同高水结合。因为她坚信高水是一个真正的共产党员。凤妮对身处逆境的高水的同情和爱，表现出一个女共产党员崇高的人性美。这种美，在那蛇蝎横行、政治风暴时起的岁月，更显其难能可贵！

凤妮最后终于在1966年冬的一场暴风雨中倒下了。这是一场历史造成的悲剧。她的死无疑会擦亮更多人的眼睛，使人们进一步看清20多年来存在于党内的极左思想的恶果，看清这场悲剧的社会历史根源。凤妮，是20多年来在抗击极左思潮的斗争中，许许多多刚直不阿的党的优秀儿女的缩影。她的血没有白流。相反，却浇灌了新生活的幼芽，唤起了后来者。小说最后写了平反以后的高水，和凤妮的哥哥一起，在霏霏春雨中，到凤妮坟前看望的情景。那坟前的花圈，是人们对凤妮的思念！那坟上一朵在风雨中"挺直了身腰，吸吮着雨露"，"根茎紧紧地挨着泥土"的苦菜花，象征着凤妮的高贵精神长存！

《花城》中篇小说中另一个个性写得异常鲜明的女性，是珊妹子（周翼南《珊妹子》）。她没有凤妮那种解放前即参加革命的光荣经历。她甚至还不是一个共产党员。她默默无闻地生活在四川的"一个傍山临江的小镇上"。她是一个极平凡的普通女子。贫苦人家的姑娘、川剧演员，这就是她短暂一生的简单履历。在她性格形成的50年代前期，我们国家正常的政治生活和社会风尚，培育了她美好的个性和心灵。她那善良的天性和当演员的身份，养成了她纯正的艺术趣味，对美的强烈感受力和追求。基于这共通的心灵，她对画家S由"敬慕"发展而为"爱慕"。当画家S向她表明自己已经有了爱人和家庭以后，她感情的心弦也曾有过强烈的颤动，心的天幕上也曾掠过一片淡淡的忧伤的乌云。但是，这种"爱慕"，又很快被她心灵中那可贵的自制力所征服。她对画家S及那没有见过面的S的爱人，没有妒忌、怨恨和不满，相反，她把与S的关系，看得更加纯洁，更加崇高。她视S为兄长，倍加尊重、敬慕、信赖，从不越出中国的传统道德规范，而更加珍贵地保存着同S的圣洁友谊，很明显，在珊妹子这个美好女性心目中追求和期待的，不光是男女之间的爱情，还有比这更能体现人的心灵美的东西——信任、尊重、关心、爱护、帮助……这是善良人的崇高美德。这种关系比两性之间的爱情有更广阔的含义，更深的社会内涵。正如S所说的："她的身上浸透了爱，这种爱不是狭义的、男女之间的性爱，她以她纯朴、善良的心爱生活、爱艺术、爱生命、爱美……"

珊妹子这种善良和纯正的爱，在1957年反右运动中S蒙难时，达到了更净化的程度。"不管他们怎么说你，我永远认为你是好人！"这张纸条，是她那明净的心灵和纯朴的眼光对S所做的结论！是她性格特质爆出的火花！她用自己的良心和人格，去保护画家S。她这样做，虽然被误解，遭到了世俗偏见的压力和封建意识的包围，但她却毫不动摇！她同极左思潮的斗争虽没有凤妮那样激烈，但却具有同等质度的刚强！她的死虽没有凤妮那么悲壮，但却同样发人深省！极左思潮、封建意识、世俗偏见……不是同吞噬珊妹子生命的癌细胞一样教人痛恨、厌恶么？！

在《花城》所发的为数不多的反映部队生活的中篇小说中，周原笔下的皮定均将军（《覆灭》）和马宗启笔下的王均司令员（《将军泪》）的形象，是最有性格光彩的两个。他们以自己活动的不同历史环境和鲜明的个性，进入了我国中篇小说人物的画廊。其深刻、传神，以及艺术概括的程度，在描写我军高级军事领导人的作品中，达到了一定的水平。

皮定均将军带领我中原支队英勇善战的显赫功绩，早已载入我军的光荣史册。作家周原在历史真实的基础上，做了成功的艺术再创造。小说围绕着皮定均率领英雄部队掩护主力突围和自身突围的战斗历程，大胆地将主人公放在斗争的正面去描写，去刻画，从中显出其带兵的严格，智勇双全的胆略和力挽狂澜的战斗风貌。小说中，当皮定均第一次出现在读者面前，作家就赋予他一种同人民群众血肉联系的作风，乐观大度的性格。战云密布，行动在即，他也不忘"砍柴、打野鸡"，宴请豫西人民的英雄使者。部队越是在危急关头，他越是想到人民利益。不论是对尖刀连的指导员何广德，还是对刚刚入伍、年小幼稚的缸娃，都没有丝毫的放松和原谅。小说从皮定均身上，生动地揭示了人民军队的本质和必胜的真谛。

皮定均将军的形象之所以如此丰满、感人，还在于作家着意袒露潜藏在这位高级军事指挥员心灵深处的阶级爱、革命情。为了冲出敌人的重围，他铁着心肠要求部队走、走、走。而当支队冲出了虎口山，他望着行进战士的一双双烂脚，"眼里涌满了泪水，把脸转了过去……"；六千人的部队埋伏在敌人鼻子尖下，他要求不准弄出任何声响，而当他知道一名女战士在这一时刻，忍着痛苦，用毛巾塞着嘴巴分娩时，便命令"叫她哭出声来！"；他替掉队后重归的小战士洗脚；他替大个子机枪手筹饭……所有这一切，都将皮定均将军的个性展露得真切鲜明。我们读后可以得到这样一种印象：皮定均将军是我军的一名优秀高级指挥员，具有牢固的党性和军人素质；但他又是一个有血有肉有感情的人，始终同战士同人民在一起，因而能无往而不胜！

《将军泪》中刻画的王均司令员的个性特质，与皮定均有相似之处而又有许多不同之处。《覆灭》中皮定均将军性格的主要特质是什么？是他对敌斗争的胆略、气魄，同战士的感情。而《将军泪》中王均司令员的性格特质呢？是党的传统在他心灵上扎下的根基，对脱离人民、不顾人民死活的不良作风的厌恶，对老区人民的怀恋。在这种性格特质的主导下，他像对待自己的亲人那样接待警卫员的爷爷来访，"文革"中他敢于掀掉"造反派"的"人血宴席"。他一个老部下带着他喜爱的"飞龙"来看他，当一听说是"专门打的"，便狠狠地"剋"了一顿，几乎要将这个部下赶出家门。他的地位越高，越忘不了最底层人民的养育之恩。他总是用战争年代与根据地人民的鱼水关系，来警醒自己不要离开人民。这个高级军事领导人的形象，对于我们恢复在十年内乱中被严重破坏了的党的传统、作风，无疑有深刻的现实意义。

在写农村题材的作品中，《山村诗人》中的主人公李老怪，有其独具的性格光彩。他老实巴交，就像乡村中最普通的泥土。但他敏锐的思想却如同金子在头脑中闪光。他对那些弄虚作假、头脑发热、不符合党的政策和群众意愿的"左"的做法，总要通过其快板的形式，表明自己的看法和评判。他这样做，当然会被视为大逆不道！在小会"帮助"，大会"批判"，办"学习班"……各种形式的围剿面前，李老怪固然不是挺胸昂首与之做正面斗争的"英雄"，他甚至常被折磨得精神恍惚，心惊肉跳。但这个人物的可贵之处在于，他始终都没有向极左思潮屈服、投降。他的缄默，是另一种形式的反抗！小说有一处写到"文化大革命"期间，李老怪因为用快板抨击了"造反派"刘二能的种种见不得人的做法，而被拉到戏院批斗，当他发现老干部、文化局长刘黑汉，也被夺权和批判时，就不顾自己处境的艰难，立即挺身而出，去保护这位虽也执行过极左路线而本质是好的的老干部。这充分显示了李老怪这个老农纯朴、善良、诚实的襟怀和爱憎分明的性格。

在《花城》所发以"四化"建设为题材的作品中，科尔沁草原上的红石矿党委书记马长青以及他身边的一群青年的形象（颜笑言《你在想什么？》），是颇为动人的。马长青是一个脚踏实地而又目光锐利，会根据新的历史情况去做人的思想政治工作的领导干部形象。这种工作，已不是他原来熟悉的教育战线的工作，也不是50年代或60年代前期那种思想政治工作。他面对的是"文化大革命"以后的青年。他重新工作后一踏进矿山，就碰到青年矿工中出现的一大堆问题。然而，他没有畏缩不管，也不是简单粗暴，而是从了解他们的思想感情，尊重他们做人的权利的基点出发，去疏导他们的心理问题。一方面，热情地支持青年矿工的正当要求，比如，他们强烈不满的住房、伙食，以及娱乐、婚姻、家庭等问题，都尽可能地逐步地加以解决；另一方面，又以诚挚的态度和正确的思想去引导他们克服自身的弱点。终于，这群在有的人眼中看似"无法无天"的青年，在马长青运用党的原则之火燃起的洪炉中，一个个变成了闪光的矿石，最终将锻成有用之才！

马长青对青年工人的爱护、疏导、教育，小说中有两处写得很感人。第一处，祈求老伴领找不到对象的二秃子王和去相亲。去前，他专门把王和叫到家里，进行"战前动员"，交代注意事项，并且破例地头一回"走后门"，批条子给他去招待所买了两条人参烟、四瓶酒。其关心程度几乎令读者感动得跟二秃子王和一齐流泪。另一处，当政工组长高连生追求方玫不成，甩出手头掌握的方玫的隐私材料进行报复，并准备召开大会进行批判时，马长青愤怒地制止了高连生的行动。马长青用体贴、过细的工作去帮助方玫解脱痛苦。他说："我们共产党还没有无能到这种程度，只会用批判会这一种形式来教育犯错误的同志。我们有比这光荣十倍的传统，我们有比这高明一百倍的办法。不然，我们就不敢说那句解放全人类的大话！"在这里，马长青处理问题的细致方式和高屋建瓴的气度，都达到了令人叹为观止的地步。

当然，《花城》三年所发中篇小说里，写得成功的人物并不止这几个。比如，赵大年的《公主的女儿》，所创造的破败贵族之家的两个公主及其周围的人物，不但思想性格各具特征，而且，她们的人生经历和兴衰离合，都富有深刻的社会内涵。正因为"红顶子的贵族之家"破败了，老公主叶紫云一代才能从"蛔虫"变成了人；公主的大女儿黄秋萍一代才得到了新生，变成了自食其力的劳动者；再下一代——黄秋萍的儿子张兴彻底清除了家庭的优越感和依靠父母的思想，变成了刻苦自学的人才。而黄秋萍的妹妹叶绿漪，虽然自身很早就脱离了家庭，投身到了革命队伍，并且当上了宣传处长，但她的思想和对后代的影响，倒不是纯净如水。她那衣来伸手、饭来张口的娇滴滴的女儿，其所作所为完全有理由计人推测，她将来会不会有重新变为"蛔虫"的危险？这部小说给我们留下的这一群破败贵族家庭的后裔的形象，确是耐人寻味的。另外，李晴的《天京之变》、郁雯的《李清照》、彭拜的《三人行》这三部中篇历史小说中的一些人物形象，也给读者留下了较为深刻的印象。

在评介《花城》创刊三年的中篇小说时，自然还要提及其艺术风格上的缤纷、别致、多姿。在它的一些优秀作品中，无论是切割故事的纵横取舍、勾勒人物的粗细浓淡，表现内在感情的绵密粗犷，都各具特色。同样是用第一人称的表现手法去抒写女主人公的悲剧命运，《泥泞》的故事大气磅礴，跌宕曲折，山回路转，《珊妹子》则委婉含情，针脚细密。同样是写人民军队的高级将领，《覆灭》高屋建瓴，行云流水，文势如破竹；《将军泪》则敞开心灵，动之以情。同样是写当今一代青年的生活，《你在想什么？》与《"现代派"茶馆》，也各具风采。

艺术表现上，给人突出的新鲜感觉的，是《寒夜的星辰》。这是一篇回忆散记体的小说（有人读了说它不像小说）。是的，它没有情节的集中连贯，故事的前呼后应，而只是用主人公留下的一本日记作为贯穿线索，以作家（"我"）对主人公的零碎感受为血肉，写出一个老干部在十年内乱中的不幸遭际。作家利用自己同主人公生前的亲密接触关系，以日记为连缀，描摹老干部生前的回忆、意念，将一张张断片式的生活画面，呈现在读者面前。作品中，将散文式的记叙抒情，政论式的评判，回忆录式的怀想，穿插融合为一。比如，作品第七十节写到主人公对"我"谈到"四人帮"在清华大学的两个走狗大搞反对邓小平的什么翻案风的时候，主人公将一些屈服于当时政治压力的人的心理，比作"怕狗"，接着又讲了一些政治上"不怕狗"的故事。接着，第七十一节用了整整一节的篇幅，让主人公大谈"打狗"经验。这一部分，从时间发展线上来看，是游离的，但从表现主人公的思想性格来看，则是前后密切相关的。它极好地体现了主人公对"四人帮"之流的憎恶。再比如，作品的尾声写到在1976年春那寒气袭人的暗夜，主人公在一股股反动政治寒流的袭击折磨中，死去了，作家又用了整整一节的篇幅，深沉地歌颂他，将他比作是"寒夜中闪烁了一下的星辰"。这段感情的抒发，是作品中的点题之笔，同时对主人公也起了"点睛"作用。总之，这篇作品形式上看似"散"，但在艺术效果和创造人物上却不散。一个在十年内乱中受着各种折磨的老干部的傲然风骨，已经深深地留在读者的心坎了。他的音容笑貌，他的性格感情，都给人一个美好、完整、深刻的印象，从这一点上看，你能说它不是小说吗？！

在故事的哀婉动人上，又当首推《泥泞》。这部概括了一个被错划为"右派"的人的一生的历史长卷，所以能展开得如此悲壮动人，几乎令人不忍卒读，我看主要有如下两个原因：一、故事本身的壮怀激烈、跌宕动人；二、感情渲染的浓墨重彩和心理刻画的细致入微。丛维熙是编织悲剧故事的能手（这首先是因为他有坎坷的悲剧经历），也是状写悲剧人物的矛盾心理和感情状态的能手。他献给人们一个个悲剧的故事，但每个故事中又总不忘为主人公注进信念、希望、力量，在故事情节的跌宕起伏中，将人物的感情推向一个又一个高潮。比如，《泥泞》前半部反复渲染高水时时怀想与自己天各一方的凤妮，总想找到这个心上的恋人而又无法实现，这在感情上可以说是一种"悲"；后来，错划"右派"的命运，却又一下将他送到了凤妮身边。虽然恋人相逢，但更多的矛盾纠葛和感情折磨也随之出现在他们面前，要他们做出痛苦的抉择与正确的处理。小说最后写到高水入狱十年，是靠凤妮和女儿支撑着活下去的。十月春雷鸣，高水出狱了，喜中带给他的是凤妮和女儿早在十年前就惨死在雷光一伙的乱棒下的噩耗！这种喜悲交叉、穿插铺排，借以展开人物的细致心理和复杂感情的手法，使《泥泞》从头至尾哀婉起伏，紧扣心弦。

在谈到状写主人公的感情魅力时，我们想再谈一篇《再会吧，南洋》。这部作品写的是30年代日本鬼子侵略中国以后，一群生活在南洋的中国热血青年和他们的老师，为宣传抗日而奔走界邦，最后回归祖国、投身抗日烽火的经历。整个故事围绕爱国的主题，展开了男女主人公的爱情纠葛。男主人公杨枫林是一个热血青年，女主人公阿丽是一个具有爱国心的、不幸的麻风病患者。他们的相识本身，就潜伏着不幸和矛盾。然而，共同的爱国心这条红线，紧紧地将他们联结在一起。在热血剧团的共同战斗中，杨枫林对阿丽产生了爱情。而阿丽却处在巨大的矛盾之中。她爱杨枫林，又不忍心将自己的不治之症传染给他，而不得不忍痛拒绝他的爱！这种感情的矛盾波澜，将主人公推向了心灵境界更高的峰巅！作品后半部写到阿丽无限向往祖国，希望伴随杨枫林归国，而又不忍将麻风病带给祖国的时候，我们被处于巨大感情漩流中的主人公的思想情操所感动！作家所表现的主人公的思想感情，是通过一个个合乎情理的矛盾瓜葛来实现的。如插进救了杨枫林生命的土著姑娘追求他、希望他不要回国等情节，都大大加强了作品的感情波涛。

在结构手法的谨严上，可举《将军泪》。它运用了一般中篇小说少用的奇特结构手法，将司令员的整个故事放在十一届三中全会前夕的一次旧地重访中，一路旧境新情带出许多往事和回忆。而这些回忆又不是江河直下，一览无余，而是一个个事件或人物的片断剪接，用主人公感情的线贯穿着，全篇反复用战争年代与人民的血肉关系来对比，用当今社会阻隔他接触群众的"可恶力量"做反衬，以人物的心理波涛来组接，掀起一层层感情的涟漪。我们以第三部分写司令员进入五灵谷一节为例，看看作家是如何组接他的故事、感情的。司令员一进入五灵谷，看见时隔三十多年的熟悉的景物，立即产生了许多对往事的怀想。这怀想的片断可以分为三层九段：第一段，概略地写自己曾在这里战斗的感慨。第二段，穿插进1969年被隔离审查时对五灵谷的思念。第三段，写粉碎"四人帮"重新工作后，听到和看到某些人脱离群众的可恶。以上三段可算为一层，只是粗略地写出司令员的心理波澜。第四段，细致地写了对当年房东魏大嫂的怀念。第五段，穿插进解放初在朝鲜战场上收到魏大嫂和乡亲们寄来的红枣；政委临牺牲前交代一定要去看望乡亲们的嘱托。以上为第二层，开始激荡感情的波澜。下面的第三层，司令员的感情和回忆都进入了细部。第六段，写四十年前带部队进入五灵谷开创根据地的情景，魏大嫂一家对子弟兵的关怀。第七段，写在这里战斗生活七年建立起的军民鱼水关系。第八段，写魏大哥牺牲前盼望家乡人民过上好日子的美好憧憬。第九段，写魏大哥遗子小虎子的懂事、辛劳……作家通过主人公这一个个片断的回忆、组接，将对根据地人民的感情推向了高潮。

《花城》所发的中篇小说中，还有一些作品，在艺术表现上都有各自的鲜明特色。如《你在想什么？》体现出作家顾笑言创作中惯有的那种调遣人物、安排结构的大度。他的行文常常带着丰富的哲理，个性化的语言中夹带着警句，使人读来毫不生腻。而《躲藏着的春天》，却体现出作家岑桑作为诗人、散文家的鲜明气质。他常在小说情节发展的关键部位，引出十分动人的抒情，让他笔下的人物形象，展着感情的彩翼扑进读者心中。《覆灭》也能看到作家周原长期记者生涯的影子。他那报告、政论式的议论洒洒洋洋，穿插在情节的发展之中，常对战局进展、人物行动，做出自己的评判。这些作品发表后在读者中的反响证明，他们在艺术上的锐意追求获得了成功。

我们期望，进入第四个年头的《花城》，能在编辑和广大作者的共同辛劳下，以更多优秀的中篇新作，献给关心《花城》的读者们。

1982年3月20日于广州

作家的时代责任感

——1982年"广东省新人新作奖"获奖作品漫评

　　今年春夏之交，花城的文坛可谓鲜花盛放。《广州文艺》的"朝花奖"刚刚评选结束，中国作家协会广东分会1982年度的"新人新作奖"又相继揭晓。最后评出的十一篇小说和一篇散文，总的印象是比1981年度获奖的作品质量高。当然，这些作品的思想和艺术质量仍参差不齐，有的甚至还显露出青年作者不可避免的稚嫩的痕迹，但这些均无碍他们自身所取得的成功。漫步在这批文学新人奉献的佳花丛里，我有一种强烈的"新"的感觉：大多数作品选取的题材新，塑造的人物新，揭示的思想也新。有较强的时代精神和浓郁的生活气息，体现了这批文学新人对生活敏锐的感受力和高度的时代责任感。

　　文学是时代生活的一面形象的镜子。作家应该是时代生活的丹青手和代言人。因此，作家应该与我们的社会和人民呼吸相通。这批获奖新人看来都比较明确这一点。他们懂得自己手中的笔对反映时代生活所负的重任。他们通过自己的作品，对当前我们时代生活的各个领域的人和事做出自己的审美评判，揭示出生活中的一些真谛，比如，炉火熊熊的轧钢厂在新时期的历史条件下所碰到的矛盾；十年内乱中被耽搁了的一代青年职工的文化进修问题；新开辟的大型矿山的机械设备的下马、上马；茫茫林区的木材检查站的风云变幻；农村实行家庭联产承包责任制以后能人的思想风貌和襟怀；等等，都给予了形象的描绘和回答。可以说，这批作品为我们描绘的是一幅幅色彩斑斓的时代生活的画图。

　　粉碎"四人帮"以后这几年来，我国的短篇小说的发展速度，可以说是惊人的。一开始，以揭露批判、控诉"四人帮"为标志的"伤痕文学"的潮头，给十年内乱后濒于僵死的小说带来了新的生机。党的十一届三中全会以后这几年，我们的小说又出现了写"四化"建设途程中的各种人物这样一个可喜的新貌，这种局面的出现，不是偶然的。人民要求在作品中留下自己的足迹，时代要求在作品中录下自己的声音。对于坚持以革命现实主义为道路的社会主义文学来说，反映奔腾向前的时代生活，永远都应该是它的主流。

这批获奖新人讴歌时代生活的热情和责任感，首先表现在，不少作者将自己的笔触，敏锐地伸向了我国各条战线的改革的领域，努力揭示在改革中所碰到的各种矛盾、问题及其解决方式，揭示其中所包含的丰富的思想内涵。《引擎》（邹月照，《广州文艺》1982年第2期），《一厂之长》（陈朝行，《花城》1982年第1期），就是从正面反映我国工业战线改革的作品。前者写南方一座硫矿在工业调整中所碰到的矛盾，后者写的是一间中型轧钢厂在生产转轨前后所出现的一系列问题。这两个不同规模、不同性质的企业，在建设中所碰到的这些问题，比如生产管理问题，干部制度问题，以及一些领导成员中存在的"左"的影响和官僚主义作风的问题等，虽然它们的严重程度和侧重点不同，但其"非改革不行"这一核心却是一致的。作品通过对这一系列问题的形象的揭示和最后的解决，生动地说明：改革是关系到我们的"四化"建设能否进行、事业能否发展这样一个带根本性的原则大事。"四化"建设要前进，就得大胆地解放思想，将人们头脑中"左"的流毒，连同生产、人才使用、企业管理中的种种弊病一齐扫除干净。这才是我们的"四化"希望所在！

《一厂之长》中所刻画的企业领导干部中的三种人的形象，在当今的工业战线上有很强的针对性。马民，是一个品质好而能力弱的领导干部形象。他1938年入党，任厂里的党委书记，对党的事业十分忠诚，对自己要求十分严格，全家四口人住的跟厂里一般干部一样，对子女也不给特殊照顾。但他也有一个最大的缺陷，就是缺乏在新时期中开创企业新局面的领导才能和魄力。他事无巨细，都抓，都管，都带头。碰到问题（不管大小），他办法不多，常只能靠一根"拐棍"——党委集体讨论来决定。议而不决，也不着急。他是廉洁奉公的好人，但缺乏事业上的开拓精神，客观上已不能适应"四化"事业的需要。副厂长吴若荣，则又是另外一种类型的人物。他凭借自己的权力和地位，到处伸手，生活待遇要求很高，住房捞得很宽，工作上却大事做不来，小事又不做，吃老本，摆架子，还拆别人的台，"不但可以在实际工作中，肆意渎职而不受惩罚，而且还可以在党委会上随心所欲地行使投票权，参与决定某种重要事情而不必担负责任！"。这种人，是我们"四化"建设进程中的绊脚石。以上这两类干部在现实生活中，是不乏其人的。靠了他们，我们的"四化"建设事业就会夭折。但在我们的干部队伍里，有更多的像新任厂长苏北这一类激流勇进的人物。苏北的性格中，包含有一种为改变工厂生产局面，为干"四化"而大胆进行改革的可贵精神。对于卡着生产的脖子、连在党委会上也解决不了的开坯车间增建加热炉的问题，他敢于大胆行使厂长领导生产的职权，排除各种干扰，大刀阔斧地给予解决。他是"四化"建设的"顶梁柱"和"明白人"。这个形象，无疑会给正在改革的人们以鼓舞。

这批获奖小说作者可贵的时代责任感，还表现在他们所塑造的具有鲜明时代光彩的几个青年形象身上。筱敏的《在坑坑洼洼的路上》（《作品》1982年第12期）中的"穿红背心的青年工人"吴大鸣，就是其中突出的一个。在他身上，有十年内乱烙下的精神创伤。他为"文革"荒废了他们一代人的学业而愤懑，为今天有的领导将青年工人的文化补习和考核搞成形式主义而不满，也为自己的数学跟不上而不安；然而，这一切都不能熄灭他刻苦好学和乐于助人的心灵之火。作者为我们塑造的是一个对社会上存在的各种问题敢于提出意见而对事业又有进取心的80年代中奋发和善于思考的一代青年的形象。从某种意义上来说，《在坑坑洼洼的路上》是一篇"问题小说"。作者没有对我们今天生活中的一切都给予肯定和赞美，相反，她通过主人公青年工人吴大鸣，含蓄、幽默地对当今生活中的许多方面提出了引人思考的问题。比如，文化考核是为了什么的问题，市政建设的速度和效率的问题，对青年一代的关心教育问题，等等。这一系列问题的提出，使这篇小说增强了时代的真实感和思想的深度。这篇作品给人的印象是：勾勒的画面是淡雅的，宣泄的感情是含蓄的，塑造的人物是新鲜的，通篇闪耀着鲜明的时代气息。

如果说，《在坑坑洼洼的路上》中的主人公吴大鸣，是在业余文化进修中来表现他自身的心灵世界，那么，另一篇小说《"九姑娘"》（贺益明，《汕头文艺》1982年第3期），则是从正面描写女青工李芝篱，如何在工厂面临停产的严峻时刻大显身手。她所在的榕湾钢材加工厂出现的停产、发不出工资等，就是近年来企业之间竞争所带来的"好"现象。然而，出来解决这一矛盾的绰号叫"九姑娘"的李芝篱，不是什么高明的人物，而是一个早年蹲过收容所的普通且有缺陷的凡人。她实行的改产适销对路的钢家具产品，下乡推销等几"板斧"，是她从实际出发，调查研究的结果。舍此新时期中经济工作的客观规律，就是比李芝篱再高明十倍的人，也不能成功。李芝篱以及前面我们所论列的吴大鸣等，他们不是成长于"文革"之前，而是生活在80年代的青年。他们的个性、气质、心理，以及对问题的看法等等，都带着鲜明的80年代青年的特色。

同描写工业战线的作品相比，获奖作品中几篇以农村生活为题材的小说，却显得单薄一些，时代亮色也淡弱了些。当然，从它们创造的人物形象这一角度来说，有的也有其长处和特色。《沙葛顾问何顺添》（岑之京，《作品》1982年第4期），对主人公的刻画是细腻的。种沙葛能手何顺添进城当沙葛顾问数月的所见、所闻、所感，处处都反衬出这位老实庄稼人纯朴、善良的美好心灵。这个人物颇具个性，可惜许多地方有高晓声笔下的陈奂生的影子，甚至连进城住招待所的心理也颇相近。这种构思和人物创造上的模仿的痕迹，在一定程度上削弱了这篇作品的感人力量。另一个人物——县农科所所长孔新，他那不择手段盗取别人的科研成果的自私龌龊的心灵，在现实中具有典型意义，但这个人物却写得略嫌概念。《利口福下田》（何健烈，《作品》1982年第9期），是从正面展示今日农村实行家庭联产承包责任制以后出现新面貌的唯一的一篇小说，题材和主题都是好的，但人物写得过于平板单调。作品自始至终着眼于故事，人物不够丰满厚实，很难站得起来。在这批反映农村生活的小说中，我们倒喜爱《秋雨春风》（金潮，《西江文艺》1982年第2期）。它像一幅淡淡的农村风俗画，点染出粤西农村几个农民的生活际遇和心灵。在这个村子里，寡妇与单身汉之间的富于情趣的矛盾瓜葛，是在新时期农村政策下溢满欢笑的矛盾瓜葛，读了能使人感到荡气回肠。然而，令人感到不足的是，这对寡妇与单身汉之间所发生的矛盾冲突的环境氛围和时代色彩，还渲染得不够浓烈。它所概括的农村的生活面毕竟窄了一些。

党的十一届三中全会以来，我省农村的面貌发生了其他战线无法比拟的变化。家庭联产承包责任制的推行，专业户、重点户的兴起和发展，万元户的出现，以及由此带来的人们思想的变化，为我们的文学家提供了多么广阔的天地。但是，创作的实际和这一批获奖作品都告诉我们：反映我省新时期农村生活的小说同其他一些兄弟省、区的小说比起来，却是落后了。《内当家》《乡场上》那样闪耀着新时期中国农村新生活光彩的作品，在我省似乎尚未见到。这其中的原因是多方面的，但作家们对新时期农村生活缺乏敏锐的感受力，可能是一个最重要的原因。时代前进着。每一个有时代感的作家必须更快地扬起追寻新生活的风帆，准确地把握新时期农村生活的脉搏，熟悉和掌握新时期农村各阶层人的心理，才能描绘出新时期农村生活的全貌，创造出富有典型意义的崭新的人物。广东农村是走在全国"四化"建设前列的一块热气腾腾的土地，我们完全有理由期待，像高晓声、张一弓、古华、何士光、路遥那样善写80年代农村生活和刻画崭新的农民形象的作家，尽快地在我省诞生。

广东"新人新作奖"的评选，这一次已经是第三届了。各地区、各有关部门推荐参加这一届评选的作品比历届都多，这是大好事，但也听到一些读者对评奖提出一些值得研究的问题，比如散文这一文学品种能参加评奖，而报告文学却不在评奖之列。看来这是不够合理的。从作品的容量以及反映时代生活的功能来看，报告文学这一样式，应该大力扶持和提倡。诗歌、理论批评文章、杂文等似乎也不应排斥在评奖之外。另外，近年来我省反映特区生活的小说也出现了不少，内中不乏佳品，然而这次获奖作品中，这一类能够反映广东特色的作品却未能见到，这也是有点遗憾的。

1983年6月20日于广州

南方，冉冉升起的太阳

——关于都市文学的随想

一

《广州文艺》主编高乃炎先生几次电话约稿，要我就该刊关于都市文学的笔谈发表一些意见。记得这是今年初以来他催促过我好多次的题目。最近，他还托人送来《广州文艺》近几年的合订本，希望我能结合该刊所发的一些文章谈点看法——这对于我可说是一个不算十分新鲜也并不完全陈旧的论题。

说它不算十分新鲜，是因为尽管这些年来，都市文学的创作在中国作家的笔下逐渐掀起了奔腾澎湃之势，并已经成为南国作家、评论家们的热门话题，但从整部文学史来考察，它并不是今日忽然从天而降的无源之水或忽然从什么圣地冒出来的无本之木。尽管"都市文学"这一名词在文学界的许多人中会觉得新鲜，但事实上，它只是理论家们近些年来对文学作品的题材和内容方面的一种界定和概括。也就是说，都市文学这种题材的创作实践绝不是近些年才开始的。宋话本、明戏曲中不乏对当时热闹的皇朝都市生活的描写；清小说对当时都市官场统治阶级"朱门酒肉"生活的刻画更是入木三分。至于欧洲资产阶级产生以后的文学，不论是宣扬"自由、平等、博爱"，还是揭露社会丑恶现实的题材，有许多都是鲜明紧密地与都市生活联系在一起。升起在19世纪西方文学太空的那些批判现实主义的亮星，在其对资产阶级本质的描写中，就同时给我们展现了一幅都市上流社会和贫民阶层的光怪陆离的二维世界。当然，以小农经济为主，经历过长期地主封建社会的中国，资本发展的迟熟和都市发展的迟缓，直接带来中国文学对都市生活描写的贫弱。可以说，一部现代文学史及其向50、60年代当代文学的延伸，中国都市题材与中国文学中成绩丰厚的传统题材——农村题材相比，也许只是天鹅湖里的一只丑小鸭！

到今天，当文学和我们那资本发展先天不足后天发育又贫弱的都市一起，艰难地跨入社会主义的新时期——特别是80年代以后，以"四化"建设为基本驱动力的都市现代化进程也同时驱动了都市文学繁荣的进程，文学的车轮驰过了长期的以描写封建主义小农经济为主导的农村大众文学，驰过了解放后数十年受"左"的思潮影响的英雄主义的颂歌文学的发展道路和泥沼，开进了一条真正的现实主义的大路。应当指出，作为新时期文学链条中的一环的当代都市文学，与重点在于反思"文革"反思历史的伤痕文学、知青文学不同，它完全是以一个现代文明呼唤者的身份，近距离地切入当代都市生活。前者树起一幅历史的参照画面，是给暗夜中的过来者点起一支对照、回顾的思想烛火；而后者描绘的则大多是今日发生在我们身边的都市人的故事，根本价值在于鼓励参与。

写到这里，我倒认为对"都市文学"这一名词没有必要像一些评论文章那样，去做那么细密那么周全的概念上的界定，但却应注重其实质内容上的发展变化过程。也就是说，应从掌握都市文学的沿革发展中去认识当代都市文学。中国当代文学已经走过了40多年，直到今天，敏感的、有概括力的理论家们才发现了站在自己身边的宁馨儿，才给它起了个响亮的名字，从而引起人们的注目。这不是文学界的过错，也不是文学本身的过错！它实在是社会与文学的长期双向选择中出现的必然定势：一方面，它是社会文明进程对文学的崭新呼唤；另一方面，又是文学在现实主义回归后对社会所承担的神圣职责。

把握了这些，我们就能对这些年来在现实主义的路上默默行进的岭南评论家、作家——那么诚挚地呼唤都市文学——有更深切的理解。

二

在岭南，对都市文学的呼唤，也许是最近几年的事。记得早些年，常在理论探讨上先行一步的《当代文坛报》即在都市高速发展的深圳（西丽湖），召开了"文学与现代文明"的大型研讨会，这也许是新时期广东文学界对都市文学探索的先声。接着，在"粤军是否静悄悄"和"珠江文学的发展方向"等讨论中，一些评论家已经提出了"以都市文学作为岭南文学的主攻方向"，"以都市文学去建构珠江文学，去经营自己的舞头产品"等主张。这也许是岭南文学界一批思维活跃者为广东文学设计的一幅新的蓝图。

然而，在岭南，对都市文学的实际关注，也许比前面所提的理论上的呼唤来得更早。《广州文艺》就是做出这种关注和从行动上扶持作家从事这种实践的最早的刊物之一。这家刊物的编辑思想和他们的编辑人员的年龄一样年青，因而他们没有包袱。他们还常常独具慧眼。他们早在1985年，即以改革的气魄，率先刷新版面，在刊物上开辟了充满改革气息的"滑浪风帆""魅力世界""旋转餐厅""风味阁"，后来又增加了更富现代色彩的"特区剪影""都市霓虹"等栏目，从而使他们的刊物有了反映都市生活的朝气，出现了崭新的面貌。洋溢着新鲜、热辣的南国都市气息——这是近些年许多读者给这份刊物的赞语。是的，前面这些栏目对广大读者来说，是窥探南国改革开放的窗口。透过这个文学窗口，散布在各地的读者能知道今日南方出现了一些什么新的人物新的事件，从主人公身上得到启迪，受到感染。另外，这些栏目对作家来说，无疑又是一把攀登梯子，使他们在框定的近距离逼近生活的题材领域中，从形象和艺术上尽情地做着自己的发挥。

在这种发挥中，广州师范学院中文系的年青教师黄锦鸿表现出过人的才华。他是以他和章以武合著的《雅马哈鱼档》而初露头角的。当然，他的才华在他与宁泉聘合作的《南风畅想曲》中更得到了淋漓尽致的表现。发表在《广州文艺》上的《南风畅想曲》这组系列报告文学，我认为可以当之无愧地在广东新时期的报告文学史册上记上一笔——因为它是这几年来，广东出现的许多令人振奋也令人遗憾、令人视野开阔也令人眼花缭乱的众多报告文学作品中，最具都市意味的一组。在这组作品中，作者用一种超前的知新型的现代文明的尺度，去量度广州都市的现代化进程，展现了花城80年代改革开放中的绚丽色彩。

这一组六篇作品的选材告诉我们，作者并不仅仅是一介躲在小楼深院只闻读书声的教书先生，也不是对现实生活总惯于保持一段距离并声言只单纯去追寻美的超然世外的那种作家，而是一位以炽热诚挚的心去关注去感受广州的脉搏跳动，感受广州急速前进步音的时代的歌手。作家用全景扫描的方法，向读者们报告《广州的"炒更"者》，报告《到广州"找饭碗"的外地人》，报告广州人引以为豪的"的士"服务，考察广州人夜生活的正面和负面的追求。这组报告文学色彩纷繁，内容包罗万象，然而它的目标是着重向广州改革开放的热点聚焦。

纵使是读系列之三《到广州"找饭碗"的外地人》，也可以看到这些外地来的民工、服务员、侍应生、车衣工，以及补鞋妹、弹棉工，还有在三元里一带结伴做买卖的新疆生意人等，与广州生活的融会和贯通。他们到广州"淘金"，同时也淘洗着自己的灵魂。广州使他们扩大了视野。广州使他们不甘于现状不甘于贫穷。广州为他们撑胀了世代瘪的腰包，使他们有了比过去在老家农村高十倍百倍的收入。当然，他们也有举目无亲的惆怅的黄昏，以及无聊、躁动的夜晚。他们中的某些人甚至还给广州抹黑，给广州带来治安、环境污染等方面的麻烦……类似这种全方位的思索，使《南风畅想曲》变得丰满耐读，给人以一种理性的启迪。当然，《南风畅想曲》还表现出作家眼光的敏锐和冷峻。在不停地摇动的镜头和总体上的重点聚焦中，还十分注意对都市社会做本色还原。对生活既不拔高，也不贬低。如系列之四对广州夜生活的展示，就十分准确地描绘出其本来的多色调。既展示广州夜生活辉煌的正面，也不隐瞒其灰暗负面。从都市中一些人"富了思淫乐"的社会现象出发，作家向我们提出了"铸造广州优秀人格"等问题，这是文学对社会的一种可贵的诱导。

在评论《南风畅想曲》时，我觉得我们的评论家应该调整自身的视点：不必过分去苛求其审美价值而又过低地去看待其认识价值。不必被那种象牙塔式地追求艺术美的轻纱蒙蔽了自己的眼睛。《南风畅想曲》作为追赶生活的报告文学，自然有写得粗疏之处和干涩之笔，但从总体上看，这部作品无论是从认识生活的价值还是审美欣赏的价值来说，都应该说达到了一定的水平。系列之四中介绍广州人"消夜"的一段，就是这样的精彩之笔。作家不仅绘声绘色地向读者们描绘了广州"消夜"场面的热闹，同时还从文化的角度，娓娓地叙述着南北方对"吃"的不同观念不同态度；就连南北方读"吃"字的语音的高低变化，也被作家巧妙地拿来印证广州人重视"吃"的地域文化氛围。这种描写已经跳出了单纯记事的范畴，而深入到事物的质的内核。

与黄锦鸿很相似，年青作家张雄辉也是在都市文学的创作实践中成绩可观的一个。虽然前者的成绩主要在报告文学，而后者主要是小说。张雄辉在这几年的小说创作中，将功夫下在创造都市人的形象系列上。张雄辉笔下的都市人，既是现代的人，又是历史的人——即打上了特殊的历史印记的人。在张雄辉笔下众多的都市人形象中，那些地位低微的小人物最能打动人心。他去年获《广州文艺》朝花奖的小说《聚龙坊的二十四小时》，人物充满了广州的人文特色。作家将都市的描写浓缩在广州的一条巷子里，时间也浓缩到一天（24小时）。这种浓缩手法虽然过去已为许多作家来用过，然而，由于作家在运用这种手法时，又采用了众多的参照系，将现实与历史、金钱与信念、物质与精神，以及对外开放，改革与传统继承等糅合、交叉、对照起来表现，这就使他在对今天都市生活的描绘中，打上了浓重的发人深省的历史底色，使作品有更深邃的历史内涵。我不知道张雄辉是不是一个地道的都市人，但我却能从他作品的字里行间读出他对都市的情感流向。一方面，他对都市生活是投入的，这才会有他笔下涉猎得较为宽阔的都市人系列。另一方面，他观察都市生活的眼光又是清醒的，这才会有他笔下隐隐流淌的对都市人描绘的冷静和幽默——有时甚至幽默到含着冷峻的讽刺意味。总之，张雄辉近年来笔下的人物，在富有南国都市气息即广州味这一点上，可说是他同代作家中出类拔萃的。

除了黄锦鸿和张雄辉，在鼓励和扶持南国作家进行都市文学的实践和探索上，《广州文艺》还做了许多工作。像珠海市的蒋丽萍、王海玲，深圳市的黎珍宇，广州市的张梅等一批在都市文学创作上表现出一定潜质取得了一定成果的年青作家，他们无疑地都得到过《广州文艺》的扶持，有的据说还是在《广州文艺》的培育下变得羽毛渐丰而飞过长江、黄河的，这里我就不一一细述了。

三

我们可以回头再从理论与广东文学实际的结合上，探讨一下都市文学的发展问题。

都市文学，作为一种文学现象和创作实践活动，已经走过了很远的途程。但它作为一种理论的升华和总结，在广东以至国内发育的时间又极短。因此，不论就全国还是岭南来说，我们都有理由更诚挚地呼唤当代都市文学繁荣期的尽快到来。今日提出这一呼唤，应该是有一定依据的。文学创作作为人类的高级思维创造活动，是以一定的物质经济活动为基础的。在当代，社会文明已经发展到高度都市化的阶段。商品经济、信息交流、高科技、高智能、金钱、物欲……所有这一切，都汇集到都市神奇的大网里。都市，越来越成为人类文明发展的竞技地、角逐场。在这样的时代环境背景下，我们的文学怎么能不跟着都市繁华的脚步一起，高举起"都市"这面旗帜前进呢？我们的作家又怎么能不去关注身边这纷纭复杂沸沸腾腾的都市熔炉（有人说是红白色染缸）的变化呢？

现代化的发展已经成为当代都市文学繁荣的驱动力。但并不等于说，有了这种驱动力，我们的当代都市文学就能在一夜之间繁荣起来。相反，处在这种崭新环境的作家，在都市文学的实践中，仍然面临着许多困难。

最大的艰难也许在于作家头脑中都市意识的真正确立。这是作家自身的情感、眼光和价值尺度的校正和转弯。这也是作家观察都市生活的视角的重新调整。在近些年来的文学作品中，大量出现的是豪华的宾馆、五光十色的商场、音乐强劲的舞厅这一类单纯描绘都市繁华表面视像的肤浅之作，而真正能从本质上揭示80年代以来都市生活的真髓的作品并不是很多。我省作家创作的《商界》（从小说到电影、电视）的出现，可以说是从高层次上填补了这个方面的缺陷。这部作品，之所以能那么深刻地揭示改革开放的南方都市在商品经济活动中的矛盾，揭示在商品经济竞争中全新的人与人之间的复杂微妙的关系，其根本在于作家亲自参与了经济实践，把握了今日都市经济活动和生活的本质。列举这个例子，并不是要求每一个作家都去经济部门挂职。如果都要求这样做，那未免太愚蠢太可笑了。《商界》给我们提供的启示应该是：处于经济更新期的作家应该能把握其中的经济和社会变革的规律，能把握从计划经济向商品经济过渡所面临的种种问题和矛盾。一句话，即作家应尽快确立全新的当代都市意识体系。内中包括对陈旧的小农经济意识和传统都市意识的清理、扬弃，包括价值观念、行为方式、思维方法的更新和调校——这是作家自身的世界观、价值观的根本方位的调校！只有完成了这一调校，确立起全新的正确的当代都市意识，才可能有全新而又深刻的都市文学的产生。

困难同样存在于如何去认识和塑造"都市人"。这对作家来说，也许是一个既永恒又紧迫的课题。社会发展到今天，"都市人"这一崭新的文学概念，比过去众多文学教科书中的各个类型概念中的"人"的内涵，实在要新鲜丰富得多。因为在当代的都市人中，不但有比过去任何时代的各式"人"更残酷无情的竞争，也有更亲密融洽的和谐；有比过去任何时代的各式"人"更紧张的拼搏进击，也有更高层次的轻松愉快的享受……复杂的社会分工和长期以来的等级观念，在今日的都市中仍然存在。在今日的都市中，在夜风中如梨花竞放般的五彩霓虹灯下，有警惕的卫士，也有丑恶的娼妓；有辛勤工作在各个岗位的劳动大军，也有躲在阴暗角落里的杀人越货者……所有这些，都为我们的作家塑造今天的都市人提供了丰富的原型和依据。当然，在今天的都市文学世界里，越来越多地出现和受人注意的，并不一定是前面所列举的那些存在巨大性格反差的人物，我们的作家应能从日常的司空见惯的平凡都市生活中，提炼新的"都市人"——特别是那些看似平庸，默默地工作，默默地生活的都市平民形象。

中国当代都市文学的希望的太阳，已经升起在南方——因为南方有中国改革开放的最广阔的地平线。南方还有蔚蓝的海水，有时时吹拂的温馨的南风……更有善于吸纳别人之长而又决心以现代文明做基石，去建构自己的文学大厦的粤军作家中的"追日者"们。

因此我深信：南方都市文学的天空，一定会有日耀中天的时刻的到来！

1990年10月15日深夜于广州农林居室苦乐阁

描绘粤北生活的绿意

现代城市的发展常将繁华与枯燥给我们一起带来。因此，当我暂时离开广州投身到这群山连绵的粤北的时候，最先感受到的当然是这夏日彤阳下的绿意。它不仅显现在天井山间的泉水水库里——那里的高峡蓄住的平湖水绿得像青梅酒似的；它也不仅覆盖于始兴车八岭自然保护区的原始森林之中——那里的遮天蔽日的阔叶树腾起的哗哗林涛，至今仍响在我的梦中。然而，给我的情感世界带来更为深刻和新鲜的时代绿意的，还是在我参加了"志在山区"的征文评奖，在认真地读了内中的许多作品之后。这些作品，将我的视野从一山一水中扩大开去，从而更广阔地窥见了整个粤北山区，窥见了充盈于这里的新时期生活的绿色。这是参加征文赛的数百位作者，用动情的笔触，播种在我心田里的。

获奖的三十篇作品，给我们展示了较为鲜明的时代色彩。党的十一届三中全会的政策，给长期沉寂荒凉的山区带来了生机，改革开放的风在北江泛起了涟漪。无论在矿山、农村，还是在工厂、学校，作品给我们展示的是一幅幅80年代生活的崭新画图。尽管这些作品没有从正面去描绘山区的"四化"建设，没有轰轰烈烈的场面，没有钢厂鼓风机的轰鸣和电站水轮机的交响，但透过字里行间，我们仍能感受到"四化"建设的脉搏的跳动，呼吸到80年代山区建设的气息。获奖作品中的《凡口印象》，从文学角度上看，仍显得甚为粗糙，但它所表现的时代氛围是颇为强烈的。作者真切地概括了对处在山野间的凡口矿山青年的最新印象：他们再也不像他们的父辈那样只会佝偻着身躯默默地挖宝在漆黑的地层深处，他们处在改革开放的巨大历史潮流中，"在经济效益逐年提高……钱袋里钞票自然不少"的情况下，他们会工作，同时又会生活。他们会玩：大自然的风光，广州、珠海、深圳，以及北京的故宫等，对他们再也不是遥远和陌生的地方。他们下班后也讲究吃，讲究打扮。作者以"新潮"的眼光，敏锐地捕捉到了"凡口有三多：小发廊多，小卖部多，小吃店多"。这些店铺不但雅致，连名字也起得新奇诱人。这些发生在矿山的变化，完全是这几年时代变化的强光在山区的烛照和投影。《我那读电大的妻》《钢厂门前的小摊档》等篇章，也展示了80年代青年的理想与追求。那要上班，要忙家务，又要完成电大课程的女会计员；那在钢厂门前卖猪杂粥然而却想着去报考服务公司餐厅经理的年青女档主，她们都是平凡的。也许是偶然的巧合，这两位年青的女主人公平凡得连姓名也没有出现，然而，她们的上进心和为理想拼搏的精神，却是相通的。在她俩的言行中，附丽着当代青年强烈的自我意识。她们不甘平庸，敢于自我设计人生。她们对生活充满着理想和爱。这是当代青年的可贵特质。小说《试探》，是获奖作品中最短小的一篇。在评选中有人较注意其中栩栩如生的人物形象，这无疑是这篇短篇小说的成功所在。但我们读这篇作品，亦不能忽视其中透发的喜气盈盈的氛围。这是山区人民生活水平提高后的一个小插曲。当然，从这一角度要求，这篇小说的环境仍写得不够典型，也不够真切和具体，在一定程度上影响了它的艺术质量。

如果说，前面我们列举的作品，有着比较鲜明的新时期粤北山区建设和生活的时代气息的话，那么，获奖作品中的《为了第一朵蘑菇云的升腾》，则是一篇给人以较深沉的历史感的作品。作者用回顾的笔触，将我们带引到50年代我国试制第一颗原子弹这一历史事件中。这是至今仍鲜为人知的粤北地质工作者探寻铀矿的故事。这是一个重大题材。虽然这个作品的过分囿于事实和缺乏剪裁，给它带来很大的不足，但其题材本身是难得的。

这次"志在山区征文"，是一次文学性的征文，那么从文学艺术的角度对其做出评判和筛选，当是自然的。从思想容量和人物创造的新意这些方面来看，《另一群校友》是值得重视的一篇。在母校校友聚会的"辉煌的时刻"，那些像星群一样灿烂的副厅长、工程师、作家等校友是值得母校骄傲的，但是，像在对越自卫还击战中失去了手臂的余山青、养蜂专业户谭群星、瑶区中学教师朱红婵等，难道他们的贡献和劳动不同样值得我们爱戴么？作者以较深刻的主题开掘和鲜明的形象，回答了这一问题，描绘和歌颂了一群有文化的山区建设者。特别可贵的是，这篇小说在只有一千多字的篇幅中，写了众多性格迥异的人物，没有说教的痕迹。老校长、余山青等均有个性。就是没有出场的现任校长，也刻画得入木三分。在人物创造上较有新意的，还有一篇是《车上初识"二郎神"》。作者将联结城市与山乡的一个运销个体工商户的形象表现得鲜活生动，活灵活现。对于在新时期中活跃山区经济的个体工商户的苦与乐、喜与忧、跋涉与竞争，都写得颇为生动具体，可以说，这位姓钱的个体户是初具"粤北味"的一个人物，是过去反映粤北生活的作品中我们较少见到的。这篇小说的缺陷是对话写得冗长，通篇内容也写得较平直，不及《另一群校友》简练深刻。

散文《乡间，那一条小河》以及《山居》，可以说是整个征文作品中文字最好的两篇。前者充分发挥了散文抒写生活自由度大之所长，将形象的描写和哲理的开掘交织在一起；将自然界的河与人生的河的抒写结合在一起；将历史的河与现实的河联系在一起，从而使一个看似狭小的题目，有着比较宽阔丰厚的内容。在艺术表现上，人化的河与物化的人的描写角度的变换亦使作品更具文学色彩。后一篇我欣赏作者观察事物的细腻。文内对山的描写是动情的；用情将色彩点染得绚丽，晨、昏、雨、雪，四时不同；用情去赋予万物以性灵，花鸟野物，都是"一篇葱葱翠翠红红绿绿的散文"。这两篇在艺术上的共同之点是：基本上达到了情景交融，基本上创造出了一个较为优美、感人的意境。读者如临深山，闻到了背铳枪的山里男人的气息，听到了围着火纳鞋的女人的笑声。

韶关日报副刊的这次征文活动，从地区报纸来说，在省内还是首次。这就益发显得可贵。他们取得的成绩是可贺的。内中的经验尤其值得新闻和文艺界同人重视。这其中，我觉得最明显的有如下几点：第一，报纸副刊主动与企业携手"联姻"，共同关心和反映当地"四化"建设的新人新事新风貌，从而使副刊的文艺作品更贴近我们的时代生活，更具时代色彩。第二，征文命题准确，有粤北的山风、山味、山气。第三，发现了一批刚刚萌芽的业余作者。他们大都生活在基层，动笔写作时间不长。这次征文给他们提供了一个最熟悉的驰骋领域和一个颇广阔的练兵场。当然，这次征文活动由于时间匆促和作者水平的限制，高质量的作品还不多，绝大多数作品缺乏艺术上的概括和提炼，只是停留在速写和素描的水平。假如组织者能根据征文的发展情况，有意去组织一批较有水平的作者去经营几篇重点题材，以重点带动一般，也许会取得与地区一级征文更相适应的成果。事实上，这次征文中的一些作品的题材，比如《唐山归子》等，是很有经营价值的，但却写得较为一般。

近年来，有些作家的眼光只注视经济发达地区，甚至有些长期生活在山区的作家也纷纷下山向海而去，内中的原因当然是复杂的。但我认为，这种现象对创作者来说并不是好事；而对作家个人来说，也不是寻求突破的好办法。文学创作的成就并不一定与经济发达与否成正比——这是为中外文学史反复证明过的事实。广东文学界应该认识到，粤北是一个尚待我省作家开掘的创作"富矿"。从创造具有粤北山区气质的人物形象，真实地描写粤北的生活美这一要求出发，这里还是一块未开垦的处女地。诸如帽子峰林场的秀丽，瑶山故事的神秘，阳山石灰岩贫困区的叹息和带给我们的思索，等等，在一个成熟作家的眼中，都不会是没有分量的。

我想，在今天如此壮丽的时代，在粤北的山水木石都在思索呼唤的时代，粤北应该出现属于自己的作家！他们能够出色地描绘这里的生活的绿意！这就是从山城归来的路上，久久地回响在我胸间的一个声音！

1987年7月酷暑，于韶关归来

一块繁茂的散文园圃

——1985年《随笔》印象

烟雨迷蒙的3月，花城出版社《随笔》编辑部邀我去秀丽的广州南湖，参加他们刊物1985年的佳作评选。在这里，当我名副其实地超脱尘世，细读完他们去年出版的6期刊物之后，我不禁从内心深处惊叹：想不到就在我时时浏览和劳作的文学百花园里，竟有这么一块繁茂的散文园圃！

粉碎"四人帮"后的最初几年，散文是走在"伤痕小说"之前的最先繁荣的文学品种之一。它那轻便自由的特长和灵活多样的表现手法，使之能很快贴近人民生活的领域，并以其一批情文并茂的怀念老一辈革命家的佳作赢得了读者。说人民之想说，抒人民之所感，应该是当时散文受群众欢迎的主要原因，也正是它自身的力量所在。

然而，当我们的散文轻骑走过了1978—1979那段激动人心的路程以后，当我们的生活进入了新时期的五彩缤纷的历程之时，近几年，文学界的有识之士发现，散文创作已开始落后于我们崭新的时代生活了。这突出地表现在，大多数的散文较为缺少时代精神，缺乏厚重感。有的人将散文用于纯记叙身边琐事、河山风光，或旅途行踪，笔触只伸向社会的表层，缺乏对社会生活的深层开掘、把握和表现。这是否也算近年来散文写作的一个弱点呢？

在这方面，看来《随笔》自有其风骨在。从它1985年所发作品看，当然也不能说没有单薄、浅陋之作，然而大多数却是厚重有味的。《随笔》散文当然也记身边琐事、河山风光，但它是开掘得较为深邃和打磨得近乎闪光的。如他们这次评选佳作中被一致推为首篇的《春暖鸟归》（流沙河），就能以其真情催人泪下。它和丁耶以《"左"拾遗》为总题发表的一组，有异曲同工之妙。它不但活画出了那被扭曲年代的多种被扭曲的嘴脸，且更重要的，是写出了"春暖"后社会上一些人的心态：不同政治气候下一些变色龙的表演；当年的受害者迫切需要抚慰的心灵……这是从十年内乱一直写到"春暖"平反落实政策的一幕人间悲喜剧。《村路》的时代感也很鲜明、强烈。作者从偏僻山村一条不为人注目的小路百十年间的变化，展示了我们时代前进的侧影，读来给人以一滴水映照时代的感受。这篇散文的细节也选取得生动、形象、有力。作品写到，过去这里走过"财主的铁轮子轿车"，"村里人都不免大呼小叫地站满埝头观赏一番"，而今，"村子里一连有十几户人家买回了汽车、拖拉机，大家也不当回事了"，"即使是洲际导弹从路上拉过去，那也不过是大家在电视上见惯了的东西"。在这里，作者对山里人思想眼光的变化把握得真准确、透彻！

"南方的风"和"观念更新录"这两个栏目，是《随笔》编者引导散文近距离地表现生活的明智之举。80年代各条战线的改革壮举，能人趣事，特区的见闻感受，以及人们头脑中急剧变革的思想观念，都一个个特写式地推向了我们眼前。这次被评上佳作的《我当上宾馆经理以后》，是一位年轻的改革者写改革的随笔。它运用第一人称的日记体形式，写出了一个旅游宾馆新上任经理的艰难改革路程。内中反映的改革者所碰到的矛盾、问题，复杂得如同一团乱麻的人际关系纠葛，对我们加深理解80年代的中国社会，有形象的启迪作用。"观念更新录"栏中所发的《香港，我面对你思忖》《"关系网"与"信息网"》《节省时间做什么》《男女，不是两个世界》等，将一些较为抽象的甚至是政论文的议题，安上了形象的翅膀，显得内容新鲜而又生动有趣。应该特别提出的是，"观念更新录"的一组文章大大拓宽了散文的写作领域，有的继承了我国古代最初的散文那强烈的议政和论辩色彩，是时代太空上一颗颗闪烁着思想光华的新星。

最近，黄安思同志在《羊城晚报》发表的一封写给《随笔》编者的信，认为这份刊物是形成了自己的风格的。我看这一见解颇为中的而又不是夸饰之言。《随笔》初步形成的风格，我觉得主要表现在，第一，在反映开放、改革的时代精神中，贯穿了作者对现实、历史和未来的探索和思考，因而它的作品大都显示出一定的力度。时代风云、人世悲欢、思想火花、生活哲理，大千世界中看得见和看不见的物质内涵与思想内涵，都一一通过这形象的窗口，呈现在人们面前了。不知是否本人的偏爱，我觉得在国内所见的众多散文刊物中，《随笔》的内容是较为丰富厚实的。第二，这本刊物发表的大多数文章，很注意文学、知识和哲理三者的融合。写作风格上，强烈地体现了一个"随"字——随手拈来，随意发挥，讲究自然，不事雕琢。使人读来感到轻松、有味和富有情趣。我随手翻开一期刊物，富有特色的栏目目不暇接："往事漫忆""生活之波""文苑手记""管窥小集""心灵回音壁""情思肖像""窗口"等。这些栏目不与别人类同。以此可见编辑独运的匠心和慧眼所在。据说，《随笔》的发行数量不算多，但一直比较稳定。这说明它有自己的读者层。做到这点也不是易事。从中也可见该刊的风格。

末了，如果要给这本刊物提点建议的话，我以为可以在80年代的当代意识和南国色彩上再加强些。再就是进一步拓宽作者领域，特别是要下意识地培养和推出一些能承继我国散文传统又敢于创新的年青随笔大家。这种人现在虽还较少见到，但《随笔》是应该担负这催生新芽的作用的。

1986年3月于广州南湖

《商界》：南方文化品格的弘扬

从小说《商界》的轰动到电视连续剧《商界》走进万千家庭的荧屏，实在是给1989年的南国艺苑带来了春的躁动和绿的信息。

电视剧《商界》以更有特色更易为群众接受的视听语言，弘扬了小说的精华所在。它也以更为贴近南方实际的画面更为逼近南方都市生活的镜头，折射出强烈的现实感。广州电视台推出的这部电视剧，虽然不一定能在市民中"爆棚"，但在经济界文化界人士中，大概能得到首肯和赞扬。因为这是一部具有南方文化品格和深刻的认识价值的电视剧，是一部思索型的电视剧。

从编导艺术创造的主体，到接受对象——观众的客体共同来完成这种创造这一整体过程来看，电视剧《商界》是大大地调动了观众的参与意识的。这也许是《商界》区别于其他一些国产电视连续剧，并能在大量表现当代生活的作品中占有一席之位的原因。连续剧多是靠翻云覆雨式的故事串联或惊险情节吸引观众，而《商界》却是在一种平静而又热烈、温情而又冷峻的南方都市氛围下，从容地描述社会主义条件下的商品经济活动。编导者承继了小说原作的特色，只求表现出带有某种神秘色彩的霓虹灯下都市生活的真实，表现在普通人看来有点捉摸不定有点变幻莫测的商品流通长河中涌动的波澜；至于对人物及其行为，则不去做简单的是非善恶评判，而是着眼于引发观众的思索。因而，它留给人们咀嚼的地方很多。全剧还充分发挥了电视艺术之长，对原作中既是成功也是缺陷的浓重论辩色彩做了故意的淡化，而将作品的认识价值巧妙地隐藏在形象之中，使观众从人物真实的活动和真切的场景中，去感受生活的丰富内涵。

从这一点出发，将《商界》誉为一部较好地体现了南方文化品格和南方人文风格的电视剧佳作，我看并不为过。《商界》反映和表现的是在改革开放大潮中浪花澎湃漩涡四起的生意场，是身处这种大潮和漩流中艰难地游泳甚或呛了水的各式人物，总之，是商品流通和金融运转中的经济活动。然而，这些都不是它最深的层次，而仅仅是它航行的载体。它企求达到的新岸是：揭示更亲切地贴近南方生活实际的南方文化品格——南方文明所形成的"生活的样法"（梁漱溟《东西文化及其哲学》）。这种"生活的样法"，在《商界》中则表现为：伴随经济活动而来的南方现代人的价值观、道德观、人际观和亲情观等观念的蜕变。

《商界》不仅给我们揭示了这种蜕变是必然的，是改革开放和确立社会主义的新商品经济机制所必需的，而且还揭示了在这种蜕变过程中，南方经历的痛苦和欢愉。这种过去对中国人特别是中国作家来说显得非常陌生的变化，不可能在一夜之间完成。这一近乎超前的文学题旨，形象地表现在穗光实业股份公司总经理张汉池身上。张汉池经商的失败，既有体制的局限，也有人为的政策的错误，这是不属于他个人责任的外部原因。但更为重要的原因，在于他是一个完全缺乏商品经济意识又背负着沉重的传统包袱的人物。电视剧开场描绘的张汉池一上任即在生意场中四处碰壁的窘态，让观众在笑声中得到省悟。他与深谙商品经济规律、更具现代意识的东喜工商联合股份公司总经理廖祖泉之间的价值观、道德观，有着何等大的区别！前者的心灵深处有着深厚的性善根基和割不断的人情羁绊，这与后者头脑中的"不与朋友做生意""为着本公司的利益不怕失去朋友"等道德价值标准，形成多么鲜明的反差。从张汉池被推上经理舞台开始，在他的身上即强烈地发生着情与理的绞杀，义与利的冲突。现代商品规律之理和商品利润法则，与自先秦以来形成的重人情重礼义的中国儒教传统，成倾斜状地融合在张汉池这个人物身上。张汉池所经历的矛盾，反映了商品经济对传统的道德标准、思维方式和传统的心理素质的冲击，同时也昭示人们：传统的善良天性、人情味、纯朴、忠厚、老实等道德规范，并不能代替商品经济自身的规律。张汉池在这段经商经历中所付出的"学费"，对大多数必须补上商品课的中国人来说，同样是宝贵的。

廖祖泉这个人物，形象塑造看来比张汉池还要丰满，编导者在处理这个人物时，也许比原作更把握了分寸感和层次感。编导者带着某种理解、爱心和同情，在充分展示廖祖泉对事业的拼搏的同时，也较真实地展示了他复杂的感情世界。他与梁依云似恋非恋没有结局的感情，显得清淡而时隐时现，就像轻风吹过湖面泛起的微澜。他那从地质学院毕业的昔日的妻子，最后勇敢地跨出家门奔向山野间的地质队，也鲜明地揭示了商品经济推动着南方家庭观念的变革。家庭与事业之间的砝码，在妻子心的天平上打破了旧有的平衡，发生了很大的倾斜。至于廖祖泉与张汉池之间的友情，更经受着汹涌的商品经济波涛的冲刷。廖祖泉在做生意中对朋友耍手段、用办法，直至站在庄严的法庭上仍然钻法律的空子，以打败对手——这些做法在我们看来，完全是有悖于朋友准则的行为，然而，他却成了"商战"中的胜利者。这大概也是经常发生在我们身旁的当代南方生活中，有人亢奋有人思索有人忧虑的一种"生活的样法"。

作为支撑《商界》的三角业务关系之一的银河劳动服务公司的经理曾广荣与助手胡仔的浮沉，同样给人以启迪——尽管是带着苦涩味的。在他俩身上，编导者鲜明而又逼真地描绘出南方小市民的生活色彩，并深刻地挖掘到了他们性格的负面。在曾广荣和胡仔眼里，商品经济就是等于做生意；做生意就是为了赚钱；要赚钱就不怕铤而走险。编导者既展示他们鲜血淋漓地追逐金钱的手段，又描绘他们灵活的经营方法和做生意的拼搏精神。在这两个人物身上，贯注着编导者对南方的忧虑，也贯注着提高他们的现代文化素质，清除愚昧的期望。

当然，在《商界》所描绘的南国生活的众多人物中，廖祖泉的父亲廖修儒是不能不提一笔的。这是一位有个性和熟悉金融规律的老人。对这位退休的银行老行尊提议发股票、赚汇兑差价等，如果冠以"思想解放"的评价，也许会显得不切合其身份。廖修儒的办法、眼光，不过是他在长期的银行实践中掌握了金融规律使然。老人不易为一般人理解的个性，给他带来了人生的坎坷和命运的悲剧。他走完生命的旅程最后倒在椅子上的脸部特写镜头，处理得含蓄而又深沉，使人从中得到感悟——感悟到悲而不哀！老人倔强的头颅虽然倒下了，但仍然具有古典雕塑般高贵的气质。

也许不仅仅是巧合。《商界》与近些年来同样脱胎于文学母体的《雅马哈鱼档》《女人街》，以及没经过文学母体孕育而直接编导的《公关小姐》等影视作品一样，描写的都是南国都市改革开放的生活。它们的出现，为评论界研究南方都市文学提供了生动的材料。南方都市文学这一命题的提出，已经有几年了。各路方家对此有各种界定和阐发，但给人的印象是，多停留在作品的外在意象如声、光、色等环境地域特色上。我以为，无论是作品思想容量的扩充，还是对都市生活认识的深度和人物所具有的审美价值，《商界》都为我们提供了新的借鉴。可以说，《商界》已把南方都市文学推上了一个新的层次。

有人说，凝重深沉不是南方艺术南方文学之长。我觉得这种见解不一定准确。诚然，由于人文历史和文化地域的不同，南方艺术南方文学常以轻盈洒脱、明快活泼、雅俗共赏等特色，而区别于北方艺术北方文学。但这并不是事情的全部，并不等于南方就不可能产生深沉厚重的作品。思索型的《商界》的出现，就是一个证明。

《商界》这部电视剧所描写的商业金融活动，对大多数观众来说也许会感到新鲜和陌生。在没有读过小说的人看来，看连续剧开头几集会有枯燥感。这个缺陷在修改压缩前的16集本更为明显。修改后的12集本，情节的推进加快了，但故事开初千头万绪，冗长的交代和说教仍然有一些，加上观众对导演藏而不露的艺术风格的把握有一个适应过程，因而，有的人仍然会有"不能吸引人看下去"的感觉。叙述、对话过多无疑是此剧前半部的一个毛病，但这个问题到第5集后，即有了根本的改观。剧情及其透发的哲理对观众有了吸引力。到最后一集，则很出色地扬起了全剧，将整个主题升华了。廖祖泉打赢官司后主持东湾酒店奠基，张汉池参加完职工自发的欢送酒会后，从工地边默默地走过的场面，都透发出一种悲怆感——不是催人泪下的悲怆，而是如同薄雾般笼罩的悲怆情绪下的深沉反思。

《商界》是年轻的广州电视台的一部力作。该台提出，今后要以南国都市题材作为自己经营的主要方面。这个路子无疑是对的，但走起来也许不会是一马平川。内中的关键在于：经营新题材还得有新意识新思维。不是表层的花样翻新，而是要开掘和表现南方生活内核的新质。

这应该成为表现都市广州人的广州电视台的努力方向。

1990年元旦于广州

中国江河将会永远铭记

——写在《中国治水史诗》出版之时

　　春节刚过，程贤章的助手勇芳发来短信，约请我为故乡再写一篇文章——那是一年多前完成《中国治水史诗》后的总结，"希望从评论家的角度去审视该书出版的意义、价值"，"你是这本书组织和整个写作过程的亲历者和参加者，又是评论家，请你来评判总结这本书，老程认为最合适"。《中国治水史诗》自去年夏天由作家出版社出版之后，在北京人民大会堂举行了首发式，《文艺报》《南方日报》《羊城晚报》等发了许多文章，纷纷给予高度的赞扬和良好的评价。为此，我常常为自己能参与这本书的写作而欣慰。为故乡写作，写故乡梅江60年治水的壮歌，这是多么有意义有价值的事！我在前半生写作过许多报告文学，说实话，2010年的故乡治水篇章，是我写作生涯中最难忘的两篇。

　　想想吧，自解放60年来，我家乡有哪本书能进入人民大会堂首发呢？又有哪本书能触动我国当代近百位优秀作家的神经，为着一个延续了数千年的美好梦想，围绕华夏江河治水的话题，做着如此真切动人的多角度和全景式的描绘呢？而这行动不亚于一次大战役。它的计划、蓝图是由故乡梅县的一家民营企业中的一位民营企业家最早提出和绘制的，它的指挥中心是在故乡梅江河畔的客都宾馆，由客家文化人实施的。这是中国当代文化建设的一项大工程。这项工程，在当地政府的关心下，在全国众多作家的参与、努力下，终于在一年内完成。我对这本书的主编程贤章说，这是你人生中一本最有分量最值得纪念的书，也是梅州文化建设中最有价值的书之一。中国的大江大河将会永远铭记：从2009年至2010年，由杨钦欢总策划、程贤章实施、中国近百名优秀作家参与完成的《中国治水史诗》，终于以上、下两卷240多万字的鸿篇巨制呈现在读者眼前，显出沉甸甸的分量！

当然，我们今日回顾这些，不仅仅是赞美，更多的是总结，是反思，希望留下关于写作这本书的背景资料，供后人思考。

一

谈这本书，首先要谈的是策划。因为策划是灵魂，是决定作品形态的主导思想。

"从某种意义上说，中国的历史就是一部治水史，从三皇五帝到现在，哪个明君不以治水而获万民拥戴？" "我们今天讲发展，我们在用水、治水的同时，还要给子孙后代留下绿水。然而，我们呼唤的声音还不够强大，常常被市场的讨价还价声给淹没了。我想求助于我们的历史，弘扬华夏千百年来的治水文化，会不会唤起某些人对历史与未来的良知呢？这就是我要策划此书的初衷。"本书总策划杨钦欢老总的这番话，说得多么到位和深刻。它概括了几千年中国文明发展史，更一针见血地申明了出版这本书的目的和动机。

杨钦欢老总的这番话，是与文化人、作家程贤章在偶然的一次"闲谈"中表述的。这是对华夏数千年文明史的精辟论述，是对中华民族生存命脉中与水的关系的深刻阐发。随着人类文明的进步，现代高度工业化和城市化的发展，人类对大自然的索取变得更多更贪婪，我们的生存环境问题特别是与水的关系问题变得更突出。杨总以其深邃的目光看到了这一点。

笔者要强调的是，杨总这一观点的提出，并不是偶然的，而是他于长期实践中得出的深刻感受。改革开放30多年来，作为叶帅故乡雁洋的民营企业家，从梅江河畔出发，他创建出梅州地区第一家股票上市公司。他奋斗了几十年，打拼了几十年，一直都离不开梅江离不开水：他的公司命名为"梅雁水电集团股份有限公司"，主业是做水电业务，从梅江和它的支流石窟河一直做到广西；笔者在90年代采访他的时候，他正在为故乡修筑江堤，而且至今没有停止过，以梅县城为中心，上至水车镇、梅南一线，下达西洋、丙村，穷百公里江堤固若金汤，加上历年整治许多山塘水库，为此，治水总投资达20多亿元！为写作治水史诗中梅江的篇章，笔者在相隔10多年后的去年采访他时，他仍然是话很少，烟却一根接一根。他头发花白了，目光却更加深沉，思考也更加成熟。他提出了治水应包含水利和植被、治害和导引等一系列新理念，治水的目的在于与水和谐相处、科学保护环境，使人民从中受益。20年前，他赚了钱第一个就想到了家乡，建水厂花巨资引雁洋水库的水，使家乡村镇农民喝上了自来水，在当地传为佳话。为了封山育林涵养水源，他拿出一笔钱，作为当地山民放弃上山砍柴的补贴，以求育林封山创造一片绿色。总之，看见梅州的山就会想起杨总的身影，看见梅州的水就会想起杨总的性格。水的性格实在是融进了杨总的性格里。他像水一样平和淡泊，润物无声，为家乡默默地付出，做着贡献而悄无声息。这一切，当他在与作家程贤章一次闲聊时，长期实践的体会、睿智的总结与作家灵感的碰撞，终于迸发出智慧之光与理论的火花，得出那有力度的深刻的高度概括。

这就是这本书产生的整个背景和立意，是杨钦欢老总的策划思想。

在这一高屋建瓴的立意指挥下，才有布局如此开阔、视野如此宽广的构思和选题：从中原的"黄淮卷""长江卷"，到北方的"松辽卷""海河卷"；从南方形胜的"珠江卷""东南卷"，到三江之源的"西部卷"……目光所及，几乎涵盖了华夏的所有江河。新疆沙漠变绿洲、西藏的拉萨河、中俄边境的黑龙江、五指山腹地的万泉河，就连港澳台的一些河流，都在入编之列。时间跨度上下几千年：从大禹治水的传说，到都江堰的不朽工程；从隋炀帝的大运河，到充满中华儿女智慧的吐鲁番坎儿井；从深烙"文革"印记的韶山灌渠，到最新的汶川堰塞湖，都有丰满动人的描绘。内中体现出策划者和主编的深邃眼光、宽广的视野和为中国江河立传写史的精神。

杨总的策划智慧还体现在整个运作成书过程中。他要求写了一辈子文章的程贤章，不要埋头自己写而要组织作家写，要经营文化，要做组织者、运作者、策划者。要举全国优秀作家之力，做排炮式、系列式的大文章。后来的成书也证明，内容如此浩繁、包罗960万平方千米涉猎大小百条江河的七卷之作，只有依靠集体的力量、集体的智慧才能完成，单靠作家个体是根本无法完成的。

从《中国治水史诗》运作的具体过程中，我们看到了一个企业家经营文化的过程。杨总是一个有思想有见地的企业家，这么浩繁的策划，这么大的选题，他却举重若轻，交由程贤章和程的助手勇芳、小罗去完成。他投入巨资不求短期的回报。他明白，能够在水利史和文学史上填补两个空白，这种投入很值得。他说，我们今天做的事，要由后人去评说。他了解文化人，了解作家采访的艰辛和写作的甘苦。成书过程中，主编程贤章告诉笔者：对重点稿件，杨总总是亲自审阅，送一篇，看一篇，并要求编辑部对来稿三天内必回复，决定采用即付稿费。

对于因为各种原因没有采用的个别约稿，还一再交代要向作者讲明原因，照发稿费。他这种尊重作家劳动，办事利落的风格，给人印象极深。难怪乎有许多作家即使很忙，也乐意为治水史诗出力，为其写稿。

二

作为写了一辈子文章的作家，程贤章没有亲自操刀，去负责哪条江河的写作，开初他也许认为有点遗憾，有点舍不得。我们也许认为这与他的性格与风格不符。但今日回头来看，杨总的建议是多么正确：一下子就将一个作家从具体写作，转换成组织、指挥作家群体写作。即从一个单兵作战的个体，上升到统领全局、协调全局的位置。

为此，程贤章做了一回"巡回大使"。2009年"5·12"汶川地震一周年，他踏着灾痕考察映秀和都江堰，面对屹立在滔滔江水中的"鱼嘴"发问：2000多年前所建的堰何以不倒？李冰父子有何绝招？他在新疆分裂势力于乌鲁木齐制造骚乱的大暑天，飞行了4000千米，赴新疆火焰山考察坎儿井，沉思"在浩渺无边的大沙漠前，高耸入云的雪山下"，"令我向往令我震撼的葡萄园"；他还马不停蹄地走访齐鲁大地，看古运河，看落日中的黄河出海口湿地；他北上长春，足迹遍及哈尔滨、沈阳、大连，踏访黑龙江、鸭绿江。他每到一地，都用记者的眼和作家的心去观察、体验、感受当地的水土风情，感受生活。他每到一地，还忙着同当地的作家交流、联谊，宣传编"治水史"的目的和设想，力图让杨总的意图为作家们所领会所理解。人行一路，友谊一路，收获一路。新疆的刘亮程，山东的张炜，长春的张笑天，哈尔滨的阿成，沈阳的刘兆林，等等，他们组成强大的写作方阵，给《中国治水史诗》出了许多主意。在首都北京，他们找到了靠山，取得了更大的收获：中国作协党组书记、作家出版社社长何建明，答应和程贤章一起，出任《中国治水史诗》主编，并商定该书由作家出版社出版。

想想吧，程贤章和他的两个助手勇芳、小罗，这一路做了多少工作呵！流了多少汗水呵！一位79岁的老人，带着两个徒弟和对山水大地的拳拳之心，冒着酷暑和严寒，踏访全国各地的江河。有人说，整个行程的艰辛、考察的严谨可以媲美当年写《水经注》的郦道元。程贤章不愧为一个作家外交家，考察一路，组稿一路，势如破竹，创造了围绕一个大主题选编一本书的"程贤章模式"。这种模式，程贤章之所以能够实施得游刃有余，与他年轻时办过报纸副刊做过长期的记者而后又长期做专业作家有关。即他有时是"记者型的作家"，有时又是"作家型的记者"，在这中间能够适时地灵巧地转换。作为记者，他熟悉采访，熟悉纪实的运作，还熟悉公关；作为作家，他会要求组织的文章更有深度，更注重细节，更有文采，更深入人物的内心世界。而所有的这一切，都来源于他的深情投入，来源于他是用心在写作。近80岁的程贤章不会用电脑写作，一辈子习惯用笔杆写作。可以说，笔杆下流淌的是他的心血呵！

三

这部史诗诞生于梅州，并不是偶然的。梅州是文化之乡，从文重教，人杰地灵。居住在粤东山区的客家人，世代与山水打交道，有多少苦乐充溢胸中，总要喷发！

为了《中国治水史诗》的写作，笔者曾四赴故乡梅州采访，完成了《梅江在我心上流》和《绿水为弦谱新曲》等篇章。程贤章亲自陪同笔者采访。我们沿着百里梅江，看了许多江堤和水利设施，访问过县委书记，市、县水利局长和许多普通劳动者，深刻地体会到"中国的历史就是一部治水史"是一条简明扼要的真理。感谢治水史编辑部，感谢杨总、程贤章给了我一次很好的学习机会，使我得以在40年后用全新的视角重新审视故乡：带着游子深情的爱，带着17岁前一个学童的记忆，围绕着治水的主题。感谢故乡的父母官和日夜奋战在风雨第一线的水利工作者们。是他们挥彩笔写出了故乡山水的变化和自然界文明的进步，使一个贫穷的粤东山区县变成林业部的绿化造林模范县，水利部的全国农村改水现场会在这里召开。我在文章里说了，梅江，只是中国江河中的小弟妹。但她确实是中国江河变化的缩影，治水的缩影。我前半生写过不少的报告文学，但是，梅江治水和梅县保水、涵养水源这两篇，是怀着一种特殊的真挚的虔诚的感情来完成的。就如同一位人物画家，曾为世人画过千百幅画，而今却要为母亲画一幅肖像一样，当然是全情投入非比寻常的。所以，我在文末情不自禁地写道："是的。梅州和梅州山水，是联结海内外游子和客家母亲的脐带。游子不论走到哪里，都会记挂母亲，关注梅州山水。故乡送我的《梅州水利志》放在枕边，将夜夜伴我入眠。"我情不自禁地呼唤："梅江在我心上流！"

举这个例子，是要说明这本书创造的一个经验：编辑部从一开初就定下一个原则，就近组织最著名的作家写身边的江河，写熟悉的母亲河。作家布点的合理，不但大大缩短了写作时间，减少了采访费用，使原定三年完成的书最终一年完成，更重要的是保证了写作质量。

由最熟悉的作家去写他身边最熟悉的江河，正如江西省作协主席陈世旭说的："我写的是江西的治水。自己当年插队时就在长江中下游，连年抗洪。1998年抗洪时，我亲身去过第一线。今日写江西治水，感受是很深刻也很真切的。"因而，他的《天地英雄气　赣都云水间——江西治水三章》就写得视野开阔，气势恢宏，史料翔实，真切动人，笔墨点染于数千年时空和一江（长江）五河（赣江、抚河、信河、饶河、修水）注入湖（鄱阳湖）的壮观水系，使作品更真实更立体更亲切更感人。

其他如天津的蒋子龙写海河（《海河水系的沧桑》），上海的赵丽宏写上海母亲河（《为了上海母亲河的清澈》），山西的焦祖尧写引黄入晋工程（《大河来高原》），西北的雪漠写塞上（《石羊河与大凉州》），黑龙江省的阿成写中俄界河黑龙江（《气壮山河的黑龙江》），长期生活在雪山高原的部队作家王宗仁写长江源（《长江源头记》），等等。可以说，90%以上的作品，都是贯彻了"组织最著名的作家写身边最熟悉的江河"这一原则。

四

作品出版了，孩子出生了。该书在北京举行了隆重的首发式。

这部作品的问世，是2010年中国出版界的重大事件。从文化积累的角度看，有填补文学史和治水史空白的意义：只要我们系统地读内中的文章，就会觉得，我们从前读过的有关水的历史大都零碎，而《中国治水史诗》在囊括地域的广度和几千年时间的纵深度方面，填补了此前的空白。

这是中国作家的一次前沿的集体大写作。他们围绕着一个很有价值的主题：表现中华民族不同地域几千年的治水。可以想象，其中可以表现的空间是多么大。古人说"仁者乐山，智者乐水"。作家的最大特点是用作品来打动人。如果是自然科学家来写这部治水史，也许会把过程平铺直叙一点不漏地写下来，也许会变成枯燥的流水账，内中没有动人的故事，缺乏现场的描写，当然，那也会成为有价值的重要的记事，但肯定不动人。这次程贤章组织的是作家写作，选题气势磅礴，作品富有感情，有故事，有文采。以"长江卷"中的主要篇章何建明的《百年梦想——中国几代伟人与长江三峡》为例，可看出这部史诗的特点和分量：这篇作品，时间跨度极长，从距今约两亿年前的造山运动生成长江，到一个世纪前孙中山把目光定格三峡，毛泽东、周恩来、邓小平、江泽民、李鹏如何关注长江、关注三峡；涉及的历史事件和人物众多：从孙中山的《建国方略》到萨凡奇的《扬子江三峡计划初步报告》，到1958年的南宁会议毛泽东第一次提出建设三峡的问题，再到1979年"文革"后三峡选坝址会议在河北廊坊召开……内中的决策，多么漫长，多么繁复。这些历史，每一段都是一个严肃的课题，需要何建明付出多少精力去调研、权衡、比对，才能拂去历史的风尘，还其本来面目。何建明不愧为驾驭大题材的高手。他用翔实的史料，丰满的事实，形象生动的描写，写出了百年三峡的发展历程，写出了孙中山、毛泽东、邓小平、江泽民等领袖人物在三峡筹划建设过程中的谋略，从中可以看到决策者的音容笑貌，看到重大建设项目的发展英姿。像这样的有分量、写作难度高的好文章，在其他如"黄淮卷""珠江卷""海河卷""松辽卷""西部卷"和"东南卷"中，都能看到。

这部作品除了抓住诸如长江三峡、黄河变清、治淮工程、珠江北江治理、松辽嫩江的变迁、三江五湖、韶山灌区红旗渠、千岛湖天池等著名的大工程、骨干工程外，还注意抓住从化的广蓄发电、梅县的植被保护、北疆的荒原找水、新丰江万绿湖的保护供水等一系列新领域新课题，宣传了治水的新理念。内中有一篇《堰塞湖泄洪纪实》，是在汶川大地震发生一周年后，组织作家赶写的。这篇纪实，详尽地记录了灾区人民在党中央领导下，决战唐家山，排险泄洪的艰苦卓绝的三十个日夜。从胡锦涛、温家宝到省长总指挥，从水电部队、成都空军官兵到现场百姓，各种排险方案，各种险情，水在上涨，坝体又管涌，挖土机、推土机争分夺秒，奋战了一个月，终于泄洪成功。这是"中国式的胜利"！这篇纪实的意义在于，它不光以难得的最快的时间最快的速度，真切详尽地记录了汶川抗震救灾，堰塞湖排险泄洪这一大事件，再现了处理堰塞湖的千辛万险，同时还有力地说明，中华民族是在困难面前富有智慧能找到解决办法的优秀的民族，中国人民是伟大的人民，她能在无数次的历史灾难中锻炼成长。

《中国治水史诗》，在"中国的历史就是一部治水史"的观点统率下，时间跨度极长，题材和选题都开挖得很深，全书每一卷都洋溢着浓郁的"治水文化"的气息。内中有一篇写灵渠的作品《北有长城　南有灵渠》，主编的选题、组稿独具匠心，写得有深度。灵渠，这是两千多年前秦王朝贯通南北水道的力作，为当年秦兵进军岭南、统一岭南做出过贡献。今日编者不因其完成了历史使命而遗忘它，也不因其被现代南北铁路取代失去经济作用而冷落它，相反，作者用历史唯物主义的眼光，向我们详细介绍了：当年为什么要开凿灵渠；开凿灵渠在当年的技术条件和地理条件；介绍灵渠的重点工程铧嘴和大小天平；详述引水工程南渠和秦堤；开凿灵渠的人物；灵渠在今日的价值；等等。为我们勾画出"世界上最古老的船闸、最古老的运河、运行时间最久仍完好无损的大坝"，"是世界水利史上独一无二的"。这被郭沫若称之为可以同长城比肩的工程，《中国治水史诗》又怎么会忽略它呢？这一类文章，体现出编者和作者的慧眼，大大丰富了中华治水文化的内涵和分量，也丰富了《中国治水史诗》的内涵和分量。

<h1 style="text-align:center">五</h1>

《中国治水史诗》是由众多作家集体完成的一部史诗式作品。出版一年来，评论界多只注意到它的文学价值，而忽略了它"史"的价值。笔者认为，这是万万不能忽略的。这也正是笔者在文章的开头，说它填补了两个领域的空白的意思：文学上的空白和治水史料上的空白。每条江河的来历、起源；历史上的记载，民间的传说；水文记录，流量，山洪暴发，枯水期；洪旱灾害，历朝历代的建设修浚资料，重大事件；等等。一个个数据点缀其间，翔实而又丰满。其中不乏史料价值。这是作家们注重追寻历史，从故纸堆中梳理、在民间寻找挖掘的收获，表现出作家严谨治史的态度，灌注着作家的大量心血。

我们以写都江堰的《天下奇功都江堰》和写北京水系的《北京的水》为例，看看作家们给我们提供了多少历史材料，解说世界闻名的工程多么细致、多么通俗易懂和深入浅出。描述都江堰，涉及了岷江和成都城的生成来历、成都平原的来历、都江堰的巨大作用、灌溉的州县面积；围绕着这一世界闻名的水利工程和非物质文化遗产，光引述的论著和资料就包括《史记》《尚书》《汉书》《唐书》《华阳国志·蜀志》《蜀王本纪》《水经》《山海经》等经典，查证和引用的地方志包括《四川通志》《蜀中名胜志》《金堂县志》《舆地纪胜》等不下数十部。有的是一本经典反复引用多次，不同材料，信手拈来，作者似有将经典熟读翻烂的感觉，让我们从中看到都江堰深厚的人文积淀和丰富的史料价值。《北京的水》也一样，作家徐坤从历史纵深开掘，写出了作为皇城的北京五大水系的来源，历史上特别是作为帝都后的水利状况，以及解放后水利事业的发展。库容、蓄水量、用水量、缺水差距以及南水北调工程进度等，娓娓道来，数据确凿，十分难得。

从这点来说，《中国治水史诗》的贡献在于，内中的许多篇章，作家们不但为我们了解中国的江河湖库，提供了情感上阅读上的审美愉悦，同时，也给我们认识中国的江河湖库，提供了系统的庞大的历史数据。每一篇作品，都留下一条江河湖库的详尽的系统的档案资料，给子孙后代做研究参考。特别高明的是，作家们引用的史料和大量数据，通常都埋藏在他们生动的描写和巧妙的布局里，读来不会觉得枯燥和乏味，而感到有更厚重的史实感。在更加重视环境更加重视水的今天，不但我们从事文学的人和宣传工作者、领导干部要读这本书，而且有必要号召历史地理学家和水文历史工作者，都来研究这本书，他们肯定也能从中获益。

关于文学家修史的问题，历史上有过先例，也有过争论。著名的司马迁的《史记》，是文学作品还是记史呢？是审美价值、文学价值重要，还是历史价值重要呢？我们认为，凡是历史上留得下来的经典，都应该是二者的统一，历史学家和文学家都反复引用它。也许，文学家大大看重作品的生动性而忽略了历史的严谨，而史学家因强调严谨的纪实而无法解决生动问题。我觉得，《中国治水史诗》内中最优秀的篇章（这在每一卷里都有），已经在这方面做了很有益的尝试，解决了这一问题。这些篇章，无疑都具有文学价值和史料价值，是两者高度的融合和统一。

当然，阅读全书还可以发现：并不是每一个篇章内容都那么齐整。有少数篇章，内容略显单薄；由于成书时间紧，有的篇章含有芜杂；个别篇章篇幅不必那么长；全书分七卷，从地域上来看，包罗过大，也许分为十卷（比如增加"西南卷"）布局会更合理，更好。但这些都是不成熟的一家之言，聊作参考吧。

瑕不掩瑜。这样一项由政府指导、民营企业资助，由有思想敢担当的企业家和文化人组织实施，由一群优秀作家参与完成的国家大型文化工程，理应引起国家宣传、出版部门的重视，应该进入国家"五个一工程"奖的视野。在文学界更加重视此书的基础上，建议召开一次高层次的学术座谈会，由治水专家、历史学家来总结此书出版的意义。换一个视角，来看看它的英姿和价值。随着时间的推移，环境问题、水的安全问题变得越来越严峻、突出，《中国治水史诗》会越来越被人们看重。这是今日可以预言的。

2011年4月至5月10日于广州，病后

（注：《中国治水史诗》，作家出版社2010年5月出版。）

主流媒体应有的责任担当

——"寻访梅州籍大学校长"读后

读得高兴，读得亲切，也读得叫人荡气回肠。从 4 月至7月，梅州日报精心推出一个策划专题"寻访梅州籍大学校长"，至今刊出了将近30版。苦追，勤访，深挖，使这个专题策划得很成功，挖掘得很深入，梳理得很有特色。投入的阵容和得到的反响都前所未见。

这一专题的推出，体现了梅州作为"文化之乡"和世界客都的底气所在、成就所在！我作为从梅州出来的一个报人、一位作家，确实为家乡骄傲！梅州日报作为客都的主流媒体和文化舆论旗帜，做了一件很有意义很有价值的好事，在伟大改革的转型期，给了客都和客家人一个正能量，体现了梅州日报自身负责任的文化担当和气魄！

清末民国之初，西学东渐，特别是近二百年来，欧风美雨对国人、也包括对作为"华侨之乡"的客属青年的影响，促使他们负笈远行，刻苦读书，学成归来报效祖国，才成就了林风眠、刁作谦、罗雄才、吴康、李国平、黄慕松、邓家栋、李国豪……的佳话。当然，成才的路千百条。像从革命家到教育家的1925年入党的罗明；百岁校长王越；参加过广州起义解放初即任同济大学党委书记兼校长的薛尚实；从延安鲁艺到解放初到东北创办鲁艺的院长木刻家张望；还有两任中大校长邹鲁、治学大家罗香林、上世纪50年代刻苦读书成长的专家型校长李世文和潘炯华，以及从知青成长的学者校长李萍……一个个感人的故事，生动地记录下他们成长的历程，做人的风骨，学问的渊博，创校的艰辛，治学的谨严。一句话，这些优秀儿女，是客都和整个客家族群的骄傲，是客家精神文化的标尺！

今日回望，我们可以毫不夸张地说，他们是一群登上了中国近现代教育高地的精英，是一群登上了中国教育界及各自学科前沿的"象牙塔尖"的尖子！

这一专题做得及时，策划精准。正如今年年初，在反复研究这个选题时，该报领导张德祥社长、黄山松总编指出的："如果我们不去做，现在还不做，恐怕将来再也不会有人去做了。"正是这种深邃的目光和紧逼感，才促成了这些金子价值的发现。客都人世世代代都会记住他们。

因为，内中每个选题的每位校长，都写出了他们在所处时代的学术地位及其在该校历史上的作用，又注意了其与客家故乡的关联、维系。他们在学术上够吨位，够厚重；事迹够丰富，个性够典型；他们的人生经历和所处时代又各具特色。一个个重量级的出自客都的著名校长、权威学者专家，显示出作为"文化之乡"的名不虚传的存在。高山仰止，令人敬佩向往。像世界著名桥梁专家李国豪教授，与华罗庚比肩的数学家李国平教授，著名医学血液学家邓家栋教授，以及学贯中西与胡适齐名的吴康，改变南方人餐桌构成的淡水鱼养殖专家潘炯华，等等，他们的学识、水平、贡献，显得多么难能可贵！

为此，采编团队付出了艰辛的劳动。这些人物活动涉及的时间长（过百年），地域跨度大；事件发生的年代久远；有些留存资料极少，给采访带来很大的困难。采编团队在报社的组织领导下，广泛征求有关部门和专家意见；深入档案馆、图书馆，认真研习现当代史、教育史；从关键节点找线索；了解有关大学校史，熟悉相关人物在其中的作用。栉风沐雨，足迹所至，北到辽宁，南达东南亚，东至台湾，遍及西安、北京、上海、广州……终于以如此丰满的内容塑造出这批属于客都的校长群像。

这一个个生动的人物形象，鲜活、厚重，有特色。既有新闻纪实的追踪，又有人物事件的鲜活描写。史实梳理清晰，还原历史真实自然，呈现当年本色。更为可贵的是，内中还为我们打捞和挖掘出一些珍贵史料。比如，有关上世纪20年代陆军大学校长黄慕松西藏抚边的详细经历以及他的墓地地址的订正，以及数学家李国平早年与关山月的关系，甚至作过关先生的《教授生活》原型等细节，文中都有生动的记述，显示出珍贵的史料价值。

这组文章的表现手法较灵活多样，写法不雷同，注意了现场感。每一篇都使我们身历其境，主人公的音容笑貌，坐言起行，如在眼前，十分亲切。亲友的回顾，同事的缅怀，具体、生动、简单、明了。如写当年抗战时仍一心忙于办学的钟鲁斋的形象，通过电话采访其儿子（81岁，在美国加州定居），采用了一个细节：当年抗战时，钟鲁斋雇挑夫担着两个儿女，从惠阳走到广州来；作者仍不满足，又写踏访雁洋文德楼的钟氏祠堂，通过亲人回忆钟鲁斋当年创办华南学院时教溪口的生活："暮色中，只有听到教溪口木桥上木杖笃笃声，才知父亲回来。"这类细节运用随处可见，显得有力亲切！一个在当年艰苦的环境里有担当有理想的文化人的感人形象，迎面走来！细节描写显得合理可信，信手拈来，左右逢源，给人以亲切、翔实之感。对最年轻的女校长李萍的个性，大胆地写了她的"爱流泪"这一细节。这不仅不会矮化这一人物形象，而且还很好地表现了客家知识女性更为可信可亲可爱的特质，实属精妙之笔！

总之，"寻访梅州籍大学校长"这组文章，从选题的确定，到具体的操作，以及采写方法、版面安排、历史照片运用等，都有许多经验值得我们总结。客都梅州作为"文化之乡"，我想还有许多"富矿"可以深掘，除了这些写不尽的大学校长外，还有近百年来许多可歌可泣以身报国的将军们和那些动人的爱国爱乡的侨领。像张弼士的传奇，我们宣传得远远不够（这是一个堪比胡雪岩的人物）。侨领、侨史、侨批，还有在客都很有特色的侨居，记忆中的夏万秋楼、陈富源济济楼……都值得我们用新的眼光新的思维新的角度去认识，去经营，去挖掘。作为林风眠的家乡，对这位世界闻名的艺术大师的研究投入太少，起步也晚，远比不上上海、浙江！作为喝梅江水长大的作家，我每当看到外省人（他们抱着无限的虔诚、巨大的热忱踏访梅州），写出那几本薄薄的有不少类同的林风眠传，就感到失职和脸红！令万千华侨魂牵梦绕的松口小镇，我总是觉得可以打造得如沈从文笔下的边城原型凤凰一样更优美出名，更富有特色！再有，那无论旋律还是语言都深具韵味的客家山歌，为什么不能像陕北的信天游和东北的二人转那样传扬？等等。这些，都值得客家后人做认真的深思！

我们的思维应该创新：我们梅州的特产不光有盐焗鸡、"三及第"、沙田柚，还有更为重要更为难得的"崇文重教"的风气，和那些遍布全国、海内外超过万名的专家学者、高级知识分子！

听到了吗？客家母亲时时都在呼唤我们，记挂我们——就像记挂这群为客家母亲创造了无限荣光的梅州籍大学校长一样！

2015年7月20日深夜，广州

当代文学批评

（之二）

叙事"画龙"，抒情"点睛"

—— 读黄秋耘的散文集《丁香花下》

一向以写文艺评论和杂文、随笔著称的老作家黄秋耘，近几年来连续写出了一批优美捷畅的散文，一部散文集《丁香花下》（天津百花文艺出版社出版），汇集了他在这个领域内辛勤耕耘的新成果。

这本集子，大都是记叙作家亲身经历的往事。作家说，在他自己的一生中，"有一些永志难忘的往事，也有一些不堪回首的往事。这些往事构成某一种情绪的波流，萦绕着心灵。我既不能也不忍把它深埋，就只好诉诸纸笔。因此我所写的柔情散文，大都是以这些往事为题材的。"（《往事与抒情》，《文艺报》1981年第3期）

作家这段披露心灵的话，不但道出了其写作动机和选材特点，而且，也在某种程度上概括了他这一类散文的风格。《丁香花下》中的许多佳作，都是以叙述亲身经历的往事做骨架，以抒发自己的"特殊感情"做血肉，一句话，是以"叙事'画龙'，抒情'点睛'"的。

从这个角度来看，黄秋耘的抒情散文，也许是介乎短篇小说与散文之间的一种尝试与创造。它在"画龙"中，像小说那样，一般都有一个较为完整的故事；表现手法上，也吸收了小说的某些特长。作家惯于在大的历史背景下，去铺排故事，描绘人物，抒发感情。这样，他笔下的一景一事，都有着强烈的时代氛围和鲜明的历史色彩。《想起了哀伤的眼神和泪光》，写的是20多年前的一个冬夜里，"我"在颐和园派出所与一位在北京街头流浪了一个多星期的青年女教师卢达华会面的故事。作家将故事的主人公——女教师对人生绝望，想在北京寻找自己的"最后归宿地"，"我"想收留她、帮助她，但又害怕受牵连的矛盾心情，置于当年"反右"斗争扩大化的背景下来展示，从而让我们透过这个悲剧故事的本身，看到了一个黯淡的时代的侧影。《往事与哀思》《十年生死两茫茫》《哀阿雪》《忆谷柳》《每忆新波倍断肠》等悼念亡友的散文，也是通过对往事的追忆，不仅写出了勤奋、多才，在"四害"横行时没有奴颜与媚骨的邵荃麟、阿雪、陈翔鹤等人的高尚的思想品格，而且，对造成他们悲剧的那段荒诞的历史，做了较为深刻的剖析。

然而，黄秋耘散文中所铺陈的故事，又跟小说所展开的故事有着显著的不同。它没有复杂的情节和矛盾的纠葛，也不过多地从各个侧面去刻画人物，而是注重在较为单一的故事中，着力抒发感情。作家抓住最能使人动情的几个简单的细节，通过主人公情绪的变化，来抒发自己内心的强烈的喜怒、爱憎。

在这一点上，黄秋耘的散文往往都在文章的结尾处，重笔"点睛"，使之在读者的心海中留下不可平息的感情的波澜。请看《想起了哀伤的眼神和泪光》。作家在叙述完"我"因自己的逆境，而不能解救那位年青女教师于危难之后，故事本也可以结束，可是，作家继续用了3个自然段、600多字的篇幅，一层深入一层地抒发自己的自责、愤懑与希望之情：第1段，作家写离开派出所之后，"从此我就永远没有再和卢达华见过面，也没有办法打听到她的消息"。作家因此而感到内疚，受着良心的谴责。接下去第2个自然段，作家从"自责"到"责人"，提出了这样一个深沉的诘问：为什么用鲜血和生命换得战争胜利的劳动人民、青年男女，胜利后"等待着他们的，仍然是坎坷不平的苦难历程和人为的悲剧命运"？作家愤懑之极地慨叹："我曾经是一个军人，我深深地体会到，在战场上，死在自己人的枪炮下要比死在敌人的枪炮下痛苦得多，悲惨得多。"末段，作家从一个革命者的责任心出发，再将飞腾的感情升华，写出了对祖国诚挚的祝愿、希望："呵，中国！但愿这一切害人害己的昏迷和强暴都永远成为过去！但愿那哀伤的眼神和泪光再也不会出现在任何一个青年男女的脸上！但愿人们都能得到正当的幸福！"三层"点睛"文字，层层相扣，层层深入，就像一块块巨石，投入读者的心海激起感情的涟漪！

黄秋耘的散文，无论是在叙事中抒情，还是在抒情中"点睛"，其根本目的都是为了将作品中所寓的思想、抒发的感情和描写对象有机地融合为一，从而创造出一个隽永、和谐、深远的意境。最有代表性的是《丁香花下》。这篇曾被一位英国汉学家称赞为写出了一个"感伤的罗曼斯"的作品，其意境的创造是耐人寻味的。这篇散文描写的对象是一位女中学生。她善良、纯洁，冒着风险，将危急中躲进自己家里、参加救亡游行的学生"我",藏了起来,并帮助"我"化装逃脱虎口。后来,"我"为了将衣服还给她,约她到中山公园来今雨轩的丁香花下会面。两人连姓名也没有问就分开了。这件事本身是令人难忘的,表现的角度也可以有许多。而作家没有纠缠于故事情节本身,只透过几个片段,运用将人物与环境诗化的手法,将这位没有留名的女学生的崇高心灵,与高洁、清香而有点忧郁的丁香花联系了起来。首先,作家从写44年后的今天,每当夏日黄昏,总到中山公园紫丁香花丛中散步落笔,通过"我"与另一位老人关于对丁香花有一种"特殊感情"的对话,引出与女学生的那次邂逅。在艺术的天地中,作家没有在事件面前止步不前,他继续通过"我"到来今雨轩丁香花下还衣服这一颇带感情色彩的情景的描绘,与散文开端呼应起来。作家将女学生与丁香花多处映衬、对照来描写,就使她的形象变得富于诗情画意的美了。这篇散文所着意表现的环境与场景,和作家在描写对象身上所寄寓的思想与感情,显得十分和谐、统一。

《雾失楼台》,也是一篇意境创造极为成功的佳作。作家通篇都抓住从邻居——小提琴教师父女楼台上飘来的琴声作为材料的贯穿线索,一步一低回地将隽永的情境、深刻的思想推到读者面前。

作家在散文的开端,写了"我"在"文化大革命"前夕,由于受"中间人物"事件的株连,靠边站以后的忧郁心情,以及在这种境遇中,每天听到从邻居楼台上传来的"如泣如诉"的古典乐曲琴声;从此,"我"常常被他们演奏的莫扎特的那支《安魂曲》,"折磨着心灵,使得悲从中来,泪湿青衫"。这些渲染,为下面故事的展开做了感情的铺垫,在读者心中造成了"未曾相识成知音"的效果。接下去,作家写"我"通过派出所民警的介绍,了解到小提琴手江韵,有着比"我"更为坎坷的命运:"五七年'犯了错误',下放劳动两年,六〇年摘掉了帽子,回到音乐学院,不能再当小提琴教师",而他"十七岁的女儿江薇,也由于父亲的不幸遭遇和母亲的悲惨死亡","给她的青春抹上了一层淡淡的哀愁的色彩"。相同的命运,使"我"与江家父女成了"知交"。他们一起欣赏世界名曲,一起开三人音乐会。到这里我们可以看到,"我"与江家父女的思想、感情、志趣、爱好、忧乐……都被缠绵的琴音联结在一起,胶接在一起了。最后,作家细腻地写了"文化大革命"开始,"三人音乐会"如何被迫停开;江家及"我"家如何被抄;江韵被红卫兵带去,江薇离家出走……在这一系列描写中,作家仍然是紧紧抓住抒情的依托——一把提琴来进行的。写琴声的消失,琴的被砸碎，等等。当三年后，"我"重新回到这条胡同，痴痴地回过头望向那座小楼房时，这里，没有了江韵拉出的熟悉的琴声，没有了小江薇哼的曲调，剩下的，唯有"我"一个人沉重的脚步声。到此，作家怀念故人的感情达到了最高峰，从心底发出悲怆的咏叹：

> 雾失楼台。我所失去的不仅是这座小小的楼房，而是我在患难中结识的两个挚友，一个大朋友和一个小朋友。爱和友谊，是永远不能忘记的，永远。

作家所创造的意境和委婉动人的笔触，早就拨响读者感情的琴弦了！

1981年8月10日于广州

诗人韦丘的足迹

他的音调是昂扬的。他的旋律是明快的。内容紧连着生活的脉搏，节奏随着生活的频率而变化。他的为诗，就像他的为人，质朴、明朗，毫不矫饰晦暗，出语铿锵有声。二十几年来，他的足迹，遍及粤北山地、鉴江平原、海南椰林、侨乡沃土、繁忙海港、新辟特区。生活中哪里有他的身影，哪里就能听到他的歌唱。

他，就是为许多诗歌爱好者所熟悉的诗人韦丘。

韦丘是因一个极偶然的机遇而走上诗歌创作道路的。他1955年调进《作品》编辑部。这之前，他写过戏，编过词，尝试过多种文学样式。1958年"大跃进""左"的狂澜，冲决了人们正常生活的堤坝，淹毁了许多领域繁盛的苗圃和田园。而年轻的韦丘却是在这股潮流的冲击下，被推涌到他遥望已久的诗的新岸，揭开了诗歌创作最初的一页。他这个时期的主要作品，编进了1959年出版的《红花集》（广东人民出版社）里。内中的诗作，尽管有许多烙有"大跃进""左"的痕迹，但亦不乏揭示了生活真谛和生活美的佳作，表现了诗人初露的创作才华。如一组宣扬工业品的诗传单，今天读来仍兴味颇浓，使人不禁联想到马雅可夫斯基为苏维埃新政权写下的大量诗传单作品。另一组反映广州解放后的新生面貌的诗，也注满了诗人深挚的爱和炽热的情。

韦丘从开始诗创作，直至"文化大革命"前，下功夫钻研了我国古典诗歌的传统精华，并从当时雨后春笋般涌现的民歌中，吸收了许多营养。其结果体现在他这一时期的作品中，可以明显地看出我国古典诗词中小令的影响——

滇池风起，

西山云涌，

雨洗碧鸡关，
更青葱！

耀眼的红星，
千万颗，
连营百里，
绿帐篷……

英雄铁道兵，
向地球进攻；
风钻手，
是开路先锋！

——《碧鸡关抒情》

不用引全诗，即可看出其节奏的急促，抑扬的鲜明，经过严格的锤字炼句，每一个词组和音节，都像鼓点般从胸腔中喷发而出。他这一时期的诗，有的还带着浓郁的民歌风——

远望青山一片火，
映山红里人唱歌。
歌声起，锄头落，
一把红霞撒对坡……

——《远望青山一片火》

这一类诗中所融汇的民歌风，不单是指具有民歌的节奏、韵律等，同时，他已经善于将歌唱的内容，注入诙谐、幽默的情趣，和浓郁的浪漫主义色彩。

在吸收小令和民歌体的风格中，追求鲜明的南国色调，充溢着水乡的情韵，又是这一时期韦丘诗歌的一个特色：

飘飘洒洒，舞舞飞飞，

香风吹遍了，

三角洲，河网地，

万顷鱼塘千里堤。

打鱼船，迎风驶，

兜着一帆丹桂，

网起了银鲥朱鲤，

鲜鱼还带桂花味。

——《秋》

　　另一首《四季飘香》，也写出了珠江两岸花果纷呈，溢彩流蜜的景色。全诗只20多行，呈现在我们面前的有柑、橙、柚、桃、梅，还有木瓜、菠萝、香蕉、荔枝，有"花洲""果岛"，有"树是城墙""花是城垛"，有"淌星流月"的新渠，有"唱着歌"的电线……所有这些，诗人并不是芜杂地陈列出来，而是通过一条"烟水葱茏"的珠江贯穿起来。读来很有情致。可惜的是，这首诗结束处显得有点笔力不足，没有在这缤纷的花果荟萃中，抹上自己更浓烈的感情色彩，从而使诗意得到点睛般的升华。

　　从1958年至"文化大革命"前，经过近十年的勤奋磨砺，韦丘的诗有许多已雕琢出了光华。其中有一部分力作，如《瀑声》，就写得异常含蕴、深刻。他笔下的飞瀑已不仅仅是一潭飞水，而是勇敢、不怕困难、看准目标一往无前的崇高人格的化身。诗人已经善于运用自己独特的眼光，对事物进行独特的观察，并常借助灵巧的想象的翅膀，将我们带进他所描写的那贴切而又独特的形象中。他的朗诵诗《年青人，来吧！》，已成为鼓舞青年投身祖国建设洪流的一支响亮的鼓角。每次朗诵会上，都以其极强的感染力，在青年听众中引起强大的感情共鸣！另外，反映广州新变化的几首，也写得颇有新意。《两个广场的今昔》，题目看似平平，但读来，一下就被诗人创造的形象所吸引：

从前，维新路不新，

吉祥路不祥，

就像一条破扁担，

　　挑着两头广场的破烂。

　　一头是一片瓦砾，

　　另一头是块烂泥滩。

　　广州像个贫困的老汉，

　　挑着这担破烂去要饭。

　　马路——扁担；两头相连的广场——一担破烂，这比喻已很新奇，但仍是静止的。再加上将广州拟人化为"贫困的老汉"，"挑着去要饭"，画面立即产生动感，组成一幅真切殷实、线条简洁的速写画！接下去后半部分，当我们读到诗人将这两个新生后的广场，比作是广州挑着的"一对花篮"时，新、旧两幅画面的对比更显其强烈！感慨、眷恋之情从心中油然升起。多少年来，很多人都写过广州新、旧变化这一类题材的诗，韦丘这一首，可谓形象生动而又匠心独具。

　　前面，我们论列了"文化大革命"前韦丘诗的几个特色。但纵观这一时期韦丘的诗，我们觉得诗人仍然有许多潜力没有得到发挥。本来，按照诗人的气质和艺术修养，完全可以多产生像《瀑声》《年青人，来吧！》那一类概括力强而又有深度的佳制。现在回头总结，诗人本来可以产生的这类作品生产得较少，有的诗题材过于纤弱、琐碎，离"时代号角""人民心声"仍有一段距离。前面提到的，《红花集》中有一小部分诗作，烙有"大跃进""左"的某些痕迹，没能鲜明地体现出作家的个性。当然，这主要是历史和时代造成的。但作为诗人本身，就如何去选择题材，如何去反映和表现生活等问题，仍然可以从中总结教益。

　　"文化大革命"以后，韦丘如同许多盛年诗人一样，创作热力像长期被压抑在地下的熔岩般奔突出来。粉碎"四人帮"之初，从1977年起，韦丘写了一组又一组怀恋革命战争年代的战友的诗作。他重走粤北庾岭、粤东山地，深情地恋念像白杨树一样俊俏挺拔的游击区女教师（《白杨树》）；歌唱像还魂草一般灵秀的女卫生员（《还魂草》）；他赞美只剩下最后一颗子弹仍打得敌人魂飞魄散的孤胆侦察员（《多余》）；赞美油岭山中当年常为陈毅领导的红军送盐的周篮嫂（《周篮嫂》），和牺牲在帽子峰下的没有名字的先烈。诗人有一首悼念当年东江纵队音乐家崔憬夷的《你在哪里？》，写得感情沉婉，形象很美——

　　没有留下坟墓，

也寻不见尸骨。

你在哪里呢？

这山知道，水知道，

还有那漫坡的翠竹……

北江，就像一卷录音磁带，

每一个浪花的跳跃，

就是你当年谱下的音符。

连绵的峰峦就是你的歌声，

在青空刻下旋律的起伏……

前面五行主要写实，提出感情的悬念；后半部则通过形象的比喻，歌颂烈士音乐家永生，战斗歌声永在。在这里，诗人将东江比作一条录音磁带，将浪花喻作音符，不但"形似"，而且"神似"。因为诗将寄情的物与歌唱对象的质水乳般融会起来了。

诗人在歌唱革命战友之时，重访了许多"旧时征战地"。他深切地注视着"四害"横行给革命老区带来的"后遗症"和问题。他看见"昔日血洒圩街"的游击队员，还在"用苦涩的汗水拌搅土壤"，"他们的孙子至今还缺乏营养"，吃的是"半稠的粥汤"。诗人从心底悲怆地发问——

他们用炸药炸坍敌人的炮楼，

难道是为了让它永远穿着破衣裳？

如今祖国已是处处鲜花重放，

为什么还不根治这块多年的溃疡？

诗人就是这样随着时代的脚步，怀着极大的关切注视着农村，抒写自己对农村的深挚感情。他大声地向人们宣布："我并非出生于乡村的母腹，但却由乡村用乳汁抚育成人。"是的，乡村哺育了诗人，但乡村的贫困（特别是十多年来的倒退），常使诗人凝眉沉思。这期间诗人写出的二百多行的长诗《乡情曲》，感情真挚、炽烈，展示了三十年来南国农村的风云变幻，土地的荣枯盛衰，是概括力较强的一篇力作。

党的十一届三中全会后，我国农村的面貌发生了巨大的变化。诗人高兴地注视着这种变化。他带着笔和行李，重新走向农村，走向生活的原野，到粤西的一个县挂职深入生活。一段时间以后，韦丘尝到了深入下去开掘宝藏的甜头。正如诗人在《七月的乡村·开篇自白》中唱的：自己"变成了奶牛"，"生活中的奶汁挤压着丰润的笔尖"，实有不吐不快之感。诗人用真挚的感情，写实的笔触，歌唱农村出现的新房、新粮、新地、新风。一首首农民新生活的颂歌从《七月的乡村》飞进诗园，飞进读者的心坎。诗人用自己从生活中精心捕捉的一个个清新的镜头，融化成一个个生动的形象，加上感情的搅拌，涂抹出一幅幅十一届三中全会后农村生活的新图。这一时期韦丘的诗，不光内容上更厚实，而且，艺术风格上也较之"文化大革命"前十年的诗作，有了很大的发展。

这主要表现在，第一，韦丘的诗开始突破他原来那种形式。"文化大革命"前的词的影响痕迹，讲究韵律谨严、短句子等，都一概被他自己打破了。韦丘这种创作习惯的"变革"，是同他对生活节律的感受紧密相关的。1978年，他随艾青率领的一批全国著名诗人到海南岛和一些港口"走马观花"；1979年，他自己又带领广东的一批诗人访问侨乡，所见，所闻，所感，使他感到光靠原来的那种形式已经不够用了，不能那么自如地反映生活了。因此，从那时起，他就开始了"改革"的尝试，并逐渐发展成他现在的风格，这就是，为了更加畅捷自如地表现生活，他的大多数诗从短句子变成了长句子。然而，他的长句子又并不拗口，而是尽量口语化，语句一气呵成，没有什么人为的斧凿痕迹。比如：

> 公路上是摄氏四十度的酷暑，
> 龙眼树荫之下却是水冷风凉。
> 躺在临时架起的竹棚下歇晌，
> 抽一袋水烟，引起多少遐想……

> 这里是只有八户人家的蛤蟆塘，
> 老少三十二口，过去一半逃荒。

——《七月的乡村·蛤蟆塘》

"水冷风凉"，"老少三十二口"，"抽一袋水烟"，"逃荒"等，都是群众的口头语，平白如话。用这些语言来表现今天农民的生活，素朴中显其美。由于形式上冲破了某种束缚，诗人感到，有时韵脚对自己的内容也有所限制了。他开始尝试不因韵而害意，有时根据内容的要求而大胆"变调"；有时两行不去押韵，四行才押；有时不是一韵到底，而是四句一转换。如《七月的乡村·开篇自白》，全诗十六句，用了"张、惶""草、醪""别、月"等韵脚。初看会觉不工整，但细读一遍，原来二、四两节同韵，就形式上看是四节，按实际诵读习惯又可分成两节，整个韵律从变化中求统一，读来错落有致，内容抒发自如。

第二，韦丘近两年来的部分诗作，开始尝试着吸收国外意象派、现代派的某些表现手法，将人家意象新的长处"引进"到自己的作品中。这样，许多以前诗家视为畏途的领域——原来只适合写政治论文的题目，也在诗人笔下得到了形象逼真、概念准确的表现。这里，最有代表性的是诗人发表的一组《无字经济学》。

先来看看这组诗中的第一首《比喻，总是蹩脚的》：

田野是一本没有文字的《经济学》，
到现在才读得懂它深奥的片言只语。
秧插的迟早，人的勤和懒都有规律，
这里，人头牛头加锄头是生产力。

"削足适履"固然愚蠢得可悲可笑，
硬给两脚穿上大鞋也有碍行走奔驰。
农村为什么长年累月都是半饥半饱？
小脚穿上大鞋——以往的生产关系。

让人们按照自己的脚去选择鞋子吧，
管他穿的是布的、胶的还是皮的！
土地的主人，是不高兴走回头路的，
田野是慷慨的呵，将献出丰衣足食。

这首诗只有十二行，却涉及政治经济学的一个大论题：生产力与生产关系。韦丘机敏地从生活中得到了灵感，从今日农村的体制改革、经济面貌、农民情绪等一系列变化中窥见了"经济学"老人的面容，及其生产关系如何适应生产力的道理。在这首诗里，诗人根本没有去对上面的概念做什么正面的解释（那样做势必吃力不讨好），而只是根据自己对生活的独有的感受，准确地选取了一组新鲜有力的形象作比，来说明其中深奥的道理。请看当今农村，"人头牛头加锄头是生产力"，诗人这一概括，形象鲜明简洁，新颖别致，含意深刻。接着，诗人批评那种不顾生产力的发展状况而生产关系变革过快的做法，谓之是"小脚穿上大鞋"，更是意象深刻，入木三分！

另一首只有八行的《起飞》，意象的选择和运用也很巧妙、高明。诗人写一对年青夫妻"赶圩归来"，男的蹬着一辆刚用两担烤烟换回的崭新"凤凰"，尾架上载着"满脸桃花映红路边溪水"的妻子，还有"孩子的春装""夫妻的秋被"……这种情景是当前富乡常能见到的景象。如果诗人仅此搁笔，那最多只是写成农村致富的小曲而已！然而诗人通过进一步的联想和开掘，找到了一个鲜明深刻的意象，将这两口子蹬车赶路喻为"双脚蹬着按劳分配的一对车轮"，"张开彩翼起飞……"，这样，不但主题深化了，而且表现主题的形象也浅明生动了许多。其他如《久违了的信心和笑脸》也是如此。诗人歌赞农村生活起了变化以后那常见到的"一张张笑脸"，这是"土改分田""手捧土地证"时见过的笑脸；是"合作化黄金时代"见过的笑脸。后来呢？诗人写道：

> 可惜此后便以狂热代替了由衷的欢笑，
> 空想的光环炫目，模糊了客观的规律。
> 政治运动的履带，轧瘪了半空的肚子，
> 精神的反作用，凌驾着孕育它的物质。
> "唯生产力论"放逐了一切经济学家，
> 种田的科学和臭老九一起打下地狱……

在这里，"狂热""空想""政治运动""精神""物质""唯生产力论""客观规律"等术语概念，都找到了它们自己独特的形象的彩衣，显得色彩斑斓，并不枯燥。深奥的理论与新鲜有力的形象在诗人笔下融注为一，显出奇特的艺术魅力。

很明显，韦丘的诗在表现手法上锐意"改革"及"解放"形式以后，作品的数量多了，表现生活也更自如了。他近期这一类作品〔大都收入《青春和爱情的故事》（花城出版社1984年出版）诗集〕成功的关键在于，在保持自己已有的古典诗词和民歌的功力的同时，注意吸收和借鉴外国诗的表现长处，恰到好处地运用外国诗歌流派的某些表现手法，使自己的创作多了几副笔墨。他近期的这些诗，与"文化大革命"前相比较，题材领域大大开拓了，反映生活更有分量，更重视抒写当今社会中人们较为关心的问题。但我们也发现，韦丘这两年的尝试，成功中也仍有不足。主要表现在：抒情写景，他的笔墨自如些，一接触到写人物，有时就没那么得心应手，形象、力度、语言等，都不如写景抒情生动。这原因正如韦丘自己所说："借景抒情，抒的是诗人内心之情，当易着墨。写到生活中各种各样的人，无论是形象的描绘、个性的概括还是语言的锤炼，都生疏得很。"这看来只能通过加强接触生活中的人物及加强艺术探索实践来解决。另外，我觉得，韦丘有个别诗写得较实，仍有进一步注意构思的问题。我们不一味提倡追求构思的奇巧，但却要提倡追求构思有新意。这是诗歌能打动读者、并给人以启迪的一个重要条件。以上这两点，通过诗人新的写作实践的努力，定能得到解决和提高。

祝愿已奔向深圳经济特区生活的韦丘，继续奋进，不断有新的佳作问世。

1984年8月1日于广州

用心灵去谛听生活和写作

——读《爱之桥梦幻》致岑桑

　　收到你寄来的中短篇小说集《爱之桥梦幻》（新世纪出版社出版），我是一口气读下去的。虽然内中所收的作品，大多在公开发表时读过，但今天读来，仍觉有一种动人的魅力。至于内中一些发表时我没有读到的佳篇，如《水之湄》，则读后确实是在我心灵深处引起了震颤。我想，这篇作品如给当年一代迷惘的上山下乡的知青们一读，给他们带来的情感的冲击，可能会比我强烈百十倍。因此，我已不止一次地向我身边的当年曾在三角洲插队的知青朋友——尽管他们大多到了标志人生成熟的中年——推荐你这一篇作品。希望他们能从你的人生体验中得到一点启迪。

　　读完你这本集子，我的思绪首先没有过多地去考虑其艺术特色。记得吗？早在1981年你的《躲藏着的春天》在四川出版的时候，我曾执笔写过一篇评论，内中分析到你的小说刻画人物的长处：善于将多种文学样式的表现特长运用于小说；敢于大胆地对人物动情之处进行渲染。当然，你的小说的艺术特色不止于这些，但我看最主要的大概就是这两点。长期以来，你不但写小说，而且写散文，写诗。在你的文学生涯中，应该说是散文、随笔的造诣最高。因而在你80年代的小说中，融入了散文的情愫和意境，这就毫不奇怪。你的小说也没有离开中国传统小说的故事，但你已冲破了中国传统小说单纯描写故事的模式，将散文与诗的意境和动人的情感色彩，注入了故事情节以及人物的言行活动中。这对于更深入地揭示人物心灵，增强作品的感染力，起了重大的作用。

　　读完你这本集子，我的思绪更多的是在你为我构筑的题材领域飞翔。1978年之冬从刘心武的《班主任》开始腾跃起的"伤痕文学"的潮头，在文学家和广大读者心目中也许早已过去，对肆虐了整整十年的"文革"内乱的反思，在当今文坛也似乎并不风行。寻根的热流，描写大西北苍凉的自然景观和封建落后的人文景观的新边塞小说，还有突破了军营的樊篱而取得引人注目的成果的军事文学，都一齐推到了无论是对生活还是审美情趣均有更高要求的读者面前。而这却令没有这方面生活优势的南方作家羡慕得欲流口水。又加上琼瑶、张爱玲、亦舒等都曾在青年中"大行其道"，南方作家的出路在哪里？在一场场关于"广东文坛静悄悄"的讨论中，一些高明的评论家相继开出了疗治的药方——"都市文学，南方文学的磁力场"，"向改革和商品经济意识的领域开拓"——这些都无疑不失为一个路子。不知是沿着这个路子呢，还是作家的实践与评论界的议论巧合，《急流》《商界》的呱呱坠地，也在南国引起了一股不小不大的"轰动效应"。可是，检阅你近些年的小说创作，我发现你好像对这股文学长河的流向显得无动于衷。是你对涌动于中国大地的80年代的改革之潮不敏感么？那为什么当澎湃着时代激情的作品刚刚露面，你就能连夜挥写出对民族和历史的深刻反思之文呢？

你的文学经历告诉我，在理念和感情之间，你是一个更注重于后者的作家。在现实生活的洪炉中发酵的感情的升华和沸腾，浇灌出你大部分的诗与散文作品；而小说——新时期中你花了颇大功夫去耕耘的艺术领地，却大多是凝聚着你对生活的冷峻的思索的。其中你思索得最多的，大概是你亲身经历过的在人生中留下不能磨灭的印记的十年内乱。尽管它熔铸在你的作品中的基调，听起来并不是那么悦耳，大多还显得催人泪下和悲怆！从《躲藏着的春天》发端，到《如果雨下个不停……》《苦苦》，到最近新发表的《水之湄》，无不是这样。你在一篇篇形象的文字作品里，描述的是内乱年代中人性的泯灭，兽性的泛起，正直人格的尊严，邪恶者污浊的目光……读这些作品，可以感受到不是什么外在的力量在驱使你写作，而是良心在呼唤你写作。你笔下喷吐的是正义的火光。

在《爱之桥梦幻》这本集子中，是可以透视到你这种审视生活目光的焦点的，是可以谛听到你这种正直心泉的琤琮之声的。由此我联想到，在文学创作中的题材选择上，出现的一群又一群"候鸟"来。他们不是用心去感受生活和写作，而是只求趋着风向崇尚时髦而写作。他们在作品的思想内容和题材选择上，没有明确的基点，什么题材时髦就追逐什么。"一哄而起"这种长期以来保留在中国国民意识中的"国粹"，也注入了为数不少的平庸作家的创作心理中。他们中有一些人，不是将创作作为揭示社会与人生，展示生活中的美与丑的手段，而是作为猎取一点个人名利的敲门砖。他们对于自己生产的作品，多是作为一种广告和宣传——在为别人撰写广告的同时也在宣传自己！

当然，我们并不否定作品的宣传功能，但一个真正的作家则无疑更看重自己作品的深挚蕴含和隽永不淡的审美价值——而前面这种人并不看重这一点。他们无法理解美籍华人作家白先勇先生的话："我写作，是因为我愿把内心深处无声的痛苦用文字表达出来。"他们也没有美国当代女小说家乔伊纳·安妮·菲利普斯（是一位成名极早的女作家）表达过的这种写作体验："搞写作要有寂寥的环境，需要具有一个早熟的观察家和守夜者的感情。"在我们身边，我们能见到多少作家有这种对生活早熟的观察意识和孤灯守夜的写作体验（也是人生体验）呢？

今天，社会正像万花筒中五光十色的花粒般变幻着，时代也正搭乘着快车前进。商品意识越来越浓地打扮着我们生活的橱窗。文学这位灰姑娘越来越多地碰到了自己的难题：接受对象的主体的读者头脑中商品经济意识的日益加强与文学地位的日益削弱；物质产品自不待言，许多精神产品相继转化为商品后，对文学的或正或反的冲击；当代社会金钱与物质的升值与作家的清贫形成越来越大的反差；等等。这些都给我们的作家带来了新的苦恼和困惑。这些苦恼和困惑，与其说促进了我们的作家投身到商品经济领域去写作，倒不如说是迫使他们中的大多数人要先投身进去改善自身的际遇（包括物质生活的际遇），在追寻自身生活利益的前提下去操持写作这营生。这种文学的商品味的增强给文学自身带来的，也许就是这样的喜忧参半的现状与前景。纵然从追逐"孔方兄"这一消极方面看，也不能简单地归结为作家的罪过。一百多年前就深刻地揭露了资本主义社会金钱的罪恶的巴尔扎克，其自身也是十分企望金钱的。世界上这种矛盾的对立是否可看作是另一种形态的统一？何况今天的作家毕竟是生活在这物欲涌流的80年代，他们并不能升仙而不食人间烟火！

鬼使神差，又是谁叫你去当这个作家呢？假如你当的是真正的作家，高要求的作家，那定然会将自身的良心、正直的人格和手中的笔一起，看得比什么都宝贵！何必当适时的"候鸟"去追逐什么呢？站稳自己的根基，用心灵去谛听生活和写作。在商品社会里，当一个这样的高要求的作家、真正的作家确实不易。

据说，你正在创作表现十年"文革"期间干校生活的长篇小说。我想象你这部新作一定会写得精彩动人。因为我这个想象不是凭空而来，而是从你这本《爱之桥梦幻》中可以看到这种可能性。《如果雨下个不停……》中龙琪和孙洁形象塑造的真切，《苦苦》中那黑色的河曲马和草黄色的伊犁马在奔跑中，那"辛辛""苦苦"的呼唤，都是确确实实地感动过我的，再加上《鲤鱼嘴》等一系列短篇小说，从中可以感受到你已完成了创作干校长篇小说的准备。你新发表的中篇小说《水之湄》，虽然不是反映干校生活的，但写得并不比干校题材逊色。从大的历史背景来说，《水之湄》同样也是展示十年内乱年月中人的遭际的，但你的笔已从干部、知识分子，伸入了社会中的青年，触及了长期以来令人瞩目的许多青年偷渡香港这一社会问题。你这篇作品的情节展开得十分从容。内中的"我"与湄湄的认识，感情的沟通，淌着血泪走过的偷渡之路，最后面对大海毅然回归，是写得层层深入，凄婉动人的。这篇小说在人物内在感情的发掘上，具有一种冷峻的凄婉的美。结尾写得也不同凡响：十年后，当了记者的"我"与已去了香港又跟着父亲回来投资办厂的湄湄，终于在深圳偶然见面了。时间老人给这对昔日苦恋的人安排了新的遗憾："我"已属于小凤，湄湄苦等落空。生活又在他们面前展示出新的矛盾。你给读者们描写和揭示的，就是这样诱人而又恼人的生活呵！

　　写到这里，夜已深。窗外，满城灯火早已变得疏落。我的话也该打住了。我期望我们南方的作家在明天的朝日里，像你那样，能在纷繁的新生活中寻找到自己的位置——当然并不是要求他们也像你那样去写，而是希望他们在汹涌澎湃的商品经济的大潮中，当一个清醒的弄潮儿。

　　不知你同意我这看法么？

　　　　　　　　　　　　　　　　　　　　1988年10月5日深夜于广州

我读沈仁康的散文

在50年代成长起来的广东作家中，沈仁康算是一位佼佼者。他掌握了多种文学表现样式，创作耕耘高产。50年代初大学还未毕业，他就发表了一组关于鲁迅作品研究的论文，且有独到之见；后来，他当过记者，编过报纸副刊和文艺刊物，写过许多小说，出版过几本诗集和谈诗歌创作的书。其中以《延安道上》和《抒情诗的构思》，在青年文学爱好者中最有影响。"文化大革命"前10多年的勤奋创作，使他的笔锋磨砺得越发犀利和成熟。粉碎"四人帮"后这几年，他将自己的精力，主要集中于散文写作，先后给读者奉献出四本散文集：《火把》（广西人民出版社1977年出版）、《秋收战鼓》（湖南人民出版社1978年出版）、《杏花雨》（江苏人民出版社1980年出版）、《彩贝与山桃花》（即将出版）。从这点上来看，沈仁康在他同辈中年作家中，算是成果丰硕的。

沈仁康的散文，同他的诗一样，写得灵巧，短小，有新意。这几年，他处于创作上的盛期，足迹遍及革命圣地，名山秀川，沙漠莽原，海岛渔村，林区小镇……秋收起义的战鼓，会师桥头的流水，农讲所前的灯火，红花岗上的红花，遵义城头的烟云，左右江两岸的红霞，以及雷州半岛的风情，北部湾畔的涛声，巍巍瑶岭的五彩路，珠江两岸的秋色，北国长白的森林……都在他笔底下轰鸣，在他笔底下闪现。沈仁康的散文涉猎的题材是宽广的。他心中奔涌着一股对革命和建设的炽烈之爱，奔涌着一种对社会主义新生活的诚挚之情，足迹纵横所至，唱出一首首清婉动人的心曲，绘出一幅幅色彩斑斓的画图。

在此首先值得一提的是，近两年来，作家更为注意到从发展着的现实生活中去体验时代精神，去认识和表现新的思想新的人物。因而，他这一部分作品更具时代感。他将自己的眼光放在对社会主义新人新事的观察和挖掘上，善于捕捉生活中富于时代特征的新人新事，用心的彩笔点染成一幅幅线条简洁、人物可爱的新生活的素描，《山桃花》《大白藕》就从两个不同的侧面，反映了山区农民生活的崭新变化。前者写像山桃花般美丽的山区姑娘翠玲，在一个薄雾缭绕的清晨，与恋人相约上县城剪布的欢乐之情，以及此事对她父母情绪上的感染，展现出清除极左路线之后，党的农村经济政策给山区农民生活带来的深刻变化。《大白藕》写的虽是同样的主题，表现的也是与翠玲年纪相仿的三个姑娘，但在艺术表现上却另辟蹊径，写得细腻而别有情趣。三个性格各不相同的十七八岁的大姑娘，挑着第一次从山区藕塘里收获的大白藕（以前这块塘是强令种水稻的呀！），到城里的集市上卖了个好价，然后高高兴兴地看电影去。这件新鲜事本身，就是对山区农民新生活的一曲颂歌。另外，如《梆声又响了》《我穿过胶东的土地》等，都写出了处于伟大变革中的中国农村新的生机。这几篇散文，体现了作家对新时期农村新生活的关注，体现了作家对变化了的农村生活观察的敏锐，洋溢着一股强烈的时代精神。

沈仁康写的这一类表现新生活的散文，里面都有人物活动，但作家没有像小说那样去追求完整的故事情节，没有去设置人物性格上的矛盾冲突，只是注意从生活中选取一些富于表现力的新鲜的细节，用抒情的笔触，将读者带进作家所描绘的生活的画幅里，使读者从中受到感染和启迪。在这里，作家所选用的细节，大多不跟别人重复、雷同，而颇具清新感。《山桃花》中，作家写了翠玲爸妈下木耳的场面，透发出一种山区农民开展多种经营的热火朝天的氛围；写了娘嘱女儿"拿存折去"，体现了农民今日的富有；那声声催促翠玲上路的情人的呼哨，益发显出浓郁的山乡气息。一个个细节、场景，都是新鲜而又富于特征的，人物动态组成的生活画面简直是一幅富庶山区春光图。

在一次闲谈中，沈仁康谈到他如何从生活中选取散文细节的经验。有一次，他到北部湾去，跟着一位女民兵班长在海滩上巡逻，眼前出现了一行行脚印。女民兵班长告诉他："这一行脚印是医疗站的小李医生的，前两天她刚买了一双泡沫塑料鞋。你看，鞋底的花纹、鞋号都看得清清楚楚，脚印的大小也正好合她脚的尺寸。"她又指着另一行脚印说："这是一位走亲戚的妇女的。她背了个孩子，所以脚印也特别深一些。"沈仁康听了，眼前一亮，"全海岸在她心里摆着"的女民兵班长形象，立在眼前了。后来，他将这一细节，写进了《海岸女民兵》中。从这里可以看出作家观察生活的精细，艺术眼光的娴熟，选用细节的新鲜，捕捉生活中闪着亮光的人和事的能力。

沈仁康的散文不光在细节选取上追求清新，更重要的是追求意境创造的清新。细节选取的成功，只是给作品提供了素材和血肉，远不是整个创作的完成；还必须通过作家独具匠心的构思，主观感情的调料和熟练的文字技巧，才能将这些细节材料造成艺术精品。沈仁康在这方面的成功经验是，能从生活细节中提炼出美，或给细节本身注进美的情感、志趣，使其透发出美的价值。《山桃花》中山区一家人新生活的快乐，翠玲热恋的幸福，除了前面讲的几个细节的运用外，主要还通过对早春山野开得如霞似火的桃花的反复渲染，通过对照、借喻，以及象征手法的反复运用，将人与物、景与情交融在一起，从而创造出一个和谐的如诗如画的意境。《万木千花绿雷州》《不灭的亮光》等，为我们创造的意境也是清新的。前者写雷州半岛解放后造林的成就。它通过一幅幅画面的交织，通过解放前后的对比，还通过一位植树老人的谈吐，渐渐将人引入绿色雷州的美景里。后者写硇洲岛上的灯塔及管理灯塔的老人，他为我们创造的意境也是壮观雄伟、闪射亮光的！这照穿茫茫大海的黑暗之光，这灯塔老人的心灵之光，久久地烛耀着我们的眼睛。

　　沈仁康的散文，大都渗透着一种真挚的感情。写人记事的，贯穿在描写对象的音容、笑貌、言谈、举止里。写景记游的，则都点染在动人的景物中。在沈仁康的散文中占了不小比例的那一类缅怀革命先驱和历史人物的作品，都流淌着激越的怀念之情。《大海的怀念》中阿妈为了造出烟雾掩护游击队员脱险，机智而又毫不吝惜地举起火把，点燃自己的茅屋。此时，作家动情而又细致地写了火光中阿妈的脸、身子、神情，她对胜利的憧憬。最后，作家写了30年后的今天，当年身历其境的游击队员伴"我"漫步海滩时的心情。可以想象，读者在感情上是多么希望他们能寻见当年的英雄阿妈！可是，那"紫色的、多汁的、甜甜的仙人掌果"依旧，"一片槟榔林"依旧，而"阿妈却不知去了哪里"……作家在文章结尾处，给人们留下的感情，是多么委婉，是一串多么发人沉思的怀念！而接下来的几句对于奔腾的大海的气势的描写，又含蓄地做了深刻的回答和点题。另一篇写缅怀革命先驱的《春笋》，感情亦很绵密动人。主人公——一对恋人在白色恐怖中前仆后继，不怕牺牲的精神，通过作家感情的搅拌和提炼，像奔腾的瀑布般落进我们的心田。男主人公雨明在白色恐怖中牺牲了，女主人公与更多的革命者却像春笋般从大地上挺身而起。今天，革命胜利了，触景生情，我们怎能不对这样的革命者，产生深切的怀念呵！

　　沈仁康的散文，在构思上讲求角度，讲求从特征处落笔。因而他的散文口子小，写得灵巧、精短、简练。《我穿过胶东的土地》可算是沈仁康散文中的佳制。本来，在这题目范围内，可写的人和事很多，可以表现的角度亦是很宽广的。作家有今日在这里旅行的见闻，有昔日在这里生活的经历，但他没有什么都写，只是紧紧地抓住同胶东人民和党的阳光雨露密切相关的"土地"来下笔，来铺陈点染：写50年代这片土地的富庶，写生活在这土地上的人民的勤劳；写他们在困难年月的艰辛，以及今天的新生和欢乐……此文由于构思的角度小而巧，因而写得单纯而又色彩绚丽，集中而又铺陈广阔，读来有一股灼人的热力。去年，作家去了一趟东北，写了多篇游记性散文，也是角度精当的。《天池记胜》着重写天池的高，《绿色的梦》则渲染森林的绿……还有另一些被别人写过不知多少次的名胜，作家也能体察雕琢，匠心独运，找出自己的表现角度。如苏州城外的寒山寺，许多人去过都觉得没有更多东西可写，而作家却能凭借唐人张继写寒山寺的《枫桥夜泊》来展开，写出别有佳趣的《姑苏城外寒山寺》来。

沈仁康另有一部分散文不光注重了角度的问题，且在构思中敢做时间、空间的大跨度跳跃，用一种巧思来加深作品感情的浓度。《雕像前的遐思》是写今天人们应如何继承先烈遗志这个主题的。作家给我们展现的是这样几个镜头：海珠广场上解放军战士的雕像；车水马龙的热闹市街；从大连到烟台途中遇见的老人对牺牲在南方的儿子的怀念；北部湾畔公社书记讲的当年解放海南岛的悲壮故事的一幕……作家通过这么几个在时间和空间上相差都很远的镜头的组合、剪接，巧妙地将读者引进一种情绪和意境之中，崇敬、决心、信念从心中涌起。再如《花》，作家并不单纯写花，而是以花为贯穿线，打破时间、空间的界限，用感情的利刃，切割出一块块清新、明丽的生活画幅，表现人民对春的向往，对美的情感，对生命的赞颂，对文明的礼拜！又如《梆声又响了》，也大胆地跨过时间的界限，只靠反复出现的"督督督……"的梆声，用记忆的镜头组接，写出一个善良、自食其力的郑猎户30多年间命运的沉浮起落。

诚然，在沈仁康繁多的散文篇什中，也有不够精美之作。像《紫云英》，就缺乏深刻的寓意和构思；《边境小镇沙头角》也写得大而全，只有一般介绍，缺少最动情最感人的闪光的东西；《花》的感情也好似露了一点；有的作品缺乏提炼，写得较平，等等。这些不足，只要作家在新的创作实践中引起注意，相信是能够改进的。

1982年2月22日于广州

诗泉，在跨过不幸的坎坷后喷发

——论郭光豹

一、评论郭光豹的诗，必须从诗人自身的"奇特"谈起

此刻，摆在我面前的是郭光豹同志经过精心挑选的一沓沓厚厚的诗稿。这是郭光豹从他近十年来出版的《深沉的恋歌》《淡淡的绿叶》《浪潮》《少女少男》《红楼新梦》《花月情》和《望乡凤》等诗集中精选出来的作品，准备编成一本《郭光豹诗选》献给读者。为此，郭光豹不想请人写时下颇为流行的像白开水般应酬读者而客套地美言作者的"序"。他希望我能对他这数十年来的创作进行一次总结，"因为你不但是评论家中，而且是整个文艺界中最为了解我的创作情况的朋友之一。"——他如是说，目光十分真挚。

是的。对郭光豹的作品做一次评介，并不仅仅是他本人对我的要求，而且也是近些年来笔者自己的一个心愿。三四年前，在我业余仍在经营广东作家作品系列评论的时候，在诗歌这一门类中，我即已将郭光豹摄进了我的评介视野之内。这不仅仅是因为那一段时间他的创作活跃，作品数量颇丰，而且还在于我读他这些作品时，是怀着对一个曾经落难又重新奋起的诗的强者这样一种崇敬之情。也许读者不会知道，这种感情已经在我心中蕴蓄着十年了。

1978年冬，历史上有深远影响的党的那场会议召开之后，实事求是的阳光才真正地融化了大地上残存的"左"的坚冰，寒潮才真正地退出了那些阴暗的角落。其时，我在南方一家省报从事副刊编辑工作，业余时间写过几篇控诉"四人帮"极左祸害的中篇报告文学。当时，广州部队的一位朋友介绍我去采访了刚刚彻底平反的郭光豹。有感于他的动人事迹，我与谢望新合作写出了中篇报告文学

《落难者和他的爱情》。这篇催人泪下的作品被《报告文学选刊》等全国五家报刊发表、选载，从而使主人公赢得了用苦难的泪水和高尚的人格编织的"落难诗人"的桂冠。这也是我从事报告文学写作以来少有的被主人公的事迹感动得落泪的一次。从此，我以一个编辑和作家外加上朋友的身份关注着郭光豹的创作。我们经常见面，他会拿出他的诗作来征求我的意见。像他这十年中许多有影响的作品，如在他的创作路上堪称里程碑式的《田园小诗》《我是大幕》《桥，在翠绿翠绿的南方》等，就是经笔者之手推出在《南方日报》副刊上的。从这一角度出发，我的确可以说是评论界中较为熟悉和了解郭光豹的一个了。

事实上，这种熟悉和了解，又给我评介郭光豹从反面出了一道难题——就像审视一个物体，靠得太近反而不易从总体上看清其面目一样。仔细想来，这也许是我这三年来迟迟未写此文的一个原因。

以上说的这些，并不都是题外话。因为我觉得，我拿起笔来评介郭光豹的诗，不能不从与他的这段交往谈起。而读者要了解郭光豹的诗，也不能不首先了解他的与一般诗人所不同的坎坷经历。因为生活经历对于一位诗人来说，是难得的一笔财富、一副特有的创作犁刀。它常常是关联着作品的品格的。了解郭光豹的经历，可以从中洞察到他做人和做诗的品格，因为人品和诗品均能幻化在作品中，闪出幽蓝幽蓝的光芒。这种光芒不是那些心术不正的作家（诗人）心中透出的鬼火，而是一个正直诗人心中透发出的如宝石般的人格力量的闪光。这种闪光向我们昭示出：郭光豹是一位奇特的诗人。

奇特之一，是他经历过"四人帮""左"的炼狱的锻打和淬火。这在广东诗人中是绝无仅有的。他的这一段逆境是由于在"四害"肆虐年代说了一句真话所造成的。在那人性扭曲的时代，刚正不阿的人格使诗人跌入了命运的低谷。而这难得的炼狱熔炉又进一步锤炼了诗人的人格，使他从更深的层次去理解人生、命运和时代，去看清变形时代的各种嘴脸。三年的冤狱日子（加上平反前在乡务农则达十年之久），是郭光豹人生的一段悲剧，但又是诗人人生中难得的一次淬火，使他的思想境界磨炼得更纯净，更率真，化成他以后的作品精华所在。像《田园小诗》（三首）、《走潮州》等，就是他经炼狱淬火凝成的诗的真金。

奇特之二，是他在平反后许多人看他正"官运亨通"之年，毅然弃官从文。这个做法，在广东文坛也许同样是不算很多。如果说，干事、参谋、记者、"囚徒"，是他人生中无可奈何的命运的安排，那么，平反后官至军区后勤部政治部副主任而突然主动要求去当了专业诗人，这却不是一种随意的选择了。在今天的中国，作家企求当官与当官的想附庸风雅企求做冒牌作家这等事，在我们身边实在并不鲜见。为此，有的作家不惜出卖自己的灵魂去钻营求官，而有的"官"也厚着脸皮去剽盗作家这桂冠。然而，郭光豹却能对自己的灵魂进行净化，对封建龌龊进行超越。这对当代中国作家来说，也并不是一件易事。当然，郭光豹的出仕与封建时代的文人出仕有本质的不同。封建文人的出仕的背景或是对朝政的不满，或是个人的怀才不遇，而郭光豹却完全不是如此。他的决策完全是钟情于文学使然。在他自己起名的书斋"有无居"里，挂有一副对联，上书他自题的两句诗："有诗愿已足，无求品自高"。这也许是诗人心迹的最好表露了。

奇特之三，是郭光豹在近十年来，创作的数量颇丰。这在广东诗坛也较为少见。郭光豹在这十年中，一共出版了八部诗集。在他46~56岁的这一段盛年期，不仅创作数量多，而且岁数越大，诗写得越发年轻。有人说，这是很值得我们研究的一种"郭光豹现象"。

二、诗的年轻来自于心的年轻，心的年轻来自于灵魂即观念的年轻

如果我们站在整体上来鸟瞰，可以将郭光豹的整个诗歌创作划分为两个大的时期：一是"文革"前（1951—1966）；二是党的十一届三中全会之后（1978—1990）。这其中"文革"十年的断层，对于郭光豹来说，还不同于中国当代诗坛许多著名诗人所经历的那种断层。因为严格地说，这时候的郭光豹，在思想艺术上仍然还不成熟。即是说，从1951—1966年这不算短的16年中，郭光豹还只是凭着一种对缪斯的热情写作。他当时的阅历和文学素养，决定了他还不能写出上乘之作。这期间的300多首诗和精选的一本《南边曲》，大多只停留于对兵营生活的表面视像的描摹，或表扬好人好事，或歌唱军营小景、海岛训练……数量多而质量并不高。题材选择的浮光掠影和内容上的粉饰太平，在他的作品中时有所见；兵歌中理想化的成分较浓。这种缺陷当然并不能完全归咎于诗人。它是时代所造成的，是"左"的影响给整个诗坛带来的缺陷。但我们从中还是可以看出，郭光豹并不是那种年少得志、才华横溢的天才诗人，而是一个对缪斯的追求有巨大恒心、诚心和毅力的苦吟者。

在从1978年开始至今的第二个时期中，郭光豹的诗完全跃上了一个新台阶。这个时期，郭光豹的诗创作在整个诗坛现实主义复归的良好环境影响下，显现出一个明显的特色：为时代为人民唱诗人内心深处的歌——这是一首深情的恋歌！这其中既有揭露和控诉"四人帮"祸害的悲壮和愤怒的伤痕之歌，又有面对"四化"车轮滚滚向前时对时代和历史的反思之歌；还有以他的第四本诗集《浪潮》和第五本诗集《少女少男》为代表的新观念之歌。

郭光豹的新观念之歌，是在80年代改革开放的汹涌浪潮的冲击下，从他那心湖深处腾起的。翻开他《少女少男》的篇目，《双环过山车前一瞥》《金首饰店看戒指》等，这一类选题中，已经透发出诗人目光的敏锐。这也许是长期从事过记者工作的诗人特有的敏锐。

如果说，前面所列举的这几首诗的题旨有新意但内容还显得过于纤小的话，诗人跟着发表的《将军的遗嘱》《八十年代，我告别了大老粗》和《每天，晚饭后六七点钟》等，却以其视野的宽阔、气魄的恢宏，将他的新观念诗推上了崭新的高度。身经百战的将军临终前要求换上一套西装入殓；知天命之年的师长、团长们进夜校拼搏告别大老粗的文凭；晚饭后六七点钟年青人奔向各个学习和发挥能力场所的滚滚车流……这一类近年来发生在南方都市的新鲜事，"化成一股汹涌的浪潮而来"，化成"诗人心中的第四支情歌"。

诗人在《每天，晚饭后六七点钟》的诗行间，带着对时代的毫不掩饰的由衷挚爱，深情地注视着改革开放中的年轻人在都市舞台上"演出"——

> 他们和她们，都有
> "凤凰""飞鸽""嘉陵""铃木"
> ············
>
> 那鼓鼓囊囊的皮包里，原来
> 装满了一代人强烈求知的饥渴
> 装满对新鲜事物的向往和追求
> 装满了对色彩和声韵的诱惑
> 装满银光闪闪的理想和开拓精神
> 装满和愚昧颓唐抗争的痛苦
> ············

装满告别麻将牌告别麻木后的清醒

面对这青年一代崭新的青春浪潮的冲击，诗人坦诚地吐露了自己思想观念的变化——

> 每天每天，晚饭后六七点钟
>
> 当我的诗心在人行道上踯躅
>
> 神经照常受到一次触动
>
> 热血照常受到一次感奋
>
> 灵感照常受到一次挑逗和鼓舞
>
> 我残存在胸的陈旧观念和偏见
>
> 也照常要经受——
>
> 一次洗涤，一次颠倒，一次翻悟……

正是有了这种自身情感的变化，诗人才能从一位将军临终前要求换上一套西装这样平凡而又少见少听的事儿中，捕捉到崭新的诗情，感触到中国人精神境界的飞跃。本来，绿军装也好，中山装也好，抑或西装也好，作为人们遮体和美化生活的必需品，无论做何选择都是无可厚非的。但它在诗人观念蜕变的诗笔下，却找到了崭新的时代内涵——敏感地记录了当代人对传统的突破，对多少年来人们心头滞重的板结的溶解，对墨守成规的挣脱。这种要求在将军临终时才发生，则大大揭示了将旧的东西从凝滞中解脱的艰难性和悲怆感。这也许可以从中体味出中国人民寻求这种精神、思想飞跃所付出的代价。与前面的《每天，晚饭后六七点钟》那首诗的轻盈、洒脱相对照，形成一种沉重的反差，读来给人以心的震颤，从中得到深省和启迪。

假如说，《将军的遗嘱》和《每天，晚饭后六七点钟》是诗人从间接生活中提炼的感受的话，那么，《八十年代，我告别了大老粗》写的则是诗人自身经历即直接生活的感受了。"知天命之年的大学生"，"父子同窗，上下级同窗"这80年代特有的生活画面，是诗人实实在在的经历，"呵，八十年代的军人都应该告别大老粗/告别了大老粗，这是我和时代的联合宣言"，这是诗人拿到大专毕业文凭时的喜悦之言，肺腑之言。它宣告了科学和文化的时代的到来。

对这三首诗的题旨的价值、意义,过去已有一些论者做了肯定的评价。这应该说是并不困难的。因为诗人采用的是他自己一贯的直抒胸臆的表现手法,主题热烈而明晰。但略觉遗憾的是,很少有论者将这三首诗连贯起来研究。今天,只要我们将这三首诗贯穿起来,当可以看到诗人对新观念捕捉的精到。代表一代老革命的将军,当今年富力强的中坚领导,加上在晚霞降落华灯亮起时开始了他们骄傲地称为第二个学习日的青年,这三个层次的抒情主人公,恰好组成当今时代观念变化的纵深系列。它们使郭光豹的新观念诗表现出一种对生活的深层透视和多角度的把握,读来大度而不零碎,气势磅礴而不孤立纤弱,对读者有较强的情感冲击力。

郭光豹的这一类新观念诗,显得有一种特别的青春气息,给人的感觉是年轻的。诗的年轻来自于心的年轻,而心的年轻又来自于灵魂即观念的年轻。诗人灵魂中的这种观念蜕变,在《我是大幕》中描写得是这样形象、逼真——

> 我用生命的折光,
> 我用心灵的明眸,
> 映出冰块的松动,小芽的抗争,
> 映出雏禽跃跃欲试的羽翼。
> 映出大转折时代——
> 一幕幕现实主义的悲剧、喜剧。
> …………
> 我用无声的沉默,
> 我用心底的微语,
> 诉说除旧布新时期的纷繁现象,
> 诉说变换季节时候的客观规律……

吟诵这些诗,我们可以从中体味出,对80年代生活中急剧的变革,诗人是用一种关切的、敏感的,同时又是能洞察生活本质的热诚的心——去感受去体味的。

这也许正是这十年来,郭光豹的诗能越写越年轻的原因。

三、值得礼赞的诗园中的几棵大树，十年创作路上的一座高峰

好的诗作应该不是"作"出来的，而应该是诗人心的涌泉的喷发。

郭光豹从事诗歌创作已有30多年。而以真正较有成就的这十年来看，佳作不少。这其中写他自己亲身经历的《田园小诗》（三首）和《走潮州》，则可以说是诗人十年创作路上的高峰，是新时期广东诗园中产生的"大树式"作品。

笔者在一个诗歌研讨会上的发言中，对"大树式"的诗作曾做过这样的评判：它不是用篇幅的长短去衡量，重要的是看作品的内涵和容量，看是否能反映一个时代；无论在思想上还是艺术上都经得起历史长河的淘洗。一滴水常常能反映太阳的光辉。一个培养了数十年的苍劲的盆景有时比山中的老树更美更耐看。一首诗也是如此。

《田园小诗》是诗人惨遭"四人帮"政治迫害，历经三年牢狱生活后回乡务农时（1970）所作，1980年修改交笔者编发（1980年11月19日《南方日报·南粤》）。当时，各地刊发的控诉"四人帮"的诗作很多，但《田园小诗》却以其所表现的深刻社会内容和情感的强大震颤打动了读者。

《田园小诗》撷取的是诗人出狱回乡后饱含着血泪的几个故事，反映"四害"给人民带来的苦难——

提前释放回家园

老奶奶忙喊去借钱

乡梓有个小习俗

遭难回家要吃两个青皮蛋

看我妈妈那个踌躇样

老奶奶跌跌撞撞开木箱

取出一对锈铜镯——她的嫁妆

催妈妈：快快拿到收购站

看锈镯，心儿微微颤

恰似那镣铐，咬我腕

我泪汪汪，她泪汪汪

各有一股滋味心中翻……

诗的点睛之笔在最后三句。老奶奶在艰难中的爱心和亲情，与诗人出狱后心头的梦魇，搅拌出一腔甜酸苦辣的情感，溢过我们的心头。诗人所描写的这个故事，还带着鲜明的潮汕地方风俗的真实。

前面这首《一对锈铜镯》着重写"情"，第二首《针儿》则着重写"理"——

> 劳动归来，摇笠扇风凉
> 病妻忙来身边为我擦泥汗
> 她说孩子明天要上学
> 没有书包，没有衣裳
> 哎呀呀，翻出我的旧军装
> 剪剪缝缝，尺儿量……
> 谁料布厚针儿两折断
> 血染她手指，痛在我心坎
> 看军布，如绿地，大无边
> 为啥容不下，这只小针尖？
> 妻子说：莫道小针尖
> 大树棵棵都连根搬！

诗的精华同样在最后四句。平民百姓的遭难与国家栋梁之才被倾轧，这也许是对"四人帮"倒行逆施的最高度的概括了。诗中还隐含了"四人帮"必然垮台之"理"。个人的遭遇与国家的灾难糅合为一，使诗显得格外悲切动人。

《田园小诗》所表现的真实性、概括力，以及深刻度等方面，都显示出诗人的思想眼光已走向成熟。在艺术上，三首短诗各自以一个小故事为依托，在叙说故事中生发情理。诗人有运用形象联想的能力：军布——绿地；针尖——大树；人——牲畜。联想自然、贴切，对比强烈、生动。每一首诗都在最后推出警句——

> 看军布，如绿地，大无边，
> 为啥容不下，这只小针尖？

妻子说：莫道小针尖，

大树棵棵都连根搬！

——《针儿》

失明的妈妈直叨念，

天亮赶紧动手编个稻草帘。

我说要紧的是建猪圈，

这年头，人比牲畜贱。

——《冬夜》

深沉、凝重，娓娓诉说着人间的不幸和不满。不平和愤慨默默地流溢在字里行间，不知不觉中，诗人将我们带引上他所构筑的诗的高山，让我们含着眼泪去"欣赏"和品味当年发生在中国潮汕平原上的几出悲切的人间活剧。

四、不能忽略的一片天地——诗人精心耕耘的"军旅诗"

郭光豹是一位部队诗人。在他大半生的诗歌创作生涯中，讴歌和描写部队生活的作品占有很大的比重。因此，我们在探讨郭光豹的整个诗歌创作活动时，如若不去注意他的军旅诗，研讨的成果也必然会是跛足的。

郭光豹的军旅诗创作与他其他诗作比较，能更明显地看出其80年代的转型。在此之前，由于"左"的创作模式对中国新诗创作的框定和影响，郭光豹的军旅诗题材较为狭窄。与当时全国许多军旅诗人一样，理想主义成为他的作品的主要支点。廉价的歌颂与并不完全真实的情感，给诗镀上了一层假现实主义的色彩。当然，这样的作品终究经不起历史长河的淘洗，到今天已基本谈不上有什么艺术价值了。可庆幸的是，这种作品在郭光豹整个的创作中，占的比重还不算大，因为他的创作喷发期是在诗歌界的现实主义已经觉醒的80年代。这个时候郭光豹所写的军旅诗，题材视野已经拓展，所描写的多是改革开放中的南国军旅生活。诗人已经能注意开掘其深藏的时代内涵。像《南海街市》《我的窝儿筑在海岛》《庐山之梦》《新来的司令员》《脚印新想》等，都写得新意迭出。另一首《青草的清香》，笔触已触及了社会。

80年代，郭光豹的军旅诗在艺术上无疑已逐步臻于圆熟。也许是他对部队生活爱得更深，他的军旅诗总是充溢着浓烈的情感。《枪和子弹》中对子弹离开枪膛的瞬间的描写，在诗人笔下完全是情感化的。在《特别音乐会》《谒烈士墓》《边境深潭》等诗作中，诗人的情感常常与抒情主人公的情感融合为一。这大概是诗人自身就是一位十分熟悉军旅生活的军人之故。

郭光豹的军旅诗，继续发挥了他在诗歌创作中常有的想象新鲜、奇警，有时还带绚丽的长处，新境迭出。把枪和子弹喻为难分难离的母子；将哨位边的水潭喻为少女的明眸孩子的笑涡……这类形象的创造完全离不开想象。当然，类似这样的想象在郭光豹过去的诗中也有，但进入成熟期的郭光豹，在运用想象时更熟练自如地使他的诗"触及的一切变形"（雪莱）。他描写中越边境自卫反击战的《琴》，就是使想象变形得近乎奇丽的力作。

诗人开篇先把古今中外的将军元帅指挥的战争，喻为他们指下弹奏的琴。他们弹奏出一曲曲"无尽的挽歌"，或是"狂欢的凯旋曲"。在找到了这一形象依托之后，诗人通过想象，将自己的思维推得更高，视野扩得更远：从古罗马的农奴，华夏祖先高擎的竹竿，到今天"战争的电子时代"，"激光、雷达、声呐、卫星……"。诗人用变形的形象，展示出现代战争的严酷；用变形的形象，抒发了中国人民敢用正义战争打败非正义战争的决心——

听八十年代战士的回答
我们不喜欢它，但又不怕它
谁要把它弹到我的国土
哪怕指尖轻轻一拨，只在边境
我们立刻和它一曲激越昂扬的歌
充满复仇的愤怒
充满正义的激情……

成功的变形的想象之舟，运载着理念航行，将自古至今多少文人写过的战争这一题材，描绘得有声有色。对历史的深度透视，全景式的多向鸟瞰，严肃的论辩色彩，组成这首诗的热烈而又冷峻、雍容而又细腻的抒情风格。

五、权当结束语的共勉与祝福

"不幸是一所最好的大学"（别林斯基）。类似这样的话，记得高尔基、培根等许多名人都曾说过。"率真诚恳、勇敢正直"（秦牧）的人格，给郭光豹带来人生的一小段不幸，但也给郭光豹带来人生的一份大的收获——是在跨过不幸的坎坷之后，通过勤奋耕耘而收获的幸运的诗果。也就是说，郭光豹的诗泉，是在蹚过一段不幸的坎坷之后，才会有今日的喷发。

郭光豹近十年来诗作数量颇丰。这是因为他能关注时代，能不断地追随时代生活的脚步前进。不断更新的新观念之风吹绿了他的诗魂。作为一个已到知天命之年的诗人，这是难能可贵的。这也是我读诗人出版的十本诗集时得到的一个强烈感受。但我也同时感到，诗人在崭新的、五彩缤纷的时代生活面前，也有一个更为认真的沉淀、思索的过程。这是创作好诗的一道必不可少的、严肃重要的工序。对生活没有认真沉淀，也可能有诗，但绝不会有诗的高纯度的结晶体。对生活不善于思索，有人也能写诗，但肯定不可能有深刻之作。平心而论，经过这十年耕耘，郭光豹作为诗人的地位已经确立，但他要成为一个大诗人（不是一些人用来吹捧别人时廉价地奉送的所谓"著名诗人"），还得下极大的功夫，还得写出更多的像《田园小诗》《琴》《将军的遗嘱》《每天，晚饭后六七点钟》等这类扛鼎之作。要达到这一点，对郭光豹来说，既不是不能为，也不是太容易！具体来说，对他更显重要的已不是量的要求而是更高层次的质的呼唤了。能否在写每一首诗时，都努力去追求作品沉甸甸的质，这也许是郭光豹今后能否跃上更高的台阶的关键。

另外，郭光豹的一部分诗作还有散文化的倾向，应该在遣词炼句上多下功夫。不论是叙述还是描写的语言，都应力求是诗化了的。诗句如果少了提纯和浓缩，少了锤炼，就会像是喷香的米饭中混进了杂质，不那么动人了。

就在本文写完的时候，我得到了郭光豹新出版的《望乡风》（漓江出版社出版）。这是讴歌李嘉诚先生热爱桑梓、捐款创建汕头大学的一部叙事长诗。这也许是诗人第一次进行驾驭长诗的尝试。可以想象，经营这一部诗，会比他过去经营短作有更大的艰难。他是否已经跨过了各种艰难？不管如何，这部新作能说明，郭光豹没有停顿，他仍然在进取着。

我祝福他在90年代，取得新的成功！

1990年3月3日，广州春雨中

传记文学随想

——读《怒海澎湃》札记

一

我对传记文学有一种特别的偏爱。这是因为传记文学作家引领我结识的人和事，都是实有其人真有其事的。读传记与读小说不同，它能唤起我们心灵深处的对主人公虔敬的真情。18世纪欧洲文艺复兴时期及以后俄国那些文艺大师如歌德、普希金、高尔基等的传记，以及闪烁在我国文明史上的众多人物星座，都曾以其厚实真切的记录，陶冶和影响着一代代后人。有关我国农民运动领袖彭湃的事迹，过去我们也曾在历史教科书上读到过，但是，历史教科书终不能代替优秀的传记作品。相反，优秀的传记作品却对人们起了形象的历史教科书的作用。历史教科书上那有意义的每一页，在传记作家的笔下，都可以拓展为一部形象生动的不朽之作，令人读了如临其境，如见其人，如闻其声。——这是传记文学的骄傲所在。

我用了几个晚上读完《怒海澎湃》。作家王曼、杨永运用谨严的史学眼光和生动的文学笔触，将当年悲壮的历史再现得真实而动人。当年的农会、大祠堂、火烧地契、减租、活跃的农民武装……彭湃与他身边那群憨厚的战友们，用血与火在我们面前交织出一幅党领导下的华夏大地最早的农民运动的新画。这是作家运用文学形象对我们过去从理念上掌握的历史概念的填补。它像一支烛炬，将这一段历史在我们眼前照耀得鲜明活泼起来。

读这本书首先使我想到，我国的传记文学实在是需要有一个大的发展。应动员更多的作家开赴这个珍藏文学富矿的领域，去探寻，去发掘！西方许多资本主义国家的传记文学十分发达，多种历史名人传记广为流传，并拥有颇大的读者群。许多历史学家、政界人物以及新闻记者，都热衷于传记文学作品的写作。一些名人传记，甚至更有机会成为畅销书。国外这种文学现象应引起我们的思考。

我国是传记文学历史悠久的国家。像《史记》这样的传记珍品流传久远，使国人引以为傲。但我们的当代传记文学创作却是落后了，这其中的原因是多方面的。"左"的影响和禁锢，不能不说是最重要的原因，它给我们的传记创作筑起了高高的樊篱，使许多作家望而却步。比如，对历史上的一些名人和革命人物，不是据历史唯物主义的眼光对史料进行提炼和取舍，而往往是要等上边表态定调，才能决定能不能写以及怎样写。当然，这种状况随着文学和史学界的思想解放而有所改变。花城出版社正着手编辑出版广东名人传记系列丛书，是颇具眼力的。

广东发展传记文学大有可为。远的不说，只是翻翻近百来年广东的历史，能够列传的名人数目就很可观。伟大的民主革命先驱孙中山及他同时代的英烈（如黄花岗七十二烈士），为什么到今日还没能更多地进入我们传记作家的视野呢？洪秀全、林则徐，以及广州起义中的那些热血儿男，也值得大书特书。还有，与我们今天的时代同呼吸的气度不凡的大企业家，以及热爱祖国，为祖国"四化"事业做出贡献的华侨、港澳同胞，是不是也可以立传呢？答案是清楚的。在这一类问题上的过时观念早该冲破。

总之，广东这块近代革命史的发祥地，大革命运动的摇篮，今日的改革开放又走在全国前列，在这里工作、战斗过的许多平凡而又不平凡的人物，理应引起更多的传记作家的关注。但愿这一文学样式能吸引更多的文学家和史学家的注目。

二

有人说，写作传记文学与写作报告文学一样，是"戴着脚镣跳舞"。这比喻我认为是形象而又贴切的。因为它既要受历史真实性的严格限制，又应给人以美的熏陶和享受。前一点，是它区别于那些虚构的文学创作的所在；后一点，又使它同那些真人真事的非文艺文体（如通讯报道）区分开来。

《怒海澎湃》这部30多万字的巨制，史实的框架捆扎得牢靠谨严，经得起检验。如彭湃背叛剥削阶级家庭，留学日本，组织农会，广宁激战，东征，与周恩来同志的战斗友谊等，在史料上都有记载。严谨的史实成为贯穿这部作品的清晰脉络。传记作家应是通晓描写对象史实的专家。弄清人物活动的历史环境和史实，是写作传记的基本前提。

但话说回来，传记文学作家光熟悉和掌握史料是远远不够的。传记写作要求用大量具体、生动的细节材料，去丰富史实，描写人物的活动，表现人物的心理和个性。作者占有的材料越多，越生动，对作品进行文学概括、提炼的天地就越大。《怒海澎湃》的作者自50年代起，收集有关的文字材料和民间传说、回忆等不下一百万字，再加上作家对海陆丰一带民俗风情的熟悉，最后才能写出如此血肉丰满、深具个性特征的农运干部的系列形象。这其中除彭湃之外，还有陈魁亚、李劳工、林火、李春涛等人。彭湃的妻子蔡素屏的美好情怀，也写得十分动人。

长期以来，人们对如何把握传记人物的真实性问题进行过多次讨论。一些史学家曾不断地呼吁应重视传记人物的历史真实，而一部分文学家则十分看重形象的艺术真实问题。我认为，优秀的传记文学作品应该达到历史和艺术真实的完美统一。历史是任何人都不能随便更改的——传记作家的责任在于用形象去反映历史，表现历史，使历史在读者眼前展现得更真切、动人。因此，忽略历史真实的随意加工、胡编乱造等，都是不能允许的。去年，一些报刊在讨论人物传记的真实性时，有人提出应该完全排斥想象。此说我又不能苟同。事实上，对史实的形象化描写的过程，根本就离不开想象。如彭湃处在各种矛盾漩流中的心理波涛，平时的言谈举止、音容笑貌，史料中不可能有细致的记载，十分需要作家在严格遵从历史真实的前提下，去丰富和做必要的"合情合史"的发挥。传记和别的文学品种一样，离开了艺术创作中必不可少的想象，就没有生动的形象可言。当然，我们在传记写作中运用想象时，必须采取对历史负责的慎重态度，必须将其同别的艺术形式如小说创作中的虚构区别开来，不能混为一谈。

以严格的史实、史料为经，以恰当的文学技巧为纬，才能编织出绚丽夺目的传记文学作品来。

1985年初夏于广州

从唱兵歌到探讨社会和人生

——论柯原的诗

　　我的案头摆着柯原同志解放后陆续出版的六本诗集——《一把炒面一把雪》《椰寨歌》《露营曲》《岭南桃红歌》《白云深处有歌声》《浪花岛》，还有最近两年来他发表在全国各地报刊上的一二百首新作。"文化大革命"前，柯原在诗的沃土上辛勤耕耘，收成是颇丰的。近两年，他又写了许多探求社会与人生，意在唤起人们深沉思考的诗。读这些作品，我们可以从中洞悉时代生活所赋予诗人的光泽、热力，以及诗人创作道路的发展变化。

一

　　柯原是部队生活的热情歌者。他涉猎的题材比较广泛，战士们的行军、打仗、执勤、训练、娱乐，高山哨所的艰苦生活，海防前线的严峻斗争，等等，在他的诗中都得到了表现。他的诗，具有鲜明的部队气派，着意披露战士的心灵美，展示战士的胸怀、战士的性格和战士的情感。

　　《我的汽车十一号》，写战士们行军，这是许多作者都熟悉的题材；将一双铁脚叫作"十一号汽车"也是尽人皆知的比喻。可在作者笔下，却写得别开生面，别具一格：

> 十一号汽车好东西，
> 一声开动走千里。
> 不怕峭壁高入云，
> 攀着野藤开上去。

不怕山坡陡又滑，

向下出溜坐电梯。

暴雨里不要防滑链，

跋泥涉水过草地。

黑夜中不用开车灯，

一辆一辆跟得急……

如此平淡无奇的东西，经过诗人典型化的概括和感情的过滤，运用幽默、风趣的战士语言，将战士们藐视困难的胸襟，乐观的性格，飞兵歼敌的决心，表现得非常生动、逼真，使人从中形象地感受到一种革命乐观主义的情趣。

《我的名字叫士兵》，写战士执勤、训练、助民劳动等，每小节都以"我的名字叫士兵"作结，诗中自始至终洋溢着革命战士无比自豪的激情，读后使人对战士们产生一种发自内心的崇敬和热爱。《水壶》，摄取的是部队急行军中的一个极平常的镜头：战士们口渴难耐，有的人说"能饮尽长江水"，有的人说"能一口吞东海"，可是，当班长拿来一壶水，在队伍中传了一圈，却"半壶清水依然在"。这里，诗人用的是欲抑先扬的表现手法，从战士们"想水"到"让水"中，提炼和熔铸出容量异常博大深刻的诗句："别看水壶小，能够装大海。"这"大海"，是阶级友爱之"海"，集体主义精神之"海"！真是意在言外，情在诗中！

柯原对部队生活是熟悉的。他善于从部队日常生活中发现诗，提炼诗。他的许多诗，如《海岛哨所》《岛上小操场》《爬山谣》《枪》《号》《手榴弹》《黑板报》等，写的都是部队生活中平常的小事。他善于通过诗人的慧眼，从中找到与众不同的内涵，找到富有表现力的诗的细节。你看，他写战士们练托枪：

练托枪呵，练！

手掌上，

加一块砖，

再加一块砖。

看，战士粗大的手掌上托的是

人民的信任，

祖国的尊严，

南国的一江春水，

北疆的万仞雪山。

———《托》

第一节四句写实，显得平平。第二节，诗人借助丰富的想象，使战士手上的枪在读者眼前幻化成有无比分量的形象：南国的春水，北疆的雪山——再紧连到人民的信任，祖国的尊严。诗人笔下点出的巨大内涵，一下就将战士练托的意义，升华到崭新的境界。还有一首《雾季观察》，诗人为了写出大雾给高山哨兵观察带来的困难，一开始就连续渲染雾气之浓、之大。先是写雾如何"封锁了港湾，遮断了小路"，在观察镜下，"远远近近，一片模糊"。接着，诗笔忽而一转："雾呵，潮湿的雾，哨所石壁上凝一层水珠，洗了衣服三天晾不干，也拉不响动听的二胡。"最后一句细节的运用，既典型又富有表现力！墙上挂的二胡都湿得拉不响了，雾之大可想而知！类似这样善于选择生活中的一些细微事物做典型细节，运用入诗的手法，使柯原的许多诗读来令人觉得细腻、亲切，富于生活的实感。

柯原在十年内乱前写部队生活和南国风情的诗，凡是直抒胸臆的，如前面所举的《我的汽车十一号》等几首，大都写得豪情洋溢，感染力强；而相比之下，有一小部分写生活中的场景、镜头、画面的诗，却"寄情"不够，寓意较浅。如诗集《露营曲》中的《连长查哨去了》，全诗十二句如次：

阴云四合的傍晚，

我来到了边防连，

通讯员守在电话机旁，

说是连长查哨未返。

等呵等呵，油灯渐渐黯淡，

暴雨急雨敲打着屋檐，

一阵闪电，房门忽然打开，

映出一张黑油油的脸。

他混（浑）身淋透，沾满泥浆，

雨水把地上湿成一片，

只是那伸过来的有力的大手呵，

把一股暖流在我身上传遍……

全诗只是现象的叙述和罗列，流于生活的简单临摹，没有透过生活发掘其思想内涵，抒发独到的见解和感受，并借助巧妙的构思，附托于形象和意境之中，因而缺少思想和艺术感染力。有时候，就是情境、画面被作者写得很美的一些诗，如《露营曲》中的一辑《南海晚歌》，由于没有找到这些情境、画面所包含的真髓，感受和提炼出别人所没有的深意，因此，虽然在字句上下了很大功夫，诗的意境仍然是写得不动人，没有多少耐人回味的余兴。有一首《烧山的火》，诗人虽然着力描绘了夜火的美："火焰像鲜花开在夜空"，"火星像萤火虫在飞行"，等等，但最后仅以"为了流溪河水库提前完工，战斗在不分日夜地前进"作结，诗的感情和意境都没有"扬"起来，没有给人留下多少丰富感人的东西，读起来感到浅薄。

可喜的是，柯原前期的诗作存在的这一弱点，在最近几年已经有了明显的改进。

二

十年内乱，从反面教育了诗人，磨炼了诗人。这两年，柯原除发表了许多歌唱祖国宝岛台湾和台湾人民渴求祖国统一的诗（如《当归谣》等），以及歌颂对越自卫还击战的英雄的诗之外，还以《夜歌与晨歌》为总题，在各地报刊上发表了近百首启发人们深沉思考的短章，活画出当今社会各种人的不同脸谱，鞭挞了某些人的丑恶灵魂，为那些不随波逐流的正直的人大声呐喊。这是诗人经历了好人遭殃，假话充斥诗坛，"虚伪的声音，隆隆震耳，喧嚣入云"之后，以更冷静的眼光观察社会，以更澄澈的心田去思考、探求人生的结果，是诗人的思想更加成熟的标志。他公开向诗坛宣布："不是来自心灵深处的诗，请不要写。不是发自肺腑的歌，请不要唱"（《声音，应该是真实的》）。他已决心要自己的笔"不去描绘，海市蜃楼的旖旎"，而是要"伴随铁犁，去开垦坚硬的土地"（《笔的寄语》）。诗人在《底层》一诗中深沉地唱道："不要总是两眼望天，歌唱飘忽的云，闪烁的星"，"把目光投向底层吧，看无数蚯蚓在泥土里，默默无声地耕耘着"。

柯原的这一创作方向的抉择，以及题材的改变，并不是偶然的。这是时代的要求、人民的意愿和诗人自身的经历这三种"化学元素"，在作者思想感情的熔炉中"聚合反应"的结果。他向"四人帮"及其所造成的祸害，和形形色色妨碍"四化"的障碍，举起诗的投枪，给予重重的一击。他在诗中，形象地将"四人帮"及其经营的反革命体系，讽作是"几只毒蜘蛛"及其编织的网（《网》）；他用"残雪不欢迎春天"喻讽那些守旧而不希望改革的人（《残雪》）；他对十年内乱中被颠倒了的东西，重新给予了大胆的矫正：

> 谎言，已被重复了千百遍，
> 现在，需要千百遍地重复真理。
>
> 靠训斥不能取得信任，
> 靠棍棒不能换来友谊，
> 个人愿望代替不了自然法则，
> 长官意志改变不了客观规律。
>
> 人海战术攻不下尖端科学，
> 小铁炉打不出电子计算机，
> 靠吹牛人造卫星上不了天，
> 靠空话填不饱肚皮。
> ············
>
> 真理就是这么简单、朴素、明确，
> 真理不怕重复，人民需要你。
>
> ——《重复》

这些诗，表面看似乎缺少点构思，但诗人通过对生活的独特感受和评价，以鲜明的态度，犀利的锋芒，通俗、明达的语言，抒发了自己的真知灼见，使读者同样受到感染和启迪。

细读柯原这类探求社会和人生的诗作，有几个特色值得我们注意和借鉴：

首先，诗人在这些强烈的抒情与尖锐的讽刺相凝合的诗篇中，重视"寄兴"，重视"言志"，从而使它们能闪射出深邃的思想光辉。

托物"寄兴"与托物"言志"，是我国诗歌的优良传统。谁要是只为描写客观事物本身，或只为客观事物做一点分行的说明与表白，那是不能称之为诗的。马雅可夫斯基说过："应该只有在除诗之外没有别的办法说话的时候才拿起笔来。应该只有在感觉到明显的社会订货的时候才制造出准备了的东西"（《怎样写诗》）。柯原这一时期的诗作，善于从客观事物中找到能够"寄情"的东西。他描写流星即逝的闪光，从中歌颂那些为探求真理而献身的勇士（《流星》）。他咏叹大雾的弥漫，隐喻"四害"横行给大地带来的惨景（《雾》）。有一首《北风的辩解》，托物言志，鞭辟入微。诗人先是写严冬里北风的猖獗：北风与"冰雪肆虐"，"尽情地呼啸"，"伸出利爪"劫走"人家的温暖"，"得意地狞笑"。这种实的描写，很自然地将我们带进冰天雪地、北风刺骨的情境之中。但诗人的笔并不是到此为止，他从春来北风销声匿迹的自然交替中，看到了更深邃的东西：

> 春天，北风却辩解说：
> 都怪冰呀，都怪雪，
> 害得多少家冻饿啼号。
> 我嘛，只因为生性爱动，
> 陪它们到各地走了一遭，
> 他们到底干了什么坏事，
> 我可是完完全全不知道……

诗人为北风"设计"的这一段绝妙的"辩解词"，既紧紧联系着北风的形象而又超脱于其自身的形象，勾勒出当年跟着"四人帮"干尽坏事，直到今天仍不思忏悔的那类人的嘴脸。"言此而意彼"，寓情于物，惟妙惟肖，入木三分！

第二，诗人敢于抒写"我"——"我"的个性，"我"的心灵，这就使读者从中感受到时代的氛围和人民的脉搏。

《心，在默默地跳》一诗中，诗人是这样抒写"我"的遭遇和感受的："我的手不属于我自己，/别人定思想，我来照着描，/从学习心得到认罪书，/从家信到发言稿。""我的脚不属于我自己，/走的是不能挑选的小道，从牛栏到囚室，从学习班到干校。""我的嘴巴不属于我自己，/要讲假话，喊吓人的口号，/要我唱那个选段就得张口，/早上要请示，晚上要汇报。"最后，诗人带着无限的感慨深沉地唱道：

> 呵，只有大脑和心属于我自己，
> 这是还没有被污染的一角，
> 大脑呵，在冷冷地思考，
> 心呵，在默默地跳……

诗人将在"四害"横行时，受人压迫、控制、摆布的命运，以及对此的忧郁和不满，通过手、脚、嘴的具体形象表达无遗。本来，从生理上说，每个人身体上的器官都是属于自己的。但万恶的"四人帮"除了不能剥夺人们大脑思考的自由外，几乎夺走了人们的一切。"我"的这种遭遇和不幸，是在"四害"横行的那个特定时代中，一切正直人常受的遭遇；这些感受和不满，是当时人人心照不宣的。因而，一旦由诗人用第一人称的"我"唱出，就能在读者心中引起同情和共鸣！诗人的另外许多作品，如《铁窗短歌》《我是谁》《白发吟》《我怕传染病》等，都是如此。有的诗中写了"我"，有的诗中虽没有直接写"我"，但却充满了诗人的个性、气质和好恶，可以看到诗人生活的时代的影子。

第三，作者常在感情的沸点中直接倾出能拨响读者心弦的议论，这些议论常常蕴含着深刻的哲理。

一般情况下，诗中议论不宜过多。议论不当，诗会变为一种空洞无力的政治口号。但具有精辟见解的哲理性和议论美的诗，古今中外不乏例子。这里的分水岭应该是，这种议论是否与诗中抒发的浓烈感情相交融，是否从形象和感情的"泉眼"中自然流出。看来柯原深明此道。他常在形象的概括和描绘中，大胆地引出深刻的议论和哲理。比如，有一首《"堵"》，诗人描绘了极左思潮充塞头脑的人，借"堵资本主义的路"为名，扼杀生产的几个典型镜头："他们指着小姑娘卖鸡蛋的竹篮，——这里装的是资本主义！""他们指着社员屋后几株甘蔗，——这里长的是资本主义！""他们指着老人编织的箩筐，——这里编的是资本主义！"接着，诗人从写他们收篮、砍蔗、烧筐等不得人心的行为中，引出无比愤慨的议论：

> 呵，难道这是堵资本主义的路？
> ——不，这是堵了社员的生计。
>
> 呵，难道只有贫困，
> 才属于社会主义？

这议论，用了反诘的句式，带着严厉责问的语调，字字如箭，射向"四人帮"的极左思潮，充满力量，发人深省。

柯原有的诗，议论不是从形象中引出，而是独树一帜地直接从开篇发之，甚至通篇皆发议论。如：

> 靠吹牛拍马得来的官职，
> 只不过是卑鄙的标志。
>
> 凭吹牛撒谎编造的成绩，
> 经不起事实的轻轻一击。
>
> 仗长官意志作出的决定，
> 在实践的大山面前必然碰壁。
>
> 虽然灵魂能当商品出卖，
> 看你一生中能出卖几次？！

全诗八句，开宗明义，曰"斥"：痛斥"长官意志"、资产阶级政客作风，以及那些出卖灵魂的丑类！鄙薄之情，如江似涛，倾泻而出。每一句都是箴言，有如火般灼人的热力，给人以警醒。

总之，柯原近两年来发表的探求社会、歌唱正义、鞭挞丑恶的政治抒情短诗（有人称它为讽刺诗，看来不能包括它的全部内容），表明他在诗歌创作的道路上进了一大步。诚然，在这些诗篇中，也有一部分还存在着如何更准确地把握讽刺分寸，如何进一步精于构思等问题。但是，应该给予充分肯定和大力支持的是诗人敢于探索、勇于实践的精神。最近，听到一种议论，说写这一类诗已"不合时宜"，现在要全力歌唱"四化"建设。柯原也告诉我们，他这一类诗，是鼓着勇气写出来的，大都发表了；但出于各种原因，也有的编辑部不敢发，有的出版社不愿出。这种顾忌显然是不必要的。清除十年内乱给我们带来的垃圾和遗毒，仍需要时日，克服新时期社会生活中的各种矛盾和弊端，亦不止是一举手一投足之劳。因之，只要有阴暗面和消极面存在，就永远需要敢于面对现实，干预生活的诗人。

我们期待柯原唱出更多受人民欢迎，像玫瑰花那样带刺而又馨香扑鼻的《夜歌与晨歌》！

1980年中秋夜

战火中闪光的形象

——读周原的中篇小说《覆灭》

　　"文化大革命"前，笔者曾读过皮定均将军写的革命回忆录《铁流千里》（《解放战争回忆录》，中国青年出版社1961年出版），深为当年中原军区皮定均支队的英雄们谱写的壮歌所感动。今天，感谢中篇小说《覆灭》的作者周原同志，他用真实、生动的艺术之笔，又为我们再现了这支能打、善走、敢拼的英雄部队的英雄业绩，塑造了这个支队的最高领导人——皮定均将军的真切感人的艺术形象。这是《覆灭》的一个很大的成功。

　　小说一开始，通过张道年牵着缸娃，从敌占区出来，寻找亲人八路军的故事，逐渐将抗战胜利后，我中原军区所处的严重局面，推到了我们面前：蒋介石在"停战"的烟幕掩护下，"调集30万大军，深沟高垒"，将我中原6万子弟兵围困在大别山区的一个东西300里、南北不过50里的狭长形地带。我党我军及时地识破了国民党反动派的阴谋，机警、果断地决定在敌人发动总攻的前一天突围。当时，纵队领导将掩护突围的任务，交给了皮定均部。这是一个光荣而又艰巨的任务。一个旅的兵力，要将几个军几十万敌人紧紧吸引过来，缠住它，然后还要将它甩掉，这的的确确是个非常棘手的难题。正如纵队王司令员所指出的"为了全局，准备覆灭；我们带走了主力，把覆灭和牺牲留给了你们"。

　　小说就是在这样的背景下，紧紧围绕他们是"怎样把面临的覆灭变成胜利"这一惊心动魄的斗争，展开了一系列精彩的描写：为了吸引敌人视线，如何内紧外松给敌人灌"迷魂汤"；在完成主力突围后，如何紧走急停，将兵马引进松树林，在敌人的鼻子尖尖下摆脱了敌人；六千人如何运动一双铁脚，在山高涧深林密的鄂东和平原水乡的皖西与敌周旋；在十分险恶的形势下，又如何巧运神兵，摆脱敌高仁书、马德禄部的"布口袋"和击溃地方土顽顾敬之的合围；等等。总之，力量对比是那样悬殊，斗争的环境是那样艰苦，然而，这个英雄支队却拖住了敌人，甩开了敌人，打垮了敌人，冲出了重围，最后越过津浦铁路，胜利地回到了苏北新四军根据地。我们看到，在这些可歌可泣的动人描写中，作家自始至终都饱蘸深富感情的笔墨，对这支英雄部队的指战员，做了热情的赞颂，使今天生活在和平环境中的人们，特别是年青一代，能从中看到革命前辈是从怎样的艰难下走过来，是"怎样把覆灭变成胜利"的。作家的这一创作动机，正如他在小说开卷的"题词"中所写的，希望在将来，我们的同志也永远不会违背先烈的遗愿，"不要把胜利变成覆灭"。从这个角度来说，《覆灭》对于青年一代，无疑是一部革命传统教育的珍贵教材。

《覆灭》的一个难得的成就，是在硝烟弥漫、战火交炽中，塑造了这支英雄部队的最高领导者——皮定均将军的动人形象。作家围绕着这支英雄部队掩护主力突围和自身突围的战斗历程，把皮定均放在正面去描写，去刻画。透过小说，随着这支滚滚铁流的脚步，我们看到了这支部队的高级指挥员皮定均将军带兵的严格、智勇双全的胆略和力挽狂澜的战斗风貌。小说中，当皮定均第一次出现在读者面前，作家就赋予他一种同人民群众有着血肉联系的作风，乐观大度的性格：他在前沿听说来了豫西人民的使者张道年和缸娃，就"匆匆忙忙往回赶"，路上，还与警卫员张矛等一起砍柴，打野鸡，第一个提议"回去要大宴宾客"，迎接英雄人民的使者。从小说中可以看到，这位16岁参军打游击，身经百战的沙场老将（当时他的年龄并不大），他的每一个行动，都关联着六千将士的生死存亡。越是在这样的紧急关头，他越是处处想着人民的利益。他当面批评将玻璃碴随垃圾倒进群众稻田的指导员何广德，并且要他们的营长、团长亲自下去捞；就是对违反了群众纪律的年小幼稚的缸娃，也不给予丝毫的原谅和放松。我们的最高指挥员心里明白，爱护人民利益，遵守群众纪律，是人民军队的生命，是我们夺取胜利的根本保证。正如他对缸娃"光火"时说的："你懂不懂群众纪律？你是八路军战士，还是土匪羔子？你抢群众的饭……戳这个窟窿，要多少人做工作才能捂住？"皮定均这种严格要求部队、处处维护群众利益的做法，和人民群众在最困难的时候，给部队送水送饭，支援部队突围的行动，在小说中前呼后应，相得益彰。

皮定均将军的形象之所以如此丰满、感人，除了小说中写了他有严明的纪律和运筹帷幄、智勇双全的胆略以外，作家还通过选择一系列具有个性特征的行动和富于表现力的细节，着意坦露埋藏在这位高级军事指挥员心灵深处的阶级爱、革命情。为了甩掉敌人，冲出重围，他带着部队日夜兼程，每日行军200里。为了生存，为了胜利，他铁着心肠要求部队走、走、走，"同敌人展开一场走的比赛"。而当支队渡过了河，冲出了虎口山，他"立在路边的一棵大树下"，望着行进的战士，"两只烂脚用布包了一层又一层，包得像个布棒槌"，"他眼里涌满了激动的泪水，把脸转了过去……"；大部队甩开敌人，机智地藏在敌军高仁书的"鼻子尖下"，皮定均要求六千兵马，不得弄出任何响声，而当他知道女战士小秦在这严峻的时刻，忍受着极大的痛苦，用毛巾塞着嘴巴分娩时，便严肃地说："这怎么行？叫她哭出声来！""哭出声来吧，这是司令员的命令！""战士们保护你。"在这铁流千里，行程数月的艰难征途上，皮定均与战士的阶级爱、同志情，还体现在这样两个令人难忘的细节中：一是小战士缸娃掉队，历尽艰险重新找上部队以后，皮定均看着他"绳捆索绑的鞋片"，"血泡、水泡相连"的脚板，再也控制不住自己的感情，像慈母服侍远行归来的孩子般，替他用热水洗脚；二是当部队走出清风岭，在平原上几天找不到饭吃，平日一个人吃三四人饭的大个子机枪手王雷，饿得快要晕过去时，皮司令员站在队列旁，亲自为他筹饭：

> 岸下路边口上传来皮司令热情而愉快的声音，"喂，同志们，扛迫击炮的没吃上饭，扛不动了。谁有吃的，捐给咱一点，多的多给，少的少给。喂，同志们，给咱一把，捐上一口，喂，多的多给……"

这情景，这声音，深深地印在我们的脑海里，长久地回响在我们的耳边。我们读着，禁不住与战士们一道，被感动得热泪滚滚！

在《覆灭》中，作家围绕着这支部队和皮定均将军的活动，还为我们塑造了徐政委，副司令员陶晋，尖刀连连长白云才，指导员何广德，以及战士白元宏、王雷等一批指战员及战士的形象。特别是着墨较多的烈士后代，如小战士缸娃，女兵仓珍等，形象鲜明，个性突出。

《覆灭》作为一部描写我军一次大的战役行动的小说，必然会碰到一个如何处理历史真实和艺术真实的问题。这方面，作家为我们提供了可供借鉴的经验。周原同志对这段历史非常熟悉，对史料的运用和剪裁得体。这次突围中的几个关键行动、重大事件，如内紧外松迷惑敌人，松林埋伏，高山竞走，平原周旋等，都是当时的真实事件（这点，可以从皮定均将军的回忆录《铁流千里》中看到），甚至许多地名、人名都是真实的。作家在不违背历史真实的基础上，对故事做了独具匠心的安排，对人物做了典型化的再创造，如突围最紧要的关头，小生命的降生；我方侦察员朱黑子与敌侦察队长李有义几个回合斗智斗勇的斡旋；缸娃及几个女兵纯朴天真的行动；等等，我们既能从反映当年斗争的回忆录中找到原型，但他们又比生活原型更典型、更集中和更富有感染力。整部小说在表现手法上，极少进行细致的场面描写，而主要靠对话写人物，用行动写人物；也没有将几个主要人物独立开来，去进行浓墨重彩的渲染，而是按照时间的先后顺序，将众多的人物放在一个典型环境中去锤炼，去表现。故事结构的铺排，像简洁的电影提纲似的，将一个个人物行动的画面，推到读者面前。小说的语言采用说书的形式，通俗、形象、口语化。作家常常在故事进行到紧张激烈的高潮，或娓娓动人的关节处，大胆地将自己摆进去，用说书人评论战局的方式，用史学家评价历史的眼光，抒发精彩的议论，或分析战局，或赞美主人公，或抨击反动派。如小说写到敌军长高仁书抓不住皮定均部时，这样写道：

皮、徐支队在高仁书的鼻子尖上虚晃了一枪，然后来了个金蝉脱壳，扔下蝉衣，知了一声，从大别山上跃进了平原，这是篇杰作。这是一篇令人回味的小品。在军事艺术上是一颗璀璨的明珠……

当小说写到国民党统帅部没有在淮南一线做堵击部署时，作家写道：

……我不大愿意对他们这种令人费解的行为，做出详细的分析，……即使费了很大力气，弄清了事情的原委，对本故事的叙述，也没有很大的裨益，至多不过使读者进一步看到高仁书的腐败无能罢了……想对反动派的作为做出合情合理的解释，不但不合乎现实，而且有点愚蠢。因为反动派如果顺乎情理，他就不是反动派了……

如上这些议论，可谓点睛之笔，使故事和人物行动的内涵凸显了出来，读来使人感到畅快、提神。

　　读完这部小说，我们感到，作家在取得成功的同时，也有若干败笔。如相比之下，皮定均周围的几个高级指挥员的性格写得不够鲜明；小说开始着力描写的豫西人民的使者张道年，离开支队后便不再出现，以至过早地在故事中消失，这很可惜。一群女兵的形象，还可以写得丰满、感人些，等等。

1984年9月13日夜于广州

构思·感情·生活

——评洪三泰的诗

　　在我省青年诗歌作者中，洪三泰的创作经历并不长，"文化大革命"后期才在诗坛露面。但他的一部分诗作，以新颖的构思、真挚的感情和鲜明的形象，引起了读者的注目。

一

　　洪三泰写得较为成功的诗，以1972年发表在《广东文艺》的《寄自黎母山》为起点；打倒"四人帮"以后，他创作上出现了一个盛期，除写了一些歌颂革命领袖的伟大革命实践，歌颂秋收起义和井冈山斗争的作品外，还写了许多描写海南岛与雷州半岛风情，表现当地人民的战斗生活的作品。努力寻求新的构思，是洪三泰诗歌创作中的一个主要特色。

　　《夜》是作者构思出新意的代表作。自古以来，多少诗人曾将蒙蒙夜色写进自己的诗篇呵！按照一般人的写法，很容易写成对黑暗的咒骂，对光明的赞颂。这就必然要落入窠臼。洪三泰并没有去走别人的老路，而是努力创新。他从自己天天在夜里扶笔得到启发，将"夜"看作是自己"勤俭的保姆"。是她，将时间"拉成丝"，"叫我的生命伸延"；她"把知识切成片，喂饱我干瘪的饥肠"。一个多有新意的构思，将夜——这一空泛而又普通的东西，写得比慈母还可爱。你看：

　　　　然后，她悄悄地告诉我：
　　　　你有美丽的青春了，

去吧，前面是金灿灿的黎明。

　　多么贴切的想象！多么富有新意的安排！新颖的构思一下子就把我们带进了形象生动的意境里，让你感受到"夜"的值得珍惜和可爱。

　　一首诗的成败，构思很重要。构思是一种发现，是一种匠心独运的创造。诗的感情、形象、意境，只有通过完美的构思才能焕发出艺术的魅力。从洪三泰一部分写得比较成功的诗作可以看出，他在构思方面做了苦心孤诣的探索，充满弃旧图新的顽强劲。许多虽是表现同一主题的诗，在艺术构思上却没有给人重复和雷同之感。作者善于寻找具有表现力又富有特征意义的形象，高度精练地概括出事物的本质，运用多种表现手法，组成一幅幅各具特色的艺术画面，创造出一个个清新的意境，从而在艺术上较好地完成了自己的主题。

　　作者写秋收起义的《松树炮的话》，便是构思脱俗，反映事物本质的力作。对于熟悉秋收起义的作者来说，从起义中的一件普通武器——松树炮上，捕捉到诗意，这并不是十分困难的事。难能可贵的是，洪三泰并没有将松树炮仅仅作为一件武器来写，他构思时立足点很高，视野开阔，思索了这次起义的整个战斗历程，特别是深入了解了起义前安源煤矿工人的苦难，从中找到了一个连接点——将松树炮这件武器同当牛马的工农的命运紧紧地联系了起来：

　　　　我们没有什么可吃——
　　　　资本家在矿区天天摆筵席，
　　　　他们吃尽了工人的骨肉，
　　　　只剩下木架、铁镣、煤壁……

　　　　吃下去！
　　　　把剩下的全部吞下肚里；
　　　　朝着官僚买办，
　　　　喷出去，打出去！

　　　　我们没有什么可吃——
　　　　贪婪的地主撑圆肚皮，

吸尽穷人的骨髓、血汗，

只剩下破碗、烂锅、碎石……

吃下去！

把剩下的全部吞下肚里；

朝着土豪劣绅，

喷出去，打出去！

…………

　　只引全诗的前半部分，即可以看出，松树炮已不单是一件普通的武器，而是灾难深重的中国无产阶级的象征！松树炮的怒号，不正是无产阶级对一切黑暗势力的强烈控诉和反抗么？

　　作者在一篇谈诗的写作体会的文章中曾说过："新颖、巧妙的构思如同高明神奇的向导，在不知不觉中将读者引入诗的意境。或引你散步于波澜壮阔的生活的大海，或引你登攀上感情的峰顶显示出巨大的魔力。……但是，诗歌的构思又是十分艰苦的，需要作者深思熟虑，切忌浅思辄止。"作者在这里讲的对于构思的"深思熟虑"，就是指要深入研究、分析、思考，要善于在看似平凡、一般的事物或事件之中，敏锐地发现其中所包藏着的闪光的思想，并及时抓住不放，深入开掘，给读者展开一个广阔深远的诗的境界，使读者从中受到感染和启迪。

二

　　寻找精巧的艺术构思，是为了找到一种方式，以便更充分地抒发诗人独特的感受和真挚的感情。诗歌，以抒情见长。没有情就没有诗。我们曾见过一些诗，构思也还巧，形象有新意，只是没有真挚的激情，这就像是药力不够硬酿出来的酒，不醇香，不醉人。基于这一点，洪三泰总是对自己的诗注入充沛的感情，并以此来激荡和陶冶读者的心灵。

　　这里，我们以《宝岛之春》为例，做一具体的分析。

该怎么画你哟，宝岛之春？

笔尖的色彩要多浓，多深？

该怎么唱你哟，宝岛之春？

口中的曲调要多响，多新？

可以听得出，诗句中蕴含着多么强烈的爱！这是感情的涌浪在作者心海中奔腾撞击发出来的声音！接下去，作者用饱蘸明丽色彩的诗笔，描绘了宝岛的几个富有特色的镜头；用动听的歌喉，唱出了个人对宝岛之春独有的赞美：

神州的山水哟，算你最勤，

北国飞雪时，你已开始耕耘。

你最早把一幅壮美的春图，

铺在祖国的南海之滨……

神州的山水哟，数你情深，

你教蛙儿击鼓，百鸟舞林。

千山万壑回荡着你的欢歌，

每天，音乐会从傍晚开到凌晨。

这组镜头，是作者从生活中选取提炼出来的；这些感受，是概括了宝岛生活本质的。在这里，作者运用了直抒胸臆的抒情方式。他对宝岛的热情赞颂，从胸中自然喷出，炽热的思想感情潜行于一个个富有特征的形象之中，奔涌进读者的心房，使你一同感到奋发，受到感动。类似《宝岛之春》这样充满了热辣辣感情的诗，在洪三泰的作品中还有许多。我们从他的大量诗作中可以看到，为了强化自己诗中的感情，他往往寻求多种表现手法。

一是采用强烈对比，尽量使感情更炽热，形象更鲜明。如歌颂垦荒队员战天斗地豪情的《天涯标语》：

刷一条"闯天涯，天不怕地不怕！"，

古诗摇头："茫茫天涯无飞鸦。"

　　　　管你什么昏鸦枯藤，
　　　　垦荒者自有钢铁的步伐。

　　　　刷一条"蒙蒙海角汗雨洒"，
　　　　古诗惊叹："巍巍奇峰吞云霞。"
　　　　我们的帐篷招来彩云，
　　　　幸福的种子在彩云间播下！
　　　　…………

　　全诗每一节的前两句，都将这种古与今，垦荒队员充满豪情壮志的标语，同封建文人士大夫对穷山恶水的咏叹做强烈对比，将两个阶级对宝岛天涯的不同态度活脱脱地勾勒出来了，从而更加鲜明地赞美了垦荒队员开发天涯、建设天涯的革命理想和决心。

　　二是着意烘托。围绕着主题，着意去渲染环境、气氛，使描写的对象更鲜明。如在《天涯果会》中，作者为了歌颂苍岭变果园，就对环境做了各方面的渲染，"五千年发烧"，"五千年沉睡"，"沙皮石骨"，"连刚强的仙人掌也要枯萎"……从而形象地烘托出今天荔枝满枝瓜满地的来之不易。

　　三是尽量将描写的事物和歌唱的对象拟人化，赋予生命，注以激情。这种表现手法，在洪三泰的诗中运用得最多。如组诗《可爱的海南岛》中的"海涛惊叹，苍岭皱眉"，"云怨雾愁，山风悲嚎"等。而有的诗，如《宝岛之春》《寄给姐姐岛——台湾》，通篇都采用拟人的方法；有的诗，在构思中渗透了拟人的因素，如《故事岛》《山歌的生命》《信》等。这些诗，正因为运用了拟人化的手法，作者才将自己独特的感情抒发得如此深刻、真挚。

　　四是运用高度的夸张和大胆的想象，在抒发感情中调入浓郁的浪漫主义色彩。诗歌创作中，要表现强烈、充沛的感情，夸张和想象手法的运用是必不可少的。有许多在生活中看来是荒诞无稽的事，经过诗人夸张和想象的艺术处理，读者会觉得合情合理。洪三泰运用夸张和想象，不光大胆，能出新意，且大都符合事物的自身特点，入情在理。如把姑娘抗旱打井想象成是"向地球要一面大镜"；将围海长堤喻为"海锁"等，都显得既有诗美，又具新意。他在另几首诗中炽烈地唱出"我要踏浪涛乘白云腾空而去，把姐姐岛搂回祖国的怀抱"；"把歌写上蓝天，织进红霞，溶入云朵，让山唱，让海伴，让风和"；"焊花，能将夜幕烧熔"，造船姑娘要在将来"向远天航行"中，将焊花"分给天宇的每一颗星星"。这里，作者在飞腾的感情中融进了浓郁的浪漫主义色彩，创造出高远的优美的诗的境界。

三

洪三泰是一位新人。从总的方面和更高的要求来说，他的诗无论在思想还是艺术方面，都还不够成熟，还需要认真总结和提高。

他所发表的一百多首诗作，质量显得不够平衡，有些诗作还写得一般化，有的甚至还显得粗糙。近些年来，他在湛江地区报刊上发表的一些诗作，就有这种情况。这里最能说明问题的是，同是写南国风情的组诗，《沸腾的雷州》与《可爱的海南岛》相比，无论是构思、提炼形象、抒发感情、创造意境，还是描写细节、锤字炼句，前者比后者都低一筹。更具体来说，有的诗没有找到新颖的表现角度，写人记事描场面，平铺直叙，境平意浅，缺乏构思。如组诗《书记在第一线》中的《吃饭风波》《吹灯的故事》，作者的笔只是停留在事件过程的叙述上，诗味不足，感情不浓，好似叫人读分行排列的故事。而有的诗没有找到新鲜有力的形象，类似标语口号，空泛枯燥，如组诗《沸腾的雷州》中的《铁牛的吼声》，就堆砌了一些概念化的句子。

还有的诗描写形象不贴切，不准确，或表达得不明晰，如写雷州半岛人民抗旱的诗《旱魔你往哪里躲？》，作者将社员挖的深井比作"炮筒"，用以向旱魔作战，这个形象喻得新，但紧跟着写道："万顷良田是雷达"，就给人以牵强附会之感。广阔的"万顷良田"的形象，怎么也难与"雷达"联系起来。类似这样的不成功的形象比喻，在作者的诗中不只是一处两处。它们的出现，损害了原诗的意境。又如写秋收起义的《一个比喻》，有"战马凝成彩云"的句子，且不说一个"凝"字下得不精当，就是将战马比作"彩云"，也很不准确。另有一句"小石头筑共产主义彩虹"，就更于情理不通了。另外有的形象虽然创造得有新意，如将大堤比作"海锁"，但作者却让它在许多诗篇中重复露面，多处套用，就给人陈旧、单调的感觉。这说明，作者在诗的构思和写作过程中，还不善于根据所表现的不同题材，不同内容，熟练地采用与之相适应的不同的表现手法。

洪三泰诗作的质量水平，为什么会出现这种不平衡的现象呢？艺术素养不足固然是一个重要的原因，但生活功底还不深厚，恐怕是一个更主要的原因。就是说，作者有时对生活的理解和发掘还不够深刻。这里说的所谓"深刻"，不仅是指它内涵的思想而言，同时也是指形象而言。所谓"发掘"，也不光是指"发掘"思想而言，同时也是指"发掘"形象而言。作者对歌唱的对象不仅要熟悉，有自己独到的真知灼见，能洞察到其中思想的闪光，开掘出新意，而且还要善于从中找到体现这种思想闪光的新的形象，进行典型的概括，这样，才能创造出新的意境，找到新的构思，才能写出思想和艺术质量兼优的诗篇。反之，如不能在对生活进行深入观察、体验、研究、分析的基础上，从丰富的生活形象的感受入手，进而进行典型化的再创造，那样"创作"出来的诗，或者是人云亦云，没有新意；或者是停于事物的表面，肤浅平庸，缺乏感人的力量。像组诗《天涯防线》中的《问螺号》，诗的意境、情景，以及从中体现的思想，都给人以似曾相识的感觉——与我们见过的油画《螺号响了》雷同。很可能，作者的感情就是从这一幅油画触发起来的，这在创作中本来是常有的现象。但是，如果仅仅停留在对别人的油画的临摹，意境的重复，那样的作品就像是没有扎根于生活土壤的纸花，没有芬芳，没有生命。

另外，还有一个对待艺术创作的态度问题。鲁迅生前曾不断告诫文学青年："写不出的时候，不要硬写"，不要粗制滥造，"以创作丰富自乐"。这些意见对今天的青年作者来说，仍然是十分中肯的。诗歌创作和其他艺术创作一样，质量比数量更重要。当然，如果要求作者写的每一首诗都达到高水平，这是不切实际的苛求。但是，对于作者本人来说，却应该力求使自己的每一首诗，都能给读者新的东西——新的构思，新的形象，新的意境，从而具有更大的艺术力量。

我们期望，洪三泰能坚持扎根于生活的土壤之中，坚持从生活中去开挖诗的矿藏，并不断扩大视野，开阔眼界，不断提高自己的观察事物的敏锐性和洞察能力，要求自己在创作中一丝不苟，刻苦进取，那么，可以预见，他就一定能写出更多更好地反映时代脉搏跳动，反映人民心声的动人诗篇！

1979年8月15日于广州

关于洪三泰的诗及其他

　　《青年诗坛》连续几期开展对洪三泰诗的讨论，而且讨论得还颇为热闹。从创刊号发表胡世宗同志的洪三泰印象记，第二期发表一均同志的文章对洪三泰的诗提出了一些问题，至第五期发表林贤治同志的《生活·气质·技巧》，我已经读到的讨论文章一共有六篇。这些文章，已经不仅仅局限在对广东一位年青诗人的评价这一点上，而是对诗坛近年来出现的一些理论问题，提出了不同的看法。这种联系创作实践进行理论探讨和争鸣的做法，对于总结经验，分清良莠，从中得到借鉴提高，很有好处。从这一角度来说，《青年诗坛》讨论洪三泰的诗，对广东诗坛是一件好事。

　　三年多前，当《天涯花》还没有出版的时候，我曾经写过一篇谈洪三泰诗的文章：《构思·感情·生活——评洪三泰的诗》，发表在《作品》月刊1980年第7期上。我在那篇文章中提出的主要论点是：第一，洪三泰是我省雷州半岛和海南宝岛的生活哺育成长的诗人，从他发表的一系列作品来看，他写作的路子是对的——虽然他的相当一部分作品的质量还有待于提高；第二，在他的诗作中的上乘品，均是构思出新意和感情真切浓重的结晶；第三，他的一部分较粗糙的诗，反映出他的诗作总的质量还不平衡，指出其原因"艺术素养不足是其中之一"，"但生活功底还不深厚，恐怕是一个更主要的原因"。我在那篇文章中还指出，"作者有时对生活的理解和发掘还不够深刻"，"对歌唱的对象不仅要熟悉，有自己独到的真知灼见，能洞察到其中思想的闪光，开掘出新意"，等等。最近，读《青年诗坛》各种论点的文章后，我又重读了一遍《天涯花》，感到有一些问题很有进一步议论的必要。

　　这场讨论，人们谈得最多的是"诗与生活"的问题。这个问题的提出，表面上是从许多评论者的文章中赞扬洪三泰的诗"有生活"引起的，但实质上却关联着诗坛近年来对生活的不同理解和评判。生活，这个充满着甜、酸、苦、辣等各种滋味，然而对我们总是闪耀着灿烂前景的美好字眼，吸引和成全了多少诗人呵！任何一个搞文学创作的人都离不开生活，这是一个属基本常识范围的东西。然而，对于我们要的是什么样的生活，却有许多不同的看法了。

我们还是回到洪三泰的身上来分析一下生活对一个作家的深广内涵吧。洪三泰出生在雷州半岛的土地上，从小"放过牛，赶过牛车，扶过犁，捕过鱼，养过蜜蜂……"，胶林、蔗海、渔村、海滩、黎家、苗寨，都留下过他的足迹。这一些颇为丰富的经历和较宽阔的视野，决定了洪三泰诗的取材较为广泛。只要我们细心地翻翻《天涯花》，我们就会发现，它呈现给我们的，是雷州壮美的木麻黄林带，是翻卷着甜蜜的风的蔗海，是诗人为之淌过汗水的胶林，是明净富庶的水乡，是建设宝岛的老战士和年青一代奋斗的理想、情怀，是繁忙的湛江港的灯火，还有似长颈鹿般昂起头的龙门吊的高大英姿……的确，这本集子提供给我们的南国色彩是缤纷的，雷州、海南的生活气息也是浓郁的。

毋庸讳言，"有无生活气息"并不是衡量一首诗好坏的唯一条件或根本条件，更不能将"有生活气息"与"好诗"画上等号。但"生活气息"的浓淡确会对诗的好坏起着极大的影响。我们赞扬洪三泰的许多诗"有生活气息"，这是因为他的这些诗是从生活出发，而又反映生活的，当然，这反映不能是机械式的描摹和拍照，而是经过作家头脑的"取舍、综合、变形和赋予风格"等等艺术的制作，这都是毫无疑义的。总之，它要经过诗人心灵的感光和自我感情的浸染，才能变成富有美的感染力的"诗"。从这一点出发，讨论中有的人提出对诗人的生活，应该重点放在"对生活有真诚的感受"，我看这一要求是对的，但必须指出，诗人的生活经历、积累，是这种"真诚感受"的前提条件。你没有到过雷州、海南，你怎么能对五指山和青年运河有"真诚感受"呵！因此，辩证唯物主义的反映论和马克思主义的文艺观，总是不断地提醒我们的诗人到人民群众的生活中去，努力创作出富有生活气息的作品，道理正在于此。至于讨论中有的同志提出，洪三泰一些诗中还存有概念化的缺陷，比如《标语》中"标语大喊大叫，呼天唤地，它站在哪，胜利之花就开在哪"这一类句子，我想，其罪过并不在生活本身！因为，在这一类标语口号般的句子中，哪能找见一丁点儿"生活气息"的影子呢？！相反，正是由于诗人对生活没有把握住本质，没有开掘出独特的新意和深度，才会滥造出这样的平庸粗糙的"作品"。

　　上面这样的诗并不能代表洪三泰整个作品的主流。在对待"生活"的态度这一命题上，我仍然认为洪三泰的路子是基本正确的。他扎根在雷州半岛的土地上，十几年如一日地生活在一身汗水和泥巴的农场干部、农工中间，并孜孜不倦地做着自己的诗的追求，这一点特别难能可贵，也很值得今天的许多年青诗作者学习。我不赞成"到处有生活"这一提法。"诗人自产生之日起，就已在'生活'之中，世界上不存在没有生活的诗人"这一观点的偏颇，在于它模糊了在世界上万花筒式的生活中，对诗来说，哪些是有积极意义的生活，哪些是消极的、甚至是毫无意义的生活这样一条界线。"到处有生活"的口号，还容易导致一些诗人脱离时代、脱离人民的斗争这样一种倾向。有人说，诗歌在本质上是抒情的，故其要求于诗人的是感受之真。这个立论本来没有错，但我们必须再补充一点，即要求于诗人的这种真切的感受并不是从天上掉下来的，也不是诗人一生下来就会具有，而必须是在正确的世界观的指导下，从生活中去提炼和获得。解放以来，特别是十年内乱期间，来自"四人帮"的"左"的破坏和干扰，诗歌界以至整个文艺界对生活的理解，曾经出现过"左"的偏向，将生活的内涵、范围和层次，理解得太浅、太窄和太过单一平板，只强调表现工农兵，只提倡写什么"重大题材"，就是一例。事实证明，这条路子对我们的创作，是一条死胡同。现在的问题是，在纠正这种"左"的偏差的时候，有的人想将我们的诗歌反映时代，与现实生活紧密相连的优良传统也加以否定，他们对正在"四化"路上奋发进取的人民的劳动和斗争，缺乏热情，甚至表现出一种冷漠、厌倦的情绪。在这些人看来，高踞于艺术的象牙塔之冠的诗歌，是多么高雅，沾不得半点世俗凡尘。于是乎，诗人们是否深入到人民群众的生活中去不是主要的，而主要的是诗人要"表现自我"。这样，就出现了许多卿卿我我、格调灰暗低沉、对我们的事业，对党和社会主义表现出一种离心情绪的作品。这样的东西，对我们的时代和人民说来，怎么谈得上是什么"真诚感受"呵！

　　我们提倡诗人投身到时代生活的深层中去，并不是要否定诗人自己的个性。相反，我们从来都强调艺术是最富于作者自己的个性特点的创造。我们不同意的是，将个性变成远离现实，远离人民的"自我感情世界"的宣泄。现实主义的创作方法强调创造典型。对诗歌来说，也必须有恩格斯讲的那样独具个性的典型感情的概括。既是自己独有的，又是概括时代的。如果有人将概括时代的共性看作是"外力加于诗人的束缚"，那就会落进资产阶级"自我表现"和唯美主义的泥坑！不同的时代的不同诗人，总是要求自己的诗具有自己的个性特色，洪三泰也在追求自己的特色（当然，他的诗还远未形成自己的个性特色）。但如果看不见他的这种追求，也不是实事求是。比如，他在抒情方式上就比较多地运用直抒胸臆的方法。请看一首《宝岛之春》：

> 该怎么画你哟，宝岛之春？
> 笔尖的色彩要多浓，多深？
> 该怎么唱你哟，宝岛之春？
> 口中的曲调要多响，多新？
>
> 神州的山水哟，算你最勤，
> 北国飞雪时，你已开始耕耘。
> 你最早把一幅壮美的春图，
> 铺在祖国的南海之滨……
>
> 神州的山水哟，数你情深，
> 你教蛙儿击鼓，百鸟舞林。
> 千山万壑回荡着你的欢歌，
> 每天，音乐会从傍晚开到凌晨。

不用引全诗，我们也可以看出，诗人对宝岛春的赞美，是从自己的眼光出发的，同时又概括了宝岛生活的本质并做了美的升华，这种对宝岛爱的感情的抒发，从诗人胸中直泻而出，给人以一种强烈、深刻的感染，既没有"宣传画的红油漆味"，也没有"时代精神的号筒"那种虚假做作之感。它的诗句、形象都讲求对偶，讲求节奏的音乐感，这不是都在体现着诗人的个性追求么？！当然，有的人在写诗中，"不表现出要歌颂什么反对什么，而传递了一种更深一层的复杂的生活感受，带一点怅惘，一点否定，一点矛盾的留恋，真实地不加抑扬地淡淡写出来"，这也是一种"个性追求"，但这种"追求"肯定是与我们时代的主流不相合拍的。

从诗人的个性追求，又使人联想到讨论中有人提出的诗的表现形式问题。

《天涯花》之后，洪三泰确是发表了一些同他原来的表现风格完全迥异的诗作，比如发表在《特区文学》1982年第2期上的《蹦出贝壳的珍珠》。这首诗有其优点和长处，但正如作者自己在诗的《附信》中所说的，"诗的真情实感相当重要，诗作者对事物应有独特的见解"，而不是主要靠"打破了他原来惯用的传统表现手法，打破了四行段式……打破了严格的尾韵"。事实上，诗的形式应服从其所表现的内容，是由诗人的创作风格和习惯所决定。不能片面地认为采用现代诗派的某些表现手法，就一定比传统的方法为好，更不必因自己喜欢形式上少束缚的句式而去"摒弃传统"；相反，也不必为固守传统的形式而不准别人越雷池半步，不准人家去探索，去创造。正确的态度是，形式应完全服从于内容的需要，既要继承传统，又要敢于大胆地向外吸收别人之长，就像优秀的诗人郭小川那样，完全不会受某一种表现形式的束缚，而是兼收并蓄，运用自如。如果有人将当前诗歌存在的一些问题，完全归之于"形式的困扰"，那则是同内容本末倒置了。

讨论中，还有人提出了关于诗的美学原则这一论题。有人认为，"艺术家的'本职'在于传递美的信息，传递美感。至于诗人是否在诗中反映了生活的本质，社会效果如何，则主要是哲学、伦理学和社会学的范畴，而超出美学范畴了。"现在，我们姑且不去研究洪三泰一些写得较好的诗，是否没有表现和传递出一种美感（这个问题只要列举分析洪三泰的一些诗，比如《绿的、白的》《宝岛之春》等即可得到结论），我们只谈诗的艺术美和反映生活本质是否不能相通。当然，美学研究的是具体的感性思维或形象思维，哲学研究的是抽象的逻辑思维，但是，形象思维与逻辑思维有一种内在的关联和制约。二百多年前，黑格尔在批评德国哲学家鲍姆嘉将美学与逻辑看作对立的时候，就曾指出它"正当的名称是艺术哲学"。实际上，美学也是一种认识论，它历来是哲学的一个附属部门。从柏拉图、亚里士多德、托马斯·亚昆那一直到康德和黑格尔，西方著名的美学家都是哲学家。美学历来离不开哲学。因此，我们强调艺术的美，当然离不开生活内在本质规律的制约，诗的美的享受在大多情况下，总是与它的教育、认识作用相关联。作为社会主义时代的诗人，优美与崇高应该相统一。如果只追求诗的艺术美而不注意它的思想美，那必然会偏离社会主义方向。

对洪三泰的诗做总的评价，我同意陈绍伟同志文章（见《青年诗坛》1983年第3期《也谈洪三泰的诗》）中的这样一个观点：它已经找到了自己追求的目标，路子是对的，但实践起来还不是那么得心应手，这主要是生活功底与艺术功底仍不够深厚的缘故。这功底主要表现在对生活的观察、认识、感受以及将其转化为诗美的能力。这是一个复杂而又艰苦的过程，非经过长期的努力不可。我们相信，洪三泰沿着现在的路子走下去，将能够取得成功。

1983年11月28日 于广州

时代感、个性与创新

——读符启文的散文兼谈当前散文创作的振兴

实在是对不起！你送来的作品剪报在我手头上耽搁了这么些时日。不是没有时间读，而是你要我读后"谈些具体意见"，并"对当前散文创作如何突破发表看法"，这对我来说，也许是个难题。

粉碎"四人帮"后这几年，文学这位灰姑娘不但复苏了，而且可以说是出落得个性鲜明和十分活跃。这表现在：小说创作的水平有了很大的突破，特别是近年来已经起飞的中短篇小说，正以其动人的思想艺术魅力打动着许许多多的读者。报告文学这支"轻骑兵"，在敏锐、深刻地反映社会变革上也取得了可喜的成绩，成了许多作家挚爱的武器，并以其自身的战斗力量及与时代的密切关联作用而在我们进军的行列中震响。诗歌近年来在拥有读者的数量和自身的发展方向上有过踌躇与彷徨，然而，通过理论界和创作界的真诚讨论，是非基本澄清，诗创作更加牢固地扎根在生活的沃土上。总之，文学园地的这几个领域的情况都表现出明显的上升势头。

散文呢？刚刚粉碎"四人帮"那两年，散文创作同样异常活跃。人民长久地压抑在心头的恨与爱如火山般喷发，各地出现了一大批控诉"四人帮"肆虐横行，以及怀念昔日战友的情真意切的作品。这些作品抒发的情感能与人民的思想情感相通，震荡着时代精神的韵律，读来很有抓人的力量。但是，经过了这一段的发展潮头之后，散文创作尽管在数量和题材的开拓等方面，仍在继续发展，但我觉得，它在思想艺术质量上，没有取得像中短篇小说和报告文学那么明显的突破。是否可以做这样的估计：近年来散文的数量是不少，但质量却显得较平滞，确实需要来一个振兴。而这个问题的关键，主要又表现在当前有许多散文的时代感不强，内容上大都缺乏一种厚重的力量。比如，有的散文单纯写个人身边琐事，有的游记纯描山色湖光，有的知识性散文见不着有新的发现……总之，时代精神没有成为我们当前散文创作的主旋律。这其中，有的作品缺少时代精神烛耀的折光，有的缺少时代色彩与描写对象的融合。特别是近些年来，改革的浪潮正在我国兴起，生活越来越呈现出它的斑斓本色，可是，反映我们时代变革的散文确实是太弱太少！在有些人看来，散文好像是"无足轻重"的文体，认为"散文不能表现重大题材"，"散文只是生活的'边角料'的拼凑和制作"，等等。

这种状况，看来应该引起散文界的重视了。事实上，在我们这个有悠久散文传统的国度里，从春秋战国"百家争鸣"开始，散文就是人们抨击时政的有力武器。到了散文鼎盛的唐代，如亮星般闪烁的散文大家（如韩愈）就更明白地提出"文以载道"的主张。一部我国的散文发展史表明，散文应该与时代密切相连，散文应该积极地反映我们的时代生活。要通过对时代的声、光、色的描绘，情感的抒写，意境的创造，发表对生活中的重大问题的独特见解。政论式的散文是如此，记人、叙事、写景的散文也可以是这样。范仲淹《岳阳楼记》中的"先天下之忧而忧，后天下之乐而乐"的胸怀，柳宗元《捕蛇者说》中对当时"苛政猛于虎"的现实的深刻揭露，之所以能够赢得读者，首先就在于他们反映了当时的时代本质，表达了人民的心声与要求。见解深刻，发人深省，引人共鸣。

联系这点，再来看看你选送给我的20多篇散文作品。在我省从事散文创作的为数不多的青年作家中，你的散文取材较为广泛，从花卉虫鱼，到飞禽走兽；从童年故乡，到孩子邻居；从森林小溪，到港湾大海……笔锋所及，洋洋洒洒。然而，内容不外乎两类：一是知识性、趣味性的作品，以及写景记游方面的文字；二是同当前的社会现实生活联系紧密的作品。在你这众多的散文篇什中，读后较强烈地震撼着我的心灵的，首先是《森林的欢歌和哀歌》。这篇获得广东省1982年新人新作二等奖的佳作，选取了当今世界上人们极为关注的森林保护这一新鲜重大的题材，通过丰富的横向联想，描绘了森林在自然界生态平衡和人类生活中的巨大作用，批判了那些不顾子孙后代利益滥伐林木的庸人劣行。广征博引，情采飞扬。丰富的知识、真挚的情感与犀利的思想熔于一炉，读来有一种动人的情致。另一篇《海的恋歌》，你则在众多的纵的材料串联中，描叙了占着地球2/3面积的大海的壮美、富有和广博，以及她能纳百川的宽阔胸怀。你还用生动的形象告诉人们——特别是青年，不论在怎样的条件下都不要离开革命集体之"海"，否则，就将如同水珠离开了海洋那样很快干涸。这实在是为那些摆不正

"水珠"与"大海"关系的个人主义者，敲响了一记响亮的警钟。尽管前面这两篇散文的艺术质量并不是达到了同一水平线——后一篇的部分材料有陈旧之嫌，结尾的点题也不够含蓄，过于显露了些。但我觉得，这两篇文章有一个共同的成功之处，就是思路开阔，时代感强。从题材的选择到思想内容的发掘，都紧连着我们今天的时代。不但触及了生活中人们关心的事，而且洞察到了其中的深层内涵，看到了我们时代的光明面下掩藏着的阴影。读来有一种催人警策、发人思考的力量。

我记得，你是从写诗步入文坛的。诗的眼光和较精练的文字表达能力，对你今天的散文写作当然极有帮助。但从触及我们时代的脉搏以加重散文的分量这点来看，你仍然经历过一段摸索过程。你前期的散文多是对革命圣地的一般赞美，对河山景物的一般歌颂，视野未免过于浮泛，目力也过于纤弱，写得较乏新意。后来，你大概是从学习历代散文及研究秦牧散文的名篇中受到启迪，目光更多地注视我们的时代了，将过去单纯地赞颂自然美，变成将它们放到时代的调色盘上去涂抹，去表现。最近一段时间，你更集中心力在提炼你周围的生活美，不久前发表的《大楼邻里间》《秀秀发廊》《阳台梦》等，时代色彩更加鲜明，从不同的侧面反映了党的十一届三中全会以来，人民生活和他们的思想、情感以及人与人之间关系的深刻变化。有的篇章（如《秀秀发廊》）已直接触及了当前的城市经济改革，赞美了处于改革中的一代新人，读后使人感到一股时代新风扑面而来。

当然，在肯定你的一些散文较重视反映时代精神的时候，必须强调不能将它变成时代精神的机械的图解。这是30多年来散文曾走过的一段弯路。散文是一门艺术。艺术是最讲求自己的个性的。散文作家只有将时代精神与自己的艺术个性更好地结合起来，才能使自己的作品具有生命力。

个性是什么？歌德说，个性是诗人独特的见解或创造力的艺术表现。散文作家的艺术个性也是如此。它是作家思想理论修养、艺术素质，以及对事物的洞察力在创作舞台上的综合表演。不同作家的思想艺术修养不同，审美情趣不同，他们的作品的个性也不同。现代文学史上的两位散文名家朱自清和俞平伯，同游一地，甚至写相同的题目——《桨声灯影里的秦淮河》，两人的文章也迥然各异。但是，在当今的散文领域中，缺少个性、似曾相识的作品却是越来越多。或内容上人云亦云；或文字上一味追求华丽而过于雕饰；或感情抒发上过于缠绵而坠于做作；有的以为文内有"我"，就有了个性，等等。这些理解都是失之偏颇的。因此，重视散文的个性同样是当前散文振兴的一个重要问题。寻求散文的个性当然需要构思、文字表达等技巧功夫，但我以为，首先应是追寻思想内容上的新意。在思想内容上求新，这就是极其难得的个性。

这方面的特色，在你的那部分知识性趣味性散文中，表现得较为明显。我很喜爱你的《大象篇》。这篇散文，你是在读了秦牧的《大象哀歌》之后写的，阐发的也同是保护大象的主题，然而，你的思路不但不为前文大作家的思路所囿，而且能从新的角度，开掘出新的内容，用众多翔实的有关大象的趣闻逸事，描绘了许多不为人所知的象的习性，说明"大笨象"不笨而应为人类钟爱的道理，不落入窠臼，在内容的创新中显示出不同凡响的价值。你的《鹦鹉情》《说猴》《蟹的趣忆》等，也是不同程度地开掘了新意的作品。

提倡内容创新同样不能忽略技巧。散文是一种特别讲究文辞技巧和情感的文体。再新鲜有味的内容若果离开了情感的血脉和辞采的外衣，都会变得枯燥无味，甚至面目可憎。你的散文在文字技巧上重视文采但不追求华丽，情感抒发上重视敞开心扉与读者交流，娓娓而谈，情真意切，质朴、自然，易为读者所接受。我实在佩服你的一些散文敢引用那么多材料，但读来又不显得堆砌和乏味。这大概要归功于你的剪裁能力。你的散文在构思、谋篇，以及材料铺陈、文字描叙等方面，明显地可以看到秦牧散文的影响。可以说，是秦牧风格引领你迈出散文创作的可喜的第一步的。但是，你的散文还不能说已经有了成熟的个性，而只能说是在秦牧散文的影响下正在摸索着自己的路子。借鉴是重要的。模仿也在所难免。孩子学走路没有哪一个不是模仿大人的。但我期待你能有更多的创新。你的一些散文在思想性、知识性和趣味性的交融方面，学习秦牧散文可以说是较为成功，但有些篇章的个别地方连行文的语气上也去模仿人家，这点我认为倒没必要。你应该发挥你作为年青诗人和散文新秀的优势（比如对事物的观察力和诗的眼光），依靠自己的优势去探索自己的风格。这大概也是写出更有个性的散文的一个条件吧！

"窥一斑见全豹"。仅仅是想通过你的一些作品来探讨一下当前散文创作中的某些问题。是断断续续写下的一点感受，不知是否切合你的情况，也不知是否符合当前散文创作的实际，聊供你及一些散文同好参考吧！

1984年7月于广州

生活·情感·诗

　　——读《心灵的彩翼》致西彤

　　近年来，在"现代诗派"所谓要"崛起"于诗坛，各种"理论探索"文字接踵出笼的时日，读到你这本从生活的海洋中采撷的、富有南国特色的诗集，我觉得颇为珍贵。你在你的诗行间，描绘了特区的新貌，花城的英姿，荡漾着侨乡的亲情。对此，某些年青的诗作者可能会不以为然。时下，我确是见到一些人受西方"现代派"思潮的影响，对我们的时代生活和人民的斗争缺乏热情，甚至表现出一种冷漠和厌倦。他们中有的人认为诗人"自从产生之日起，就已在生活之中，世界上不存在没有生活的诗人"。近些年来，诗坛上确是出现了一种怪异的"离心力"：想要离开人民的劳动和斗争，热衷于无限制地"表现自我"。有一位所谓"新潮诗人"就公开声明："不屑于去表现自己心灵世界之外的东西。"他们心灵世界里的东西又是些什么呢？最近我在一个诗歌讨论会上，也听到有人提出，诗人"不必去表现出要歌颂什么反对什么"，诗主要必须"带一点怅惘，一点否定，一点矛盾的留恋，真实地不加抑扬地淡淡写出来"，才"更值得咂味"。正当这些同志在理论上发表这类失之偏颇的论点，实践上的探索也极叫人担心的时候，你却用你的创作去证明了你的诗学主张，这怎么不使人觉得可贵呢？

　　你的主张并不自今日始。记得1979年初夏，广东作家协会组织我们一同到侨乡新会、台山访问，路上你曾兴致勃勃地向我谈到你的诗歌创作抱负，谈到你对新诗的追求和设想。你说，若果离开了火热的"四化"建设，离开了人民的劳动，你会一首诗也写不出来。你还悄悄地告诉我关于你今后的创作打算：要进一步加强接触实际，到人民的生活中去，到各条战线的前列去，吸收养料，酿造诗情。也许是你前半生的军人生活铸造了你那种说到做到的气质，果不其然，这些年来，在繁忙的编务工作中，每年你仍然抽出一定的时间下去。你就是这样抱着对生活的极大热情，除访问过侨乡外，还访问了深圳、珠海特区；访问过东北长白山林场；访问过为国争得荣誉的体育运动员们的训练基地；最近，又应邀到青海高原跋涉一个多月。你将你的汗水，蘸着你的真情，融进你的诗行里，谱写出一曲曲"四化"建设的歌，时代生活的歌。我觉得，这种精神很值得当今一些青年诗作者们学习。

本来，作为一个社会主义中国的诗人，不能离开人民大众的生活，这个道理就如同树木离不开水分、阳光那样。但近年来，诗坛上有一些同志，对此却提出了许多"质疑"。在他们看来，诗歌——这文学艺术殿堂中的高贵的公主，显得是多么高雅，沾不得半点俗气凡尘。于是乎，诗人们下不下到人民群众的生活中去，并不是主要的，而主要的是诗人要无限制地"表现自我"。他们想走西方现代主义的路子，想用现代主义来取代我们诗歌的现实主义传统。其实，现代主义是西方资本主义制度下的产物，在今日的西方也不那么流时了，而我们却有人要将它照搬过来，以为时髦。按照他们的"自我表现"理论，脱离实际，脱离生活，坐在房子里也可以写诗。写什么？写远离社会的个人情绪的淡淡的哀愁；写黑夜听到狗吠的恐怖心理；写夜深人静几个等夜班车的青年无聊地踢着空罐头盒……这样，近几年来在诗坛上就出现了许多卿卿我我、格调灰暗低沉，对我们的事业，对党和社会主义体现出一种离心情绪的"作品"。这是一类不能激人奋发向上的东西。我们的时代和人民能接受这种低档、庸俗的精神产品么？

不久前，我们曾和广东的部分诗人在一起讨论关于"诗与生活"的问题。我们的观点一致，但却与那些"现代诗派"的观点有分歧。前一段，《青年诗坛》在开展对洪三泰诗集《天涯花》的讨论中，分歧最大的也是"诗与生活"这一论题。有的人对洪三泰长期生活并通过诗笔撷取进他的作品中的雷州、海南的蔗园、胶林、渔港……基本持否定的态度。他们对洪三泰的诗歌接触时代，歌颂人民的斗争表示不屑。他们认为洪三泰所接触的"生活"，是"在空间上狭窄和时间上停滞的模式"，他们强调要"将生活感知到一切方面和一切层次"。我以为，"感知一切"观点的偏颇在于：没能帮助诗人们分清楚，在生活的"一切方面"中，哪些是有积极意义的生活，哪些是没有积极意义的甚至是消极的生活。我们社会主义时代的诗人，首先要努力去"感知"的，当然应该是富有积极意义的生活，而不可能将生活中的一切方面和一切层次都去感知。否则，又怎么能体现文艺的"二为"方向呢？以此为理由，我仍然要称赞你的诗所表现的对新时期"四化"建设的热情。正因为这一条，你才能在特区刚刚开办、国内外许多人对它仍感生疏之时，你就用你的诗笔，描下了一幅幅真切生动的特区新景：有中外合资的毛纺厂；有设备一流、服务一流的旅游企业；有深圳崭新的色调；有珠海新城的崛起……甚至看见从海面上飞过的水翼船，你也联想到祖国的发展速度问题。

谈到这里，得附带说明，我不是提倡文艺的急功近利者。我并非要求艺术变成简单的某种概念的模式宣传。艺术必须有它自己的个性与魅力。诗也是如此。诗人必须在反映时代，反映人民心声的大前提下，努力去写出自己的个性特色。着眼点是要求创新——新的构思，新的意境，新的情感，新的语言，等等。但这"新"不是孤立地从狭小的个人心灵天地中冥想出来，而是必须从人民的生活中去获得。艾青说过："生活实践是诗人在经验世界里的扩展；诗人必须在生活实践里汲取创作的源泉……将全部的情感都在生活里发酵，酝酿，才能从心的最深处，流出无比芬芳与浓烈的美酒。"（艾青《诗论》）

我觉得，艾青的这些话，清晰地阐明了诗人需要的是什么样的生活，以及如何去表现自我的情感等问题。我们反对现代诗派无限制地"表现自我"，并不是反对表现诗人的个性，而主要是反对他们将自我的情感孤立于尘世之外。那些"我孤独""我苦闷""我彷徨"之类的情感，同我们的现实，同我们今日人民建设"四化"的豪情，相距何止十万八千里！

诗歌情感的酝酿发酵，同样不能离开艺术创造中必不可少的典型化手段。这是现实主义创作方法的精髓。这里说的典型，在小说中是指典型的个性、人物，在诗歌创作中则是典型的情感提炼和概括。既是典型的，就必须是自己独有，不与别人雷同，然而又必须与人民的情感相通，具有深刻的社会内涵，能概括和表现我们的时代。这就是我们时时强调的文艺创作中个性与共性的统一。

用这一标准来衡量你的诗，不乏思想情感开掘得深而又有新意的佳作。像《心灵的彩翼》这一首，对社会上的各种人的心灵世界洞察得比较深刻、多面：有的人的心"会流血""会哭泣"；有的人的心"酿造蜜"，有的却"制造刺"；有的能"结苦涩的果实"，有的"使幸福之树常绿"。你对那些活着——"心却早已死了"的人做了含蓄而又深刻的批评，而对"人虽然死了，心却永远活着"的人抒发了一种崇敬的情感，并引导读者都"摸摸自己胸腔里那颗心，看

是否还在正常的位置上跳",这一引导,确实令人警醒。最后,你还怀着一种炽烈的憧憬,对人们发出一种美好的祈愿:

> 愿你我都有这样的心灵:
> 尽管它很普通,
> 但却质朴透明。
>
> 假如大地出现断层,
> 它,便化作泥土、石块,
> 甘做铺垫,也要把分裂的沟壑填平。
>
> 假如人间一旦失去光明,
> 它,便化作燃烧的烛火,
> 即使短暂,也要为路人照亮行程。
>
> 假如万物冰锁雪封,
> 它,便化作热风、暖流,
> 那怕微弱,也宁与冰雪一道消融!

这祈愿中包含着的共产主义情愫、理想,表达了人民的向往和追求,给人以一种奋发向上的力量,读后有一种崇高而又优美的感受。

你这首《心灵的彩翼》的成功的实践告诉我们,崇高与优美是完全可以水乳般交融统一的。有一种说法,认为崇高者必不优美,优美者不必求崇高。还有一种说法,艺术家的木职在于传递美的信息,传递美感。至于诗人是否在诗中反映了生活的本质、社会效果如何,则主要是哲学、伦理学和社会学的范畴,而超出美学范畴了。这些论点的偏颇是不言自明的。当然,我们并不能把研究哲学与研究美学等同起来。前者是逻辑思维,后者是形象思维。但是,形象思维必然要受逻辑思维制约。美学实际上也是一种认识论。它历来是哲学的一个附属部门。从柏拉图、亚里士多德、托马斯·亚昆那一直到康德、黑格尔,西方著名的美学家都是哲学家。美学与哲学有血缘关系。过去,有的人只强调诗的教育、认识作用，而忽略了它的审美作用，这是不对的。它将导致艺术变成只有思想标签而失却美的魅力。现在，有的人只强调诗的审美价值，而忽略其思想教育和认识价值，这也是不对的。朝前走下去，就会滑进资产阶级唯美主义的泥坑。

话题扯远了，还是回到你的诗集中来吧！除《心灵的彩翼》这一首外，在思想和艺术上均达到一定质量的佳作，在你的集子中还能列举出许多。在你的诗中，绝大多数都是通过"我"去表现社会生活。在我的记忆里，将特区生活入诗，你算是较早的一个。这组诗中，有的确也存在着停留在表象的描绘，内涵开掘不够深刻的缺陷，但对特区这一新事物的挚爱却溢于言表，情涌笔端。你歌唱侨乡的一辑小叙事诗，给我们描绘了"侨县长"、"侨乡女"、"百岁归侨"、探亲侨客"金山伯"等众多的侨乡人物，唱出了侨乡儿女对故土家乡、对社会主义祖国的美好情感。

你的诗在表现形式上，主要是采用我国诗歌民族传统的方式。你擅长于歌词创作。你的一些诗，也明显地具有歌词那种平白如话的风格；有的诗，又带着明显的我国古典诗词中小令的节律。如《胶灯》一首写割胶工踏夜出发晨割——

> 夜阑人未静，
> 月白晓风轻。
> 云深处，
> 撒出万点星！
> 飞过山，
> 掠过岭，
> 跃入林海踏浪行……

节奏急促，诗句简练，一幅充满着气势和氛围的"出发晨割图"清晰地出现在我们眼前。这种洋溢着诗情画意的诗比起那些读来似猜谜、读后觉得气闷的诗，对读者无疑更有魅力。

夜已深。就到这里打住吧！我的这些话，也不知道谈得是否准确，聊供你及爱诗的朋友们参考吧！

1983年冬于广州

向人物的心灵深处开掘

——读邹月照的短篇小说

邹月照送来他近三年来发表的近二十则短篇小说。我读着，仿佛看见他在文学的崎岖道路上，艰难地跋涉的情景。是的，他在小说的耕耘中付出了辛勤的汗水，并且有了喜人的收获。

邹月照的小说，通过他笔下的人物形象的创造，较为深刻地揭示了我们时代和社会的内涵，给人以一种深沉的思考的力量。粉碎"四人帮"后的一段时期，他写出了几篇揭露"四害"横行给我们的人民和青年一代带来的灾难和痛苦的作品。他的这一类作品，与许多"伤痕文学"作品不同，他很少去写十年内乱中的正直人受迫害、肉体上受摧残等比较容易从表面看得见的"伤痕"，而是着重去揭露那个时期青年一代心灵上所受的创伤。《在观世音面前》（《花地》1981年第6期）、《告别》（《花地》1981年第2期）、《春夜》（《作品》1980年5月号）、《失却了的……》（《红豆》1981年第3期）等，都是如此。《在观世音面前》通过典型环境下的主人公心的悸动和追忆，写出了十年内乱中一代上山下乡知识青年的可悲遭遇。下乡知识青年许逸，为了得到上大学的名额击败对手蓝宁，改变自己"扎根农村"的处境，居然不惜想尽办法，甚至违背良心去告发好友——偷出蓝宁记有对下乡不满的话的日记本，寄给公社保卫组，从而得到取代蓝宁上大学的资格。蓝宁在被押往监狱的路上，逃跑跌落悬崖，付出了无辜的生命。许逸生性善良，与蓝宁一起长大，多年同窗，以后又一齐下乡插队，两人是天生的一对好朋友。他的变态行为，完全是十年内乱这个变态的社会所造成的！该受到谴责的不仅仅是许逸，而更应是坑害了一代青年的"四人帮"！这篇作品，构思上虽然存在一些人为的编造故事的痕迹（主要是后半部分），但其所揭示的主题却是异常深刻的。

另一篇小说《告别》，却以一个更深沉婉约的故事，写出了"文化大革命"中所谓"抓阶级斗争"、乱批乱斗，给青年心灵带来的创伤。技术好、为人老实得出奇的年青车工班长焦阿福，偷偷地爱上了自己班里的女青工于倩茹。但，却因他在对她表白时，用最纯朴的老实人的方式——握了一下她的手，就被在那个年代中，时时都"绷紧阶级斗争的弦"的政工员，"绘声绘色地描绘"成为"强奸未遂"，"令其在全厂职工大会上做坦白交代，深刻检讨"。一个无论对待爱情还是对待工作都忠贞如一的好青年，就这样在极左思潮的重压下，差不多被折磨成了白痴！这篇小说所揭示的主题，同样包含着一种发人深省的内涵，给人以总结历史教训的启迪。

《实况转播》（《广州文艺》1980年7月号）、《首长电话》、《勒索》、《科员胡阿才》（《作品》1979年8月号、1980年9月号、1981年9月号）等篇，在表现自粉碎"四人帮"以来，工农业战线上迫切需要解决的问题和矛盾方面，体现出作者敏锐的眼光。工厂科室机关人浮于事（《实况转播》），对上唯命是从（《首长电话》），行贿受贿的不正之风（《科员胡阿才》），变相勒索农民（《勒索》）等当今社会中虽是少数人存在的脓疮，个别角落中的丑陋现象，都在邹月照的笔下得到了深刻的揭示和鞭挞。更为可喜的是，最近作者的创作视野已经扩大，开始注视着"四化"建设中新的矛盾。《引擎》就是这样一篇值得人们重视的作品。

这篇小说，写了一个大型硫铁矿在工业调整中的苦闷和喜悦，写了他们在"下马"过程和生产低潮中的进取精神。在一些无所作为、坐等"下马"的人眼里，那些暂时用不上的、新从国外进口的50部450匹马力引擎的"伟步"车，成了一堆"钢铁包袱"。但在思想解放、善于从"下马"的不利环境中寻求"上马"路子的进击者眼里，身边这50部"伟步"车，却是为国家争取外汇、安排劳动力出路的宝贝！这两种人的不同的思想，突出地并从正面切入了"四化"建设进程中的新问题，给人们提供了思考现实的价值。从这一点上来说，《引擎》所提出的问题及揭示的思想，比前面的几篇作品，更有其积极意义；另外，这篇作品所展示的生活面及人物活动的环境也比较广阔和充分。邹月照在来信中说，他对这篇作品较喜欢，我们想可能就是这个道理。但可惜的是，这篇本来很有经营价值和潜力的作品，人物却写得不够集中。党委书记吕昕本来可以刻画得更加有性格，更加感人。曾经身受极左路线之害的关卓文，后半部写得动人，而前半部却显得单薄、平板。女主人公马丹是作者着意刻画的一个人物。她具有泼辣、好强、坚持原则的男子汉的个性气质。50年代她在恋爱问题上受到的挫折，给她的心灵留下了创伤，使她成了一个出名的"老处女"。就在此时，已分手15年的曾经的恋人，却来信邀请她见面，提出一齐赴港。这个恋人如今是香港一家大建筑公司的副经理。这段突如其来的插曲重新触及她心灵深处的伤痕。她痛苦，她愤恨。而党委书记吕昕却怂恿马丹去见这位副经理，并用"激将法"激她。因为高瞻远瞩的党委书记有他更深一层的考虑：可以通过与这位副经理的谈判，用"下马"剩余的劳力和机械，去承包香港的工程。这是一招非常高明的棋，也是对负责管理"伟步"车的"引擎专家"马丹的思想感情的一个严峻考验。从个人感情来说，她丝毫不想去见曾给她带来不幸和痛苦的副经理；但从要改变全矿的生产被动局面来看，又必须由她去见那位副经理。此时，作者已将他笔下的这个人物，置于矛盾漩流的中心。这对于描写马丹这个人物的思想矛盾和心理波澜，提供了一个很好的前提。可惜的是，作者没有在这人物个性发展的关键部位精雕细刻，而是将马丹从不愿去谈判到愿意去谈判的心理转变过程一笔带过——仅仅归结为党委书记的"激将法"，这一步的情节处理不能不说太简单化了！从这篇作品现在提供的情节来看，马丹后半部分的行动缺乏性格上的依据。作者如果能对这一点进行补充，着意按照马丹性格的逻辑发展，围绕她见不见副经理这一矛盾，有层次地去展开她的心理波涛，这个人物将会刻画得更丰满，全篇故事也将更动人。

在邹月照的小说中写得较好的人物，有《科员胡阿才》中的胡阿才，《春夜》中的主人公"我"及"塑料王后"，《首长电话》中的徐书记，《实况转播》中的阿凡，以及《告别》中的车工班长焦阿福，等等。特别是胡阿才，作者写得颇具性格。这个人物在现实生活中，有一定的典型意义。他看起来"平庸弱小"，但发现自己的顶头上司洪科长接受外单位的贿赂，要他以提价前的价格卖1500千克锡合金给外单位时，却敢于顶着不办。然而，他的性格又决定了他"顶"上司——洪科长，有着自己的特殊的方式。他不是那种敢作敢为、天不怕地不怕式的人物。他甚至胆小得连将锡合金的事向厂长汇报的勇气也没有。在他看来，"这叫越级，别人会说自己打小报告"的。在洪科长催迫得很紧，"提货单开还是不开"这思想斗争最激烈的时刻，他甚至有点埋怨自己如果"提前下班，不接物资局那个关于锡合金提价的电话"就好了！作者在刻画胡阿才这个人物的时候，精心安排了几个他与洪科长"打迂回战"的精彩细节，使胡阿才这个人物闪射出自己独有的性格光辉！

邹月照的小说写人物，初期主要是用传统小说的表现方法。他善于截取一个横断面，围绕着一个主要事件来展开情节，交织矛盾。比如，《春夜》围绕着一对男女主人公在一个春夜的约会来铺排故事；《首长电话》围绕着一个突然的电话来展开。这种传统的结构方法，使邹月照前期的小说写得事件集中，情节的发展有层次，人物能给人留下一定的印象。

最近两年来，邹月照的小说在表现手法上开始了一种新的尝试和探索。这就是将笔触伸入人物的内心深处，着意去开掘人物心灵中的光斑，坦露其复杂的性格特征。如最近发表的《微笑》（《花地》1982年《小说专号》），就是如此。这篇小说，没有什么惊心动魄的复杂的故事情节。作者只是通过主人公——一位矿山工作积极分子阿石，回忆他在做好事时，一位不相识的姑娘瞧着他发出了甜甜的微笑这么一件简单的事，细腻地写出了主人公的心理波澜，写出了在阿石心底的由微笑点燃的爱情的火苗。作者对主人公阿石虽然用的是第三人称，但行文完全是站在主人公的位置上即用第一人称的方式来表达。作者所描述的生活通过主人公感情的融合、过滤，将人物思绪的泛起、心理的变化、忆念的更迭，写得自然、逼真、有趣，从而使人物刻画得富有特色。作者在开掘人物的心灵时，常常通过主人公的憧憬、自忖、反诘等心理活动，来展示人物的个性、气质和思想。作者表现的主人公阿石的心理活动并不是单一的、平直的，而是注意去表现他微妙而又复杂的心理变化和心理波涛。比如，作者写他为了追寻那位不知姓名的微笑姑娘，不惜谎称"身体不舒服"而向牛队长请假。但当他坐在图书馆里听见平时听惯了的矿山"轰，轰，轰"的开山炮声时，他又为请假而感到内疚，认为自己这样做"的确有点荒唐，一旦跟她接上头，一定要加倍干，把产量补回，让牛队长乐乐"。这就将这位"优秀共青团员""先进标兵"的复杂性格和心理，刻画得富有棱镜般的色彩。当他等姑娘等得有点急躁时，他想伸手从口袋里拿支烟抽，就是这么小的细节处，作者也没有放过写出他的心理活动层次："不行，姑娘家大都讨厌抽烟的，让她看见岂不坏事？！第一印象至关重要，今后要戒烟。"作者最后写到阿石等姑娘而不至，终于掏出烟来抽时，又写了他失望中升起的希望和憧憬："只要努力干活，多用点业余时间上图书馆——当然，主要是翻阅技术书籍——那么，离爱情的圣地，不是很近了吗？"这一笔点染，使人物的心灵益发透出亮色。

邹月照的小说在语言个性化的追求上，也取得了初步的成果。他的文字老练、从容，常用富有形象的声、光、色去描绘那些抽象的内容，并且追求一种幽默风趣的风格。这都是可喜的。

邹月照曾来信说他"正处于苦闷期，无法突破"。这里面的症结所在，从技巧上来说，我觉得主要是塑造人物上仍需要解决一些问题，比如人物的典型化问题。在邹月照的笔下，许多人物尚嫌单薄。特别是作者还不能站在时代和历史的高度，从生活中去概括提炼出能展示时代风貌的人物形象。这是必须下大力加以解决的。当然，这其中不仅仅是技巧问题，更重要的还是创作思想和对生活的认识、概括、感受能力。这个问题的解决绝不是一朝一夕的事。邹月照的生活基点，主要扎在矿山，这个方向是对的。相信他在深入生活中，通过更刻苦的创作实践和磨砺，一定能写出更有深度的作品。

1982年9月于广州

探索者的脚印

——读广东诗坛三位新人的诗作

夏夜，刚落过一场雨，窗外的一切都显得明丽而清新。几位年青的诗作者来访，叙谈得很热烈，话题自然都是围绕广东诗歌的发展状况。他们对广东解放以来出了一大批有成就的诗人，被誉为中国的一个"诗乡"而自豪，也为近些年来省内诗歌的发展落后于省外一些地区而焦急。他们认为，要改变这种状况，既要靠老一辈诗人的宝刀重振，也要靠诗坛一代新人的努力。我觉得，他们的意见很有道理。这些年，省内评论界对诗坛新人的培养介绍做了一些工作，比如女作者筱敏，就是这样成长起来的。但也应该承认，我们仍然做得太少。

基于这样的认识，我抽时间较为系统地阅读了我省近年来在诗坛初露头角的一些新人的作品。其中我觉得，林贤治、莫非、司徒杰这三人的步子迈得较大。当然，他们的诗作数量仍不算太多，质量也参差不齐，许多读者对他们的名字仍感陌生，但他们的作品具有一个可喜的特色，那就是——不满足于前人走过的路子，努力追求一种新境。他们像一群刚展翅飞进诗的天地的雏鸟，有时唱得还幼稚，然而却是一股新韵。他们的诗，如果用一句话来概括，是否可以这样说：在内容上是脚踏现实主义的坚实土地的，而在表现手法上已经开始从我们某些固有的传统手法中冲脱出来，大胆地吸收了一些国外的东西，形式上变得更加解放。

在这几位新人中，林贤治是颇引人注目的一个。他是张起自学的风帆，摇着勤奋之舟，从粤西的漠阳江畔驶进诗海的一个探索者。生活的风浪和奋斗的坎坷，使他对社会和诗的艺术都形成了自己独特的看法与追求。他的诗大都能捕捉到新意，感情也比较深沉，给人以一种厚重感。他的作品的题材，有许多都是着眼于社会下层的普通的人。赞美他们坎坷中的不屈，逆境中的奋发，苦恼中的欢乐，开掘隐藏在他们心灵深处的光斑。请看他的一首《集邮》——

　　　　煤球背过了
　　　　菜市蹲过了
　　　　所有的票证都塞给妻子了
　　　　让公园和商店向假日夸耀去吧
　　　　带着湿津津的劳累
　　　　我集邮

　　作者对这位业余集邮爱好者并不是唱一首高昂的赞美歌，相反，他着意地唱出了这位集邮者日子的拮据，以及那令人同情和怜悯的生活环境。这种真实的描写越发使主人公的这种业余爱好显出心灵的亮色。经过了一整天的奔波、劳累，他仍然躲进那没有窗户、白天也要拧亮灯泡的房子里寻求乐趣，他用糨糊粘住的不仅是一枚枚小小的邮票，还有"爱情""友谊"和"曲曲折折的追求"。他从纷繁的图案中总结着历史走过的路，和自己像帆一样漂泊的人生。这不是我们当代青年生活的一个侧影么？！读了确能引起人们感情的共鸣。

　　历史的车轮从十年内乱的荒诞岁月艰难地驶来。我们听涩了那些从半空云雾中飘来的然而却离生活太远的廉价赞美诗。我们需要的是确从生活中（尽管它在各方面仍有许多坎坷和缺陷）提炼的真切动人的歌。林贤治这一首就是这样的歌。它以自己的真实的力量在读者心海中掀起了感情的涟漪，读后给人一种心酸的甘甜感。他那《街头音乐家：三位姑娘》，以及《城市建筑工》《为创造光明的盲者而歌唱》等，也是这样。作者目力的聚焦点，是活跃在街头卖炒粉的个体户姑娘，用汗水蘸着信念为人民"安放下现代文明的基石"的城市建筑工人，以及自己看不见五彩斑斓的世界而仍然创造着世界的无名的盲者。作者在表现这些社会的下层人的劳动和生活的时候，敏锐地捕捉住了他们最具特征的一隅，如街头个体户姑娘的锅碗瓢盆的叮当（《街头音乐家：三位姑娘》），盲人用自己看不见的劳动创造千万只"眼睛"（《为创造光明的盲者而歌唱》），注意写出他们人生的曲折、生活的奔波、做人的艰难，在此基础上去开掘他们心灵深处珍藏的诗的美感。这样谱成的歌给人一种真实可信和冲击心房的力量。

　　莫非和司徒杰学习写诗的历史稍长，但也是近年来才摸索到一条适合他们自己的路。莫非在粉碎"四人帮"前的作品，写得较为概念和单调（这无疑是受"帮风""帮调"的影响），粉碎"四人帮"以后，他进了大学，比较系统地学习了新诗发源地欧洲的诗歌精华，从而在写诗的艺术上有了较大的突破。他不再局限于传统的严格的分节、有规则的韵脚等，而是大胆地从这些形式的框框中冲了出来，一切均从内容的需要出发，一气呵成地抒发自己独有的感受。司徒杰基本上也是如此。他俩凭着对新生活的炽热的爱，写出了地理科学工作者杨联康考察黄河的颂歌（莫非），写了自己钟爱的教师生活的许多赞美诗，且也写出了许多歌赞花城的新作，如《火炬城》（司徒杰）等。也许是生活经历不同的缘故，莫非和司徒杰的诗，在思想感情上较之林贤治的诗要明快，不像林的诗那么深沉。莫非和司徒杰近年的诗与他们前期的作品相比有一个很明显的发展，就是不再满足于用诗的形象去再现生活，而追求从"自我"出发去感受生活。正如莫非唱的——

　　我是一个诗人
　　一个站在昨天和明天之间
　　一个站在现实与理想之间
　　一个站在祖国的
　　雄奇而厚重的土地上的诗人
　　我歌唱

　　　　　　　　　　　　——《我歌唱》

　　这带着一种自豪和骄傲的感受，已经使作者对生活的概括深入到了内层，开掘出其包含的内核，闪射出一种锋利的哲理光华。

　　为了使自己的诗更具个性，林贤治、莫非、司徒杰这三人多喜欢运用色彩纷呈的诗笔，生动、形象，而又浓烈、细腻地点染自己的主题。让我们继续看看莫非的《我歌唱》——

　　像成熟的风掠过三叶林
　　轻轻摇动新鲜的日子
　　我用心的竖琴

唱着透明而芬芳的歌

歌唱雨和阳光编织的虹

歌唱在黑暗中被雄鸡啼醒的古老的东方

歌唱色彩，歌唱繁衍，歌唱

肤色的和谐与心情的晴朗

以及从窗口飞出的苹果绿的笑声……

在这里，作者为了歌唱今天的时代而不惜去采撷了多少有新意的形象之花呵！这些能代表我们时代的意象显得新鲜而又富有美感。真好！在我们今天值得歌唱的生活里，连从窗口飞出的笑声，也是染着"苹果绿"的。

意象的丰富多彩和跳跃，在林贤治的诗中也运用得颇为娴熟、简练和准确。他写的《一本书——读〈彭德怀自述〉》开头的一节就是通过一组非常深沉简练的形象，写出产生彭德怀冤案的历史环境和背景。在这里，我们的阶级所走过的数十年的烽火道路，无产阶级革命家彭德怀所走过的数十年的坎坷道路，被作者浓缩在短短的十行诗句里了。1958年的"大跃进"、"左"倾冒进，1966年开始卷起的"文化大革命"的逆风，这一串滴血的历史，作者用了两句诗——"高炉的废圩和唱不出金黄的田野"，"袖标的流火和被流火烫伤的大街……"，不但深刻地表达无遗了，而且还带来多少发人深省的联想呵！另一些表达不同历史时期的形象，也是那样准确而有新意。从这里可以看出，作者的一些诗，是善于运用形象和感情的调色盘，准确地去表现生活的！

林贤治的另一首诗《为创造光明的盲人而歌唱》，不但着意从形象和色彩上追求新意，而且在诗中引进了电影蒙太奇的手法，反复地突出描写盲人的眼睛。比如，第二段只有一行："眼睛"。描写和赞美在机床边操作的盲人，这"眼睛"的特写运用得多么含蓄、得体、有力！写到他们的操作，作者用了"齿轮钻头齿轮钻头齿轮钻头/旋转轰鸣旋转轰鸣旋转轰鸣"这样一对反复的叠句，给人一种在机床旁听见重复的音响的效果。类似这样的表现手法，运用得是成功的。

林贤治、莫非、司徒杰都是刚刚进入诗坛的新人，他们的作品仍有许多不成熟之处。比如，莫非的一些诗，有拖沓松散之嫌，在形象的简练、思想的深刻上，也显得稍逊。司徒杰的部分诗章，也有这个问题。不过，这是前进路上必然会有的缺点。有谁走路脚下不会扬起灰尘呢？！对此，不必对他们做过分的苛求。而有一点挺要紧的倒要提醒他们注意——不论在什么时候，都要让自己的诗不要离开人民的生活。要记住，"自我"感情的抒发和表现，如果不能与我们的时代和人民相通，这样的"诗"人民是不欢迎的。诗的风格可以多种多样，但诗中所表现的情感无论在什么时候都不能忘了要给人以一种积极向上的力量。诗的调子深沉，很好！但如滑向低沉，则是泥沼！人民不需要诗人贩运来对情感起消极作用的东西。我这里敲的大概不是多余的警钟。因为我已感到，他们中已有调子低沉的东西出现。

希望这几位青年作者能够理解我的意思。

1984年夏于广州

敞开心灵的歌唱

——简谈筱敏的诗

对筱敏这个名字，也许有很多读者感到陌生。但对于经常关心诗歌的人，对她应该有一点了解。8年前，筱敏发表的处女作《生日》（载《广东文艺》1973年第8、9期合刊，署名柳萌），就以其鲜明的意象，强烈的感情，清新的风格，引起了人们的注目。那时，她才17岁。这以后她发表的诗虽然不多，但我总觉得她的作品闪烁着思想和智慧的光芒，能以真挚而深沉的感情和深刻的哲理打动读者。作者的步子是扎实的。

筱敏的诗，无论是对祖国，对党，对青春，对生活中的光明面的赞美，还是对假丑恶的鞭笞，都体现出她冷静的思考和对生活的独到见解。作为一个从十年内乱中走过来的青年，筱敏的生活道路并不平坦。她十多岁就参加了一个电讯站的工作，还当上了共青团的干部。可是，在"四害"横行的日子里，她因为对当时被扭曲的社会形态、被扭曲的人，曾有过自己的独立的思考，因而给自己招来了不幸：小小的年纪，就同父辈们一起，迈着艰难的步伐，在那乌云盖顶的岁月里跋涉。可谓是经大风雨，见大世面了。她青春的心灵，布满了伤痕，也装满了问题。她感到"许多问题无法理解"，也不知道"真理在何方"。她苦闷，她痛苦，她想呼喊。是的，她和许许多多的青年一样，正是信赖受到了欺骗，狂热受到了挫折之后，才开始冷静下来，急切地从马列的著作里去寻找答案，同时对祖国的前途、人民的命运，进行真诚而又严肃的思考和探寻。筱敏说她"这一段时间是一个空白"。不！正是这一段时间，她思想上的核的反应堆才逐步形成，后来且发为闪光的诗。这是她的诗充满浓烈的感情和耐人品味的哲理的蕴蓄经过。是的，这一切，正是她经历了劫难的痛苦而后才获得的。她在《失去的……》一诗里写道：

> 因为我们被囚禁得太久、太久了，
> ——思想形成在笼中，
> 生命成活在锁下……

劫难和忧患锻打着人们。她失去了一份青春，却获得了一份成熟的思想。请看《不！我不交出》这首诗，她那深沉的思想在诗里展露得多么形象、深刻：

> 我绝不交出我的眼睛！
> 绝不向黑夜交出我的光明！
> 正如我绝不向暴戾的隆冬交出
> 我萌动于地温之中的生命。
> 正如我绝不向永不会返青的衰草
> 交出我唯一的爱情。

在"四害"横行、思想遭囚禁的年月里，她是如此坚定地唱出了对真理和光明的追求与信心：

> 尽管黑夜本身绝不能燃烧，
> 但我却能够燃烧我执著的心。
> 我相信这一星点儿火的亮光，
> 能够连接起天边
> 那一线玫瑰色的黎明。

唱得多么委婉、动情、真切。从这里，我们仿佛窥见她在内乱的年月里心的搏动。

筱敏的诗之所以能在青年读者的心海中激起共鸣，还因为她唱出了青年一代的心曲，真实地感受到青年一代的心迹。她描绘过年青人的爱情。在刚刚写成初稿的《有一次》这首诗中，她的笔就曾经甜甜地接触到"那关切的目光"，坦露了那藏在心灵深处的"迷惘与期冀"，低低地吟唱着爱的心曲。但是，她更多地是倾诉青年一代对祖国、对党、对人民的爱。在《因为你是唯一的》一诗中，作者为了写出自己对祖国的挚爱之情，一开始，笔锋庄重严肃，用了强烈的夸张："愿以生命做你的奠基"。在诗的结尾用了非常简洁的语言，将问题的核心轻轻点出：

虽然你如此贫穷，

却辛勤地把我养育。

这句颇有分量的话，是埋藏在许多人心中的共同箴言！这首诗，夸张和比喻的运用颇具匠心。作者将本来是十分抽象的思想具体化、形象化了。

筱敏的好些诗作，表现出她不仅对生活的观察较为独到，而且对思想和事物的形象感受能力也较强。如她在《窗外，有一条小河》一诗中，能从窗外的小河流水浇灌着大地的春麦、金谷，引发联系到要将自己的青春，献给祖国的事业与未来。这就给一个抽象的思想主题，穿上了非常新鲜、生动、贴切的形象的彩衣。如果作者没有精到的观察能力和艺术表现能力，这种思想是很难用诗的形式表达出来的。

筱敏的诗，像朝霞一样，闪烁着清新的光彩。可是，正像她的年纪一样，她的诗也还显得稚嫩。我们殷切地期待她走向成熟。

1981年6月10日

喊山者的情怀

——读肖重声的《喊山集》

　　越过五岭长江，穿过巴山汉水，我听到从黄土高原上传来一位陕西汉子深情的歌唱。循着他的歌声，我仿佛看见这位粗壮的汉子脚穿草鞋，蹬着脚码，从风吹雪袭的如绳山路上走来，走进我们这歌声炽烈而脚步又略显沉重的中国诗人的行列。

　　这就是我读了肖重声的《喊山集》后，得到的最初印象。老实说，掩卷之初，对这本诗集我在心头还掠过一丝"缺少新潮"的感觉——这是不是老肖此人不思革新或固守传统太久之故？隔了一段时间，我又将这本诗集仔细地咀嚼了一遍，倒从其中嚼出了一点橄榄似的耐人寻味的味儿来。这种味儿，用一句话来概括，就是当今一代中年诗人特有的真诚拥抱生活的宝贵传统！这是社会主义诗歌的现实主义传统的精神所在。

　　肖重声是具备这种精神的。这种精神清晰鲜明地显现在他的这册《喊山集》中。数千年前即成为中华民族摇篮的巴山汉水，处处留下他关注的目光，并化为他诗的灵感。那奔波在羊肠小路上的货郎，那重回巴山探望山寨的老红军，那将欢声和笑语撒在山村的放映员，以及性格和山崖一样刚强厚朴的山民……无不摄进了他的诗中。从这个角度看，《喊山集》是一幅巴山汉水风情画。它给我们展示出时代在这片土地上的投影，内中震荡着历史前进的足音。当然，用今天的观点来看，他对生活中美好的部分大都表现得自信和浓烈了些。尽管如此，诗人对大山的感情我看还是应该给予充分肯定的。爱恋山——凝注山——歌唱山，这大概是肖重声贯穿在这本集子中的感情流向。开卷第一首《铁脚码》，便使大巴山儿子的炽热情怀跃然纸上。带着这种情怀，诗人一路上唱着深沉的巴山恋歌，走茶园，坐热炕……巴山的粗犷性格深深融进了他的血液，流注进他的笔端，奔涌在他的诗行中间。正如诗人唱的："朝朝暮暮走，情谊满青山。"

一方面，《喊山集》从纵的方面追踪着我们时代的脚印，另一方面，它也展示出诗人创作的发展变化过程。自从粉碎"四人帮"之后，随着诗人思想认识的发展和对生活审视角度的改变，诗人描绘生活也有了新的特点：从过去只描摹生活的明亮色彩到重视还原生活的本色，并常常能写出生活的多色调。他对生活的思考也比以前深刻了：从过去纯情地歌唱到更深沉地谱写通向人民心灵深处的衷曲。肖重声这几年的作品，很明显地注入了诗人对生活的忧思。《拖拉机的申诉》，即是一个例证。这是一首带着淡淡的幽默和幽怨的当代山区讽刺诗！诗人用拟人的手法，通过一部崭新的拖拉机，在山里被冷落和锈坏的处境，表现了诗人对当今社会中存在的愚昧观念的鞭挞，读来给人一种荡气回肠的亲切感。总观这一个时期诗人的作品，纯情的颂歌少了，冷峻的凝思多了。深深地埋藏在巴山汉水间的生活负面，在他诗的犁刀下被一一掘开。他面对巴山下那没有流水的小河，再也不会只顾唱过去那种"悠扬稚气的歌"，而是着重用小河中"冒烟的沙石"去敲响保护人才的警钟（《这里曾有碧水流过》）。这样的开掘，使诗的内涵达到了新的深度。

从总体上看，肖重声近一个时期诗的视野比过去宽阔了。他在继续抒写巴山汉水的同时，还从自己立足的西北古城出发，将诗笔挥向多面。他的眼光已从高原山区拓展到与自身生活相关联的各个领域。他写头上的《太阳》，他写不时飞过天空的《乌云》，他写普通的人身上的《胡须》，他还写自己8小时之外的劳碌和奔忙——从没有休息的《午休》，到为女儿、为晚餐忙碌的《黄昏》……这些诗不但写得精短，且富有哲理，而且大都触及了当前的现实，触及了读者心灵深处情感的琴弦。这些诗与他早年的诗相比，无论容量还是深度都达到了新的境界。在表现手法上，原来多见的民歌风味也渐渐脱去，变得富有含蓄美和想象美。我很喜欢诗人的组诗《长安古迹行》。其中的《致大雁塔》，想象很是奇崛，而且注满了带有深刻的时代内涵的情感。诗的开头暗喻过去那封闭的时代，诗人很想将这座历史巨塔倒转过来，当作钻头，去钻开这铅封般的大地，给长安大地引来一股清风。今日，在改革开放的春天里，欢乐的诗人则想将大雁塔举起来，让天下游人站得更高，目光更远。全诗只有8行，但能包容这么深刻的时代内容，这显然是诗人的概括力和想象，在这首短诗中闪射着绚丽的光彩。

重读肖重声的诗，非常明显地感觉到，诗人经过长期的磨炼，到今天，他的创作水平已上升到一个新的台阶。也许，他追寻缪斯女神的这20多年是痛苦多于欢乐的，但我想，只要沿着这条路走下去，在对生活的概括诗化中追求更深沉的社会和人生哲理，那么，他一定能进入新的收获期。

1989年12月于广州

岭南画坛漫评

会跳舞的兰花

——读杨之光人物画外作品

　　最近，著名中国画人物画家杨之光教授在广州番禺举办了一次书法展，共展出他的各体书法作品数十件；同时，出版了一册《杨之光花鸟、动物、山水、书法》作品选，从而使人们能够较为系统和全面地窥见杨之光人物画之外的创作成果，窥见杨之光通过长期的艰辛努力为我们建构的一道道新的艺术风景。

　　长期以来，我们的传媒和艺术评论界都把杨之光称为"著名中国画人物画家"。今天看来，这个界定已经很不全面。数年前，广州艺术博物院出版杨之光专馆画集，选取的第一张作品是他1948年画的《芙蓉斑鸠图》。杨之光早在中学时代即开始临摹海派写意花鸟，临摹石涛山水。1949年他南下跟高剑父习画，"入门第一课即要我整体临摹日本的景年及梅岭两位大师的花鸟册"。追根溯源，在杨之光从艺半个多世纪的生涯中，他接触花卉、动物、山水以及书法篆刻，比接触人物画更早。他在这些方面的素养和成就，当然不能被忽视。

　　杨之光的花卉、动物、山水，是画家人物画外的延伸，而不是闲余的玩笔。这些作品与画家的人物画一样，笔笔传神，笔笔见工，避俗而有生命力。杨之光一贯强调，画花卉与画人物是互动关系，画花草、动物都应当作画人看待。如兰花，在杨之光眼里，一样有生命，有动感——两枝兰花在风中就是双人芭蕾舞。如竹子，古人画了千百年，多少朝代，陈陈相因，无法超越，这是对对象研究得太少的缘故。杨之光认为，画竹子也像画人物，对象有眼睛，有风骨，有个性，有精神。在杨之光笔下，兰花秀美，竹子灵动，海棠敦厚……他画动物也不是作为配景而是常常作为主角认真经营。

　　杨之光的山水之所以新风扑面，从内容上说，它开辟了许多区别于传统山水的前人没有涉猎过的领域。不是巨松山川，不是小桥流水，杨之光以笔墨表现古罗马，表现美国大峡谷，还有法国街景、威尼斯水城等。这些新的题材新的山水画，从技法上说，展示了画家深厚的西画学养，融入了西画的表现元素。如过去多用油画才能充分表现其质感的结结实实的建筑物，画家通过运用西洋透视和素描经验，讲究立体造型和引入水彩画光色，加上熟练的中国画水墨技法，从而展示出其色彩冷暖变化，总之一句话——画家强调"中学为体，西学为用"，努力创造国画山水的新面目。杨之光的花卉、动物、山水，与他的人物画一样十分强调写生，而且是用毛笔和颜色，直接写于宣纸上。这是对画家造型能力和笔墨功夫的考试，也是与凭印象或临摹古人去进行所谓"创作"的质的区别。杨之光说，在他的艺术生涯中，人物画速写稿画了数千张，而写生的花卉、动物、山水也有无数，光这类速写本就不下20本。直接写生的千锤百炼，使画家下笔即达避俗传神的境界。

至于杨之光的书法，早已为世人所认识。他自孩提起即临摹碑帖，正草隶篆，数十年不断。他认为画家学好书法不仅仅是为画题款，"书法应列入中国画的基本功"，"花卉用笔与书法关系密切"。这次展出的书法作品，充分显示出杨之光数十年研习碑帖的成果，显示出其入古的功力和清新酣畅墨线老到的书风。书法达到如此高格的画家实在不多。据悉，杨之光正在整理选编数十年来创作的《诗词100首书法集》，到时，我们又将可以一睹其诗书双璧的壮观面目。

2003年10月19日

从写生开始

——读陈金章山水画稿

关山月、黎雄才先生西去后，关注岭南画派的人们的目光，自然就更多地集中在陈金章教授身上。这不单是因为陈金章身任岭南画派纪念馆馆长，素来潜心画艺，低调做人，在美术教育界和画坛有很高的威望，而且，他也是岭南画派后人中，直接受教于高剑父和接触关、黎最多者。

72岁高龄的陈金章，自1947年进入广州艺专攻读中国画专业至今，从艺已经55年。他上世纪50年代初毕业于华南文艺学院，后毕业于广州美院前身中南美专，因成绩优秀被留校任教至今。他早年从师高剑父，并长期得黎雄才、关山月的直接指导，深得岭南画派之精髓，笔耕数十年，创作了大量具有时代气息的山水画。他创作的国画《南方的森林》，被收入《中国现代美术全集》，《暮韵图》被收入20世纪中国有突出成就画家的《百年中国画集》（均由人民美术出版社出版）。他的作品注重气势，意境深邃开阔，构图严谨，笔墨精到含蓄厚重，画面整体感强，给人以清新高远而又质朴老到的美的感受。

陈金章山水画的鲜明风格，来源于他对山川的挚情和数十年打造的严谨的写生基本功。解放后学过油画和素描，并以获奖油画《长江的黎明》完成毕业创作的陈金章，深知写生的神奇功力。他说，人物画家靠写生，而以自然为师的山水画家也要靠写生去磨炼，要通过写生从生活中观察、感受。头脑中有了许多山川流水树木的形象，才能在画面上创造山水画的艺术形象。他数十年不停地跋山涉水，走遍长城内外，名山大川，搜尽奇峰用笔用心打草稿——而不是像时下某些年轻画家只用照相机去收集素材那样，当然是要付出艰辛的汗水和心力，但这也让他积累了丰富的素材，练就了扎实的基本功，从而使他掌握了四时景物的变化和山水的习性。山浓缩了几万倍而要比原始的山更丰富；树，去掉繁杂枝叶而比原来的树更美；造型、结构、线条，用笔的浓淡变化……培育了画家高格调而又具有个性的审美观及对大自然的把握能力。

"不要单纯学我的画，要探索表现山水的艺术规律。"陈金章总结自己走过的路时，总忘不了老师关、黎的教诲，"临摹历代名作很重要，但创作的基础是写生。要一只手抓住传统并吸收外来的东西（比如西洋画），另一只手紧紧抓住山河（写生）。"

从陈金章的这一创作理念出发，去解读他数十年来出版的多种画集，我们会得到艺术上的深刻启迪和感受到一种对心灵的震撼力。陈金章14年前出版的一本山水画写生册，内中表现的名山大川、瀑布溪流、莽原大树，笔墨缜密，构图完整，一景一物，一山一水一树，每一幅都无异于精细的创作，内中浸透了画家的心血，从中可见画家再现自然的扎实功力。

我们在赞叹陈金章这一辈老教授的创作佳制之时，对后来者可以献上这样一句话：画艺无止境，第一步就从写生开始。谁离开了生活这位老师，创作都将无从谈起。

2002年9月8日

张扬生命与不断创新

——与花鸟画家陈永锵的对话

中国的花鸟画源远流长，曾于明清大盛。徐渭、八大山人、吴昌硕、黄宾虹等大师，都曾在花鸟画史上留下深远影响。在丰富的艺术遗产面前，现代花鸟画应如何创新？这是美术界长期以来十分关注的话题。

自1985年首次举办个人画展后，陈永锵那些以讴歌生命为内涵、充满乡土味的花鸟画，一直受到行内外人士的关注。陈永锵在传统花鸟画的基础上，运用浓重绵密的山水画用墨技法和浑厚结实的汉唐造型观念，并吸纳西方印象派和表现主义等艺术养分，构成饱满、丰厚、沉雄、强烈和充满律动美感的画面特质。其作品以深具民族意识和时代生活气息的鲜明个性，为花鸟画这一传统题材开拓出新的发展空间，使花鸟画创作出现了新的面目。

本月20日，陈永锵将在广州艺术博物院举办《生命·大地·阳光——陈永锵晋京画展预展》。笔者围绕花鸟画创新这一话题，日前同陈永锵先生做了专题探讨。

创新是自然而然的本性流露，创新对我来说从来都不是刻意的

笔者（以下简称"笔"）：据我们所知，在广东以至北京、上海等地，您是一位越来越令人关注的花鸟画家，许多评论家认为您的花鸟画个性鲜明，超越了传统。您自己是如何看待花鸟画创新的？

陈永锵（以下简称"陈"）：我从来没有刻意去追求什么创新。艺术对传统的传承与变革，在我看来，犹如一个继承了父母基因的新生命，双亲的血缘和基因都在体内，但至于五官等身体细节及模样，肯定会有差异。但我反对刻意去创

新，我认为艺术的最高境界就是自然而然，而且人的天性就是对新世界的自由追求，只要你贴近艺术的本性，不刻意守旧，就自然会超脱传统的束缚。

笔：您说的这种顺其自然的创新实践，一直贯穿于您的创作历程吗？

陈：我曾经写过一句话："只有向自己的内心深处走去，才不会重复别人的路。"我的创作过程一直是坚持用自己的眼光看世界，使用个性化的艺术语言，表现自己的真情实感和跃动的生命。罗丹说，艺术是学习真诚的功课。我非常赞同。艺术的创新必须是虔诚的、非功利的。如果以功利的心态去搞创新，肯定会感到别扭。

笔：您早年读研究生之前，曾跟随岭南派花鸟画家梁占峰学画，那多是传统的笔墨。您觉得岭南画派对您的影响有多大？

陈：我学习绘画的确是从传统开始的。从我出生到20岁回到故乡南海西樵，是我从事绘画的第一个阶段，也是我吸收传统的阶段。那时我对艺术一无所知，在梁老师的指导下，我临摹过芥子园、齐白石。我的老师从来不要我依样画葫芦地模仿，而是帮助我拓展视野，如引导我观摩明清时期的画，还有日本明治时期的绘画，另外也强调写生和速写训练。我那时经常蹲在花草丛中练习，而且至今我还保持着"画日记"的习惯——把每天所思所感所见之事，用绘画记录下来。这种习惯锻炼了我发现生活中的美并自如地表现出来的能力。

笔：有人称您是"后岭南花鸟画"的代表，您觉得这个头衔确切吗？

陈：不太确切。首先，岭南画派的传统，比如注重写生、关注现实、贴近社会、鼓励革新等，的确影响过我，但我从不是只守一家，而是广纳百川。我认为艺术应该多元共存，不应有门户之见。我从来没有想过要代表广东或代表岭南，我只是从小就喜欢花鸟画。

画是我生命的张扬，文学素养成全了我将自然万物人性化的哲思

笔：我们觉得，您的作品含有厚重、奇崛、劲拙而又富于自然气息的风格。这种风格的形成是否与您在农村10年的经历密切相关？

陈：是的。从1968年回到农村至10年后考入广州美院攻读花鸟画研究生，这段经历是我人生中的大财富、大转折。它促使我开始真正思考生活的内涵。我

做过4年架线工，这锻炼了我性格的豪迈，我后来画风的粗犷也许是发轫于此。"文革"中我们全家被遣回原籍，10年农村生活的磨难，使我以一种超乎艺术家的眼光来看待自然万物，打下了后来绘画中的感情基础。古人说，画竹与竹亲，我是"画鱼与鱼亲"。我不是以士大夫那种居高临下、超凡脱俗的眼光，把土地、稻谷等当作观赏的对象，而是以一种农人的眼光将它当作衣食父母。因此，大自然中的一切都是有生命的，我与它们有共同的语言，它们身上寄托着我的情感。一草一木，都激发我思想的共振和对生命的哲思。

笔：您的很多画展都是以"生命"为题的。也许画画是您张扬生命的一种方式？

陈：是的，我在画中强调生命、表现生命。与其说我是一个花鸟画家，不如说我是一个生命的歌手。当年我在公社机械厂当电工，认识了一位姓杨的教师，在他家里我接触了一大批外国文学，包括《安娜·卡列尼娜》《红与黑》《泰戈尔诗集》等。在那段寂寞的日子里，我阅读了大量的西方文学经典名著。

笔：哪本文学作品对您影响最深？

陈：我印象最深的是革命家卢森堡的《狱中书简》，书中有这么一句话：如果你在困难时观察大自然，就会发现能帮助你顺利度过人生的魔法钥匙。作者身为革命家的坚定意志和细腻情感，都给我留下了深刻印象。这本书也使我重新获得生活的勇气，培育我真正的乐观主义精神。虽然生活条件非常艰苦，但大自然中的生命，无论是树的宁静或是鱼的自在，它们的生息衰荣和与世无争的态度，使我获得了生活和绘画的热情。我曾写下这样一首小诗：命运对我说／你不必是画家／也不必是诗人／你是生命的琴弦／为使你发出更准的乐音／我只好把你绷紧！

笔：这种将大自然人性化的哲思，贯穿在您的画作之中？

陈：每一幅作品都是物化了的人的哭笑和向往，都包含有我的情感和思索。我觉得生命不易。比如我画南瓜，力求表现其结实厚重的质感，包含一种在逆境中实现自我圆满的意义，充满着生命的张力和激情。

笔：您在技法上有些什么追求？

陈：技法的磨炼和摸索，我经历了相当长的时期。《鱼跃图》入选全国美展使我的命运出现转机。读研究生时，我负笈京津考察、学习花鸟画，并拜访了李可染、陈叔亮等大师。之后我去敦煌，此行给我两点启示：其一，虔诚的劳动会有创造；其二，那些古老的壁画和石刻，那种历史沧桑、厚重迷离的感觉使我触摸到中华民族艺术的某些精髓。此外，黄宾虹山水画、霍去病墓前敦厚拙劲的石马，雕塑家摩尔作品的圆活、扭曲，还有鲁迅先生很推崇的版画家珂勒维支的作品，都成了我吸纳的对象。我的好友、画家林丰俗曾经用剪刀启发我构图取景，提醒我从民间剪纸、版画中吸取营养。总的说来，我的技法和画风是在我读完研究生之后，在长期的磨炼中逐步摸索前进的。

笔：请您归纳一下您的艺术风格和追求。

陈：前面说过，我没有刻意追求，也不敢说有什么风格。我的种种尝试，包括工意结合，加强笔墨用色，引入山水画的参差布局和皴法，删略细节突出团块结构和在形态上大开大合，突出画面饱满、丰厚、强烈、拙涩的特点等，都常有运用。上海有评论家将我的画概括为"大、新、厚、重"，我觉得比较恰当。总之，我30多年来走过的路大致可以总结为几句话：题材广泛；感情真挚；强调构图的新颖和张力；运笔沉雄；用色强烈；注重主题的深刻内涵及文学的哲思。

我不期望成为伟大的画家，但我会尽力去画好每一幅画，我坚信"殷勤不负东风"

笔：您走过的路可以说是很成功的，能谈谈您以后的抱负吗？比如说今后对花鸟画创新有何新打算？

陈：我是一个没有野心，也可以说是没有"抱负"的人，我秉持"但开风气不为师"的信条，我不期望自己成为伟大的画家，但我会尽力去画好每一幅画。我觉得，艺术家通常可以分为两种：一种是学者型的，用理论去指导自己的实践；第二种是非学者型的。我大概是属于后一种。我一直想写一篇关于花鸟画史的论文，但我对花鸟画史的研究不深，至今也没写出来。现代社会诱惑很多，在这种环境下不容易出大艺术家。一个大艺术家必定是一个伟人，而我只想做个平凡实在的人。

笔：您曾经多次为教育事业捐画筹款，这应能反映您的人生态度。

陈：我生在广州，一直受惠于广州的教育。早在1976年我就填过一首词："无以报谢天公，自知莫媲云松，乐向摩崖开盛，殷勤不负东风。"表示有朝一日，当我学有所成之时，我一定会回报广州的教育事业。1989年我将自己在香港举办画展拍卖所得的36万元人民币，全部捐献给广州市教育基金会。前年我在兰州捐画设立"思源基金"，资助西部困难学生，也就是饮水思源的意思。当时，来回的路费开销都是我自己出的。做人我认为要真诚，我不喜欢画一枝一叶，不喜欢孤芳自赏，我相信吃亏是福。

笔： 您对岭南花鸟画创作有什么期望？

陈： 我觉得岭南花鸟画的一大缺陷是秀美有余，大气不足。为什么近年来花鸟画有点受冷落？主要是太注重技巧，过于关注一枝一叶而缺少生命。艺术从根本上讲应当表现人生，艺术也离不开思想。现代花鸟画要有新意，就要表现雄壮的精神，追求庄严雄伟的"殿堂气"和鲜活自然的"山林气"，要表现中华民族的自豪感和充满希望的时代精神。

（注：有关更多更详细的关于画家的人生经历、艺术追求，以及建树和风格，可参阅笔者的专著《陈永锵十日谈》。）

2003年3月16日

沉厚雄健　意趣高格

　　——尚涛水墨画意解读

　　不久前，"第二届全国画院双年展"在广东美术馆举行。参展的约400件作品，是从全国31家省级画院选送的近600件作品中挑选出来的，最后，又评选出获"学术奖"的10件精品。这其中，广东画院尚涛的《自在》榜上有名。

　　笔者曾在展厅面对《自在》久久揣摩，对比众多高质量的画作，思忖和寻找《自在》获奖的原因、意义和奥秘所在。并不复杂的竖构图画面，一群活泼的游鱼，正悠然地游弋于崇山峻岭的河川间。不必蹩脚地去解说画家向我们传达了什么主题——因为不同的观者站在这幅画前会有不同的联想。我对此作有一个强烈的感受，就是这幅画不署上"尚涛"这名字，许多人也能一眼就认出是尚涛的作品。那充满象征意味的红颜色游鱼，占据了宣纸上下部位的大面积积墨山崖；中间留白的江水，组成了一个高洁清静和悠然自得的境界。山的沉厚雄健，鱼的憨拙之态，画面色彩对比的大黑大白，构成鲜明的形式美感，大大丰富了传统国画的表现力，增强了作品的意趣。

　　这是一幅充分体现尚涛风格和尚涛审美意味的作品。尚涛上世纪60年代初毕业于中央美术学院国画系，吸收了丰厚的美术素养，打下了扎实的造型基础。在这座中国美术界的最高学府里，那些一流教师以及浓厚的艺术氛围，都给了他潜移默化的影响。而李可染的山水、李苦禅的花鸟，对尚涛的教化更大。1964年毕业后，他被分配到广东省文化馆，"四清"，"文革"，干校，"左"的政治折腾，浪费了他许多青春时光。直至1978年调进广州美院国画系，他才真正重新进入了寻求自己的路的艺术新天地。

　　沉思在尚涛的水墨画前，我首先会想到其画作与书法的关联。书法与国画是中华传统艺术中的一对姐妹。不说古人，就近现代的国画家中，书画齐头并进甚至先书后画的大有人在，如吴昌硕强调以书入画，徐悲鸿影响最大的何止是雄鸡、奔马，他那奔放隽秀的行书草书，令人"读来如泣如诉"，连大书法家康有为也收了他为弟子。当代美术家分工的细化和许多画家书法素养的退化，引来一些人对古人"书画同源"之说不时提出质疑。当然，我们不能要求每个画家都必须是书法家——西洋美术技巧的训练似乎也可以培养出美术人才，但是，以水、墨、毛笔为工具的国画家如果具有书法的素养，其作品绝对会有不同的面目。著名人物画家杨之光多次讲到，石鲁生前不断呼吁要将书法列为美术教育的必修课，道理就在于此。眼下我们论列的尚涛的艺术实践，也是有力的说明。尚涛从读中央美院起，就与书法结下了不解之缘。他临习的书法远追汉魏，石门、礼器、张迁、郑文公、钟鼎、八大山人……都下过长期的苦功。书法是几千年的文化积淀，学书是对古代美的欣赏。长期的书课陶冶了尚涛的文化气质，而这种气质又潜移默化进入他的画中。就像蜜蜂采了花粉，自然会酿成蜜那样。石鼓文的韵味，汉碑北碑的浑圆沉厚，都成为艺术的纤维，吸收进他画的经纬中，浑然融合成大气、高古和充满意趣的品格。

在尚涛的画中，他熟悉的线条技巧已常常被推到了次要位置上。他入画最多的如荷如兰如芭蕉，大多不依靠线条的勾勒而靠厚重的积墨铺染而成。他画幅中的物象变形着——变形中显出拙味，充满意趣。拙，是尚涛的天性。尚涛谦称自己不是一个灵巧的人潇洒的人。尚涛是因拙而好古，还是因为入古而锤炼了拙？我们大可不必去深究——因为这是宛如"先有鸡还是先有蛋"这样紧密相连而又不好回答的问题。

尚涛的作品为什么能在高手如林的全国许多重大展览中获奖？问题似乎已经有了答案：扎实的基本功；传统文化根源长期的滋养；区别于古人和今人的、能表现自我又有独特审美意趣的风格。

今日祝贺尚涛，当然有理由相信他能取得更大的成功。

2003年12月14日

雄奇·豪放·清新

——读梁世雄的山水画

在岭南画派的发展道路上，至今可以载入史册的，大约可以归纳为这样三代画家：第一代是二高一陈；第二代是关黎赵杨；而第三代是20年来活跃在岭南画坛的风格成熟的一批主流画家。这其中，梁世雄是引人注目的一个。

梁世雄多年来师从关山月、黎雄才两位国画大师，长期与他们共事，耳濡目染，颇得岭南画派传统精髓，又重视在实践中创新进取。关山月先生生前对梁世雄的成就给予了充分肯定。关老指出："国画要继承传统，又要表现时代精神，还要有个人风格。没有传统做基础就不是中国画；不表现时代精神，没有个人风格，国画艺术就不能发展。梁世雄注意到了这些关系，路子是走得正的，这是可喜的。"

梁世雄的画，取材上十分重视生活积累，以写生为蓝本，画笔涉猎了祖国的名山大川，岭南水乡的秀丽田园，青藏高原的雪山冰川，嘎拉湖畔的晨曦，黄土高原上的羊群，还有黄山的俊秀，三峡的雄奇……都一一收进了他的画幅。他的许多作品，特别善于表现涌动的云、山间的雾以及变幻莫测的水。大江的气势，瀑布的飞流，绕村的小河，草原上静静的湖，在他的笔下都显得富有情韵，荡漾在你心海引发你的万般情思。梁世雄笔下的山水，既吸收了关山月作品的气势，显得豪放、雄奇，构图开阔、大气，又博取了黎家山水的水墨渲染、秀逸潇洒的特点。他数十年长绘不辍的黄山，古松苍劲，奇峰峻峭，云遮雾掩，一幅比一幅生动、秀美。

梁世雄上世纪50年代前期科班出身，以后一直任广州美术学院教授、硕士研究生导师，并多年担任国画系主任和岭南画派研究室主任。他早期工于水墨人物，表现南海渔女风采的《归渔》，曾引起各界注目。他写人物的造化常常融入山水画作中，像嘎拉湖畔的牧马藏女，高原雪山下的骑手，稍做点染，就给画面注入了生气和鲜明的时代气息。

作为一个长期从事美术教育和岭南画派研究的导师，梁世雄具有多方面的艺术素养。画论、书法都曾下过苦功。他与著名古文字学家容庚是至亲，得其影响，书艺日进。他的画作，题款鲜明醒目，笔力雄健。

梁教授平时为人和善，不事应酬，潜心创作。可以预见，进入新世纪以后，他一定会有更大气魄的巨作问世。

2000年9月10日

平凡随意更新奇

——读林丰俗的花鸟画

第一次读林丰俗先生的山水画，是他作于1980年写鼎湖山苍郁原始森林的《初晴》：参天的大树，碧清的溪流，弥漫的雾霭，苍苍的山林……呵，大森林的气息力透纸背。那气势，那笔墨，那构图，都给人一种强烈的视觉冲击。

第一次认真地读林丰俗先生的花鸟画，是不久前在广州逸品堂看"林丰俗花鸟画条屏展"。数十幅作品，将自然界无声的生灵描绘得五彩纷呈。红棉、紫藤、凤凰花，翠竹、牡丹、红荔，还有春橘、夏荷、秋菊……信笔拈来，应有尽有，亦雅亦趣。这些新作，画家专门用条屏式横窄竖长的宣纸来表现，画面高广纵深，笔墨洒洒洋洋，少了传统花鸟画构图过于呆板一律、一代一代墨守规矩方圆的旧味，给人以清新热烈、灵动奔放的韵致和挥洒自然的感觉。

我在美术界一个座谈会上说过，林丰俗是广东画坛60岁上下一辈画家中，显示出自身实力和才华的应该引起我们重视的一家。他"文革"前毕业于广州美术学院，在粤西山城度过颇长的时光。命运的捉弄没能压住他的才智，但却锤炼了他宽厚随和的性格。他勤奋刻苦，不事浮华，志在画中山水。花鸟画是他日常随意之作，但成就实在不在山水之下。他的花鸟画，收放自如，学院派扎实的写生基本功与传统写意重在神韵的结合，使他的作品富有一种大拙大巧的诗意美：随意，平凡，新奇，有韵味。在他的作品中，不时还能见到花鸟画大家任颐、齐白石的影子。妙笔通神，不落窠臼。

读林丰俗的花鸟画，不能不重视他画中的题款。林丰俗花鸟画的题款亦是信笔写来，才情横溢，坦露心迹，随意发挥。他在《一夜山风栗子熟》中题道："秋夜忆昔日粤西山中风物时尚"——寄意抒情，怀旧情结跃然纸上。他在中秋夜作的一幅丹桂秋月图中引"金刚经"川禅师语："是法非法不是法，死水藏龙活泼泼，是心非心不是心，逼塞虚空古到今"——这是人生深刻的体验及从艺的感受。《节近端阳》则题曰："龙舟鼓响，端阳节近，一角水滨，凤凰花开"——这是对南国水乡大自然美的意境的描写。中国画历来与诗、书有紧密的亲缘关系。在当代画家中，能将诗、书、画水乳交融者已经不多。从这一角度来说，林丰俗花鸟画题款特别值得我们一读。

什么叫大气，什么是才华，什么是基本功，怎样去吸收传统养分而又能跳出传统……对于这一系列问题，我们都可以从林丰俗的花鸟画中得到有益的启示。

2000年6月24日

国画家的眼光与视野

——读许钦松的山水作品

一座座气势雄伟的高山，刺破苍天。这里黑黝黝的山看不见一棵树一株草，它的威武和庄严完全是在一排光的语汇的烘托下凸显出来。我不知道这是黎明前高原初升的曙光，还是暗夜前山野不愿褪去的暮色——《天界灵光——尼泊尔》，将我们带进了一种沉思的境界。我的思绪从这世界屋脊的高原出发，联想到太空的苍茫、佛光的神秘以及禅的意境。

所有这一切，都是画家许钦松通过艺术语言对我们的叙说，是画家自我心灵的透视。许钦松1996年访问尼泊尔之后，他的画风有了很大的改变。他说，自己长期画着山水，在古人开创的路上行进着，20多年也没有发现什么。这一次在尼泊尔这世界屋脊上空飞行，才真正领略了高山的容颜和气势，领略了宇宙的气魄和大自然的原始，感受到人的渺小。

从这一立意出发，我们就能准确地去解读许钦松近几年山水画新作的内蕴和特色。许钦松喜欢画海，画海的浪涛澎湃，画海岸礁岩的嶙峋坚定——但他极少画海上的渔舟、归帆、渔人。许钦松也喜欢画山——画山的气势、苍凉与原始，他的《山涛无声》表现的是苍山的起伏连绵；他极少画山上某一棵独立的树，苍茫中也看不见半片叶子。他站在一种艺术的高峻的视野上，用自己的眼光寻找那一片属于自己的天地。他的山水画幅上，大都没有人物，没有房屋，就如同他乘坐飞机回望大地时的感受那样，不屑于去品味和表现那些过于细小的东西，他更为关注的是大自然的总体气势和性格。

人类已进入21世纪，各个领域都在前进着，国画家的眼光和视野也需要更新和发展。在许钦松看来，有千年传统的中国画的意境以及表现方法，不能是固守不变的。写故乡，只停留在弯月、小桥、流水，那是古人的角度，古人的感觉。

"散点透视"是好东西，但也包含有古人的局限——他们那个时代受到条件的限制，不可能有太空的视角，不可能有览尽千山的感受。古人对大自然的变化，如烟、雨、雾的表现也多只能绘出人打伞、树摇动等直觉画面。这些在许钦松看来，已经是远远不够了，新的山水应该有新的追求，应该从更深的层次去表现大自然的喜怒哀乐，抒发山的沉思、水的呐喊——揭示画家的情怀。

许钦松的山水画语言在不断地尝试着、变化着。他重视西洋画的用光；他试验着多种色彩表现，如运用版画的大黑大白大起大落；他改变着传统中国画的原汁原味的直观用色；他在意境的创造上强调自己的韵味和画外语言，引发观者的联想和遐思。

人们早就记得版画家许钦松。但一个新的许钦松正带着他那富有新意的国画向我们大步走来。

2000年9月30日

写生、传统与活力

——读郝鹤君的山水画

我曾在一个座谈会上说过，评价岭南这片沃土上长成的中国画家，我们绝不能忽略广州美术学院那一批实力派教授。长期以来，他们深怀爱心教书育人，同时又在艺海中默默耕耘创作出许多好作品。郝鹤君，就是其中一位才华横溢而又做人低调的教授。

郝鹤君出生于槐风吹拂的山西，抗战的烽火和游击区的糠菜陪伴和养育过他的童年。他上世纪50年代初开始学画，从中南美专到广州美术学院中国画系，10多年的磨炼打下了他坚实的学院派基础。毕业后，他长期在基层从事群众美术工作，直至上世纪80年代中期才调回母校中国画系任教。上世纪90年代他举办过两次个展，在行内好评如潮。

与艺术界某些比较急躁企求成名的人不同，郝鹤君十分淡泊名利而默默做事，埋头耕耘。同他接触，能很鲜明地感受到这位山西汉子憨厚朴实和不怕吃亏的做人的性格。他长期默默地带教了一批又一批学生，还腾出宝贵的业余创作时间用于辅导社会上老年大学的许多美术爱好者。对于创作，他强调深入生活，强调艺术素养的积累，强调画画要有感而发。

在郝教授看来，写生是深入生活的最好方式。他说，画家的写生就如牛羊吃草，回来整理画稿则如同反刍消化。写生是创作的前奏和准备，也是创作的基础。郝鹤君在繁忙的教学之余，足迹遍及大江南北名山大川，采写了大批的画稿。他对广州的自然景观情有独钟，最近，他在反复写生的基础上完成了广州新八景的创作。特别引人注目的是，他是大陆国画家中，最早到台湾访问写生并创作数量最多的画家之一。他创作的阿里山系列画面雄奇壮美，用笔凝练，构图严谨，体现出很深的功力和鲜明的个人风格。

作为"学院派"出身的郝教授，对他们这一代人的优势和努力方向，有着清醒的认识。他认为，上一代画家学画多是从传统入手，因而他们对传统的了解更深，笔墨功夫也更扎实，这一点值得我们学习。我们这一代及以后的画家，多是从学习西洋画入手，有一定的造型能力，讲究现代色彩的丰富和调子。艺术讲究素养和吸收。显然，两者的补充和借鉴都是不可或缺的，是艺术流水般前进的活力，也是当今中国画发展的方向。

期待郝教授携更多的新作出山。

2003年3月30日

深刻领会传统方能创新

——再评曾道宗的山水人物画

大约十年前，我写过一篇评曾道宗山水人物画的文章《融汇南北，恢宏劲秀》（见《南方日报》2003年4月27日），指出其作品"既发挥着岭南笔墨之长（比如吸收黎雄才苍劲逸秀的风格和遒劲浓重的笔法），又有意识地借鉴北派画家粗犷大气的品格，从而使自己的作品显得更厚重扎实和更恢宏劲秀。"概括为一句话，他是一位得益于传统滋养造诣很深的画家。

十年以后的金秋时节，曾道宗在广州麓湖之滨艺博院的小佑轩画廊，搞了个非常低调的画展：不请媒体前来报道；没有开幕式，不搞剪彩。只是拿出他近三十年创作的百十幅作品，邀请一批客籍文化人和友朋，来叙谈看画、品评他近一段的创作。展厅里人气氤氲，画幅前乡情徜徉，弥漫着浓浓的文化氛围。这是我近年来参加的最为轻松有味的美术界聚会了。不搞形式，没有复杂的排名……谈艺、品画，一片真情。

我觉得，曾道宗的笔墨仍是那样深厚、遒劲。山岭树木，房舍小桥，云岫走兽……落笔果断、淡定，讲章法。画面满，一丝不苟。画画和他做人一样认真。他的每一幅作品，每幅作品的每一个布局，每一个细部，都经过严格的磨炼，基本功扎实，耐看有味，经得起推敲。笔者曾和他讨论过传统与创新这个大课题。他自谦地说，自己向来偏于保守，敬畏传统，中规中矩。他认为，中国画是中华民族的东西，发展了一千多年。传统是血脉，是根，够我们学习一辈子。用笔，用墨，以至于整个谋篇布局，古人多有论述，靠我们用心去琢磨，去体会。创新是社会发展进步的要求，是一种变革和追求，不是虚无缥缈的东西。比如，中国画自盛唐确立了水墨山水后，就是用纯水墨或主要靠水墨来完成（《历代名画记》作者张彦远对运墨有精到的论述），以后不断发展，到大胆用色，甚至泼彩，就是接受西画的影响强调视觉功效的结果。传统的吸收和创新的大胆，是一辈子的事，是一对矛盾的大课题。看来，曾教授的观点十分明确：敬畏传统，认真学好传统，有了扎实的传统基础，才能创新；否则，就是无源之水无缘之木。

这个老话题，在曾教授看来是如此重要，是他画画的基础。这也成为解读他画作的最好钥匙。几十年来，他在山水人物画创作中走着一条"艰辛寂凉之路"，在创作中贯穿"中庸"之道。平实的手法融入真情，"不刻意求奇，不求险而险，不故作姿态矫揉做作"，"表现自然的万象本质和时代精神"，在构图、笔墨程式和技法上，协调处理好密与疏、满与透、实与虚、收与放的辩证关系。这就是"曾氏美学"原则，是他的成功之道，也是他的作品显得基本功扎实、遒劲而又雄浑俊秀的原因。

曾教授是我敬重和景仰的羊城画家之一。他的画之所以耐思耐读耐看，就在于从中能感受到这种传统精神。他"学院派"出身，熟悉传统，敬畏传统，而不墨守传统，坚守传统中注意吸收现代笔墨语言和画面构成的特点，去表现时代生活。他写西部山水的笔墨雄奇、大气、饱满。他表现藏区人物造型准确，画面热烈，用色浓郁而又注满感情。他笔下的客家山村如《山村人家》《家在丛林翠竹间》《故乡印记》等，弥漫着温馨和亲切的气息……这在于他善于运用某些绘画元素（如苍劲的高松和婀娜的绿竹）去烘托山村氛围。最要紧的是他的笔墨写的是他内心深处的真诚。

我们看重曾道宗，就是看重他对待传统的态度与敬畏传统的精神，一步一个脚印，在坚实的传统基础上不忘创新，力求创新。今天我们已进入商品时代，美术界表现出前所未有的活跃。同时，我们也应看到其负面影响，如浮躁和急功近利的通病正在消融着我们的传统精神：用照相机取代写生笔；画家过于热衷市场（连美院学生也大谈多少钱一平尺念念不忘卖画）；"创新"招牌成为时髦与廉价"大师"桂冠满天飞……在这样的环境中，曾教授那中和淡适的心态、广撷博取的治学态度，和沉静中庸、认真的画风，显得尤为珍贵难得。

路子已经打开。只要曾教授能如此淡定、如此自觉地在自然造化和表现时代生活中稳健前行，就必定能攀上新的艺术高峰。

2012年11月28日改定

思想者的画

——关于卢延光山水的思考

认识卢延光，是早年从他创作的连环画及中国《一百帝王图》开始的。有时在画展上同他见面，点头、打招呼，匆匆而过。岁月也就这样匆匆而过。卢延光从连环画起家，后来替梁羽生的武侠小说绘插图；再后来，完成了"百图系列"这一大工程。上下数千年，凡帝王、儒士、僧侣、神仙、美女，触及推动中国历史进程、家喻户晓的人物五百，知识面涉猎之广，翻查史实检索史料之深，着实令人惊叹！羊城竟还有这样的画家？早就想写点评介文字又觉占有的材料不够，迟迟没能动笔。及至最近他送我新著《六十岁了才明白》（广州出版社出版），细读，顿觉对卢延光的画和画路有了头绪，有话想说。想到卢延光从艺走过的路，想到我们要怎样当画家，许多话一齐涌到笔端。

读这本书，首先让我吃惊的是：卢延光不仅是画家，更是一个思想者。首先，他是一个思想型的作家、文人、学者，其次才是画家。这本书，其思想深度，其见地，其文采，不要说画界，就是拿到广东的文学界也是上乘的一流作品。我参加过广东的最高文学奖鲁迅奖的评选活动（当评委），我想，如果参评，它当在入选之列无疑。

卢延光在60岁后人生的秋季，收获的是沉甸甸的睿智的思想、哲理和人生智慧。60岁了，回望人生路，有曲折，有坎坷，更有亲情、友情，有总结和思考。60岁走过的人生他说是"盲人摸象"：先摸到一条腿，再认识几条腿，最终登上象背知道全部。才明白世界之大，从立功、立言、立德的满社会浮躁的功利，要过渡到恒久，建构以人为本的文化、艺术、宗教、自由、民主、人道，有多遥远有多难；要达到这形而上的佛说的"觉悟"，有多遥远有多难！这本书，卢延光所谈都是60年来身边事，谈的是亲朋师长、学人、画友；忆旧溢满感恩；回顾

60年的路，遥望世界上人类的文明，他从内心发出"我同样需要忏悔与赎罪"的感叹！

读了这本书，我觉得，卢延光的学养第一，文思、文才、文学第一；国画第二；连环画第三。他站在人类文明的源头，谈人的自由、平等、博爱的境界。谈古论今，从古代的佛缘宗教，到当今社会人性的缺陷；从当代鲁迅谈到"五四"大家、一批各学科各领域原创性人物，都是博学、通识、通才，孔子所云的"六艺"气象；他从历史上的苏东坡、黄公望，强调文化修养，强调清俗和做人的骨气；他从虚云、高剑父、关山月、黎雄才，强调艺术家必须心怀宗教家的情怀，"没有这些形而上的精神，只能是画工、画匠"。他在读书笔记中写道："近50年来我们的学术、文学、艺术的发展，形而上基本是缺席的。"具有这样的文化自觉和文化眼光者，不但当今广东画家中少见，就是我们当作家的与之相比也感到汗颜呵！

有了这样的思想和警醒，自然就会有卢延光画画从艺创新的自觉。这也给出了他的山水画创作为什么会有自己的面目的最好解读。他早期的连环画创作，出手不凡，有很高的历史素养和人文学养，有很厚重的文化含金量。追求工笔线描自成一家；选题起点高、大气。这可以看作是他后期（上世纪90年代起）山水创作的练兵。他画山水，达到董其昌说的"不为造物役"的自由心境，不打草稿，画法游山玩水。基本依元画一路，从石或树起笔，边画边思考，画过一堆山，什么地方再种树，再补桥、补屋、补人，及至山顶，望远身心愉悦，无拘无束，他戏称为"环保"式创作。再加上技法的创新，在树干上以奥地利克里姆特的装饰性圆点，表示树叶，每一片树叶用水冲染，更有层次。山势用线勾勒，用苔点增加画面的丰富性。他还惯用冷沉的赭绿色去营造山野的雅洁明净。总之，程式化让卢延光变革出崭新的面目。

这种他称为"新古典主义"的山水画，追求画家人格上的新的士大夫气。追求苏东坡、黄公望的士大夫精神和向往。这种精神和向往，使卢延光的画能留住观者的脚步和眼光，令人喜爱和沉思。他所创造的是静穆纯净、高远空蒙的意境，在审美视觉上给人以独立、傲岸、清虚、豁达、通脱的享受。

非学院派出身的卢延光，经过漫长的历练——文学、哲学、史学和艺术的历练，经过60年人生的打磨，才懂得了做人从艺的根本，达到了文化和艺术的优雅文明。卢延光酷爱读书；善思，学究追根溯源；做人本真，人品画品高洁；做官不像官，懂得文化人的担当。读他的思想精神，就如同读他的山水画般追求圣洁，不染纤尘。这应该成为岭南画坛的向往和观照。

画路、技法退其次，画画画到一定的年岁，主要画学养。风格可以且应该不同，精神境界的高格却是我们共同追求的。

也许，这就是读卢延光山水给我们的启示。

2011年8月5日

从长安到岭南有多远?

——读刘书民的山水画

　　读广州美术学院刘书民教授的山水画,大概谁也不能回避这样一个话题:长安画派对他的培育及岭南画派给他的滋养。如同植物经过嫁接能育出许多优良果实一样,艺术上的博采众长同样是产生大手笔的条件之一,这正是美术创作和培养画家人才的一个法则。

　　刘书民1961年进入西安美术学院国画系,长期受长安画派的熏陶,得到石鲁、何海霞、刘文西等名师的指导。毕业后,他被分配到郑州博物馆当美工。即使是1966年——"文革"烈火将中华文明和传统艺术一同焚毁的年代,刘书民也默默地与笔墨为伍,默默地深入大别山写生,默默地参与红旗渠组画的创作。他还为人民大会堂创作了《大别山晨曦》的巨画,得到行内外的注目。

　　1979年,刘书民原准备报考中央美院研究生。恰好这时,广州美院陈金章教授也到郑州来挑选研究生。陈教授看到刘书民的大别山写生稿之后,极力动员他到广州报考,刘书民后被录取为黎雄才、陈金章教授的高足,毕业后又被留校任教——这才有了长安画派与岭南画派两个母亲养育一个艺术之子的佳话。

　　今天读刘书民的山水画可以发现,长安画派给了他最初的艺术乳汁,让他打下了坚实的艺术基础,使他初步掌握了水墨的脾性和绘画元素要求,而岭南画派则丰富了他的水墨语言和技法,像长大了的孩子多了几道拳法一样。尽管在南国生活了20多年,刘书民也尝试表现广东山乡画面,但他画得最多的仍然是北方题材,大别山、黄河、嘉陵江时时出现在他的梦中,不能从他人生的记忆库和写生行囊中抹去。这是因为他坚信,生活是创作的源泉。他的作品,都是从生活中提炼得来。

　　踏入艺苑40多年,刘书民泛舟于两条艺术流派之河,攀援于两座艺术的山峦峰间。长安派与岭南派审美差异很大，刘书民认为可以兼容和互补，而且可以吸收更多流派甚至其他画种的艺术之长，南北融汇，博采广收。他画中原山川，在厚重、沉雄、苍朴的基础上，吸收了岭南温润秀逸明快的风格，同时也吸收了油画的满构图，惯用大特写画面等。加上他笔墨严谨细腻，丰润而又讲究层次感，他的作品体现出鲜明的个性。刘书民认为，现代审美意趣已不习惯永远接受传统国画的留白太多，山水国画引入大特写画面能加强视觉冲击力。

刘书民，就是这样带着长安的财富，奔向岭南，扎根岭南。这两地的距离有多远？20年后回头看，"长安"与"岭南"豁然相通。它靠智慧架桥，靠辛勤的汗水铺路。刘书民说，我绘画的废纸何止三千，应有三万呵！

这就是这位中原汉子做人的执着和不想重复别人的可贵的艺术追求。可以肯定，刘书民还会在路上不停歇地走下去，去尝试新的艺术语言和笔墨结构。因为他明白，艺术创造没有终点。

2003年12月7日

王璜生彩墨花卉的境界

在当代中国美术界，王璜生是引人注目的。他的理论建树，他的国学素养，他的策展能力，还有他对现代艺术公共艺术的广阔视野和管理水平，都广受赞誉。特别值得提出的是，从上世纪90年代中期起，他任职广东美术馆专业副馆长、馆长13年，不但主持、策划、实施了许多重大展览项目，而且对当代美术馆的展览展示、作品收藏、历史研究、公共传播教育功能方面做了有力的提升，使广东美术馆逐步同国际接轨。因而他北上之后，广州的人们都格外怀念他。作为一个文化人和美术家，王璜生的成功是多方面的，但其根本在于理论素养的深厚和当代全球化的思维和眼光。这来源于他那永不满足努力学习的性格。

王璜生同许多只顾埋头创作的画家不同，他是一手拿文笔一手拿画笔，在理论和创作两条战线齐头并进并都取得累累硕果的大家。在美术史论界，他承继了他的导师周积寅教授的衣钵，接受了美术教育家、美术史论家俞剑华的传统，积累了深厚的美学和艺术的素养。他2008年与胡光华合著、由江西美术出版社出版的《中国画艺术专史·山水卷》以及前此的《陈洪绶》研究（中国明清国画大师研究丛书，吉林美术出版社1995年版），可见他在中国美术史论方面的造诣和功底。他的古典诗词和汉语入古深，正所谓"有梅无诗不精神，有诗无雪俗了人"（周积寅教授题画语）。他是既有深厚国学传统功底、现代美术理论素养，又熟悉笔墨语言，重视笔墨实践的学者型画家。

从这个根本的内核来看王璜生的创作经历和成果，看这些因素在王璜生的创作中所起的作用，也许是颇有启发的。他的父亲是岭东国画大师王兰若，他自小得到良好的中国传统文化的滋养和笔墨的浸淫，儿时也有过所谓"神童画家"的称谓。必须指出，"神童画家"如果缺乏理论和思想的打磨，也许只能成为一个技法娴熟的工匠，肯定不能长成今日的王璜生。只有传统的耳濡目染加上现代美学理论的浇灌，才使王璜生的艺术眼光和水墨创作——例如眼前的大地彩墨花卉，长成今日的境界，即带有画家鲜明个性的独立思考，带有探索革新改造的深邃思想，探索不同于前人花卉的笔墨变化、点染和勾勒，使观赏者得到不同情绪的感染，得到不同的审美感受，在当下的艺术空间打开一条从传统通向现代的表现之路，发掘新的艺术造诣。总之一句话，使作品具有强烈自我的精神内涵。

一幅书画作品传达的艺术境界，是由作者的学识修养、精神气格、笔力功力，及其笔墨章法等多种因素构成的。艺术个性即人性的表现。纵观中外美术史，毕加索、齐白石、傅抱石、石鲁……无不是高举个性大旗开宗立派不可重复的大师。"胸有诗书气自华"，这种形而上的高格调高境界，首先来源于作者的学识、眼光和风度。"有第一等的襟抱，第一等的学识"（清·沈德潜语），才有第一等潇洒第一等气度的作品。我想，王璜生的彩墨花卉的追求就是这样。他十分明白，中国传统花鸟（卉）画法沿袭了一千多年，背负的笔墨负担太沉重。过多地沉湎于技术层面一枝一叶的技巧而忽略作者主观个性思想的开掘，这种工匠式的表达不能反映艺术家的情绪及他们对社会的思考。因此，他在彩墨花卉系列中，借助娴熟的笔墨技法，成竹在胸，尽情挥洒。难能可贵的是，他的这种挥洒，已经冲破了花卉的具体形态和一枝一叶，而意在借助其动感和气势，表述一种精神的向往和追求，表达艺术家对各种生命形态的思索。他早期的彩墨花卉系列大多惯用花瓶来规范。也许这是一种暗示。新近的作品，如《归来图》《秋》等，更多地突破了这种规范，更多地采用现代表现形式散点构成手法，有意地忽略"形"而下笔大力渲染"势"，从而使创造的意境和空间也更加广阔。

王璜生的彩墨花卉系列，在境界的高格下洋溢着自身的情韵。他描绘的花卉不离开传统，笔墨味浓，笔法线条、横竖点画捺撇、浓淡墨色变化，笔笔有出处，有严谨的规则。但构思章法灵活大气，动态摇曳多姿，点染如满天繁星，有时恣意挥洒，几乎到了忘我赋形的程度。具体看其一幅作品，画家大多描绘点染的花是无名的，也许它只是一种载体，承载着作者的精神理想或一种诉求。总之，通过这载体去宣泄一种情绪一种力量。在笔墨技法上，他熟练地掌握了传统笔墨基本功，这得益于从小严格的家学庭训。另一方面，古诗词的素养，加深了他对表现对象的认识。花卉的各种情状在画家眼里，就像情人的喜怒哀乐和呼吸。读他的作品，能听到古人对花的人格化赞美和吟哦。人们注意到，他新近创作的《线索》《林子大了，什么鸟都有》，笔墨线条是传统的，而画面构成和表达的意象，则完全是现代主义的。耐看，耐思，耐读，给观者以高远的联想和美的享受。

王璜生为我们创造的彩墨（具体到彩与墨之间，他更多或更熟悉于墨的挥洒和渲染）花卉世界，和他的理论建树和策展水平一样，是他人生的华彩智慧的结晶，也是他思索生命关注自然的一种形象解读。他用自己的独特的艺术语言，用一个艺术家独立的气质、人格、精神境界和追求，借助形象，汩汩诉说。这是深具传统功力又融合了现代笔墨的一种成功尝试或曰一种改造。

我们完全有理由相信，王璜生这种尝试和改造，会走向成熟和取得成功。因为这是建立在深广的文化视野下的对传统花鸟（卉）画的局限有足够了解的基础上的创新和改造。传统花鸟（卉）画发展到今天，特别需要提高境界提高格调，需要大胆注入现代精神。这是时代的要求和历史的结论。有识之士都看到了这一点。

2012年4月9日

婉约深沉的生命之歌

——感悟梁如洁的水墨世界

一群红嘴海鸥，静静地站在黑黝黝的礁岩上，伴着哗哗的涛声，竖起耳朵，听着大海的歌唱。礁岩是巨大的，占据了画面构图的大部分，展示的是大自然的力量；海，画家只截取小小的一角，也足以凭想象延伸到无际的远方。这大海的儿女——默默的海鸥，收敛了翅膀，听到了什么？想诉说什么？激荡的潮水，长年不断地吟唱着这生命的礼赞之歌……

一棵棵桑树，用散点构成的方式，点缀在广袤的原野——也许是刚开春，树梢刚绽出嫩叶，大地还隐隐冒出春寒。沉睡了一冬的沃土苏醒了，透发出泥香。这淡淡的绿，是迎接春的生命的绽放。在它们的脚底下，还沉积着一个个大海退潮后带有历史印记的小贝壳……

以上两幅画，是梁如洁入选第六、第七届全国美展并分获铜奖和银奖的作品。它们用婉约深情的调子、含蓄细腻的形象语言，抒写出画家对世界的认识和思考。

至今又过了将近十几年，这位痴情地钟爱着美术的女子，仍然还像当年那样，默默地耕耘着，挥着画笔。她淡泊名利，不喜应酬，然而，却以一位艺术家的爱心和良知，关注着自然、生命和宇宙这一大主题。她写花草树木、燕雀鸣禽，更写西部山水，荒城风雪。

她1981年毕业于广州美院人物画研究生班。她的人物画造型准确，功底扎实。她笔下充溢着浓郁的民族风情，美丽的僮家姐妹和泼水的傣族姑娘，少了某些画家笔下常见的脂粉味，而着重展示出山乡女性的粗犷气质和劳动的美，从而使她的人物画与别人拉开距离，显现出自己的风格。

也许，大自然的神韵更能激发这位女画家的才思——数十年来，梁如洁画了许多花鸟和山水。她的花鸟画，已经冲破了传统画法中那种较为机械地再现自然界花鸟形态的套子，而融入了山水的画面和技法。秋日荷塘枯茎上的蜻蜓（《风萧萧》），密密篱笆上探头攀援的瓜藤（《竹篱外》），寒风中两片飘零的落叶（《伤逝》），沼泽地上孤身觅食的小鸟（《神曲》）……都鲜明地融进了画家的情感和对大自然的思考。在梁如洁的笔下，花与鸟、云霓与山川都是有思想的，而且耐人寻味，叫人捉摸，动人心魄。

在这些画幅中，梁如洁少去描绘过去我们见得较多的花的一枝一蔓，或鸟的闲淡祥和，主题开掘的深度、构图的大气和艺术上的新意，应该是其精品的特色。更为难得的是，画家力求打破千百年来花鸟与山水的鸿沟与界线，让两者互为渗透，通过准确的线条和丰富的色彩调子，营造和谐的画面语言，使花鸟与山水有机地融合起来。

这就是在艺术的天地中习惯于哲思的梁如洁。她的哲思常常就这样聚焦于宇宙和自然的生灵中，"用画笔去表达种种存在的感觉和疑虑"，"在大自然的幻化中，得到人生的一点启迪"。

读梁如洁的画会有许多的联想，也会有许多的感悟、许多的思索。这就是一幅好画——精深之作，带给我们的享受。

2003年11月30日

岭南画苑的熊猫

——解读陈新华

约见画家陈新华，实在是不容易。

了解他的人都说，不易找到他（通过他的好朋友、新华社著名摄影记者陈学思约见他，也等了整整一个月），因为他手机不开。他排除一切心理和外界环境的干扰。他说，清净和画画，就是生活中最大的享受。

这位银须飘拂的智者，话很多，侃侃而谈。谈社会，谈人生，谈对财富、对艺术的看法。他自小喜欢默默地画而不喜欢张扬，也不在乎人家对他的看法。在他看来，画，就是一切，就是他的生命。画来做什么？他说，只问耕耘，不问收获。不管人家看法如何，只管自己看。怎么看？反正想画想看。对外部世界，他有像托尔斯泰晚年的人生观和财富观。他知道名利有用而不动心追求。他可以富有却看淡富有，毫不追求富有，甘心情愿过着清贫的日子。他是岭南画苑中罕见的独行者。80年代年轻时他在香港办过一次独立画展，出版过一本画册，引起关注，香港有名的画廊都在追逐他。这给他带来的不是高兴而是警觉，从此，他决心放弃市场，不让市场牵着鼻子走。他真诚地做学问，面壁30年。他在探索中孤独地前行，只想留下浸满心血的作品，让后人评说。

你说，他像不像岭南画苑里难得一见的罕有的熊猫？

他1950年出生，自幼在海南长大，在广州美院接受过系统的美术教育。读完大学，在广州轻工学院当教师5年，又重回国画系读研究生，毕业后留校任教。这种"学院派"式的经历，打开了他眼前的艺术视野。起点高，这使他的国画创作，从一开始就有一种敬畏心和虔诚感。每一幅作品，都能看到他沉下心来气定神闲地吸收传统经典的影子。他不想像当下许多画家那样，在前人创造的传统路上，轻车熟路地走。他说，中国画是需要磨炼的。在形式上探索，在水墨和色彩上打磨。用传统笔墨语言，表达自己的感受，加入现代造型技法。他的画，充满民俗趣味、装饰性和童趣气氛；水墨中喜欢运用重彩。不重复前人，避开前人常规画法。磨炼着，探索着，纵然经历着挫折也不回头。

认识陈新华前，我就十分叹服他在中国画的画面上给我们创造的恢宏和大气。他的大画《西北墟集》营造的黄土高原苍凉、古拙的环境，画面上如蚁般密密麻麻集合于道路上赶集的人群、骡马，热闹的集市，透发出宏大的气息和西北民俗气氛，使我们很容易想起宋人张择端的《清明上河图》。整个俯瞰式的构图的每一个局部，山镇、土坡，还有浸满黄土味的民居，都经过画家用心的经营、点染，笔墨显有极重的分量。这样的大创作，对画家的技法和创造力，富有挑战性。无疑，像这种难得、耐看和充满震撼力的作品，在他的创作中还有很多。

我常常在陈新华的中国画前沉思：他同其他画家一样都使用着传统的宣纸、水墨和颜料，为什么能画出时下少见的那么厚重的作品？关键在于，他同常人的追求不同。他追求的构思、画面、思想和画法都不同。有人说，他是用画油画的手法在打磨国画。我觉得，也许这只说出了事物的表象，事实上，他打磨的是自己的意志、创造力、理念和价值观。

他有很深的海南乡土情结。在他炽热的画面中，洋溢着宝岛的阳光和繁茂的植物的交响。他说，海南是一个色彩浓烈的地方，在这里与中原和其他地方不同，植物茂密生长，视野中十几平方米的地方，就生长有十几种植物。他想探索一种手法把这种复杂丰富的情景，表现出来。这就要求陈新华另辟蹊径，用另一种思维、另一种方法、另一种模式去画。这样，《宝岛飘香》《山家》《野趣》和《海南写生系列》，都画出了风物的强烈的质感。

这就是艺术家的可贵的独创。为了这自己的面目和独创精神，陈新华可以甘心情愿地被冷落一辈子探索一辈子。我们注意到他的每一幅画，都是画有经年（有的甚至十几年），都是长期处于未完成的状态，都是画画停停，不断思索，不断涂抹，不断补充，而不是一挥而就，也不是一气呵成。在时下商品画充斥的浮躁社会，这种精神尤其值得我们深思和提倡。

但愿陈新华这个岭南画苑中罕见的熊猫，能早日为更多人所认识、所珍惜。我们今天寻找陈新华、重视陈新华，就是寻找中国画革新之路，重视中国画发展的希望所在。

2011年8月30日

真情写江山

——谈关伟的山水画品与人品

关伟自1980年8月调入广东画院,跟随关山月大师有8年多,任大师助手时长等于上了两轮美术学院。今日我们探寻关伟山水画创作的成果,当然首先会想到关山月大师对他的影响。

关伟说,在关老身边,首先学到的是做人和做学问的态度。关老对他说的第一句话是:"学画要先学做人。画艺可以提高,做人不能马虎。"关老强调,艺术不是个人的东西,艺术与国家、民族的命运紧密相连。关老逝世前都还一直在强调中国画的民族气派。关老将他一辈子十分喜爱的梅花看作是中华民族的精神和风骨。1987年,关老为人民大会堂画的梅花题为《幽香吐国魂》。这些都给关伟的影响很深。

关伟还忆起,他刚到关老身边时,刚好举办黎雄才写生展,"关老每天都要我去临摹黎老的画。后来又不断地要我临摹宋、元、明、清大师的作品。他对艺术没有门户之见,要我博采众长"。

离开关老成了专业画家之后,关伟养成了严谨、认真、执着的创作态度和坚持深入生活的作风。近些年,美术界有人对中国画的生存和发展提出了怀疑,也有人企求创立新的什么"主义"和"流派"。关伟说,画画是画家心灵的叙说。"我关心的是心灵的畅通。创新固然重要,但创新要以生活为基础。创新不能是刻意的,而是画家真情的流露。""真情主宰着创作意念,故真和自然是一切艺术创作之本。没有真,何来新?唯有真,才是一家之说,才有别于前人,也有别于今人,那才是新。"

把握了如上这些创作理念,我们才能更深层地读懂关伟的作品。关伟近年的山水画既承传了岭南画派的追随时代、构图大气、笔墨光色清新等特色,同时也更多地在画面中倾注了自己的情感。这几年，他不停地远赴西北写生。西北大漠苍凉的景物和特别的民俗风情，与他内心的感情交融，产生了精神漫游的新成果，使他笔下的莽原变得雄伟、细腻而多情。山川、树木甚至是那不起眼的酸枣树骆驼草，都是画家感情的叙说而独显个性和新意。

生活，是关伟高明的老师。再加上关伟那安于淡泊、不事浮躁、重视学养的做人品格，使他在艺术的路上一步一个脚印地前行。近读他发表于《广州美术研究》的《画阁闲思》等文，对他的艺术追求和审美理想有了更多的了解。他谈艺术家的大抱负与创造大美；谈画家的才情与个性；谈哲学与艺术；谈理性与激情；谈成熟与天真；等等。内中无不体现出画家思想的成熟，并闪烁着睿智的光芒。

有着这样的人生态度和创作理念，才会有不断涌现在画家笔下的大气而又多情的山水。

我觉得，岭南画派代有传人。

2003年7月13日

开拓一方美天地

——读许固令的脸谱画

几年前，曾在广州博古斋和广州美术馆看过许固令画展，内中一幅幅内涵隽永、色彩斑斓的大斗方脸谱画，给人留下十分深刻的印象。最近，有机会较为系统地品读了许教授近些年的脸谱画新作，仿佛又走进了画家为我们开拓的一方自由的美的天地。

评价一位艺术家的创造才能的尺度，最根本的是看其是否有合法度的创新。读许固令的脸谱画，我首先惊叹画家所开辟的一个崭新的题材领域，并在其中营造了一个个崭新的意境。《西游记》中的脸谱，三国群英会的脸谱，还有《西厢记》《白蛇传》等等。这些作品，从早期的比较偏向写实，逐步转向半具象甚而完全离开了脸谱的戏剧造型，重在画家感情和主观意趣的抒发。在我国的传统水墨戏剧人物画中，专画京剧人物的关良、高马德，重视表现戏剧人物的情节和场面，引发读者对故事的联想。而许固令的脸谱画则不同，他只是将戏剧人物的脸谱形态作为一种素材，一个载体，重在加入对生活的思考和感受，去表现自己的美学理想和追求。历史与现实，世态与人情，喜怒与哀乐……都能从中找到合理的宣泄或阐释。

许固令成长于闻名的戏曲之乡汕尾。当地稀有的戏曲如白字戏、西秦戏、正字戏，以及潮剧、渔歌等，从小就给了他很大的熏陶和影响。他1960年考入广州美院附中后，常常喜欢跟着中山大学古典文学专业毕业后从事戏剧研究工作的胞兄去看戏，对多个剧种的脸谱和服装很感兴趣。1972年，他参加全省美展的第一幅作品，画的就是十五贯人物——这是他从事脸谱画创作的开始。

1980年改革开放之初，许固令从广州美术馆退职移居香港，他的人生和艺术展开了新的一页。20多年来，他作为一个不拿工资的自由职业华人画家，游艺于欧洲、东南亚及台湾等地，努力地吸收西方油画、水彩的技巧与营养，同时接受了西方艺术市场观念的洗礼，脸谱画创作出现了新的境界。他尝试运用现代主义的表现手法和丰富的大色彩，去表现最传统最古老的戏剧脸谱题材。笔下的脸谱形象被简化再简化，从一个人画到半个人，从一个脸画到半个脸，直至简练为几条作为符号的线条，在淡化形象中更为自由地表现自己企求表现的世界。色彩的涂抹更加到位，线条的表达更加潇洒，狂放而又略带抽象的大特写画面，演绎着世间不同的人生。1989年，他在香港艺术中心举办脸谱画展时，林风眠先生给予很高的评价，并将其四件作品推荐给法兰克福美术馆收藏。

在许固令脸谱画前沉思，可以体会到一种禅的氛围和意味。从他画幅上密密麻麻的狂草题字，又可感受到画家浓厚的古典文学及诗词的修养，以及书法的功力。书与画如绿叶扶持红花，相得益彰。直到不久前笔者才听到，著名的《十月》和《花城》杂志，封面苍劲的题字出自许固令手笔。因为他做人向来低调，又没要求署名，故行内外知道的人很少。其实，像这一类为文化界和社会上所做的公益性题字，还有很多。

2003年8月31日

梁照堂的水墨世界

在广州能称得上独具个性风格和才情洋溢的中年画家中，梁照堂实在是不能被忽略的一个。他的作品大气浑厚、拙朴自然，其笔下的人物花鸟在南方独树一帜，深得行内外人士的好评。

梁照堂从小受过严格的专门训练，具有优秀的艺术造型能力。在他20多岁初出茅庐时，即以色彩鲜明的油画和气势磅礴的宣传画引人注目。此后30多年，他潜心研艺，淡泊名利，画格与人格都在隐去的岁月潮水中得到升华，一步一个脚印地登上了新的台阶。

他笔下的鸽，就像他在生活中的为人那样平静谦和，雍容大度。天安门城楼和人民大会堂，都有他寓意深刻的《和平长青》松风鸽图。这位"岭南鸽王"笔下之鸽，早已跨过了艺术的第一步"形似"，而进入重在展示神韵之境。观画家《百鸽图卷》等佳作，群鸽聚散，或昂首，或回头，或觅食，或嬉戏……无论在笔法、构图还是意象上，都匠心独具，营造出一种平和瑞气，达到了信手涂抹即达"大象无形"的境界。

无疑，"梁鸽"是梁照堂金石大写意花鸟国画的一部分。秉承这一风格，他还以淳厚的写意之笔，创作了大量的村居、石磨、古井、墨荷、夏荔、渔船……这些作品，既有八大山人、石涛的韵味，又吸收了南方民间艺术原始拙朴的风格。他喜爱中锋运笔，苦攻金石碑帖，书法与国画同步并进。他那横空出世、龙飞凤舞般的巨草，来自他自小对历代名帖的临摹，特别是数十年来对金刚经、好大王、石门等碑刻的研习，这些临摹和研习使他的书画互补，熔铸出作品的苍厚老辣、大气拙劲的品格。

社会上许多人都知道著名书画家梁照堂是国家一级美术师、广州市美协副主席、中国美协中国书协会员等，但笔者更看重他广州画院理论部主任这一头衔。

读梁照堂发表于全国各地重要美术报刊的60多篇艺术评论，能窥见画家更深层次的艺术主张与追求。他谈学画修养——未学画，乃艺术上"原"形态；专业训练，进入"技"形态；艺术家更重要的是从"技"跨入"道"的形态。"道"乃艺术文化层次、气格、气质之浓缩。原、技、道是绘画"慢三步"。他谈入古与创新——艺术诚贵创新，然人们往往忽略史上一种拓古以开今的创新。欧洲文艺复兴时代形似复兴古希腊罗马艺术，实在却是人文人本艺术的创新；韩愈复古的"古文运动"是中国文学史上的创新运动……以时代的高度的观念去"复古"，就是艺术史上更有深度力度的创新。他谈画家的专与博——绘画之达境，一是须有一种"以身相许"的热爱和勤奋，持之以恒，专而成家，此为"专"也；二要钻研各类艺术、人文、科学、社会知识，养成学者胸臆，此为"博"也；三是对艺术之专和对万类之博后，回归为如农人、孩子般赤诚面对世界，此为"真"也。读梁照堂这一类艺术主张，结合读其画，会给人以更多的启迪。

"笔耕日夜水流年，知甘知苦纸三千"。梁照堂就是这样入古通今地探索在艺术的路上，浇灌和收获了花鸟画的大手笔。

2001年8月26日

浸淫传统　清雅秀逸

——读吕伯涛《雪泥鸿爪集》

最近，新快报开辟《收藏》周刊，聘请一批著名书画家为首席专家，书法家、省书法家协会副主席吕伯涛先生亦在此列。从此，低调的吕伯涛才更多地出现在公众视野面前。

的确，人们多只认识大法官、省高院院长的吕伯涛，偶尔见他参加书法界活动，也只是出现在一些慈善公益场合。他认为自己"字写得很差"，很低调。他说，"书法是自己闲时的爱好，志在修身养性"；"工作之余写写字，可以放松心情，丢掉烦恼，释放压力，远离尘嚣，达到身心愉悦"。他不在乎成名，不计较成家，不把书法当成追名逐利的敲门砖。在吕伯涛看来，"汉字是世界上最神奇、最具魅力的文字"。对汉字书写的敬畏感和深刻认识，洗尽了他对书法的任何短视、浮躁和急功近利之心，带给他习书的真诚。认识的深刻还来源于他的学养和深厚的文化传统。他在北师大中文系受业8年，是"文革"前的本科生，又是"文革"后第一届古典文学专业研究生，专攻先秦两汉文学。经过长期积累的深厚学养，开阔了他的视野。墨池春深，浸润滋养了他的书品和人格。

因此，在他退休后出版的第一本书法集——《雪泥鸿爪集》中，通篇都透发出一种谦谦君子学而知不足的精神。他把人生中的一切行为包括习字看作如苏东坡说的"雪泥鸿爪"："人生到处知何似，应似飞鸿踏雪泥。泥上偶然留指爪，鸿飞那复计东西。"他谦虚地认为，自己还算不上书法家，只是个书法爱好者；出的书不敢称书法，而是"书影集"。他写前人的佳作，也写自己的文字。"漫不经心，随意而为，想到就写"，称为"漫书"。还说："画中有漫画，书中何不可有漫书乎？""韵律"他叫作"韵语"……难怪启功先生在1995年吕伯涛从公安部调任广东省长助理时，专门给自己的好友、省领导、文化人吴南生一封信，举荐他的学生"夙好文艺，慕望求教"（见吴老《雪泥鸿爪集》序）。从中可看出启老对学生的一片挚爱之情。这本书法集，浸润着浓厚的国学素养，承传着中国文化人高尚的品格追求。从政，做人，做事，笔下娓娓道来，题写细述心声——

唯恐不闻己过——位愈高，闻过愈难，敢言者寡，而言路不畅也。——丁亥春日

百年树人英才辈出桃李满天下　八载受业顽石点头寸草报春晖——北京师大百年华诞志庆　壬午夏

莫道醉人唯美酒　茶香入心亦醉人——予不能饮酒，唯喜茶也。——乙酉冬日

童心永驻——身体衰老是自然规律，心理衰老主要在你自己——丁亥秋日

其作品，有极高的古文修养，借用前贤佳句，配成对联，如"永忆江湖归白发，安思宣室问苍生"。为家乡固关古长城题："虎踞太行巅，蜿蜒似龙蟠；游子行万里，梦魂牵固关。"韵味无穷，格律严谨（对此，吴老序中有深刻精到的评论）。这些基本功，是书法家应有的素养，他总是认为自己还很不够。

古今书论，向来强调书品与人品紧密相连，相得益彰；强调先做人后作书。"观晋人宇宙，可见晋人风猷；观唐人书踪，可见唐人之典则"。《雪泥鸿爪集》处处溢满书家的情愫、喜乐和追求。老之将至而积极向上；热爱生活，热爱岭南文化，博古通今，而又时时内省、内敛；淡泊名利而喜好"享闲云野鹤之乐"，爱故乡、爱亲人的游子心声……作者的文人气质与情怀，溢于画面。

书家的这种着力于传统文化的浸淫，着力于自身品格学养的升华和历练，使吕伯涛的作品充满了一股书卷气和清雅秀逸的面目。吕伯涛长期临习历代名帖，尤重二王、欧赵，帖学功底深厚。他不走捷径，苦心读帖，写了字"给他挂上"，反复琢磨，这种不浮不躁的"品艺"精神，是吕伯涛成功的一个秘诀。数千年来，书法作为独有的形式能独立于世界文化之林，其根源在于，中华民族的文字由象形出发，一步步发展而来，经过自身文明的漫长浸润，经过历代书法家的努力和积累，从形式构成发展到线条美，逐步形成自身严谨的韵律、法度和品

格。从某种程度来说，书法美在众多艺术形式中达到臻美之境，是艺术欣赏的高层次境界。无论是对书法家的艺术实践还是受众欣赏本身，都有更高的审美要求。

这就是为什么我们强调书法功夫在书外，强调书法不单纯是写字那么简单。"腹有诗书气自华"，读吕伯涛《雪泥鸿爪集》中行书的精美之作，我们好像在看一出高明的芭蕾舞，一点一画，俯仰自如；线条律动，洒脱舒展；结构变化，讲究韵律；运笔自然，清雅雄丽。总之，吕伯涛的书法，点画俊秀，布局灵动，结体工稳。既继承研习传统书法，又兼有启功先生的影子，最终初步形成了自己的面目。

前些年，吕伯涛从省高院的领导岗位退下来之后，更加钟情书法，钟情书法的魅力书法的乐趣，书法成为他生活之必需。"室依东壁图书府，心醉南国山水间"。他爱书法，更爱"为善乐"。他以书法会友，以书法做慈善，常参加一些公益事业活动。我想，古代作士有告老还乡的佳话，今日吕老是将年轻时人民给的学识，连同自己的挚爱兴趣，一齐献给人民。这也必将延续和增添书坛的一段佳话。

2012年3月26日

大度雅适，沉静凝重

——评孟浩的小楷创作

我平日里也算喜爱书法。这种喜爱，不是如童雏天天描红天天临摹碑帖，也不是如当今一些书法家奔忙四方到处展纸挥毫。我喜欢工作之余，一个人静静地面壁读碑读帖，凝神品味揣摩；或坐在灯前，细读一些古今高人谈书之心得理论。越品越读越觉得，书法的审美是中国各种艺术中最难把握的门类之一。其源头远且深。凡夫俗子实难探其万一。于是乎，广东书法家孟浩，希望我谈点读其小楷的体会，我惶惶然一直不敢贸然动笔。

有深厚传统文化渊源的中国书法之美，从具象的视觉效果来说，是线条、点画等运行和布局之美。但其中贯穿着许多如西方哲学包含的抽象的要旨和精神。如对立与统一，运动与平衡，浪漫与想象，局部与整体的关系，等等。书中内涵，墨中意趣，并不是一般评者三言两语能概括得了的。

所以，读孟浩的小楷，我觉得最好要从读孟浩这个人入手。一个普通的铁路干部，一位从秦岭脚下长安城边走来的爱好书法的西北汉子——人称"刚性知识分子"，成长为广东省政协常委、见报率很高的关注民生和平民疾苦的"明星委员"。按常识，政协委员，不是什么"官"。孟浩的名片中，不见有政协常委、书法家一类名衔，只有自拟的一副意蕴深厚的套红嵌名联："孟春飘雨化冰雪，浩气惊风动云天"。

我吟哦这对联，联想各媒体经常报道孟浩为促进社会和谐和化解社会矛盾，反映社情民意所做的善事义举，深感这是他立世的标杆，做人的箴言。

这些年来，沿着这标杆默默前行，孟浩为百姓立言呼吁，为建立民主、法治社会，拖着心脏搭过桥的病体，奔忙于人民群众之间——这就是孟浩的主业和人生。

也就是在这奔波之余，每当夜深人静之时，孟浩才能在堆满文稿的办公兼书房的逼仄空间里，展纸磨墨，进入自己喜爱的小楷世界。

孟浩习书，早年以行书为先。他临习过许多经典大家。后来，在其师友、山西省书协前副主席、山西师大古典文学教授赵承楷引导下，他接触了小楷，着迷于小楷的魅力，激情一发而不可收。他先临习钟绍京的《灵飞经》，从唐楷溯流而上，与黄宠、钟繇深交日久，渐渐体悟其法理。日见成效，中规中矩，自成方圆了。

读孟浩小楷，我首先想到的是，在当今书坛流派纷呈浮躁日炽之际，我们尤应强调，中国书法，应以楷书为基础。苏东坡《论书》中说："书法备于正书，溢而为行草。未能正书，而能行草，犹未尝庄语，而辄放言，无是道也。"先楷书进而行草，犹如孩童先学走路进而学跑一样，道理十分浅显：楷书规矩森严，包含了笔法领域的基本内容和形态。一笔一画一点，刚柔、动静、虚实，毫不含糊。楷书是书者领悟汉字结体真髓的入门和登高的阶梯。汉字的间架、结构、布局、铺排，用笔的收放、平衡、对称、轻重、缓急，内中真谛，都可以从临楷中去捉摸、体味，并逐步地将书写提升到审美的境界。

我觉孟浩小楷特色，一曰规整有度，二曰沉静凝重。他的小楷，内容以《论语》、老庄等国学精华为本，哲理经千年历练。他的笔画的起承转合，带有晋唐法帖的影子，遵源流，讲法度，结体规整中讲变化。书写的每一个字，越是笔画相近者，越不雷同，在变化中追求个体的形态美和整体的笔法布局美。有一些过于繁复的笔画，他能冲破行规，以行带楷，一挥而就。就像芭蕾舞者和武术高人完成高难动作。一句话概括之，随笔形去而取意，求笔断而意连。孟浩小楷局部笔画有度，下笔坚定果断，笔力沉着，简架紧凑，开笔伸展，收笔自然。而整体布局视野宽阔，平整中显变化，一气呵成，聚散纵横，墨润华滋。有如他在日式洒金宣纸斗方上挥就的阿波罗心经蝇楷，读来入眼入心。

孟浩小楷从不具名，只签"长安行吉"。他说，签"长安"是牢记出生地；"行吉"是勉励自己多做善事追求禅意耳。孟浩办公室有一幅他老师赵承楷教授的斗方，书曰："长发多多有时尚者，有流俗者，有不知庸雅者。我喜爱大度雅适者，孟浩是后叙者。"此言初读像是写其外貌意趣，细品倒真读出孟浩书法特色及当今书坛景象。着实耐人寻思！

中国书法的难度一在入古浅深，二在自我个性的寻味。而前者的积累靠耐力，后者的探寻靠心机。多练笔是需要的，但更重要的是多读多思。读书读帖读修养，加上聪敏的艺术悟性，也许是登攀艺术峰峦的天梯。

我期待和自信，孟浩小楷的明天，一定会像他履职政协委员那样有成绩有个性。

2009年8月1日

将心入画

——读庄小尖的山水画稿

　　一张标准的"国"字脸，两道睿智深邃的目光。话不多，默默地陪着你，缓缓地从展厅中他那一幅幅画作前走过，去领略和咀味他创造的凝重奇郁的山水。从当年被传媒誉之为"神童"的路上走来的庄小尖，此刻不知他心里想到些什么，又想说些什么。

　　画幅是无言的，但画幅有生命。庄小尖所有的收获和甘苦，都凝聚在他的笔墨里。神童，也许是当年一些人对他艺术早慧的一种过誉；矢志不移地投入——用心投入，这才是他艺术路上攀登的梯子。

　　庄小尖的画少用线条的勾勒而多用大色块的涂抹。苍古、凝静、奇崛。有人说，他的作品明显地受赖少其风格的影响，那用笔、用墨、用色，还有构图布局，都有不少赖少其山水的影子。但品读庄小尖的作品，似乎还可以看到更远——他的笔墨韵味可以从许多传统古画，特别是一些宋元作品中溯源。他本来是从广州美术学院雕塑系毕业，造型和写生的能力当不在话下。但庄小尖的作品，根本不在于过分去做"形似"的描画和勾勒，而十分注重"神似"的造化和渲染。入古而不泥古，每一笔涂抹堪精到，每一笔用色显沉稳，从而造成他的山水的独特气韵、气势、气质，引领你从内在的角度去领略他的境界——这正是庄小尖作品耐读耐品的原因。

　　凡艺术上有独立造诣的大家，非有十年寒窗十年面壁的孜孜追求不可。庄小尖"文革"期间当过知青，20世纪80年代初从美院毕业后，在一家出版社搞过长时间的装帧设计。进入20世纪90年代以后，随着年龄的增长和认识的升华，他对求索了半辈子的画艺更觉难舍难离了。他自动放弃了奖金，离开了热闹的岗位，隐居在家读书写字作画。他要补偿过去空耗的岁月，加倍去追寻事业的新梦。这条自甘寂寞的路，没有人生独立的精神和理想的支撑，是不可能前行的。

庄小尖如何看待自己的选择？他在一幅作品的题款中写道："日子如何都在心情，此谓境由心造。作画必兴之所至信笔涂抹，山水树木往往东移西借随意安排。或问所画何处风物，答曰，都是心中景象借以寄怀了。此也谓境由心造。"这席话，是把握庄小尖人生选择和艺术选择的路标。沿着这路标，我们将他走过的脚印看得十分清晰。

观庄小尖刚刚在广东美术馆举办的个展，得到的最强烈的感受是：将心入画，画得上心。即是说，画家在这里展示的每一幅作品，都是他的心语，都是蘸着他的心血涂抹的。由是，他笔下的巉岩、巨石、溪水、飞瀑、云雾、古木……才有这般峥嵘、古雅和奇郁。

2000年6月25日

走入自己的最深处

——读林蓝的金版水墨画

前不久，我曾在回忆与著名画家林墉交往的一篇随笔(《林墉的智慧》)中谈到，30多年前，自己在一家省报负责文艺副刊工作，常到林墉家茶叙。那时，他的爱女林蓝常出现在眼前。后来，知道她进了广州美院国画系；再后来，她到北京中国工艺美院和清华大学美院深造，取得博士学位。那一年，她还将自己刚出版的毕业论文《公共艺术的历史观——广东地域公共艺术研究》送给我。我读后颇为吃惊，曾对林墉说："林蓝真幸福。她和我们这一代人不同。我们这一代受'文革'的影响，普遍读书不足，得了文化贫血症，从事文化行业的人缺文化。今天，林蓝这一代能读饱书再当画家，视野不同了。"

如今，我们在评判林蓝的创作之前之所以提起这一点，是要我们重视林蓝的这一段成长经历，重视系统的美术教育对画家创作的作用。

是的。林蓝是广东画界少见的连续读了3间重点美术院校的年青学者，是一个有追求的画家。她的美术理论的建树，她的眼光，她的视野，以及她突破国画领域所从事的装帧工艺及公共艺术的研究和收获，都深深地积淀在她近年来苦心经营的画幅里。她在艺术的大海里畅游，从而了解这大海的深广。她明白，要在这人类文明积淀的深广的艺术之海有作为，在这澎湃之海留下一丝自己的印记自己的声音，唯一重要的是"走向自己的深处"，是以时代的世界的眼光去整体考量，看清"自己的深处"的内涵的意义。这就是追求创造只属于"自己的、个性的、极致的"艺术。这才能在这深广的美术之海里留下自己的东西。

这种理性自觉，一以贯之成为林蓝从艺的追求和宗旨。自广州美院国画系三年级始，她选择了花鸟画，她突破了中国画千人一面过于模仿的窠臼，从采用的材料到制作工艺、画法，都追求自己的风格。她强调"每个艺术家都是独一无二的"。了解同把握了这个宗旨，再读林蓝的画，才能理解其高贵之处和苦心追求。

林蓝的作品来源于宋画传统又突破了宋画传统，采用日本金箔材料，突显其高贵典雅的风格；撞粉撞水和色彩反复渲染的画法比传统线描更具现代感；简洁、大气的结构富有装饰美。一枝一叶都关联着画家情感的流动，带着画家深情的诉说，给人以沉静简练、高雅圣洁的美的享受。

她重视艺术的独创性，明白作品的价值在于追求"自己的、个性的、极致的"境界。这是她的学识、眼光，和她个人情感趣味在艺术实践中得到的独特的感受，是在心灵深处发酵而得到的独特的醇酒。林蓝自小喜爱花鸟，长大后接受系统的美术教育经广泛涉猎后钟情宋画。她敬畏传统，吸收传统宋画精华，在采用材料和制作手法上大胆革新，在水粉的流动中，发挥着自由的想象，注入其深厚的感情。作品个性鲜明，有浓郁的装饰味，透发出时代的极致的美。

林蓝成长于一个充满艺术氛围的家庭。可以说，著名人物画家林墉在气质上和艺术眼光上影响了林蓝，但在艺术道路的选择上没有规范林蓝。她自小喜爱潮州金木雕及各种传统工艺：潮雕的繁复富丽，明式家具线条的舒适流畅，以及那些现代的、本土的和外来的民间工艺，给她耳濡目染的熏陶，最终成为艺术基因渗透进她创造的思维中。在艺术家眼里，一切形式的美感都是共通的，尽管它们有材质、工艺和风格的区别。林蓝以其高屋建瓴的眼光，从这些传统工艺中吸收精华，挖掘其特质，并融进自己的画幅里。在这里，我想起了林风眠。想起在上世纪初，将东方水墨和西方色彩结合，从而推进传统创新的林风眠。1921年，林风眠留学于法国国立第戎美术学院，当时，校长耶西斯力荐他同李金发进入法国国立高等美术学院就读，进入"最学院派画家"析罗蒙工作室学习写实自然主义的画风。不久，这位老校长、现代派与"东方艺术"浮雕艺术家耶西斯来看望他，检查他的作业后提醒他："你是中国人。你可知道，你们中国的艺术有多么宝贵的优良传统。你应该走出学院大门，到巴黎各大博物馆去研究去学习，尤其要去东方博物馆、陶瓷博物馆。不要光学绘画，美术部门的雕塑、陶瓷、木刻等工艺都要学。像蜜蜂采了各种花，才能酿出甜蜜来。"

这段话启发成全了林风眠。同样，这对于林蓝的成长，林蓝的创作个性、创作气质也是一个最好的诠释。林蓝在采集了人类文明和艺术世界的各种成果之后，她就会用自己激情的眼光，沉静地看世界，并用"自己的、个性的、极致的"思考和手法去表现这个世界，去追求自己的独一无二的诉说。她喜爱大自然的花卉静物，对红棉、玉兰、荷花的形态有动人的描绘，作品中灌注了一种充满生命和诗意的美。这种诗意美来自于画家情绪的审美观照，植根于画家的气质、性格、人文素养和人生价值取向中。

对于一位画家来说，40岁正年轻。林蓝今日的追求，也许仅仅是一段人生从艺的试笔。一枝一叶总关情。只要坚持朝着自己的方向走下去，就一定能"走进自己的深处"，在艺术舞台上留下自己的声音。

2011年12月10日于广州

文学意蕴与铸造自我

——读陈晓明的山水画

受到陈晓明国画的感染而引起我对他作品的关注，是在见到他的《昆仑之秋》后。这是一幅大山水，斜阳下，从高空俯视望不到尽头的群山，苍莽雄奇，逶迤远去；浮云在山间流动，林壑间升起雾岚——苍劲、磅礴、大气、耐读。

后来，我找了岭南美术出版社出版的《陈晓明画集》，并重读了他5年前在广州艺博会举办个人画展及在广东画院举办个人画展的主要作品，心灵中不禁涌起一股被艺术感染后有话想说的冲动。

陈晓明的山水多用大黑块且占据大部分画幅。大视野，俯视角，凝重的画面透发出力度，深黛的笔墨中隐含着自我情感的诉说。《大漠汉魂》《山魂》透发着大山的骨气，叙说的是西部民族的历史，眼前耸立的仿佛是西部山民不屈的脊梁。《山沟沟》《喷泉》《山居》等，都在深沉的画面中包藏着丰富的笔墨语言，引发观者高远的联想。

陈晓明出生于素称"海滨邹鲁之地"人文积淀深厚的潮汕，从小喜爱绘画，"文革"中在海南当过知青。人生的曲折经历和艰苦的磨炼，促使他在艺术路上勇于探索不懈追求。他没经过美术科班的正规训练（但常到广州美院请教林丰俗这样的良师）——这反倒使他少了仰人鼻息的亦步亦趋，也使他少了过于考虑方圆的墨守成规。他后来毕业于大学中文系，这又大大丰富了他的人文素养，使他的作品渗入了难得的文学意蕴。因此，当他刻苦摸索了20多年练就了扎实的笔墨功底，当他近10年踏遍祖国名山大川画了许多速写之后，一旦与西域山水不期而遇，他即进入了一种艺术亢奋和人生的彻悟状态。西域大山苍凉中透出的强悍生命力以及淳厚古朴近似原始的美，深深地震撼着他，使他陷入更为深层的对历史与人生的思考之中。陈晓明从西域山水和北派画家中吸收了深沉，净化了心境，排除各种诱惑和杂念，全身心去营造高远的艺术天地。他重视将自己的笔墨化为一种传达情感的符号，重视局部画面的细心经营。大胆的泼墨与一层层的皴擦使他的作品在深色调中显出层次变化，丰满而又厚实地表现出山川大地的质感。浓墨焦墨交相铺排而画面不糊，这正是画家难能的功力和风格追求之所在。

陈晓明喜欢写秋，写秋山的红叶、夕阳，写秋空的高远、博大。陈晓明笔下的秋，没有黄花的凋零、旅人的离愁或冬天将至的寂寞。陈晓明作品的秋充满着丰盈和亮色。他在表现秋的题材时，大胆地使用洋红，用朱砂加墨尽情渲染，尽情表现秋阳对大地的温暖和关爱。这种暖热的调子使他的作品具有自己的面目。

陈晓明在水墨世界中面壁十数年，用他的话来说是有了一点顿悟，有了一点禅意。艺术的路很长，陈晓明会走向成熟。他一定能开拓出一块属于自己的精神领地。

2000年11月25日

弘扬岭南文化的一项大工程

——评邓小玲《粤剧百名伶图》

在寒风冷雨的新年假日之夜，邓小玲带着她刚创作完成的《粤剧百名伶图》来访，希望我为她这部即将付梓的画集写几句话。

灯下，我慢慢翻读宣纸上仍散发着水墨香的一幅幅画作，一个个亲切动人的著名粤剧人物展现在眼前。举手投足，身姿笑貌，服饰背景，鲜活可爱。一幅一个名伶，牵出多少南国红豆的经典故事；一幅一笔笔涂抹，倾注了作者对粤剧的多少深情。作为一个文艺评论家，我面对这注满心血的百幅粤剧人物画作细读凝思，觉得暖流涌心，有许多话想说。

我觉得首先要感谢邓小玲。她以超前的眼光，完成了岭南文化领域的一个大工程大制作。追根溯源，源自南戏中与京剧、昆曲一起名扬海内外的粤剧，自明嘉靖年间萌芽之后，在两广地区渐渐兴盛。当时演出虽然用的是官话，但其唱念做打、乐师配乐、戏台服饰、抽象形体等套路程式，都日渐丰富；清末改为粤语表演之后，在珠三角地区以至整个粤方言区，百多年来更得以长足发展，成为岭南的文化瑰宝；直至一年多前，被联合国教科文组织批准列入"人类非物质文化遗产"而享誉世界。也许，说不准在多少年之后，人们在回望粤剧发展之路时，会提到一个似乎是局外人的名字，她比粤剧被命名为人类非物质文化遗产早了很多年，就在关注粤剧，在默默地、甘于寂寞地画，一步一个脚印、一笔一画地创作《粤剧百名伶图》。当然，她这一很超前很有价值很有见地的选题，来源于她出生在粤剧之乡广州，来源于浓厚粤味文化对她的熏陶与影响。这些因素和环境条件，与她人生中受过的美术高等教育及长期的美术工作经历相碰撞，终于迸发出创作这组粤剧人物的智慧火花。她说："我庆幸自己在艺术的路上遇见了粤剧，爱上了粤剧。台上台下，戏里戏外，给我创作灵感、动力和契机。"

这就是邓小玲。她这一创作选题我所以谓之为岭南文化领域的大工程，是因为它一头关联着粤剧这门源远流长又专业性很强的艺术，用俗话说是"水很深"，历史很悠久，门派很多，非潜身其中深入研究绝不可能动笔。另外，这个工程的另一头，关联着作者人物造型的创造力。作者要表现的人物众多，数量庞大，是粤剧群苑中的一百个，而不是三几个；一百个粤剧人物具体到内中的每一个，又必须是典型的独具艺术个性的"这一个"。其中稍有不慎，就会陷入面目类同。为此，五年多来，她查阅了许多资料，翻旧了《粤剧大辞典》，读了大量的粤剧书籍，观摩了一百多场粤剧，写下了十多本笔记日记，画了无数的速写，等等。总之，邓小玲的《粤剧百名伶图》，给人以丰富多样和沉甸甸的感觉：它选题独特，内容关联着岭南文化的粤剧传统经典，表现的人物形象俊美，自成方阵，是一件系列的完整的有一定价值的艺术品。十分难得。这部作品，在粤剧和美术的两座山间架起了一座金桥，观者行走其间，能得到两个领域的见识和两种视觉美的享受。它的问世，无论对粤剧界还是美术创作界，都有填补空白的意义。

邓小玲自小在有浓郁美术氛围的家族中长大，年轻时就十分仰慕吴冠中、黄永玉这一类具有浪漫画风的大师和杨之光、卢延光等人物画家的造型功力。长期揣摩临描，打下了她创作《粤剧百名伶图》的基础。她的素描技法较成熟。一百个名伶，以线描勾勒为经，以不同色块铺染为纬，时而线面结合，即以中国画的"线"准确勾画形体，以西方绘画色的"面"去表现情感。她用线沉实、老道，果断、有力；而面的用色讲求变化，善于渲染和抒情。一百个名伶，形态各异，形神兼备。红线女饰演的昭君，怀抱琵琶，和番出塞路上脸容的坚毅沉着；白驹荣晚年双目失眠后在舞台上无视点的模糊眼神，在画家笔下都有精准的表达。读后令人心悸和难忘。薛觉先、马师曾、罗家宝、倪惠英、冯狄强、苏春梅、潘楚华、莫燕云、欧凯明等名伶，或依托其人生经历的重大事件，或捕捉其演出经典的某个场面，或借助其艺术风格的某方面特色，去渲染去表现其独特的个性。细细品读可以发现，内中众多名伶形象和烘托人物的图景，都充溢着许多合理的想象、高远的联想和动人的情思等形而上的东西，透发出画家的诗人气质（邓小玲说她每星期都离不开写诗，平日喜欢诵读王国维、赵朴初的诗词作品）。如《大闹广昌隆》中对演员尤声普镇鬼场景的夸张描绘，用传统云纹烘托小生靓少佳的气宇轩昂，等等。强化了的艺术手段和画家感情的有机融合，使作品洋溢着浪漫主义的诗意的色彩。

《粤剧百名伶图》给人的感觉是传统的又是现代的。它表现的内容传统，人物传统，故事传统，但画家在经营每一幅作品时，在传统的水墨中注意添加和运用各种艺术手段，如工意结合中常用大色块甚至泼彩去强化氛围；加入民俗图案元素；吸收现代抽象表现手法等，使作品在点线、色墨的交融中，飘溢着一种逸气和润气，张扬个性，不显雷同。画家在用材上突破中国人物画创作只限于水墨之围，根据主题和表现主人公的需要，画面中大胆引入金箔或银箔粘贴。大金大银的运用，使作品富有视觉冲击力，优雅中显富丽。邓小玲美术生涯中学过工艺，从小喜爱陶艺和雕塑，深谙"大俗即大雅"的辩证法。这些，都或多或少地融入了她的作品中，成为她独有的形象语言和特色。

读完《粤剧百名伶图》，我沉思：如果你在读图的同时，一并细读附在它旁边的精练说明及艺术点评，你会觉得，这不仅仅是一部线描人物作品，它展示的粤剧常识和近百年经典剧目内容、名伶塑造角色风格等，涵盖的知识广度和评判的深度，都令人首肯，是一次难得的愉悦的阅读享受。图文相映，实实在在相当于一部当代粤剧图史。据悉，广东省妇联、广州市文化广电新闻出版局和广州文学艺术创作研究院等部门，对这部作品非常重视，准备在广州办展后，再送到国内外多个城市巡展。

能为弘扬粤剧和建设文化大省做点事，邓小玲是幸运的。五年时光，她从甘于寂寞选择冷门到今天变成令人瞩目的热门，对美术界应该有一点启迪。当前，美术界一些画家心境浮躁，作品商品化倾向严重。这些，都同经营真正的大作品成就大画家相距甚远。历代成功的案例告诉我们，艺术创造，是一种高贵而又艰辛的劳动。我敬佩的是艺术路上马拉松跑的获胜者。那些虚假的、盗名的、追求急功近利的，最终都会变成历史长河中的泥沙。

当然对于邓小玲来说，这一次创作实践，只是她艺术生涯的新起步。她的线描有许多地方仍显稚嫩，在人物造型的某些方面，还得下更大的功夫。但我深信，凭她对人物画创作的挚爱和淡定从容的性格、坚毅的事业追求精神，她会一步步走向成功。

我知道，艺术女神总是特别青睐目标坚定而又淡泊名利的人。

2011年元月5日于广州

创作中量很重要，质更重要，突破尤其重要

——与羊城晚报记者谈重估黎雄才等问题

最近，就黎雄才百年画展、重估黎雄才等问题，文艺评论家李钟声接受了羊城晚报特约记者翁小筑的专访。

重估黎雄才是必要的。但对岭南画派几代的领军人物如关、黎、赵、杨，缺乏完整的理论的梳理（如黎雄才连一本传记都没有）。这不能不说是责任的缺失，理论的贫弱和悲哀

翁小筑： 最近，在纪念黎雄才百年之际，有人提出了要重估黎雄才及岭南画派的问题。您怎么看？

李钟声： 这次黎老诞辰百年纪念活动，是非常好的。主办方岭南画派纪念馆也做了充分的准备，策划了三年，它的目的是要通过对黎雄才的再认识再发现，从整体上提升岭南画派在国内的地位。很明显，黎雄才是在近代岭南有标杆意义的领军人物，对其进行深化的研究和再认识，完全十分必要。这次黎老百年展，内容很厚实，我们好多年没有看到这样规模的展览了。

如何评价黎雄才？随着时间的推移，认识的深化，掌握材料的增多，等等，会越发看到他的价值所在。对于"黎雄才是岭南画派第二代中最杰出的代表、最优秀的大家"，大概在今天没有争议。争议点在于，我们要如何评价黎老的贡献？黎老算不算大师？在大师中含金量多高？要如何界定其在当代美术史上的地位？对这些问题，我们不妨留给后人来回答。我们应多去关注当下人们忽略了的东西，比如雄才百年，注重强调他的写生，研究他的写生；注意他作为国画家，如何去关注现实生活。重新强调《武汉防汛图》所表现的创作价值。《武汉防汛图》从关注现实、注重写生训练和人物造型能力等方面，丰满了黎雄才，升华了

黎雄才。我们应该看到，研究这些更有意义。对于岭南画派的其他甚至几代领军人物，理论界都面临这样的重任。

翁小筑：有人说，黎雄才晚年作品没有突破，在走下坡路？

李钟声：我看这丝毫不影响他在岭南画派中的地位。每个画家都有其事业的高峰期。黎老晚年跌倒受伤坐着轮椅仍坚持创作，是受人尊敬的。他的人品学养一流。上世纪五六十年代及至"文革"后期，他一边受批判还一边无偿地为政府为国家画了许多大画。这些作品都悬挂在珠岛、迎宾馆和从化温泉的迎宾厅里。

翁小筑：您认为，纪念黎老百年对他进行重估，很有必要？

李钟声：这一次重估黎老的展览，跟我们过去平常众多的展览完全不同。应该看到，日常的画展，过量过密过滥，普遍存在质量不高的毛病。而且，展览的座谈会、见报的消息多是一片赞扬。这样的展览诱骗无知，浪费时间和金钱，看了使人恶心。

这次展览内容厚实。4300件史料和380件珍贵原作，让我们看到一个生动的黎雄才。对他进行重新发现，从人物画、花鸟画、书法等方面去肯定其价值。去年，西泠印社对黎雄才作品组织了专场拍卖，就是对黎的市场价值的重估。人家都看出其价值了，我们何能无动于衷呢？黎老其实是一个纯粹的画家，他一辈子除了画画，其他的都不会去做。在过去"左"的年代，他跟政治保持着距离。这特别难得。他太太谭明礼老师就曾这样告诉笔者："他是年初一都在画画的画家。一年365天都在画。"

著名花鸟画家陈永锵告诉笔者：在他读研究生的上世纪80年代，有一次去东方宾馆参加一个活动。看到黎老，就上前跟他打招呼。黎老说了一句："你又来了？"这句话他一辈子都记得，是黎老深刻的批评。因为黎老认为他是个学生，就应该安心学习，而不是经常去参加活动。黎老是个纯粹的画家。

翁小筑：有人说，岭南画派是"地方粮票"，走不上全国，您怎么看呢？

李钟声：我们的岭南画派纪念馆，倒是任重道远应多做实事。否则，它的名气、地位和自身作用不相称。岭南画派纪念馆的名声很好，外面对岭南画派也有个很高的评价，但我们自己呢，我们广东对岭南画派纪念馆应有更多的扶持，让它发挥更大的作用。它应该是广东文化建设的一张名片。

然而，岭南画派纪念馆长期以来体制上属于广东美术学院。这样的体制必然使得重视程度不够，投入的人、财、物力也不够。研究无从谈起，无论是对史料的系统整理、历史的积累还是理论的建树，这几年的成果与它自身的使命都不匹配，相差甚远。比如对黎雄才的研究就很不够。20世纪40年代，黎雄才从重庆再到敦煌，在西北许多年，对此历史记载很少，这些年他是怎么行走的？画了些什么？在理论上有什么建树？这段经历对他毕生的创作有什么影响？等等。我们的研究家都没有进行探寻和挖掘，这严格来说是失职的。再说黎老诞辰一百年了，至今也没有他的一本完整的传记，理论总结十分零碎。事实上黎老留下的上课稿、山水教学图谱很多，我们却缺乏研究缺乏总结。他的学生如陈金章、梁世雄、苏百钧等慢慢老了，不抓紧总结抢救就会留下遗憾。岭南画派其他代表人物如关山月以及海外的杨善深、赵少昂，情况也一样，缺少一个系统的研究和深入的历史梳理，缺乏现实文本的记录总结。离开了这些，近年画界在大谈其"消亡"，这实在是一种责任的缺失、学术上的无知，暴露出我们理论的贫弱和悲哀。从这点上来说，人家认为岭南画派是"地方粮票"，走不到全国，也是不无道理的。

翁小筑：针对这样的现实，您认为广东画坛要如何来提升自身的水平呢？

李钟声：我们应大力扶持理论研究的力量。理论总结可以提升创作引导创作。这点不要说同海派、京派比，与南京的金陵画派都比不上。上世纪50年代成立的南京画院，在傅抱石的精心打造下，几十年来承传有序的金陵画派就很令我们羡慕。理论研究应该是下功夫。比如对于黎雄才画的"黎家松"，创作界一致认为发展了对松树的画法，那么，它的特点"密不透风、疏可跑马"的意蕴，它的美学价值，它的哲学意义，等等，完全可以和"抱石皴"相媲美，但很遗憾，我们的理论没有触及它。

大师不是自封的。大师是人品、艺品、才华、社会责任和机遇的集合体。眼下浮躁的社会环境和美术教育制度的缺陷，难出大师

翁小筑：现在经常听到称某某人为"大师"，对此您有什么看法？大师应具备什么条件？什么样的因素影响了出大师？

李钟声：历史上的大师都不是自封的，是由后人和社会认可的。如果我们今天认识得不够，有遗漏，后人随着自己的发现，自然会弥补的。现在我们社会上"大师"满天飞，群众很反感。社会生病了，发高烧，很浮躁。都追求当下利

益，短视，急功近利，物欲横流，没有远大的抱负和学识追求。在这样的环境下，不可能产生大师。

大师是人品、艺品、才华、社会责任和机遇的集合体。历史上讲"德艺双馨"者，讲艺术历练，讲人文素养，讲做人的傲骨，精神上经得起富贵贫贱，事业上有"开宗立派"的追求。黄宾虹追求变革，60岁以后才探索从"白宾虹"向"黑宾虹"转变，开始人们并不看好他（除文化人傅雷外）。然而他却坚守不变，说"我的画要50年后才为人识"。真的是50年呵，历史终于承认了他。今日的文化人总是害怕被冷落，害怕寂寞。眼下是炒作多，作秀多，迎合多，看物质利益多。这样的人不要说离大师距离十万八千里，就是想成为合格的"美术家"都难。总之，当下的社会环境，普遍的浮躁的心理不能出大师。

其次，我们的美术教育体制、方针不利于出大师。大师重在学养，讲文化功底。现在美术学院培养的是工匠，天天让你画画，缺乏传统文化的浸淫。特别是我们中国的字画，有千年的积淀，国画与国学素养、古文字的素养、古典诗词的素养，还有美学的素养，等等，关系密切。古人的画论很高深，要成大师必做长期艰苦的研究。我们只看到傅抱石大师画过很多画，很少有人去注意他一生写下的《中国绘画变迁史纲》《中国美术年表》等数百万字的论著。对这些不做长期的研究，不会融会贯通，又怎么成为大家呢？古人说"功夫在画外"就是这个道理。

翁小筑：您觉得影响广东美术出大师的因素有哪些？这里面是不是有地域方面的因素呢？

李钟声：嗯，我们广东处于沿海，商品经济比较发达，市场也比较开放，这是一把双刃剑，随之而来的一个缺陷，就是过分地追求功利，扎实做工夫做学问的人不太多。这方面，要引导，多看看人家好的地方。比如我们前面讲的南京，讲的金陵画派。再比如杭州，一个西湖，它的文化积淀，特别是美术积淀，响当当的西泠印社，响当当的中国美院，还有弘一纪念馆、陆俨少、潘天寿大师，都是很值得我们思考的。

翁小筑：最近有媒体报道故宫将变成超级富翁们的私人会所，您怎么看待这种现象？

李钟声：其实博物馆的经营是一种趋势，法国罗浮宫也办富豪晚宴的。利用他们的钱，减少纳税人的负担，又不影响向大众开放，何乐而不为？问题是透明度。拿了钱不要黑箱使用，不要用来发奖金了。台北"故宫博物院"每一笔资金都是公开操作，在网上可以查到的。眼下，私人博物馆很多，我个人不看好。虽然是收藏了好多古董宝贝，但如果缺乏系统的研究，那同敛财无异。这样的有钱人成不了收藏家。他们企求将会所变成故宫，就像18世纪英国的有钱人企求变成贵族那样。但这种蝶化谈何容易。因为他们收藏的是物，而不是文化。

翁小筑： 现在社会上都说中国人有钱，都在抢宝。您认为怎样才是合格的收藏家？

李钟声： 现在艺术品拍卖经常让外国人看得目瞪口呆。一方面说明中国人有钱人很多，另一方面说明他们缺乏相关的学识。他们参加拍卖、举牌，只能说明他们有钱，但不能说明他们是合格的收藏家，他们看中的是财富，历史文化价值给淡化了。我认为，真正的收藏家，是非常珍惜艺术品包藏的文化价值。他们收集艺术品不是等升值，不是为赚钱。很快拿来转手的不能叫收藏家，只是商人。收藏家重视研究，会出成果。这是收藏家的试金石。吴冠中先生不喜欢他的作品给私人收藏，宁愿烧掉。他临终前半个月，仍叫儿子将他几十幅作品，送给香港博物馆。他想的是如何发挥艺术品的文化价值。他认为，中国的私人收藏还没到这个水平。

翁小筑： 回到原来的话题。除了岭南四大家的关、黎、赵、杨，您觉得60年来广东画家中哪几位可以称得上大师？

李钟声： 在"文革"前成长的一些艺术家，受过良好的教育，国学基础好，生活上艺术上经历过磨难，风格鲜明，功底扎实。像赖少其，是没有争议的大师。广州美院王肇民教授，去世后我们才认识到他的价值。他去世前三年，我去采访他，从和他的接触中，了解到他是一个很有风骨的人，特立独行，有艺术见地，有艺术风格。他就像一个泥水匠，整天背个布袋到大自然写生，水彩画画得非常好，法国人看到他的画，邀请他去巴黎展览。他的古典诗词也写得好。出版过一本很优秀的《王肇民诗选》，可见他的国学和诗词素养。回头看现在的画家，懂诗词韵律的很少很少。这是个很大的缺陷。还有像广州的王贵忱先生，是国内著名的钱币学家、校勘家、书法家。其在"左"的时代长期坐冷板凳，近些年才为学界所认识。

翁小筑： 插一句。您怎么看待"官大画价高"与"大师"的关系？

李钟声： 我对现在这样一种社会现象，感到无奈，整个社会现在很浮躁，谁官大，就追逐谁的作品，官大作品也水涨船高。这是美术、书法界一种不正常的现象，个个都想争官当，追求当下的利益最大化。这是很幼稚的。中国是一个经历过漫长的封建社会的国家，官本位思想严重。作品的价格和艺术价值是不能画等号的。画价高并不等于画好。这需要引导，需要时间。

以上世纪80年代为界，广东前30年和后30年都有优秀的画家。他们有一个共同点就是创作中要减少量而注意质，在以少胜多中思考如何突破的问题

翁小筑：如果以上世纪80年代为界，分为前30年和后30年的广东画家，整体上哪个时期的广东画家成就更高或者更有全国影响力？

李钟声：在"文革"前受过完整的教育，有良好的基础和扎实的基本功，有明确的追求和责任，普遍来看前30年好些。到现在有许多人进入全国名家行列，比如杨之光、林墉、尚涛等，他们有才华，在艺术领域各有建树。还有像陈金章的写生，苏百钧的传统工笔花鸟，都达到了全国高水平。但至于说能不能长成大师，在于他们自己，还有很长的路要走，并要由后人来评说。当然，后30年也有优秀的，比如方楚雄，脚踏实地地画工笔动物，一步一步往前走。比如陈永锵，他颠覆了传统花鸟画的构图和画法，创造了粗犷大气的大花鸟画。他也过了60岁，如果能减少应酬和社会活动时间，减少产出的量而考虑晚年作品的精，在精作中多思考如何突破的问题，那么，我认为，他应该和杨之光、林墉等一样，是能在美术史上留名的人物。

翁小筑：您认为艺术评价和炒作的区别在哪里？

李钟声：艺术评价是客观的，尊重事实的。而炒作却相反。

我认为，当有良心有自己独特眼光的艺术评论家在行内真正拥有话语权的时候，才能出现真正的大师。另一方面，当画家不再那么关心自己的画价，而是把卖画的事情全部交给画廊来管理，按照市场规律去经营（而画廊要培养一个名画家，需要很长的时间），也许到那时，画坛的天空比较明净了，才有可能出现真正名实相符的画家。

2011年6月

随笔与序跋

提高对生活的理解能力

——对1983年广东中短篇小说创作的意见

近年来,广东文学界对我省中短篇小说创作的成果,尽管估价不同,但目前迫切要求有新的突破,却是人所一致的。不论创作界还是评论界,许多有识之士都已看到了这一点。

就全国来说,我们可以将粉碎"四人帮"后这几年来的中短篇小说的发展,归纳成几个潮头:首先,写"伤痕"的作品的出现,是小说进入文学新时期的第一个潮头。这股潮头是同政治思想等各条战线揭批"四人帮"相一致的;第二个潮头,是对我们队伍内部各个领域的封建残余的鞭挞和声讨;第三个潮头,就是对解放后30多年来走过的道路的回顾与思考;第四个潮头,则是反映和表现举国正在进行的"四化"建设的进程和矛盾。前三个潮头所至,将我国中短篇小说的发展,推到了前所未有的高度。第四个潮头中,也产生了一批和正在产生着绚丽的深刻的作品。就我们广东来说,陈国凯反映工业体制改革的中篇小说,吕雷写海上石油工人生活的几部短篇小说,朱崇山反映特区生活的部分篇什,都颇引人注目。但是,总的来看,在我省众多以现实生活为创作题材的作家作品中,能在读者中引起巨大反响的仍然太少!1983年全国短篇小说获奖篇目,广东是空白。是否可以这样说,广东反映现实题材的中短篇小说创作,在前进步幅不大的情况下还常出现停滞。这种情况似应引起我们思考。

这其中的症结所在,有作家的生活底子是否深厚的问题,有开拓新的题材领域的问题,还有艺术表现技巧的提高的问题,等等。但其中最为重要的,我认为是作家自身对生活的理解和感受能力的问题。

毋庸讳言,对生活的理解和感受能力的高低,是衡量一个作家成熟程度的标尺。

我常常想，广东贯彻党的十一届三中全会制定的方针、政策是比较得力比较好的省份，比如对外开放、引进外资、经济改革……都十分令人瞩目。为什么生活中这些崭新的东西，进入我们作家笔下的却比较少？如有，也写得比较浅？

我又常常想，像王润滋《内当家》这样的能触摸到时代脉搏的表现新人形象的作品，为什么首先出在山东而没有出在广东？而我们广东是著名的侨乡呀！

我还常常想，我省农村题材的创作与当前农村的实际变化，为什么近年来形成越来越大的反差？一些在"文化大革命"前专门经营农村题材，并取得过一定成果的作家，为什么这几年反而变得沉寂了？

我还由此想到和上面类似而又不完全类似的种种问题。

这些问题，当然不能归咎于作家们对时代生活毫无热情，也不是他们没有表现这些生活的愿望。我看更主要的是，一些人还不能深刻地去理解和表现它们。对此，相信许多作家的苦恼同在。

一个社会主义的现实主义作家，如果只停留在将生活中的各种人物和画面再现在自己的作品中，这还远远不够，要紧的是你笔下的人物和画面，包藏着一些什么内涵和思想——是对人有启迪作用的深刻的东西，还是平庸粗俗一般的东西。思想，是创造人物的归宿，也是作品的归宿。当然，不论多么新鲜深刻的思想，都不是由作家"写"出来的，而只能通过形象自然而然地流露出来。这属于创作的一个基本常识。

透发出深刻的思想力度的小说，对读者的心灵当有一种烛耀的作用，有的甚至能给整个社会带来震颤或影响。远的不说，只列举众所周知的《人到中年》就足够了。它通过形象所提出的问题，给社会上落实中年知识分子政策带来多大的推动啊！陆文婷已装进了千千万万知识分子和领导干部的心中。然而，要创造出陆文婷这样的形象，写出《人到中年》这样的作品，作家对生活需要多么深邃、敏锐的眼光呵！从这一意义上说，作家应该是很有头脑的思想家。一篇小说所达到的思想高度如何，同作家对生活的理解能力密切关联。

时代前进了，中短篇小说也在不断地发展。那种停留在配合一个中心宣传而创造一个形象的做法；那种人云亦云，用一个故事去印证一个人们所熟知的主题的做法；或者，由作家带着一个概念模式去编织故事的做法，在我们的报刊和读者心目中是越来越难找到生存之地了。

在广东，现正从事着中短篇小说创作的中青年作家，大多数是在基层"泡"

过的，对某个领域和某个层次的生活不能说不熟悉，这也许是他们的优点。但是，正因为许多人原来久蹲基层，有的人对自己接触的生活多见不怪，习以为常，没有下独到的功夫去反刍、消化，这就容易坐井观天，不能开掘出生活中包藏的深刻内涵。这是作家未成熟前的一个通病。还有，当今一代年轻作家的思想理论和文艺理论的修养比较薄弱，这也是造成其眼光不锐敏的重要原因。

文学史上的许多例子都告诉我们，在一位成熟的作家眼里，生活远不是单一色调的。那种平板的、将生活简单化的看法，只是庸人的眼光。谁能深刻地把握生活的复杂性和人物的复杂性，并能从中透视到我们社会和时代的深层，谁的作品价值就大。

在人人共同面对的生活瀚海面前，有为的作家们，还是按照你自己的个性和审美眼光，去量度，去思索，去孕育，并大胆地对生活做出你独到的评判吧！这也许是疗治我们许多小说常患平庸病的药方。

1984年3月22日

（注：本文是笔者在一个小说讨论会上的发言，原载《作品》1984年第7期。）

关于创作与读书的通信

复邹月照

月照同志：

　　收到你6月6日的信，才得知你已暂时从京返了肇庆。鲁迅文学院能在校舍那么困难的情况下，为全国各地的一批年青作家开短训班，请了那么多的各方文艺高手来讲学，这实在难能不易！读两次来信使我惊喜地发现，你的文学视野和审美眼光比以前开阔多了。这也许是你参加这期文讲所学习的最初收获吧！前些日子，我见到省文学院的一个同志。他告诉我，文学院送了你和另几位同志到北京学习，交了一笔颇大数目的学费。我笑问他舍不舍得，他说，培养人才，舍得！我补充说，对，过若干时候，你会觉得这笔学费没有白交。最近，我到深圳来访中国著名作家访粤代表团时，见到深圳文联的朋友，得知深圳也送了四五位青年作者，去北京培训，我也对深圳朋友谈了类似的话。搞创作企求有成果，当作家企求成大手笔者，"学费"是不能不交的。三几个月，数百元钱，这算有多少呢？我看还得准备交更昂贵的"学费"——赔上别人喝咖啡的时间和寒窗苦读的心力，孜孜以求，才有希望攀上文学的高峰。

　　生活、读书、写作，是作家任何时候都不可或缺与停顿的事。一般说来，这三者应是齐头并进的。但对不同的作家，以及一个作家的不同时期，又应该有不同的侧重。你和我们省内的一些年青作家，已经意识到在创作的这三个层次中，当前最欠缺的是没有解决好读书问题，即提高自身的文学素养问题。这也许是广东这几年来，少产生对社会具有撼动力的高档次作品的一个原因。也不知道你同意这看法么？

　　本来，强调生活对创作的决定作用，是完全对的。有谁会不承认"生活是创作的源泉"这文学的基本原理呢？但回顾这几十年中，在作家深入生活的问题上，我们曾有过不少片面性的口号和"左"的错误，将生活的范围理解得狭窄了，将深入生活的方法简单化了。作家复杂的创造性劳动，被压缩进"生活—创作"这简单的模式里，仿佛将作家打发到生活中去，就万事大吉。这种将生活的功能看得可以取代一切的心理负担和将文学素养丢在脑后所造成的"学识贫血"，是一个深刻的历史教训。

前两年，王蒙同志提出了中国当代作家的非学者化倾向。我看及时极了。事实上，中外历史上凡是有作为的作家，哪个不将书本作为自己的终身伴侣呢！培根曾把传播知识的书比作时代波涛中的思想之船；艾迪生将读书与智慧，比作体操对于人的身体健美那般紧要的东西。5月，我曾参加西德作家访华代表团在穗的一个座谈会。会上，他们的小说家能滔滔不绝地谈美学，评论家能细致地谈中国的"伤痕文学"，谈张洁、王蒙、刘绍棠……他们的理论素养、外国文学素养和知识面真令人羡慕。他们和国外许多作家一样，大多都是有博士、副教授衔的学者。再回头看看我国的现代文学史，"五四"以来的那些有建树的大作家，如鲁迅、朱自清、俞平伯、巴金……他们知识的丰厚、学问的渊博，往往是我们这一代人所望尘莫及的。他们随时可以走上高等学府的讲坛。我们这一代中的青年作家呢？能胜任吗？

我们中的大多数人，起步于十年内乱的岁月，在创作中那最宝贵的青春期，多数人得到的是"八个样板戏"和所谓"三突出"的东西。萧殷在世时，我曾听他说过，我们这一代文学青年中，有一些人是"吃狼奶长大的"。这一代作家存在的是"先天不足"和"后天失调"的缺陷。这个现实，难道不值得我们每个人正视和深思么？

认识统一了，我们才能更深入地去讨论读什么与如何读的问题。有的青年作家，只满足于啃几本世界文学名著，而对于思想理论、文学理论、哲学、心理学、社会学、伦理学、美学、历史学、民俗学等缺乏重视。这同样不能改善和医治学识的"贫血症"。就以读世界文学名著来说，如果不与世界文学史和作家评传结合起来，变成单纯孤立地研究别人的某些表现手法，这我看也是舍本求末了。这样做，收获当然也不会太丰。

我们一代中青年作家过去所能读到的那有限的书，构成的知识面实在是过于单一、平板，这必然将人的视野和审美角度限制在一个狭小的胡同里。比如，解放以来我们所读到的文学理论，大都是从"苏联老大哥"的教科书上搬过来的。而对西方的一些文论或则不屑一顾，或则将其当作瘟疫一样隔离起来，对于这几十年来它们新出现的各种"流派""主义"，更是一无所知，谈不上比较研究和借鉴。这当然就不能有选择地吸收别人的东西。

关于"发挥广东题材优势"的问题，我看命题本身并没有错，而关键应该在作家自身。广东地处改革开放的前沿，要动员更多的作家来关心这崭新的领域，表现这崭新的题材。对此，我省许多作家也表现出极大的热情。这都是令人高兴的。现在的问题是，潜心这个领域的作家大多未能写出深刻之作。这本身不是题材之过。题材不能决定作品的价值，决定作品价值的是它的思想艺术质量。一个缺少才气和功力的作家，无论多么新鲜的题材摆在他面前，也不能打磨出富有艺术光泽的精品来。因此，我们在提倡发挥广东题材优势的同时，应一并看到我们现有创作质量处于劣势的状况，引导作家的注意力不停留在事物的表层，而注意开掘艺术的深髓，在思想艺术质量上下更大的功夫！

以上谈的这些，许多也是属于文学的基本原理之类的话——虽然联系了一点广东的实际。也不知道是否切题？广东的创作能否上去，很大程度上寄希望于你们文学院的一批新人。可谓是任重而道远了！

期待读到你有突破性的力作。

李钟声

1986年6月16日，灯下

〔附〕邹月照致李钟声

李钟声同志：

…………

文讲所授课30多个半天（半天为一节课），有精彩的，有一般的，还有几节毫无新意的。颇受欢迎的授课者，以中年的和操广东、福建口音的居多，如谢冕、黄子平、黄晋凯、陈传康、陈骏涛等人。可见广东、福建的在京的专家学者，他们的思想较活跃、开放。

经过听课、看书，我有一个强烈的印象，中国文学正处于一个大裂变、大繁荣的前夜。创作和理论同时朝一个广阔的前景挺进。不用很久，如果没有政治上的"左"的束缚，目前正处于萌芽状态的各种非传统而又是现实主义的流派，一定会走向成熟和繁荣。像第三次浪潮中的其他领域一样，文学势必向多层面发展。各层次的读者，都会读到自己喜爱的佳作。

很多文学的"金科玉律"，都面临挑战，有的正被否定或已给否定。在这方面，北方的文学界人士远比广东的解放，就如广东经济界远比北方的解放一样。我认为，这除了地域和文化历史的差异，还有一个原因，就是我们过去对文学的理解存在问题。我们往往未弄懂什么就批判什么。我们一直不敢正视第二次大战后的当代西方文学。这跟广东的习惯相悖。我们本来有较好地接受外来文化的传统，有敢为天下先的传统，但这几年文学上却有些为天下后了。

影响广东中青年作家创作质量的原因很多，我以为有一条是较致命的，就是过分强调生活，而忽视作家自身的思想文化素养的建设；过分崇尚挂职体验生活，走"柳青道路"，结果耗费许多时间，把大量的精力投放在非文学的工作中，把作家变成单纯的社会学家、政治经济学家了。还有一点，就是过分强调"发挥广东题材优势"。其实，据我看，文学创作并不存在题材优势（当然，仅从评奖的角度看或许也有优势），什么地域的生活都可以成为佳作的题材。你说对么？况且，仅靠新、尖的题材并不能决定创作的胜利。"题材优势"的作用，把作家的注意力吸引到生活的表层，新人新事成了唯一捕猎的目标，除此就别无其他的东西了。我们也因此而缺乏思考。缺乏宏观生活的目光和透视生活的目光，更缺乏高水准的审美目光。

很希望能读到你那具有深刻见解和理性火花的信。

月照
1986年6月6日

共同来栽培诗园中的大树

　　我国的新诗经历了60多年的历史了。成绩是主要的，但近年来也确实碰到了各种问题。比如，如何看待诗与生活的关系的问题，要不要继承和发扬以及如何去继承发扬民族传统的问题，怎样去借鉴和吸收国外一些诗的长处的问题，以及诗的艺术技巧方面的突破和创新问题，等等。这些问题，应该从理论上认真探讨，求得认识的提高，以进一步推动诗歌创作的繁荣和发展。

　　但就我们广东诗歌界的情况来看，我个人认为问题的症结除了上面这些理论认识的提高外，当前迫切要解决的，有整备队伍的问题，树立苦心耕耘、高质量的追求等精神状态问题，等等。

　　记得在"文化大革命"前的60年代初，我还是在中学读书的时候，就曾被我省诗人队伍的壮大，以及他们的作品在社会上的广泛影响所倾倒。在广东，从地方到部队，我们可以列举出一长串有一定影响的诗人的名字。长期以来，广东同北京、四川一起，被誉为全国三大"诗乡"。这应该说是我们广东诗歌界的骄傲。但是，经过"文化大革命"的十年内乱以后，广东的诗歌创作的中坚力量削弱了。主攻诗歌创作的人越来越少。前面提到的60年代初较有成就的一批诗人，有许多都改行去写了小说、散文等。有一些是做了"兼职诗人"，只是不时视需要写一点应景之作。骨干削弱了，新人又没能马上成熟起来，整个广东的诗歌创作质量必然受到影响。看来，这是客观存在的一个问题。当然，在这里必须说明，我不反对作家（诗人）选择写作形式的自由。写诗还是写小说，写散文，作家完全可以根据自己的条件去决定。我这里只是想提倡更多的具备写诗才华的人，将写诗作为毕生的事业去追求，下功夫去栽培诗艺这朵花，兢兢业业地长期耕耘下去，广东诗歌才能拿出"拳头产品"。

　　要做到这一点，还必须在一些组织措施上予以保证。当前，一些报刊对诗歌仍然不重视，在版面上只是将诗作为一种点缀；历年来全省的新人新作评奖都将诗歌放在圈外，这不利于鼓励诗人的创作积极性。据说今年开始打破，诗歌第一次能参加评奖了，这是大好事。作协创作委员会的诗歌小组的工作应不断加强，应该更加致力于发现新人、扶持新人。现在有一种人在开展诗歌活动时，只将眼睛注视着海外，为了自己的庸俗的利益（如不择手段企求出访或想方设法挤进所谓"亚洲诗人""世界诗人"的行列），而将诗变成了魔杖和敲门砖。诗歌朗诵会是诗走向群众的一种好形式，应该认真提倡、办好。像广州这样的大城市，每年能举行二三次公开售票的朗诵会，影响就会很可观，对诗歌界会是有力的鼓舞。

另外，就创作自身来看，我觉得，当前我省诗歌界具有大诗人气魄和大诗人眼光的作者仍不多。许多人满足于写一些无关痛痒的、陈旧的题材，给人以一种小打小闹的印象。题材的选择、开拓和深掘是非常重要的。"诗人的脉搏要与时代同跳"。只有能够反映时代，感应时代的诗，才能唤起人民，引起同时代人感情的震颤和共鸣。中外诗歌史上的那些大手笔，历来注意这一点。党的十一届三中全会以后，广东的许多方面的工作，比如农村的生产责任制，经济领域的改革，对外开放，试办特区，等等，都有出色的成绩，给我们的诗人提供了无论声、光还是色均无比热烈无比斑斓的素材，等待我们去提炼。我的印象是，在以上提到的这些题材领域，近几年来我们广东诗坛好似还没有出现过具有史诗价值的作品！这不能不说是一个很大的缺陷。比如说特区题材。我们广东办特区已经有五年了，许多诗人的眼光也注视到了这一崭新的领域，许多人也写出了一些反映特区生活的作品，追寻新生活脚步的热情是可嘉的。然而，总的来看，这些作品普遍失之零碎，有的还是浮光掠影的东西。缺乏一种站得高，能从历史的纵深和生活的广阔背景上去感应和提炼的史诗性的作品。其他题材领域也有这种情况。比如，当前农村的急剧变革和工业经济的改革，出现在我们诗人笔下的有气魄的诗作十分少见。这个情况，是否应该引起我们广东诗歌界的注意？有作为的诗人应该敢于去驾驭能正面反映当今时代的重要题材，而不仅仅满足于经营一些雕虫小技、小花小草。当然，雕虫小技仍然是要有人去经营的。诗园中需要参天大树，也要有益的小草。我这里是希望有更多的人来栽培大树。

以上这些问题的重视和解决，也许会对提高广东的诗歌创作质量有所帮助。

（注：本文是1984年春天笔者在一次诗歌座谈会上的发言，发表时有删节。）

文学这灰姑娘

　　收到你的信。知道你正准备着手练习写作，为此你感到很兴奋。你说，你"对文学是十分喜爱而又无比钟情的，充满了信心，然而又掺杂着一点彷徨，不知从何下手"。

　　文学对许多青年正是具有如此奇妙的吸引力。她常使你处在一种进取的亢奋与矛盾相交织的精神状态里。就像德国童话大师格林笔下的灰姑娘一样，文学尽管命运坎坷，然而却青春永驻，时时吸引着那钟情于她的一代又一代读者"王子"。她那鲜明的形象，独特的个性，像血液一样流淌在作品中的感情，以及那五彩斑斓的生活的羽翼，丰富神奇的想象，变幻无穷的表现手法，等等，均是社会学科的大家族中别的兄弟姐妹们所没有的。这就构成了文学这位灰姑娘自己独具的动人情韵。

　　一部中外文学史，有多少作家为追求她而穷其一生呵！今天，你在繁忙的工作之余，有信心和兴趣挤时间学写作，加入到我们作者的行列里来，这当然值得称道。中国文学在世界文学的星河系中，是一个光辉灿烂的星座。我们希望在这里能不断升起更亮的星群。然而，文学的小道崎岖而漫长。作家王蒙曾在一篇文章里说过，他并不希望所有的青年都挤在这条小道上。这话按我的理解，是着重从文学道路的艰难和从事这一事业的艰苦来提醒青年们的。对于那些不具备文学才能而又具备别的工作才能的青年来说，这无疑是正确的劝导。但这只是事情的一面。另一方面，像我们这样的大国，培养的作家仍然太少，应该鼓励更多的有志青年来向这一高峰攀登。

　　当然，文学这灰姑娘并不会同所有接近她的人"联姻"。在她的后花园里，既要耕耘者、播种者，也要有更多更多有欣赏能力的赏花人。不管你从事什么职业，如果能与她交朋友，那总会是有益的。她将会教你认识社会和人生；教你分辨美丑，扬善弃恶；陶冶你、造就你高尚的心灵。

文学的这一职能，确是别的学科无法代替。面对社会这部无言的百科全书，这位灰姑娘手中的形象的解剖刀，常常是锋利得惊人。19世纪著名的批判现实主义文学大师巴尔扎克，常常声言自己写的是一部法国的"艺术的历史"；他还把法国社会比作历史学家，而把自己称为"书记"！他对巴黎上流社会和资产阶级的脓疮，实在是挖了深深的一刀。早年的鲁迅也正因为看到了这一点，才弃医从文，改医治国民的躯体到决心去拯救他们的灵魂。这些，大概都是文学这位灰姑娘的魅力所在！

你的主意已经拿定，彷徨是不必要了。鲁迅说，要紧的是去做。但我劝你并不要急急就跨进创作的门槛。条件不具备那定会摔筋斗的。社会上每天在苦学写作的人很多，成功的能有千分之几么？我倒主张你拿主要精力，先跟这位灰姑娘去探索一下她家族的源流！

对于文学的源头，即人类的劳动和生活，各种文章阐述得也够多了。我这里要提醒你的是，对于你想表现的生活，应该有自己独到的理解和感受，否则你就不要动笔（动笔也会劳而无功）！诚然，这种理解和感受应该是符合生活本质的，并且能在读者心灵中撞击出耀眼的火花。这种认识、概括、提炼生活的本领，是一项非常复杂的劳动，等以后有机会我们再进一步细谈。

关于文学的"流"，千百年来它已不断汇成了浩瀚的大海。你应该跟着这位灰姑娘打起长桨，辛勤地到这中外文学长河中去涉猎。那里有巨涛澎湃，有浪花喧腾，也有泥沙、暗礁……在那里，你将可以熟悉她的个性、渊源、历史、发展、变化、盛衰！读书，是创作的准备和借鉴，是从事文学的人须臾不可缺少的！仅仅读几本文学名著当然不够，因为作家面对的是万花筒般的社会，和处在这社会中心的复杂的人！如要使你的解剖刀有力，你就必须对这个社会的各种学问，如哲学、历史学、政治经济学、民俗学、美学乃至许多自然科学都要有深入的钻研和掌握。请记住，文学这灰姑娘从来不喜欢知识贫乏的人！

这一次就谈到这里吧！祝你迈好这学习写作的第一步。以后碰到什么问题，可随时写信来切磋。

1986年夏天于广州

时代对诗人的期望

改革和开放是崭新的事业。崭新的事业必定会孕育出崭新的诗。

历史的车轮驰过了一段漫长而又艰难的道路，在经过一个又一个曲折的盘旋之后，终于跨上了"四化"的途程。对于能赶上这个时代的我们这一辈诗人来说，是幸运的。我们的诗，已经回到了与生活做伴的现实主义的坚实土地上。我们的诗人，从来也没有面对过如此开阔的题材领域，如此五彩斑斓的生活，以及表现这些生活的丰富多样的艺术探索之途！剩下的，就看我们诗人的思想眼光和艺术功力了。

诗是感应时代的神经，是生活的琴弦。诗人的脉搏要与时代同跳。反映时代的诗——在当前最重要的是反映改革和开放——应该成为我们新时期诗歌创作的主流。长期以来，广东与北京、四川一起，被誉为全国的"三大诗乡"，产生过许多有才华的当代诗人。党的十一届三中全会以后这几年来，广东的改革和开放等各方面的工作，如农村的生产责任制、城市经济改革、试办特区等，有许多是走在全国前列的，做出了令人瞩目的成绩，给我们广东诗人提供了无论是声、光还是色均无比热烈无比斑斓的素材，等待我们去提炼，去开掘。从这个角度来说，既是时代呼唤着诗，又是时代提供了诗！

作为对生活具有敏锐的眼光的诗人来说，追赶时代的脚步应该是豪迈的。然而，有的人走得也异常艰难，有的甚至显得步履蹒跚。君不见，诗园中仍有不少眼不明、耳不聪的歌者在苦恼地徘徊。他们中有的人感受不到时代的变化、生活的新意，只满足于写一些无关痛痒的、陈旧的东西，给人以一种过时的印象。有的人虽然捕捉到了一些新的题材，却未能开掘出深意。没有新意就没有诗！读近几年来反映特区生活的许多诗作，我感到诗人们追寻新生活脚步的热情是可嘉的，内中也不乏有力度的佳作。然而，总的来看，大多数作品普遍失之零碎，停留于描绘生活现象的表面变化的东西多，对历史纵深的开掘和生活的精粹提炼少，缺乏容量和厚度。其他题材领域也有这种情况。比如，当前方兴未艾的农村和城市改革，出现在我们诗人笔下的有一定概括力度的作品，数量也仍然太少。特区建设已经进行了五年，我们应该有富于时代气魄的有深广概括力度的《蛇口颂》！我记得"文化大革命"前，北方诗人张志民来广州曾写过《珠江之歌》，20年过去了，今天也应该而且也可以产生浸染着新时期色彩和情愫的80年代的《珠江之歌》！这些，对那些有志气而不甘平庸的诗人来说，大概不会是过分的要求吧！

"文化大革命"前，广东诗人具有热切地感应时代脉搏的好传统。他们常常举着诗的旗帜，介入生活中打动了他们而又为群众所关心的重大事件，写出一些在诗歌界和人民群众中均有一定反响的"报告诗"，如歌颂向秀丽、马口灭火英雄等诗篇。这是难能可贵的。这一点，我看值得当今青年一代诗人学习。要求诗歌反映时代生活与要求诗歌简单化地"配合中心"，这是性质完全不同的两码事，千万不能混为一谈。

时代呼唤着我们的诗人。戴着艺术象牙塔桂冠的诗神应该跟着时代老人的脚步前进！一刻也不要停留！

1987年1月27日于广州

耕耘是幸福的

——诗集《初恋的回声》自序

耕耘和为别人耕耘，都是幸福的。

4月，漓江出版社通知我：他们决定在明年出版一套"耕耘诗丛"，全部收集长期从事编辑工作的诗人的作品，分十册个人结集出版。而且，没有任何附加条件——如有的出版社要求作者拉广告联系赞助什么的。这使我从心头感到崇敬，因为漓江的朋友办的这件事，着实是很有意义而又很不容易的。至少，他们十分了解编辑的甘苦。

当编辑不易。编辑有时是建筑师设计家医学教授——一篇文章拿来，从题材选择、总体布局、主题开掘到造句谋篇，都得做出合乎实际的判断和诊断。编辑有时又是裁缝是补锅佬是剃头匠是接生员——一篇文章经作者怀胎产出，都要经过编辑的润饰、修剪、打扮，修整得合体匀称、光鲜照人，才拿出去与读者见面，这其中的劳动是没有干过编辑的人难于了解的。更不要说还有排版打字号联系画题饰等一系列烦琐细碎的工作了。

当然，当作家也不易。作家是人生的磨刀石生活的犁铧知识的大海，日子也是注定不会过得安宁的。我曾经与一些年青的朋友说，假如你觉得作家的桂冠很荣耀而想去当作家，那你不如趁早去谋取别的职业，否则到头来你一定是会失望的。想当诗人也如此。又当编辑又当作家的艰辛，则实在不是几张稿纸所能言状。这两者的职业有许多关联，如人文知识、文学素养和文字水准，它们的要求大致相同。然而，这两者又有许多相斥之处。比如作家需要有大量的时间收入，而编辑家则需要大量的时间付出；作家需要的是长期扎到生活土壤的深层，而编辑家大部分时间却需要安于坐办公室；作家面对的是自己熟悉的生活，而编辑家面对的是压得你喘不过气来的一堆一堆各种层次的来稿；等等。有人说，作家与编辑家是蓝墨水与红墨水的兄弟邻居,他们有共通的气质和共通的欢乐,又有各自不同的辛酸和艰苦。我看如是。

也许可以说,当作家又当编辑,是世界上许多文化人的共同特征,也是中国许多文化人的经历和传统。我也不知道自己怎么会承继了这一传统。如果说,当作家是年少时无知的爱好的梦,那么当编辑则是作家梦的延伸和发展了。这在当年是实在无从体会其中甘苦的。记得上高中时,我给《汕头日报·韩江水》副刊投去第一篇散文稿,居然被采用,于是我收到生平第一封来自编辑部的信,内中有赞扬,有鼓励。这是我16岁时踏上文学之路得到的第一缕编辑的阳光。她的温暖陪伴了我这文学事业的半辈子。当然,此后我得到编辑的指导和帮助就更多了。那时20岁不到的年纪,凭着一股对缪斯的热情写稿,写好后封发,常常盼望编辑部的复信。那时也根本不会想到送稿去编辑部,也不会想到去找找熟人和关系。我至今仍然保留着"文革"前一些报刊的编辑写给我的信,有许多是开始没有私人署名,往往经过较长时间的通信,切磋文章,后来才晓得编辑姓甚名谁的。编辑的这种无名英雄的品格,多少年来一直刻进我的脑中,成为支撑我干好编辑工作的人格力量!

再后来,自己当了编辑了,我也照着这么做去。每天,我在稿山中寻宝,常常为一些好题材的稿子写得单薄而惋惜,也常常为发现一篇好稿一个有前途的作者而动情。筛选,红笔圈点,蓝笔复信……灯下,与素未谋面的远方作者用笔谈心,不停地将稿子退去,又不断有新稿寄来……天天如是。我感到累却不认为苦。大概我已将办好自己的副刊和培养作者,看成是我文学事业的一部分了吧!

还记得早几年,上海《文学报》在一版发表过他们的记者来采写我的专访,标题是《划动编著的双桨》。这大概是最贴切地反映了我的事业的理想了。我也仍然记得在文学界很有影响的评论家萧殷生前亲口对我说过的一句话:"不会写稿的编辑不可能是一位上乘的编辑。"是的,编辑的"编"与"写"是樵夫的砍柴与磨刀!它们之间应是相砥相砺的。从这一认识出发,当编辑十几二十年来,我的笔总是没有停歇过。年青时我多发表散文和诗,粉碎"四人帮"之后,由于文艺编辑工作的关系,接触了大量的广东当代作家作品,也接触了各条战线丰富的拨乱反正后的生活,我开始写文艺评论和报告文学,并且一发而不可收。1984年,花城出版社出版了我与谢望新合著的文学评论集《岭南作家漫评》,1985年又出版了报告文学集《落难者和他的爱情》。写作形式和题材的转移,却没有冲淡我对诗歌的热情。诗火仍然不时在我心中燃烧。纵然是在紧张地完成广东作家作品系列评论的日子里，也没有能使我完全放弃诗。当然，由于编务缠身，对诗，我有时只能写写停停，有时甚至只好将十分动人的题目放弃了去。每当与诗歌界朋友谈及此，我常叹息不已！这也许是当编辑给我带来的唯一的不足——时间不足而导致的最大遗憾吧！

这是我的第一本诗集。所收入的，是我当编辑之前和当编辑之后的一部分诗作，时间跨度有20多年，但总的均是我对缪斯女神虔诚的爱与初恋的回声。内中有些作品，由于受当时的思想和艺术眼光的局限，水平略有参差。今天，我一律保留其原来面目，不做修改，目的是真实地留下自己走过的一段艺术的脚印。是深是浅，由读者鉴别、批评。但必须说明的一点是，这脚印，肯定不是我诗歌道路的终结，而仅仅是我后半生诗歌创作的开始。40出头算年轻。我相信我还能歌唱。

最后，我要感谢向来关心和支持我的编辑和写作的领导和同志们，感谢为出版此书而付出了很大心血的漓江出版社的编辑们。是的，我们都是同行。让我们从心中说——

耕耘和为别人耕耘，都是幸福的！

1988年5月23日凌晨于广州

（注：《初恋的回声》，漓江出版社1989年1月出版。）

艰难地跨入审美的门槛

——报告文学集《特区，那歌星的梦》后记

　　当编撰完这本报告文学集的时候，我的心头升起一种疲累之感。这与早几年自己写作完第一本报告文学集时，心头涌起的兴奋激动之情，形成鲜明的对比与反差。我知道，我的这种疲累还不是心力交瘁的疲累——我相信在我爬格子的人生途程中，对文学这位灰姑娘的诚挚的爱，将会如同发条一般不停地驱动我事业的钟摆。真挚地从内心深处爱恋事业的人，即使是到了身体不能动弹但心脏仍在跳动的那一天，相信也不会对追求的事业产生心力交瘁的疲累的。晚年重病卧床仍孜孜不倦地坚持写作的法国著名作家罗曼·罗兰，以及我们熟悉的鲁迅先生，不就是这样奋斗到生命的最后一息的么？

　　疲累，大概是人的情绪的一种沉重感。我在编撰这本集子的时候，心头就常涌起这种沉重感和压力。平日常见到一些人为出版书稿而高兴，而动情，然而，当我将这些报告文学作品摆在案头的时候，我却没有这种高兴和动情感。面对案头的一沓沓书稿，我时常扪心自问：你这本书将献给读者们一些什么呢？

　　在新时期文学的园圃中，报告文学以其长盛不衰的势头发展着。过去被文学家们视为禁区或敏感区的许多题材领域，今日成了报告文学家们翻动才能犁铧的新垦地。报告文学正以其锋利的犁刀，切入社会生活的各个领域。题材的新鲜正取代着过去困顿报告文学的选材的一般和平庸；重复了数十年的主题的单一及廉价的歌颂和礼赞，正被作家们越来越大胆地触及社会脓疮和痛处的胆识所代替。报告文学作家观照生活的视角和掘进生活的深度，均达到了前所未有的境界。这些，也许正是这几年整个文学地位下降，然而许多优秀报告文学作品仍能在读者心中掀起大波大澜的原因。

　　诚然，当我们登上报告文学的独秀峰顶朝下俯望的时候，能见到的并不都是

一片秀色。报告文学热度的水银柱的上升，给我们带来的忧虑与喜悦同在。特别是改革开放以来，商品经济的大潮给文学所带来的冲击越来越强烈。这既给文学带来了竞争和活力，也给文学带来了失落和困惑。许多从来对报告文学不沾边的作家，也怀着对商品经济浓厚的兴趣，突入这金色的领地，从而使改革中的能人如经理、厂长等一类新人形象，大量地进入了报告文学的殿堂。热烈的经济巨人期望的直接宣传效果与文学女神向来看重的审美纯情之间的反差，给这类报告文学带来越来越多的失衡。无可否认，有不少作家的名望在这种失衡的轨道和矛盾的漩流中沉没。这是文学在商品经济的急流冲刷下出现的悲哀！

有鉴于此，在近几年写作报告文学的过程中，我时常都在思索着和注视着报告文学与经济魔方碰撞所出现的这种怪圈。商品经济的发展，已使得作家写作企业和企业家成为不可回避的文学活动。因为中国毕竟进入了发展经济的时代，文学圈中人（包括作家）不能不食人间烟火。然而，笔杆的掘进深度与航船的进发方向，我看却是作家自己必须慎重把握的。

这种把握，从根本上来说就是审美的把握。如今大量充斥于报告文学市场的写企业或写企业家的所谓"报告文学"，常常只停留在材料的罗列上，缺乏提炼的层次，这是还没有进入文学的审美门槛的低级层次。当然，报告文学首先必须依靠事实材料本身的力量，但作为艺术品，光赖于这些初级材料是远远不够的。只有将这些事实材料用文学的雕刀精心琢磨，才能使它从新闻事实的原型，变成能在文学橱窗中占一席位的隽永的艺术品。我们常将写作报告文学喻为"戴着脚镣跳舞"，指的大概也是这个意思。

对一位看重艺术生命的作家来说，审美境界比一时的宣传效应更重要！当然，高明的作家可以尽可能地去达到审美与宣传效应两者的统一。具体来说，就是要力求将艺术审美转化为更内在深沉的感染力，使读者愿意跟着你，走进你精心创造的充满魅力的境界里。

收进这本集子的前半部分的10篇报告文学，是我1985年以来写作的一部分作品（同时期发表的20万字评论作品将编成评论集《漫论特区文学及其他》出版）。这些报告文学中的主人公有不少是企业能人，也有其他领域的基层领导干部。他们的活动都无不与改革开放及经济建设相关。因此，我在表现他们的时候，也同样碰到了前面说的那种失衡的矛盾与烦扰。可幸的是，在处理这类材料的过程中，不论碰到什么困难，我都要求自己的文字，不仅仅满足于宣传的热闹，更重要的是如何努力突入审美的天地。在这种强调审美的文学眼光的指导下，不论是写向往特区建设的女歌星（《特区，那歌星的梦》），还是写人生经历坎坷曲折的老镇长（《一个人和一个小镇》）；也不论是表现跨过深圳河到特区投资的香港大老板，还是表现长期扎根雷州大地的县委书记，以及在改革开放中崛起的建筑企业家和"健力宝大王"，等等，我都尽可能调动文学的手段，尽可能赋予他们以生动的血肉和真切的情感。有时，我还努力将主人公的情感与蕴蓄在我内心深处的经过发酵的情感融合为一。总之，我希望我笔下的人物和故事能够更有生命力地扎根在读者的心中。

至于这本集子中后半部分的另10篇特写，则是我在粉碎"四人帮"后这十几年来从事报纸工作的急就章。读了它们，也许能从另一个角度，谛听到中国南方改革开放的潮声，窥见时代前进的一个侧影。

感谢陕西人民出版社的同志们，从遥远的西北给我伸出关心友爱之手，才能使我这些作品在出版界吹淡风的气候中付梓。陕西是我人生中的第二故乡。在我年轻之时，我曾经在离西安不远的一个军事学校中生活学习过一段难忘的时光。渭河的水和平原上的麦子、高粱养育过我；西安壮美的古城一直叠印在我脑海；蔡家坡车站那悠扬的火车汽笛，时时回响在我的心中。今日，在寄发这部书稿的时候，让我同时给他们寄去一个诚挚的祝福。

1989年5月于广州

（注：本文是作者的报告文学集《特区，那歌星的梦》后记，该书由陕西人民出版社出版。）

写在六月的夜话

——《漫论特区文学及其他》后记

　　六月多风。六月多雨。六月还多暑热。六月的南方街市在阳光下充满那好看的裙子和美味的冰淇淋的诱惑。六月的南方都市中，我知道有不少人正在加紧工作正在打点行装，准备在七月的酷暑到来和学校放假之时，带上孩子去森林或海边远足。这是八十年代改革开放之神带给南方都市人的浪漫。

　　生活未能给我安排这种浪漫。这一半是命运的选择，一半是信念的追求使然——在这六月的暑天里，白天，我上班，凭着对各地相识和不相识的专业作者业余作者的理解和良心，去认真耕耘副刊。这是如农人种地那样须付出心血和汗水的劳作。有时在下班后，我也仍得将一沓沓稿件带回家中去读，去处理。外人也许不会知道，我们每编一期副刊，是得以处理十倍的各种层次的来稿为前提的。当做完这些以后，还得排除和躲开许多有意义和没有意义的杂事的干扰，才能坐下来，真正进入那甘于自讨苦吃的"爬方格"的境界。

　　文学真是一座那样具有魅力而又永无尽头的迷宫。痴情的迷恋者和勇敢的探险者要想取得成功，首先非有对她的十二分虔诚不可。半辈子以来，我对文学的追求也说得上是虔诚了。比如在这闷热的夏夜，案台下蚊子盘旋侵犯，双腿常被咬得又痒又肿，然挥笔也从没怨言；到了冬天北风呼啸，面对一盏孤灯，握笔的手冻得僵硬了，也不想停歇。年青时笔尖下流淌的多是热情，年长以后笔尖下流淌的则是带点冷峻的思索后的深沉和成熟了。生活中的各色事物、各式人等见得多多，社会、人生、事业、友谊、爱情……也在我的眼前显示出它本来的多色调。特别是在这些年，文学与我们的人民一起，走进了红黄蓝白青绿紫这万花筒般的信息时代和商品世界。文学那崇高那庄严那美丽，开始渐渐地失落。这对过去自认为有某些优越感的作家来说，是一个新的难题，一个新的考验。

以生活为研究对象的作家如此，而以作家为研究对象的评论家也是这样。从某种角度来说，评论家的工作比作家更为艰难。这是我本人深有所感深有体会的。因为新时期以来，我一直是一边涉足评论领域，一边仍经营一些报告文学、散文和诗歌创作。前者是我作为省报副刊编辑人员的责任，每天面对众多作品和各种文学现象想发表自己的看法使然；至于后者，则是我自小踏入文学之门的天性难改！从个人情感上来说，我离不开创作，但理智又要求我对文学做本质的认识和升华。这种文学编辑的职业要求使我离不开评论，而它与个性的融合又使得我的评论不会是板起面孔的，也不是"经院式"的。我总是想以轻松的文笔阐述我对作品的看法，阐述我的文学主张。我不想让读者在读我的评论时觉得枯燥和厌烦。我不喜欢故弄玄虚故作高深，也不喜欢矫揉造作表现自己。我总是力求针对岭南文学的创作实际，用朴实形象的贯穿了马克思主义的世界观、文艺观的晓畅的语言，去分析作家作品，就像捕捞者在区分珍珠和沙贝时，还带给我们一个美丽的海上世界那样。我的怜悯弱者和藐视攀权附贵的个性，也使我的评论眼光更多地关注新人，给他们雪中送炭，而不想与别人一起凑热闹为私利去为一些"名家"锦上添花。

了解了我做评论的这些"背景"，掌握我这本集子的脉络就不会困难了。收在这本书里的文章，大概可以分为如下几组：第一组是关于深圳特区十年来创作的评论。内中有的涉及作家作品，有的是对特区文学的总体看法和展望。本来，这是一个崭新的研究领域，完全可以写一本专论的，但这些年来，由于自己负责了报纸的一个副刊之后的繁忙，只能将这个研究课题的写作推迟了。第二组主要是近几年广东作家作品论。论列的既有小说作家，又有散文作家，也有不少诗人。为了使读者对我论列的广东作家作品有更为系统的了解，这一组中还专门收了更早时与谢望新合著的《岭南作家漫评》中我个人撰写的几篇。当然，这几篇并不是该书中我个人撰写的全部，而只是其中几篇较有代表性的。第三组和第四组是一束文艺随笔和为新人新书写作的序文。其中有我为自己的诗集《初恋的回声》（漓江出版社）和报告文学集《特区，那歌星的梦》（陕西人民出版社）所写的自序和后记。不论是为别人还是为自己的书写序写跋，我都觉得是很不好为的差事。因为它同样要做到评断的准确、公正，又要使别人读之有所启迪——而不仅仅是廉价地对人对己溢美。这没有慧眼没有清醒的头脑都是不容易办到的。最后一组是对早些年一个文学杂志刊发的两部作品的批评文字。当时是分别应

《广州日报》和《当代文坛报》之约，限定了字数，又同时写成，故内中观点稍有交叉。但我看这并不要紧——因为要紧的是这些观点自认为是正确的，而且对今日的年青作家的创作可能会有帮助。另外，还有感于当今文坛批评的少见和艰难，就决心收入而不忍舍去。

天气预报台风将至，坐在案前是汗流浃背的。时针已指向了零点，我的笔也该收缰了。我期望的是能得到读者们的批评指正。

最后，还要感谢老文艺家杜埃在眼疾未愈时，挥笔为我这本集子写了序言。

1990年6月23日深夜于广州农林居室苦乐阁

呼唤散文创作的变革意识

——《羊城夜生活》序

今年春，广东旅游出版社决定出版符启文的第一本散文结集。启文嘱我写篇序。当时，我是颇感为难的。向来序一类文字，多请名家所为，据说这样方能壮书行色。本人自认不是名家，当然是想拱手退避了。及至炎夏过去，他真的将编好的剪报送了来，并几次催促，我才将他的40多篇作品细细浏览了一遍。跟着他的脚印，在他为我们构筑的一条艺术长廊前，直觉得清风拂面，我被这位辛勤的耕耘者的劳作和收获感染得心动了。写就写吧！结合当前散文创作的实际，我还真感到有话想说——包括对他和整个散文艺术的。因此，就信手将它写了下来，权作我与启文的灯下漫谈，并送那些散文同好参考吧！

我与启文认识较早。70年代以来，他常发表诗歌、散文；我在南方一家省报副刊工作。我们常有见面聊天、谈文说艺的机会。但那时，也即是同行间的交流而已。及至1981年，他发表了《大象篇》之时，我被这篇散文的情趣和韵致深深地打动。我仿佛听到一个颇有希望的散文新人起动的脚步声！记得当时，我还在编辑部对人说，该是留意这位新人的时候了。第二年，他又发表了内容清新扎实的《森林的欢歌和哀歌》。这篇作品刊登后，我们编辑部收到许多读者的来信，表示赞许。北方还有一位老散文家专门写信来，询问作者的情况、地址和索要剪报。后来，这篇散文果然被评为广东省1982年度新人新作二等奖。

——这是后话。从此，符启文发表的散文，能见到的我都读过。有时读到他的佳制，则打个电话或写几句话向他祝贺！其实，我心中的这股感情涟漪不纯属是对个人的。我是想到，在具有散文传统的生花之地岭南，又一朵散文新蕾绽放，又一个散文新秀脱颖而出，这当然是值得我们高兴的事。

符启文的散文，除少量记游、怀乡等篇什外，主要的约略可分为二类：一是知识性的篇章。从花鸟虫鱼，到蟹猴大象，还有高山、大海、唐三彩……都摄进了他的艺术视野的广角镜中。他这类散文，没有雕琢做作的描写，娓娓道来，清新有味，有的还吸收了秦牧散文的风格。像曾获奖的《大象篇》和《森林的欢歌和哀歌》，可算是他这一类散文中的佳制。这两篇文章，从创作时间的纵的脉络来看，是他散文登上新的高度的明显分水岭。前一篇以一种动情的笔触，从容地描叙了大象那许多不为人所知的深谙人性的故事。大笨象纯朴的动物性在作家的笔下，已转化为可亲可爱的人性了。对生灵的挚爱，溢于言表。后一篇则从森林与人类生活的密切关系的角度去深刻地审视，向人们敲响了保护森林和维护生态平衡的警钟！丰厚的知识，迭出的联想，就像林中的泉水，汩汩流淌，读来有沁人心肺之感。

符启文散文中的另一部分，可以看作是我们时代的新风录。像《大楼邻里间》《秀秀发廊》《耳著明月珰》等，都不同程度地再现了80年代城市生活的崭新风貌。漂亮的时装，宽敞的阳台，闪亮的金饰……不仅仅是向人们展示出当代城市的丰姿丽来，展示出新时期的生活美，更为可贵的是，作家能从这些生活美中，开掘出时代的深蕴及本质。生活美与时代美是互相交织关联的两个层次的概念。对一位散文作家来说，捕捉生活中美的事物的视像并不是太难办到，但要本质地提炼和自然地折射出其所包容的时代深层的内涵，那就非具一定的功力和下一番苦功不可。也许是长期办报和勤奋的写作实践之故吧，符启文对生活的审视较为深刻。如《羊城夜生活》《阳台梦》《城乡时装流行曲》等，透发出作家对城市改革的关注。这是作家用心灵去谛听生活，谛听时代脉搏跳动后唱出的心曲！

从这里我联想到文学圈内外许多人呼吁"振兴散文"这个问题。近年来，文学界一些有识之士，已经看到了当代散文的发展落后于其他文学领域——特别是落后于中短篇小说、报告文学和诗歌。这个情况不能不引起我们的重视。这里面的原因颇多。从内容上来说，我觉得这几年散文所表现的生活与当代社会的态势很不同步。这大概是当前散文不够有生气的一个原因。我们可以回顾一下，在新时期十年文学的发轫期，散文曾跟着诗歌变革的步伐，以其控诉"四人帮"和缅怀老一辈革命家的时代强音，撼动过读者。这是时代前进的脚步在散文这块回音壁上的震响。"文以意为主，气为辅，以辞采章句为兵卫。"唐代杜牧对为文的这一精辟概括，对散文创作仍是堪称绝妙的。作为作品思想内容的"意"，要努力表现时代精神，才能在读者心弦上产生交鸣和震响。文学史上许多散文名篇，都是这样。它们大都闪耀着作家对社会对人生的独到见解的光彩。言时代之所言，感慨与人民与共，命运与人民休戚相关，这大概是它们生命力之所在。符启文近年来写作的表现城市生活的散文，触角较为敏锐，许多篇章都实实在在地描绘了时代变化给城市的投影，改革新风扑面，有较强的时代气息和生活气息。

艺术从来容不得故步自封。它在其思想内核不停地发展蜕变中，时时也在寻求自身表现形式的发展。近几年，在文学这个家族中，凡是一些有起色的门类，都是在强化思想内核的同时，不断追求表现手法的创新、突破的。小说和诗歌都是这样。在新文学史上，勇于创新的散文大家也颇多：鲁迅、朱自清、俞平伯、冰心、刘白羽、杨朔、秦牧等，都是为我们做了楷模的。但从整体上来观照，我们的散文的表现手法仍然不够多样，更谈不上百花齐放。究其原因，我想是否同我们在散文领域的因袭负担太重有关？数千年丰厚的传统是可贵的，但弄得不好会使一些人墨守成规。解放后这30多年来，尽管不少人在努力探索，但我们的散文写法上的发展变化的步子走得太慢了！"形散神不散"，"讲求意境"，"当诗来写"，等等，无疑是一些好的经验，但总不能永远停留在这一水平上。我们的视野应该更加宽阔一些：不能仅仅强调单线的继承，同时要鼓励横向的多线的借鉴比较。就是与我们的民族传统同一源流的台湾、香港的某些散文作家，也有一些经验值得我们注视。同时，我们的表现手法应该更加多样一些：散文的非情节化和创造意境等优点，早就被当代小说创作所移植，但是，散文自身又移植了别的文学品种的哪些长处呢？这实在该令人沉思。因此，呼唤当代散文的振兴，我看在当前，毋宁说应先呼唤散文创作的变革意识——从思想内容到表现手法的锐意刷新。这也许是散文走出自身的困惑沼泽的一条路子。

岭南历来散文创作较为活跃。亚热带的充沛阳光，温馨的南风，加上作家自身的孜孜不倦的劳作和追求，终将这里的散文园圃浇灌得蔚为可观。像秦牧、残云、林遐、杨石、杜埃、岑桑等，我们可以列出许多有名望的老一辈散文家的名字。到今天，他们有的仍然活跃，有的已经仙逝，大多年岁已高，按事物新陈代谢的规律，未来岭南散文之苗圃，当靠一代新人来浇灌，可谓是任重而道远了！

期待散文队伍中涌现更多新秀！期待符启文再写出新的佳篇！

1986年10月8日深夜于广州

艺术的花香飘进我的记忆

——李科烈小说、散文集《雨飘飘》序

李科烈将他即将付梓的一本小说、散文结集送来给我，希望我读后写一篇序。在这深夜的灯下，我翻看着他这本溢满了墨香的厚厚的书稿，读着内中一篇篇色彩斑斓、人物个性鲜明、文笔畅捷的文字，往事的闸门悠然开启，我的心海荡起了潮水，一股艺术的花香悠悠地飘进了我的记忆。

记得我在从事报纸副刊编辑工作之初，即与李科烈有了交往。对文学虔诚的爱，是我们之间交流的纽带。他长期以来在铁路系统担任基层领导职务，工作很忙，但他不时会送一篇小说或散文来给我，请我给他出点子、提意见。他有时来找我，一身工作服，风风火火的，匆匆而来，放下稿子约个听意见的时间又匆匆而去。他说单位里还有许多事情等着他处理。他听意见细心而又谦虚，对文章不怕修改和打磨——不像有的作者写了文章不愿修改就急于发表出去。他的严谨的写作态度和对艺术的虔诚，曾得到许多报刊编辑的赞赏。据说当年粉碎"四人帮"不久，省作协老一辈作家郁茹等就曾极力推荐他进省作协文学院，去当专业作家。按照李科烈的创作水平和对文学的执着，我想他是完全能胜任的。但后来我听说，这件事被他真诚地谢绝了。再后来我又专门问过李科烈对这件事的想法，他说，我在铁路上工作了那么长时间，这就决定了我的作品要多反映铁路生活。这样，我还是留在铁路好！

从李科烈的这个想法中，我们也许能窥见他的创作是如何与现实勾连在一起的。不离开最基层的生活，是他创作的出发点和归宿。从这一点出发，李科烈的作品便具有了扎实的生活功底，字里行间洋溢着浓郁的生活气息。那列车风驰电掣驶过留下的铿锵的轮声，那被人遗忘的寂寞遥远的小站，那象征时代的驿站的站台，那如取景框一般留下过列车员辛勤服务的身影与旅客笑脸的车窗……都在

他的作品中得到了动人的描绘。较为广阔、生动地展示铁路的各个领域的生活，是李科烈作品的一个鲜明的特色。

李科烈笔下的人物，也显现出了他扎实的生活功底。他写检车工人，细致入微；他写站台上的孩子，一往情深；他写人烟稀少的粤北大山脚下的一群养路工，也异感常人。他的《落日》《街头，那卖报的孩子》《站台，那茉莉花的幽香》等，在孩子的身上寄托了他那巨大的爱心。而《大山脚下》的大胡、山丫、猫仔等人物，真切地刻写出养路工性格的粗犷和直爽，他们生活的辛酸和美好的心灵随着情节的展开，撩拨得我的心灵之弦不停地颤抖，并不时地感到隐隐的痛楚。这是一组真实感人，令人喜爱的铁路系统普通劳动者的群像。

李科烈的散文似乎比他的小说写得还要感人。这是因为他在自己的散文中注入了充盈的情感的缘故。李科烈早期的散文，多数如小说般带有人物，含有事件，并常要依靠情节的发展和故事的叙述来完成自己的主题。内中有一部分篇什留有小说化的弊病，如对话过多，过于冗长，等等。但后来，他的散文在实践中有了明显的改观。他仍然不怕渗入故事和人物，但他已能对故事和人物删繁就简，腾出笔力，充分地渲染人物活动的氛围和人物的情感。也就是说，他那些带有人物的优秀散文之作，情绪的爆发力和情感的感染力较强。《海颂》中对"摇动着千万只白色手臂"的大海气势的渲染，实在是烘托了老渔民古伯如大海般宽广正直的胸怀的。不管是当年被打成"走资派"落难海边的"我"，还是改革开放后作为领导干部到基层调查研究的"我"，碰到的古伯都一样的正直、豁达和善良，就如同大海在暗夜和阳光下都照样哗哗歌唱一样。很显然，《海颂》作为一篇散文，作者很熟练地通过海的暗喻，着力地歌颂了一种人格和精神，使人得到感染、陶冶和力量。《雾蒙蒙》《雨飘飘》等，也是如此。

李科烈近些年来还有一批散文，是着力于自然美的描绘的。他写南昆山的绿，写九泷十八滩的险，写春日北国长城边如桃花烂漫的榆叶梅……但李科烈这一类作品，没有如一般人那样只作游记来写。没有如目前大量充斥文苑的平庸的游记那样，只停留于行程式的记叙和满足于照相式的描绘。李科烈已经能透过描写对象的表面，去开掘事物的深刻内蕴，从自然美中去寻找生命的感悟和人生的启迪。比如，当作者身处南昆山的绿色世界之中，按捺不住自己的情感，细腻地描绘了绿的林木、绿的藤萝、绿的飞泉，但作者并不满足于此，他从这绿的海洋中感悟到"绿乃人类生存之母，若绿色消失，人类文明必将消失"这一自然真理。至此，作者对绿的挖掘和启悟并没有完结，他借助伫立于水潭上的白石雕水观音（仙姑）之口，说出了"人生何不也需要一片绿"的哲理，从而使这篇散文得到了质的升华。在《漂过九泷十八滩》中，作者没有仅仅停留于畅游山水的表面的描绘，而是通过山水的险奇的描叙、人与恶滩的搏斗，写出"一种创造的激情，顿悟和大自然的灵感"，如何冲击着自己的心房。这是区别于普通游记而能洗涤人的灵魂之作。像这样的有深度有感情的美文在李科烈的作品中还有不少。

作为长期工作在繁忙的铁路的一位基层领导者，李科烈能献给我们这样高质量的《雨飘飘》，确实难能可贵。我作为与李科烈交往较长的文友，当然为他高兴。这高兴中是实实在在地感受到他对艺术追求的虔诚及为此所付出的辛劳的。艺术的追求永无止境，祝愿李科烈在这条路上的攀登中取得更大的成绩。

1992年春3月，广州细雨中

（注：李科烈小说、散文集《雨飘飘》由漓江出版社1993年2月出版。）

兴来一挥百纸尽

——《潘春青书法作品选》序

潘春青告别在职拼搏生活，转入休闲状态，在短短几年内，连续出版了《潘春青书前后出师表》《潘春青摄影集》，如今，又有《潘春青书法作品选》行将问世，闻之，我们由衷地高兴。

"兴来一挥百纸尽"。苏轼在《石苍舒醉墨堂》中的这句话中，"尽"，应作"少"字解，带有鼓励后学者应多多练习的意思。苏轼还有一句话："退笔成山未足珍"（见《柳氏二外甥求笔迹》），其意思更加明显，他对晚辈谆谆教导，黾勉有加：勤苦、勤苦、再勤苦，哪怕用坏的笔堆成了山，还是要勤苦！苏轼善于文，善于诗，善于词，善于画，善于书……他的书法行、楷皆精，世人把他和蔡襄、黄庭坚、米芾，誉为"宋四家"。他完全有资格对后辈学书人提出这样的忠告。

潘春青聪明、坚毅，学书有韧劲且悟性高——我们一直认为学书是需要悟性和天分的。书法的审美是中国各种艺术中最难把握的门类之一。书法并不仅仅是写字那么简单。学书应同修身养性提高传统文化学养紧密结合，才能减少匠气，逐步增加书卷气。潘春青十分明白这一点。他练习书法注意去浮躁，注意对古人的碑帖的揣摩，静心读帖，坚持十年面壁，终于取得了成效。

这本《潘春青书法作品选》，内容丰富，面目蔚为大观。共收入70余篇作品，篆、隶、楷、行、草，一应俱全；大字、小字多有关照。尤其篆、隶及小字下功夫极深。如《朱柏庐治家格言》这幅小隶书，字字晶莹、纯净，见之眼前骤亮，直觉得它恣性恬畅，规范自然。有如新春佳节那盆凌波仙子，玲珑剔透，溢满庭芳芬。细细读之，如品王维诗，韵味闲淡、幽适，隽雅飘逸。加之其格言内容是国人治家经典，耳熟能详，读来感到特别亲近亲切。

"清气若兰"四字，春青有意放在版首页，应看作书的灵魂和凤眼。也许这是作者希望读者先从这幅作品出发，穿越书家心灵，去品味内中韵味，把握其按、捺、顿、挫的气势、笔力。此作方正肥厚，拙朴自然，稳健有度。能看到泰山金刚经的影子，可见其在入碑上所下的功力。

"韩山奎阁"行书对联，又表现出潘春青法书的新面目。从中看出其在临帖上所做的功夫。其运笔温顺柔和，下笔果断，线条简洁。此联挥就于2009年，说明"庾信文章老更成"，随着时间的推移，潘春青的字，写得越来越自由了。集子中的每一幅作品都标注着创作时间，其作于后期的行书，如"文姿笔态书香气，画意诗情翰墨缘"（2012年），就以整幅作品布局严谨，章法有度，线条自然流畅，运笔洒脱大气，给人留下深邃的意趣和美的感受。

从行书"兰亭序"和小碑临写"泰山金刚经"，也可看出潘春青做学问的精神。可以想象，作者在下笔作书之前，一定处于鸿鹄奋飞将至的精神状态，像古人，写字之先要静坐深思，不紧张，少杂念，一心想到要如何发挥每个字的结构笔画……才能神态自然，思虑高远，手随意转，笔与手会。因而，作者用笔就会显得超卓活脱，使整幅作品一气呵成，心手相应，笔力劲骏，内中潜藏着无尽的意态奥妙。当今学书中人，少能达到这种状态。

书家的"录宋礼颢诗"，以及"兰亭序集句"对联，也同样写出了一些比较"入古"的字。他创作的两副对子，不俗不躁，隽永耐看，看得出是由作者这种情性孵化出来的作品。像"恩泽四海""春风得意"，一挥而就，看似随意，实则用心，写得饱满圆润。古人说："书贵熟，熟则乐；书忌熟，熟则俗。"就是说，书贵在饱满，饱满圆润则淋漓畅意；但书又忌烂熟，烂熟则流于俗气。这几幅书作正合此意。线条挥洒出欢快感，而无庸俗味。"酒香留住客，诗好带风吹"，字字写得自然，写得刚健有力，有稳重坚实的美感。我们认为，潘春青能把作品写到这种"熟"的程度，实是难得。

"敢为人先""艺海无涯""无欲则刚""逸轩"等，可以说是潘春青的成熟之作。虽是完成于前几年，像"无欲则刚"，由隶书化出，一点一折，坚毅有力；一横一竖，挺拔遒劲。清人姚孟起说："作隶须有万壑千崖奔赴腕下气象。"就是说，下笔要有坚定的气概和雄浑的气势。潘春青创作时，肯定有意无意地履行了此言矣！潘春青学书中涉猎传统的路走得很远。他的篆书"百寿图"和"百福图"，大都是临摹之作，但我们知道作者也耗费了很大的精力，看得出书家书写态度的认真。遽然仿佛看见一个大汗淋漓的潘春青正在运笔研墨，虔敬地书写，其付出的心血是何等的多！其实践正好印证了"种瓜得瓜，种豆得豆"这句名言。

从潘春青学书过程和取得的成绩中，我们可以得到这样的启示：一是对传统法书要有敬畏感，有顶礼膜拜的精神。老老实实做小学生，执着，执着，再执着，踏踏实实，乐此不疲地坚持下去，必有成效；二是学书中碑帖结合，求根溯源，反复练习，反复揣摩，基础打扎实，路才走得远。三是坚持在重视传统的基础上创新，努力创造自己的面目。正如荀子说的"锲而不舍，金石可镂"。诚哉斯言。

最后，谈谈他收藏的八十余枚印鉴。人们概括治印艺术，有所谓三法——篆法、章法、刀法。若能把三者熔为一炉，臻于化境，自然不同凡响，如果只是把方寸小石，治得独出心裁，有所创造，有所出新，也非易事。在中国传统艺术中，诗、书、画、印向来是一家，不能分割。观此八十余枚印鉴，虽然水平参差，却彰显了篆刻者们的多才多艺。我们觉得"五十以后之作""日月""以书为乐""长寿""长乐翁""墨缘""神抒""吉祥如意""春青""寒竹""潘春青""知足常乐"……刻得最好。

2013年冬月

（注：此文郭光豹参与写作。）

288

水乡的诗与水乡养育的诗人

——彭乐田诗集《风流金三角》序

是为这位钟情于诗的朋友，也为他给我们描绘的神奇的珠江三角洲水乡——当彭乐田提出要我给他的第一本诗集《风流金三角》（广东旅游出版社出版）写序的时候，我丝毫没有过去为人写序前常有的犹豫，点点头就答应了。

近些年，我曾有机会多次造访珠江三角洲，造访水乡。除了车子在广佛公路上阻塞给人带来一点烦闷和遗憾外，这南海边的金三角在我的心目中是臻于完美的。本来，完美的事物在世界上并不存在，这只是反映了自己对水乡的一种偏爱罢了。是的，当你乘坐面包车穿过绿绒般铺展的一望无际的稻田的时候；当你乘坐小艇荡过蕉林夹岸的河汉的时候；当你站在明镜似的鱼塘边，望着闪着露珠和晨光的橡草投入水中的时候；当明月夜听那咸水歌谣伴着南风飞出塘寮的时候；当望着大路上摩托车流载着活蹦乱跳的肥鱼驰向广州的时候，你一定会为三角洲水乡的妩媚和富足所倾倒。我到过鱼米之乡的长江三角洲，也到过八百里秦川和许多富庶的地区，然而，珠江三角洲的水乡风物、人情，给我留下极为深刻的印象。

因此，每到一次水乡，我常常为她的魅力而动情；同时，也常常为我们的诗对水乡描绘的乏力而惋惜。在我的印象中，广东新诗之作真正描绘水乡的并不算多，至于水乡养育的诗人则更少。"文革"前，我曾读过关振东写水乡的富有美感和概括力度的诗句。但关振东毕竟不是以水乡为自己的主要创作题材的诗人。后来，生活在东莞的谭日超放歌大沙田，写出了许多描写水乡的佳作，从而使水乡诗得到了质的升华和量的突破。可惜，谭日超过早仙逝。另外，他中年最宝贵的十年时间毕竟是在"四人帮""左"的文艺思潮的影响下度过，晚年的主要精力也已旁移于小说，目光主要注视特区生活。到这几年，水乡题材的诗发表数量最多的，可以说就是彭乐田和郑启谦了。

彭乐田出生在佛山市郊。除年青时有几年就读于武汉体育学院外，他一直是生活在水乡。在这里，他干过农活，当过教师，任过乐队指挥。十年内乱年月，他还干过木模工，在水乡修过码头，可谓是地地道道的水乡的儿子，是地地道道的水乡养育的诗人。在他近二十年的创作生涯中，他绝大部分的精力都可以说是耕耘在金三角的题材天地里。他对水乡，就像对自己的母亲般熟悉。从他献给我们的这本《风流金三角》看，他涉猎的题材是集中而又广阔的。所谓集中，就是说诗人的眼光始终凝视着金三角这片土地；所谓广阔，是指诗人能多角度多侧面地描绘出这片土地的斑斓色彩。你看，蕉林、桑堤、花乡……还有水乡桥、西樵月、白藤莲……在他的诗中都有所表现。诗人对自己日夜生活的玫瑰城的描绘是细致的：从古老的梁园，到现代化的宾馆；从陶都石湾，到新崛起的旋宫……都刻写下他的诗句。那磁石般吸引着华夏子孙的翠亨村、古榕苍郁的小鸟天堂、情歌缭绕的温泉……都留下了他的歌声。总之，集束式和叠瓦式地反映水乡的新生活，构成了这本诗集的一个鲜明的题材特色。

也许是长期记者生涯之故，彭乐田的诗带有较明显的特写色彩。他反映和展示的是歌咏对象自身的力量。记者型的眼光，使他撷取的大都是新时期水乡的新人新事新风。他有一部分诗，读来感到有一股广告诗的韵味。当然，他还有一部分经过浓烈的感情孵化的诗，完全突破了事物自身的感人力度，焕发出经过提炼的美的感染力。他的《江海挂历》《西樵泉歌》等，表现出一种巧思；《水乡的太阳》《新月》和《笛音》等，则表现了对生活的慧眼和洞察力。"昨天出门橹一把帆一张，/满江是水乡儿女划船的汗"——这诗句，是诗的艺术概括力的闪光！最近，作者新发表的一组《播歌白藤湖》，表明诗人的艺术感觉和提炼诗美的能力，又有了提高。

从总体上看，彭乐田的诗风平白自然，内容则注重与人民生活相结合。对音乐和体育的爱好，使他的诗有时也带有奔放感和节奏感。当然，他的一些诗也存在着过于平实和较直露的毛病。这是被十年内乱所耽搁的许多中年诗人常有的缺陷。彭乐田正当盛年。凭着他对缪斯女神的执着追求，也凭着他对水乡的爱，只要他坚持磨砺诗笔，不断提高对生活美的感受力、概括力，并吸收一些新的表现手法，那么，相信他能攀登上诗的新台阶。

我想，写水乡的诗还将会日臻成熟；水乡这片沃土，也一定会养育出更多完全属于她自己的诗人！

1987年10月30日于广州

（注：彭乐田诗集《风流金三角》，广东旅游出版社1988年出版。）

期待花繁果硕的未来

——杨百辉诗集《多彩的情丝》序

初秋半夜，我仔细地翻读完杨百辉即将付梓的第一本诗集。我的思绪被他这《多彩的情丝》带出了广州，带去了粤北。我的眼前出现了这位年长于我的诗友，满怀深情地同我谈诗的情景。近几年来，我有过几次粤北之行。每次，杨百辉都是与我交谈得最多的诗友之一。在繁星伴着灯火闪烁的韶城，在自然景观与人文景观均令人难忘的丹霞，在林涛与绿意融汇的车八岭自然保护区，在近年来经济起飞得令人瞩目的南雄……我们总是忘情地谈诗。诗，为我们结伴，成了我们采访路上不乏的话题。

这也许就是缪斯女神的魔力吧。过了不惑之年才开始在新诗路上学步的百辉，想不到一下子能走得那么敏捷那么远！他这一册《多彩的情丝》（海南人民出版社出版），应该说是较丰满地展示了粤北山乡风情的。当然，就每一首诗单独看，他给我们描绘的也许只是一幅生活小品，但其所组成的彩色系列，却是关心粤北的人们不能忽略的。在广东的新诗行列中，我们应该为出现杨百辉这样的诗人而高兴。因为他给我们的诗歌队伍，又添加了描绘粤北生活的一支笔。解放将近40年来，广东诗人描绘粤北的诗——如描绘粤北的瑶胞，粤北的群山、溪水、林涛等，当然有过一些，但却并不多。到了80年代，诗歌已经贬值。仍然坚持在诗园耕耘的少数歌者，目光也有了很大的转移。有的注视沿海和经济发达地区了；有的将自己的诗笔转向心灵的内省，将生活有意无意地淡化了，——这些并不能笼统地认为都是坏事。而坚持"耕山"的杨百辉，当然也同样是值得肯定的。

在分析杨百辉诗的艺术特色之前，我们应当首先感谢他为我们展现了有形有款的粤北山水，这山水是洋溢着采茶女的歌声和涌动着亲切林涛的神韵的。我们也应该感谢他为我们描绘了神秘而又新鲜的瑶山，这瑶山是刻写着昔日的苦难和今日的欢乐的。在他的笔下，山，"是瑶胞的缩影"；山上的青石板道，垒着长长的故事，是瑶胞"一页一页凄婉的历史"。诗人在凝视历史的同时，也给我们展现了80年代瑶山的现实：那将古老瑶山与现代文明拉近了距离的电视塔，那给瑶胞带来热力和光明的电站，还有夜校、寨楼，有像盛开的山菊花般笑容的公爹……这一切，组成了杨百辉笔下的当代瑶山的彩色画图。

对于杨百辉这种在诗园中"耕山"的题材追求，也许有一些人会认为是不屑一顾的。正如在经济领域中，一些单纯追求利润和价值的人对耕山不屑一顾一样。这或许是当代新诗领域中一些人对题材选择的异化，或许是新诗题材强调抒写自我的复归。这种异化和复归，无疑给新诗带来喜忧参半的现实与前景。从还原诗的个性，使诗获得更丰盈的美来说，一些重视内省的题材，是写得深沉的耐读的。但也不能否认，内中有一些诗，与时代和现实的联系完全看不见了，这是令人忧虑的。当然，在清除了诗歌创作中"左"的弊端之后，我们应发挥诗的优势，加强情感和内省，但这都必须是沟通时代和审视现实的。离开了这一点，就变得本末倒置了。我们主张不要给诗人圈定题材领域，但诗人却应该有自己的题材领域。这是每个诗人根据自身的生活和艺术的优势来确立的。从这一角度来观照，杨百辉选取描绘粤北生活风情的题材，应该说是合理的。至于对这些题材处理的艺术水平的高下，则是另一回事了。

杨百辉是60年代第一春投笔从戎的山乡之子。生养他的粤东山区，对他后来创作的影响，在这里我不打算做全面的评价，但有两点大概是可以肯定的：一是患贫血症的山这母亲，给了他正直的人格、爱心和情感上的潜移默化，这也许就是他今天如此关注粤北山水的一个动因；二是客家山歌对他的诗创作同样有潜移默化的影响。加上他在部队从事宣传工作多年所受兵歌的影响，这就使他的诗烙上了平白、自然、诙谐和善用比喻的特色。他把山比作"瑶家的骆驼"；把放木比作山里人赶着羊群下山；把奔腾不息的山溪比作山里野性的孩子；等等。请看——

小溪像条青藤绕在瑶山崖
溪边新建的电站是它结的瓜
春风春雨催它发芽抽绿

瑶胞的汗水浇它绽苞开花

——《电站》

　　小溪——青藤；电站——小溪这根藤上结的瓜。这新颖、别致而又奇特的比喻，创造得是多么准确、鲜明、生动！

　　杨百辉不是年少得志，才气洋溢的那一类诗人（附带说一句，完全靠天赋的诗人我认为是不存在的）。从与他的长期交往中，我深知他只是一位爱诗的苦吟者。他的诗的构思、炼句，大都是在工作间隙、出差途中，甚至是在蹬着自行车上班的路上，通过绞尽脑汁思索磨砺得来的。他并不满足于自己所从事的新闻编辑工作。他将新闻的眼光，融汇在诗的选材构思上，同时，他又将诗的手法，吸收进新闻通讯的写作中，从而使他在新闻与诗的耕耘中都得到了喜人的收获。当然，新闻与文学是个性完全不同的姐妹，是相互关联而又相隔千里的山与海。要完全成为熟悉她们，并自如地驾驭她们的"两栖写作人"，并不是一件易事。事实上，杨百辉有一部分诗，未能把握文学主题必须隐蔽、多义和揭示人生的特点，有时写得直露了些；还有一部分诗，未能开掘出诗人对事物独到的见解和深刻的内涵，未能炼出诗眼和警句。这是对事物的认识能力和诗化能力还不够高超之故。这些，都只能通过加强思想和文学修养，并在创作中刻苦努力才能解决。

　　新诗是文学中最年轻的一家。许多年轻人都喜爱诗和喜爱写诗。但我不认为只有年轻人才能写出好诗。杨百辉正处在思想和事业的成熟的年龄，他的诗歌的耕耘即将到达花期，再进一步，他将能到达花繁果硕的天地。

　　我期待着！

1988年9月18日凌晨于广州

晓畅·豪放·挚情

——读李容焕诗集《心的帆船》

一

李容焕君将他编好即将付梓的诗集《心的帆船》交来给我，希望我读后谈点意见，"最好帮写一则序"。本来，近几年我因各种事务缠身，读书兴趣也旁移，对诗的关注已越来越少，已久未为别人的诗集写序。但容焕君是一个很有个性的人，不管谁与他交往，都不能不被他豪爽透明和热情如火的性格所打动。他当过市武装部部长，市委副秘书长、办公室主任，现任中山市人大常委会秘书长。他从政，认真负责，上下奔波，左右逢迎（不是贬义词——现代公关协调服务之谓也），努力工作。他为文，写小说写诗，精耕细作。特别难能可贵的是，他这些年笔耕的成果都是在繁忙的政务之余所取得。正是"三更灯火五更鸡，当是男儿读书时"。对文学如此虔诚的业余作家，在从政的官员中如此难得的率真文化人，当然我特别看重特别珍惜。从这点来说，关注李容焕君的诗，应该是评论界和报刊老编们的责任。写序，我当然就不能推辞了。

读李容焕君的诗，我首先为中山这座城市养育出这位诗人而高兴，而祝福。打开李容焕君的诗稿，首先是一组《家园之光》吸引了我。这内中十几首诗，在诗人的全部诗作中，艺术上不一定是最上乘的，但我觉得，这些作品，是诗人献给家乡中山的挚情颂歌。诗人怀着对中国民主革命伟大先行者孙中山先生的真挚和崇敬之情，带着身为中山人的骄傲，站在历史和现实的接合点上，以宽阔的视野和豪放的诗情，赞颂伟人孙中山，赞颂中山家园今日伟大的变化。内中的《香山》，虽然只有二十多行，却简练而深刻地概括了中山八百多年的历史变迁和诗人对这片土地的挚爱。请读另一首《走进中山城》——

　　轻轻呼唤你／走进中山城／宛如走进了百年历史／走进了一代伟人的心灵楼宇……历史因此透明逼真／世人因此振聋发聩……诗人真挚的情感，融合了对历史深刻的概括力和对现实的反思，感染着我们，轻轻地叩开了我们的心扉。

二

　　诗歌的抒情属性，决定了缺乏挚情的人或理性太强情感和形象太弱的人不能成为诗人或不能写出好诗（当然，理性与情感两者兼优并能将之水乳交融者写诗最上乘——如毛泽东）。在那个"左"的年代中国新诗走过的弯路，其陷阱和致命处也正是在缺乏挚情的"假大空"。李容焕君是在"文革"年代长大的人，生在农村，当过兵，深明其危害。他的诗歌素养的母胎是少年时"奶奶常常教我背诵一些古诗词"。唐诗宋词等传统经典的魅力吸引了他，滋养了他的心灵。当然，部队生活的冶炼和军人出身的性格，在他的作品中也打下了鲜明的印记——

　　第一，李容焕君的诗作合着诗人生活走过的脚印，多关注历史和中国人民命运的大题材。像伟人孙中山、列宁、鲁迅等；像重大历史事件，如党的一大、十六大、人代会召开；还有抗洪、抗击"非典"、中国驻南使馆被炸等等。李容焕君关注这一类重大历史题材，表明了诗人政治上的热情和成熟，是诗人受党的教育和部队锻炼形成的政治立场、眼光的基因与艺术激情撞击的火花。在最近几年，某些论者过分强调远离生活远离政治突出个人心灵内省的时候，李容焕君诗歌的这种政治热情，应该为我们所特别看重。我们应该理直气壮地宣称，新世纪的新生活应该有大气磅礴能驾驭重大题材的颂歌和史诗。我们不反对诗的小花小草，但我们应该用充沛的激情去浇灌新时期表现人民劳动和情感的诗的大树。从这个观点和认识出发，我很看重李容焕君诗集的《大雁塔·大慈恩寺》——它抒写了历史的丰厚；《井冈山诗笺》——是庄严的历史教科书，又是革命英雄主义的颂歌。

　　第二，李容焕君的一些诗，有军旅诗乐观豪放、平白晓畅、能歌能唱的特色。李容焕君在部队文艺宣传队搞过曲艺创作，具有很高的独唱水平。他经常下部队巡回演出。不知道是天生的个性还是后天部队生活所养成，李容焕君身上充满着豪爽、乐观、向上的特质——这是军人所具有而文人较缺少的性格。这种性格反映在他的笔下，就使他的诗常常显露出通透晓畅、易懂易记的大众化特色。这是他的作品的长处，但有时也会成为缺陷。因为它在增添了诗的清纯和显得毫无杂质的同时，也常因过于透明而变得太露，不够含蓄。这种复杂的美学欣赏原理，需要诗人细细去品味，恰到好处地去把握。

第三，李容焕君的诗大都写得比较干脆精短，篇幅精短句子也精短，这与其受唐宋诗词的影响及军人的性格也是一脉相承。他的一些经过精心提炼的诗，是从语言的矿石经艺术淬火提炼的金子。如《夜访桃村》这首五言诗，有唐乐府韵味，字句工整，通篇押韵，锤字炼句，处处珠玑。

三

秋夜灯下，我读着李容焕君的诗，仿佛登上他用心血和汗水建造的一座诗的帆船，跟着诗人去航行，去探索诗人的心路历程和艺术航迹。

此时我感慨良多。李容焕君这本诗集的书名不仅具有象征意味，而且为我们解读诗人的情感和内心世界提供了一把钥匙。诗人升起的诗帆，是他人生的帆，情感的帆。前进、颠簸、沉浮、起落……寂寞奋斗、晕船、搁浅……思考、疑问、喜悦、向往……所有的人生甘苦和艺术况味，都可以到诗中去寻找——像孩提时到海边寻找珠贝那样。

四

得到过古诗词的滋养，建构在真挚情感上的李容焕君的诗，看似信手拈来，但内中许多佳作艺术手法相当圆熟。请读他那一首《春光曲》——

春光是冰雪融化时的一声脆响
春光是柳树新枝上的一抹新绿
春光是奶奶手镯上七彩的炫耀

春光是孩子们装进压岁钱的新衣

开头短短四句，即将我们引领到大自然的春色里，见到新鲜动人的景象：冰雪融化的声响，春柳枝头的绿色，奶奶手镯的闪光，刚装过压岁钱的孩子的新衣裳……像电影镜头般不断闪出的形象美，跳跃感强，排比句铿锵有力——

　　春光闪动在春联贴墙的一刻
　　春光跃动在少女怀春的一瞬
　　春光由雏燕从冬的尽头衔来
　　春光由牛犊从耕耘的脚下走来

接下来这四句，承接前面，意象更快地跳跃。前两句写人的活动，后两句写大自然变化的动景，一句一个画面，一句一个形象，让你目不暇接，纷繁，明丽。

　　春光由春笋从泥土深处凸出来
　　春光由春妹子从浣衣河里蹦出来
　　春光担在阿爸送肥下田的粪筐中
　　春光握在阿哥播撒种子的手心里
　　春光藏在阿妹上学路中的书包内
　　春光贴在打工族上班的脸颊上
　　春光挂在新战士训练的刺刀尖
　　春光跳上了诗人意境的琴键……

到了最后，诗人有意地将体现春光的景和物逐步游移，最终全部聚集在人的活动上，从而使作品的主题得到质的升华。像以上这类上乘之作，在李容焕君的诗集中还有很多，如写《母爱》，写《台风》，写故乡的《月半弯》，写印度的《印度掠影》。还有写《瞻列宁遗容》的结束句，诗人用"然而，你睡着了／你永远地睡着了"的重复句子，深沉地暗喻社会主义的历史天空"有乌云和暴雨狂风"。举凡这类诗，无不体现了诗人观察事物的深邃眼光，形象提炼和运用的新意，加上联想、诘问、拟人等手法的穿插妙用，才真正酿出了香醇有味的诗酒。

五

李容焕君处于写作的盛年。他的诗歌创作也刚刚走进花期。只要他能保持对文学的如此酷爱和恒心，并进一步扩大阅读范围，将借鉴古诗词经典与吸收当代中外新诗营养结合起来，这位豪放乐观的诗人，就一定能登上新的台阶。

我期待和深信着。因为他是孙中山故乡养育的诗人。

2004年1月于广州

南飞雏雁发新声

——蒋勤国作品集《惠州侧影》序

　　惠州新闻界的一位老朋友向我推荐蒋勤国，说小蒋是从北方调进惠州市工作的一位很有才华的年轻人，最近将出版一本作品集，作者很希望我能给他的书写序。

　　由此，我有幸先读了蒋勤国的这部作品，并在电话中与他做了几次交谈。慢慢地，一个在人生路上奋发进取的记者和作家的形象，在我脑子中变得清晰起来。他就像一只南飞的雏雁，在大亚湾畔的惠州唱出了一曲曲新声。

　　蒋勤国的创作道路，大约可以概括为"三个七年"：

　　第一个七年，是他的学生时代。其中，80年代初在中国人民大学度过的大学生活，也许是他人生中极重要的开篇："那是一段充满激情、梦幻、向往、理想的难忘岁月，它开阔了我青春的视野，培养了我热情的性格，形成了我开放的思维，在我的人生中留下了深深的年轮。"名校的学术氛围和自己的勤奋，使他很早就进入了文艺的殿堂并写作了一批文艺评论作品。

　　第二个七年，是他大学毕业后在山西省社会科学院从事文艺评论和美学研究工作的七年。这一段时间，他的事业收获是颇为丰硕的：他在省级及国家级报刊上发表了40多万字的学术论文，受到一批文学大师的好评，完成了数十万字的《何其芳评传》《冯至评传》，并即将完成《李健吾评传》等。不管这些著作在学术界的影响如何，但我觉得，蒋勤国这七年的学者生活，应该是无悔而又值得骄傲的，至少，对他人生的学识积累会有重大的影响。

　　第三个七年，是他北雁南飞来到惠州，从事新闻采编工作的七年。这是一个充满挑战的全新的领域。七年时光，他完成了观察社会的视角的转换，以一种崭新的笔触，蘸着辛勤的汗水，记录下惠州这些年来改革开放的变化。这第三个七年，蒋勤国进入了生活的新的层次。他暂时离开了学术研究的殿堂——带着些许的留恋和惋惜，但他却走进了一个波澜壮阔、五彩斑斓的改革开放的现实新天地。这个天地令他振奋，也让他感到作为一个时代的记录者——新闻记者的责任。这其中人生的收获和思想的磨砺，在他的《跋》中有深刻动人的表述。

沿着蒋勤国这"三个七年"的脚印，去细细品读他的作品，当可以看到，他的文路比较开阔，思维比较活跃。蒋勤国到惠州以后，记者的责任要求他关注瞬息万变的现实生活，写作发表了大量的新闻消息、通讯、大特写等稿件。同时，他也采写了许多人物专访和散文、书评、艺评等，其中有的获得了广东省和全国的副刊优秀作品奖。他笔下的人物，体现了他作为一位记者兼作家从现实中发现典型的敏锐眼光，并惯于从评论家的角度对人物的行为和事件做深入的挖掘，从而达到一定的思想深度。他记述步行全国的马鞍山日报记者胡水金事迹的《在路上》，文笔流畅，夹叙夹议，下笔从容。他没有将胡水金作为一位英雄去描写，也没有对胡水金步行全国的壮举去做什么华丽的渲染，他只是以一种平常的笔触和心态，向我们叙说着一个普通人的故事，他"不需要像有的步行者或者骑车走遍全国的人那样为行走找出一个意义来"，也不是为了"实现什么自我"或"证明自己"。作者写道——

> 不是么？俗人有太多的功利目标，要赚钱发财，要香车宝马，要升官当权……这个难于割舍，那个无法放弃，纠缠于欲望之海中苦不堪言。胡水金只须行走即可——简单多了，同时心灵上、精神上也轻畅、清爽了许多。不是么？常人有太多的羁绊，环境的制约、生活的压力、工作的重担，要承人鼻息，要看人眼色，要小心谨慎，要唯唯诺诺……

这段文字，作者通过对比和议论，阐发了自己对社会和人生的深刻见解，将胡水金行走的价值，升华到一种新的境界。

是改革开放的号声召唤了蒋勤国，是惠州这片热土吸引和拥抱了蒋勤国。蒋勤国仍然年轻，我寄望于他的第四个七年——那将是他人生走向成熟的收获的花季。

2000年春，广州

客家散文的希望

——《客都客家文学选粹·散文卷》序

甲午清明前二日，故乡梅州市作协主席青山君来电，聊《客都客家文学选粹》（5卷）的选编和出版情况，并提出希望我能为其中的《散文卷》写序。此事开初我感到略有惶惶。觉得自己离开故乡已有半个世纪，虽对故乡变化，特别是文化文艺方面的发展变化时有关注，但恐也是粗枝大叶，不甚了了的。青山君说，你是著作等身的作家、评论家，长期在省报主管文化文艺工作，身跨新闻、文艺两条线，思想敏锐，视野开阔。你来写很合适。感谢青山君的厚爱。看来，为家乡父老做一点事，为家乡文化出一点力，是自己的责任。三年前，我曾在一篇为故乡梅州60年治水撰写的报告文学中呼唤："梅江在我心上流！" 关注家乡文化发展，说说心里话，谈谈感想，向母亲汇报，能有半点客气推辞么？好，就权当一次学习机会吧。

我在电话中，首先对青山君和编委会编撰这套丛书表示祝贺。对梅州的文化建设来说，这是一次很有必要很有意义的梳理，也是30多年来对梅州创作成果的检阅。小说、散文、诗歌、杂文随笔、民间故事共5卷，涉猎面广，容量巨大，内容浩繁，作者众多。我对青山君说，你们在建构一个艰巨的文化工程，做改革开放以来客都文化积累的一件大事。我知道，故乡在我省仍属偏远落后的山区，不说别的，单说出版这5本书的经济压力就很大。从这点来说，这套书的面世着实不易，尤显珍贵。这些，被誉为"文化之乡"的历来读书风气很盛的客家后人，当然会永远记住的。

细读《散文卷》的作品，觉得选编的阵容大，作者壮观。内中既有我熟悉的老作家老作者，像罗滨、胡希张、古求能、黄莺谷、黄焕新、廖维康等，他们仍然活跃于文坛；又有许多新人新作者，像集子中的陈东霞、朱红娜、陈柳金、李杏、陈德贤等，也已经成长起来。加上一批中年成熟的中坚如罗青山、陈冠强、朱伟杰、彭汉如等，显示了客都的客家文学后继有人十分兴旺的景象。这些篇章，不论状写重大见闻，还是写日常生活小事；不论是怀旧叙事，还是写景抒情，都感情真挚，观察细腻，表现出很强的文字表现能力。像胡希张的《喵喵》，通过作家的慧眼，逼真而又细致地洞察自己家中猫猫的生活，洞察它的心灵。既写它的人性，又深入地写出它与人性的区别——处于人性和动物性之间的"这一个"："与人比起来，七情自然是很不发达的：有喜无骄，有怒无仇，有哀无忧，有爱无妒，有恶无鄙。"还写了猫猫的眼神、笑意，写它与人相同相近及其不同的细微差别，从而体现出一个作家观察事物的眼光和驾驭文字的能力。同样，他的《昙花思絮》也有异曲同工之妙：通过细腻的观察和高远的联想，娓娓道来，写出了"昙花一现"的难能可贵。既为昙花正名，又使文章充满了科学玄机，充满知识性和可读性，且带有很强的思想哲理。

本卷选编的那些表现浓郁客家特色的作品，深深吸引了我。内中表现的客家民系多彩独特的生活，可亲可爱的风情，都深深打动了我。彭汉如的《洗汤》、陈法贤的《安流圩日》等，写实能力强，场景独特壮观，读来别有一番情趣。记得12年前（2002）冬，笔者第一次到温泉之乡丰顺县，听县委宣传部的作者彭汉如介绍，在该县县城汤坑镇，有一个公共温泉，不花钱，不买票，也不知从什么年代起，形成惯例，任由百姓官员免费沐浴，十分热闹，当地人劳动之余纷纷前来"洗汤"。笔者听了觉得十分新奇，感到这是一个散文的好题材，当即约汉如写稿。日落时分，华灯初上，那兴致勃勃前来洗汤的人们——本地的，外地的，打工仔和官员，都一样平等，脱了衣服，毫无牵挂，在热气腾腾的氛围中议论国内外大事，一天见闻，市场菜价、奖金数额……这是山城的一幅风情画，是时代的一首诗，深刻地体现了人性的本真和生活的自然本色（发表于《南方日报》副刊后评价颇高）。今日重读，仍觉十分亲切。

《梅州与梅花》（陈柳金）、《客家娘酒》（李杏）、《梅城女人》（黄莺谷）等，这些篇章，通过深富客家特色的文化展示和性格场景的深入开掘，充分体现了客家人（特别是客家妇女）的可贵品质。你看，那客家女人酿酒的趣事，同客家女人的劳动相交融。客家娘酒，成了客家女人的化身，客家母亲的化身。她们以自身天生的聪明和勤劳酿出劳动和心血的蜜。酿酒的过程，是客家女人成熟的过程。作者通过隐喻和描写，将客家女人与客家娘酒融为一体了。《客舟听雨》（陈柳金）也一样，作者在300公里外的"石屎森林"般的城里，通过清明雨的联想，引出对故乡雨景的思念。处于转型期的正急速行进在城市化进程中的故乡，多么叫人留恋！这种淡淡的乡愁，是多么率真和可爱。我想，地处偏远山区的客家式田园牧歌，蜿蜒的满眼翠绿的竹林，静静的带着防范心理的围龙屋……都随着现代文明的到来和传统文化的消失而弥显珍贵。这一类美文都讲究意境的营造，讲究联想，讲究文采，讲究形象的跳跃。看似平凡的情景和乡村小事，在作家们的笔下，升华引出感人的画面，有的带有强烈的思辨色彩。

散文创作，主要看作家的文字驾驭能力和作品的思想深度。描摹生活的能力强，善于从中引出自由高远的联想；围绕一个话题，天南地北地信手抓来，自由运笔，讲求形散而神不散，主题开掘深，这是写好散文的起码条件。以陈东霞为代表的一批新人，应该引起我们的注意。他们大多经过长期的写作锻炼，起点较高，对文字有较强的驾驭能力，举重若轻，娓娓道来，轻松描摹叙说，善于通过日常平凡真实的生活，去描画客家人文风情。他们是客家散文的希望。

翻阅全书，感到作为一个地区30年的选本，内中有的篇章还略显零碎，有的还开掘得不够深。有的作者选题还比较随意，落笔也较随便，缺乏反复思考。因而有的作品流于表面，还缺乏新意，缺乏深刻的思想。

提高，靠自己的刻苦努力。作家协会可以做的事就是加强扶持引导（包括创作条件方面的扶持，创作题材的研究、提示和引导）。要引导他们从关注身边小事，从注意零碎题材到多关注客家人文的新题材、大题材（题材本无大小之分——关键是开掘的深度）。比如，抒写、反思客家迁徙和客家民系族群人文思考的大构架散文，也许可以作为我们关注的一个重点。又比如，客都名人众多，如林风眠、张弼士、李惠堂等，都可以随着时代的发展，用新思维、新眼光，在他们身上挖掘出许多富有新意的好散文。记得十几年前，我就曾约请梅州的作者写《林风眠为什么不回故乡》（我始终觉得，这是一篇好散文一个好题目）。这就要求我们的作者要多读多思——多读名篇经典，多了解民俗历史，多思多想表现对象的生活。既看见眼前的，又联想到隐含在其历史背后的关联；对生活不要匆忙动笔，要反复咀嚼和反刍。选题的严肃思考，观察事物的深邃眼光，是一个散文作家成熟的标志。

总之，我们有理由希望，在21世纪的客都梅州，能出现抒写客家人文精神又深富生活情味的散文大家!

　　我们拭目以待!

　　　　　　　　　　　　　　2014年4月20日于广州

祝福你，潮汕!

——报告文学集《港城纪事》序

祝福你，潮汕!

当波音飞机冲破云层朝着太阳东飞的时候，我的内心深处翻腾起阵阵波涛，同时也升起这一诚挚的祝福。十几年来，由于编务缠身，虽然只有过两次潮汕之行，但这块镶嵌在韩江出海口的翡翠，却给我留下了极为深刻的印象。你看，机翼下一望无垠蓝得深沉的大海，阳光下绿绸般闪烁如锦如绣的田畴，粉壁白墙如岛如屿的村庄，腰缠水布勤劳耕作的汉子，以抽纱倾倒世界的姑娘，还有令人如醉如痴的潮菜，都显得那么秀美温柔，可亲可爱。

潮汕的土地是妩媚的。潮汕人民历来给人以勤劳能干的印象。被社会学家昵称为"中国的犹太人"的潮汕人，不但将韩江三角洲耕耘得如此秀美，还将他们的智慧辐射到国内各地，以及世界许多国家和地区。潮汕的移民效应可以说是世界上居民迁徙的最成功的效应之一。

当然，潮汕土地的妩媚如若不提城市，那也将会变得黯然失色的。粤东重地汕头、历史古城潮州、人口稠密的潮阳、手工业异常发达的揭阳，等等，都是点缀在这块翡翠上的珍珠。特别是改革开放以来，汕头成了我国沿海开放城市及中国4个特区的所在地之一，这可以说是解放后40年来，潮汕经济发展和面貌变化的一个最大的转机。等待了多少年今日终于赶上了这个时代的潮汕儿女，当然会为此觉得格外珍惜、振奋和自豪。

感谢汕头地区的几十位作者，他们以自己的饱蘸感情的笔，为我们描绘了一幅幅汕头地区城市经济生活中的五彩画图。这些画图从各个不同的侧面，组成了这册《港城纪事》的丰满画面。只要我们稍稍翻读一下目录，就可以看出编撰者的匠心和考虑的周全。从题材上来看，这些篇章充分展示了潮汕城市机体的特色和活力的各个方面，如对医药、食品、塑料、超声印刷、静电植绒、钟表、建筑、市场以及新兴的城市保险等，都有详细动人的描绘。从地域上来看，在兼顾各县市的同时，又突出了中心城市汕头和古城潮州。对这两座大城的描绘是浓墨重彩的。

这些篇章的作者注重展示潮汕的建设成果，特别是改革开放以来的成果。如《走出三角洲》《蔚蓝色的开拓》《塑料五彩世界》《飞起广厦千万间》和《击鼓踏歌成夜市》等，都可以说是改革开放的潮汕和潮汕人新谱写的一曲曲感人的颂歌。读着这些篇章，我们可以感受到强烈的时代气息，谛听到潮汕城市前进的声音。《古城新姿》则着重从纵的方面，记述了潮州千年来历史和文化发展的轨迹和脉络，是对一个城市历史的纵深开掘。

从艺术方面看，收进这本集子的各个篇章的水平虽然略有参差，但内中有一部分确乎达到了较高的质量。《蔚蓝色的开拓》的作者在构思中，紧紧抓住海洋音像总公司的名字与海的深切寓意，将总经理李国俊的胸怀、个性和对事业的开拓精神，与波澜壮阔的大海紧紧地交织在一起，使海的性格与改革者的性格融合为一，从而为主人公的活动创造出一种诗意般的境界。《城市里的村庄》也是一篇较有深度的作品。在城市的发展中，失去了土地的汕头市郊金砂乡的农民，抛弃了中国农民数千年来陈旧的恋土意识，在改革的大海中将航船勇敢地驶向发展商品经济的新岸。乡支书李德炮和他的伙伴们，在离开土地后的拼搏中，得到的显然比失去的更多。从整体水平来看，这本集子中的许多作者对驾驭报告文学这种文体，仍显得力不从心。有一些作品缺乏艺术的提炼。这些方面的问题，也许可以在将来有机会再版时加以改进。

《港城纪事》是潮汕人民献给中华人民共和国成立40周年的礼物。通过这部书，人们不仅可以看到作者为我们展示了什么，描绘了什么，更重要的是可以从中看到，这是潮汕人文大厦的一座新的巨大建构，是潮汕在改革进程中的精神文化的一朵奇葩——它是粤东入海口古代文明的积淀和当代儿女用汗水浇灌出来的。

城市是人类文明的产物。城市也用自己温馨的爱养育了人类，推动了人类现代文明的进程。我期望潮汕城市的经济建设有更大的繁荣和发展，期望在今后能听到潮汕城市儿女更清脆响亮的新歌！

祝福你，潮汕！

1989年4月2日于广州

（注："潮汕风采文丛"第一卷——《港城纪事》，广东旅游出版社1989年9月出版。）

争鸣篇

《梦浴》给人们提供了什么？

党的十一届三中全会以来，广东文学界的创作是非常繁荣的。就以中篇小说的创作而论，即出现了许多富有南国特色，思想内容和艺术成就都属上乘的新作。一批中年作家创作力旺盛，他们写出了许多富有时代生活气息和较深刻的艺术魅力的作品。但我们也要冷静地看到，我们广东的文学园地里，并不全是繁花芳草，偶尔也会从这边或那边的墙角冒出一朵怪花异草。中篇小说《梦浴》（《广州文艺》1983年第10期）就是一例。

《梦浴》是一部什么样的作品？它在长达四万字的篇幅中，给读者提供了些什么？

作者一开始就给自己的小说加上这么一个副标题："献给思索幸福的家庭"。顾名思义，这是一篇探讨家庭幸福观的小说。从作品的结局来看，作者原来的主观本意大概也是想告诉人们应该怎样对待爱情，应该怎样去处理和调节夫妻关系，以使你的家庭得到美满和幸福。但是，一部作品的客观效果并不仅仅是看作家自身的宣言或主观意图，最要紧的是看作家所创造的形象本身。不论作家自身怎么解释，作品中的形象总要按照他自己所处的环境，在一定的矛盾和人物关系中去显露他独特的思想个性，从而体现作家的审美评判。《梦浴》也只能是这样。

我们先来看看作品中着墨最多的女主人公杜秋思这个人物。她是市中等文艺专科学校的毕业生。八年前，她还在读书的时候，跟南市区文化馆的何老师学绘画，而被何老师强奸了。她在绝望的徘徊中想寻短见，在江边被一直追求和跟踪着她的同学邹雄救了。毕业后，一方面是邹雄的追求，另一方面也出于还人"救命之债"的思想，她和邹雄结了婚。八年过去了，她从美术学院的助教提拔为讲师，而她的丈夫邹雄却放弃了艺术事业而变成了一个剧团的职业司机。杜秋思对邹雄的职业不满，一直在感情上和他冷漠不合，而追求一种婚外的所谓"真正的爱情"生活。她外遇的第一个男人是在艺术上颇有名气的方令信，但他原来是一个追逐名利和女人的品质极坏的双料骗子。这使杜秋思甚为失望。后来逐渐发展关系的第二个男子陶致远，是一个思想性格和感情均较为复杂的人。他是致力于美术理论研究的科技出版社的编辑。据他自己介绍，他对他自己的妻子"一开始是有爱情的"，"因为时代前进了，审美流也正在发展……所以我对她也产生了审美疲劳"，只是"背着良心的债"而不忍心抛弃她。而了解了这一点的杜秋思就越发疯狂地追求陶致远。这部小说，就是这样围绕着女主人公杜秋思追求婚外的爱情生活同上面几个男性之间微妙的感情瓜葛，展开她的心理波澜和矛盾，最后通过她一次梦见情人陶致远一家因为她的插足，而弄得家破人亡，这一预示的悲惨结局终于促其猛醒回头，重新回到自己丈夫的怀抱。作者编织这一故事，是企求告诉人们，追求婚外的爱情生活不会得到幸福，而且是一条危险的害人害己之途！但是，作者的这一创作题旨却未能达到预期的效果，所塑造的杜秋思这一人物形象十分令人失望！

本来，生活中确实也有像杜秋思这样的人。我们的作家完全可以去描写她们，解剖她们，将她们搬进文学的画廊。问题是，站在什么角度和用什么态度（指导思想）去写她？按照社会主义文艺担负的培养人民的共产主义思想和高尚的情操的任务，我们的作家必须站在社会主义道德的立场上，对杜秋思追求婚外爱情的资产阶级思想和不道德行为进行严肃的批评和道德良心上的鞭挞。而现在的问题是，作者站在一种怜悯、同情的位置上，对杜秋思追求婚外爱情的思想行为做了展览式的描写和放纵情感的宣泄。作者通过女主人公杜秋思的言行，宣扬"爱就是一切"的资产阶级爱情至上观。作者赋予女主人公一系列冠冕堂皇的"爱"的宣言：什么弗洛伊德学说，"追求爱情是人的权力""爱比历史更真实"，等等。为此，她因"另有爱人"不感羞耻而骄傲忘情；她对幸福的理解就是"你吸引我，我吸引你，精神互相共鸣"；甚至在梦里也呢喃着"爱有多好！"，仿佛一句梦呓，"郁积了一年多的情结终于获得宣泄"。她的"感情饥饿"淋漓尽致地表现在她对陶致远的追逐中。作者对她那放荡言行的描叙让正派人读了，确实感到羞容！

为了使杜秋思这种放纵感情的做法能得到读者的同情，作者着意地多次在文内写了她如何地跟丈夫邹雄"生活不幸福"。好像这样一来，秋思追求婚外爱情的做法，就变得合理了！事实上，从小说所阐述的理由可以看到，秋思觉得跟邹雄"生活不幸福"，一是她主要是从报恩的角度与邹雄结合，感情基础可能不坚实；二是对丈夫当司机的职业不喜欢，同她本人的"艺术至上"的思想不吻合。如果这个分析合乎实际的话，像秋思这样既不与丈夫离婚又背着丈夫疯狂地追求婚外爱情的做法，也是读者所不能接受的，因为它同社会主义精神文明相悖！作者根本不应赋予她什么怜悯与同情，而应该对她进行法律和道德的谴责！但是，这篇小说却相反，作者笔下的杜秋思这个人物，尽管生活在当今的社会主义现实中，却丝毫看不见道德对她的约束，也看不见法律对她的约束。看到的，是她在家庭生活中的忧郁、冷漠、孤独、闷闷不乐，是对婚外爱情的热烈、放荡的追求。诚然，作品最后设计了一场主人公的噩梦，促其"猛醒回头"，提出一条"光明的尾巴"，但这个尾巴同整部小说对秋思追求婚外爱情的描写相比，显得是那样软弱无力，丝毫不能改变作品的基调。

　　在分析杜秋思这个人物及她与周围人物的关系的时候，我想起了马克思说的这样一段话："人的本质并不是单个人所固有的抽象物，实际上，它是一切社会关系的总和。"在当今的社会上，资产阶级学者和一些带有"爱情至上"的资产阶级爱情观点的人，总是忽视爱情婚姻的社会责任，而过分强调人的"心理""意志""欲望""文化"以及"地域门庭"等因素，以此来解释婚姻家庭关系，这是片面的唯心主义的观点。按照马克思主义的观点，爱情、婚姻、家庭，都属于上层建筑的范畴，受社会属性的制约，包含着复杂的社会内容。它并不是像《梦浴》所描写和阐发的那样，只单纯是感情关系，或者说是感情关系决定了一切。现实世界的家庭并不那么简单。正确的观点是，家庭中既包括物质的社会关系，又包括思想的社会关系。就物质的社会关系而论，社会经济基础的生产关系，必然要在家庭经济关系中表现出来，社会物质生活条件中的各种因素，对家庭起着不同程度的制约和影响。另一方面，就家庭中的思想关系而论，除了像《梦浴》中描写的那种感情的关系之外，还有伦理道德的关系、法律的关系、政治的关系等。而《梦浴》的作者在处理主人公秋思和她的丈夫以及外遇的男人的关系上，只是重视了感情这一点而忽略了后面的所有点。作者将女主人公与丈夫在感情关系这一点上极度膨胀，而将法律、伦理道德这些制约夫妻关系的重要条件丢到了脑后，这样，作者就必然在片面的唯心主义世界观的指导下，去描写主人公放荡的婚外爱情生活，通篇充斥着"爱情至上""感情饥饿""孤独""忧郁""空虚"的字眼，这都不显得奇怪的了。作者描写杜秋思追求一种超脱一切的"爱"的神魂、意象和丑态，实属近年来的文学作品中所少见。而对女主人公"感情饥饿"（有读者将其译成"性饥饿"）的描写，在我国旧社会那些资产阶级文人笔下则司空见惯。他们是从自己的资产阶级审美情趣出发，去观察社会和人生，并以那些低级庸俗的东西来招徕思想感情不健康的读者。到了80年代的今天，仍有人拿出这样的作品，不是颇发人深省的么？！

《梦浴》这篇小说，除了宣扬了杜秋思的"爱情至上"的思想外，还通过方今信、陶致远之口，运用兜售哲学概念等形式，宣扬了资产阶级的利己主义的生活态度和幸福观。比如，方今信的"只讲求此时此地此刻的'三此主义'"；陶致远的"本我说"与"超我说"，对妻子的"审美疲劳"，"人性常求新"；等等。另外，小说所表现的杜秋思等人的艺术观也是属于资产阶级的：她所重视的绘画艺术，只不过是用来写照和表现自我。小说中反复提到的她画的《相思》，"画面飘溢着一团朦胧的爱的意绪，像梦幻飘忽不定，有执着的追求，有落空的哀怨，有超脱的向往，互相交织，形成一种热烈、洒脱与沉郁相混的调子"。她崇尚的是象征主义和表现主义。她公开宣称："艺术都是白日梦。现实得不到的，在梦里编织……"总之，占据着她的心灵世界的除了资产阶级的爱情哲学之外，还有脱离现实，只强调表现自我的灰色、阴暗的心灵世界的西方艺术观点。

粉碎"四人帮"以来，有一些青年作者对马列主义的基本原理的学习、钻研不感兴趣，而对西方的一些资产阶级哲学思想和文艺主张则盲目崇拜，甚至一一照搬。这是一种危险的倾向。透过《梦浴》的字里行间，我们也可以窥见这种倾向。这是值得我们引以为戒的。

1983年11月于广州

（注：本文原载《当代文坛报》1983年12期。）

宣扬"人性"与道德对抗的畸形作品

——评小说《梦浴》和《听我说，听我说，没有桃源》

　　像奔腾的大江总会夹带泥沙，近几年的文学创作领域中，在出现一大批质量上乘的佳作的同时，也出现了一些思想内容有明显错误、艺术质量粗糙低劣的作品。描写婚姻与爱情离异，"人性"与道德对抗的畸形荒诞的爱情故事，在一些文艺刊物上接踵出现，就是一例。这类作品，大都打着探索人的心灵的旗帜，贴着追求"真正的爱情"的标签，实际上宣扬资产阶级"爱情至上"的思想和腐朽没落的资产阶级婚姻道德观念，以此公开向社会主义的爱情道德挑战，对读者特别是一些青年读者造成不良的影响。《广州文艺》今年第五期发表的小说《听我说，听我说，没有桃源》（以下简称《桃源》）和第十期的《梦浴》，就是其中的两篇。

　　《桃源》写一个未婚姑娘细草，与一位有妇之夫黄寒林相约到海边玩乐，寻找"世外桃源"的风流韵事，细致地写了黄寒林在细草的情欲诱惑面前的复杂心理，三天在海边忧心忡忡如同踩着钢丝一样的生活，使这一对男女"认识"到没有世外"桃源"，终于惋惜地分手……

　　《梦浴》的情节稍比《桃源》曲折。它写一个有夫之妇杜秋思追求婚外的爱情生活。她读书时被何老师奸污，正要投河自尽，却被一直追求她的同班同学邹雄救出。毕业后，她抱着一种报恩的思想嫁给了邹雄。她在美术学院当了讲师，而邹雄却因为种种原因而成为一个剧团的汽车司机。她因此而对丈夫不满，心情忧郁，时刻都感到一种"感情饥饿"。她爱上一个轻薄浮浅，思想品德和业务均表现不好的"双料骗子"，发现受骗后又拼命追求有妇之夫陶致远。当她在婚外之爱的路上越走越远时，最后在一场忧郁的梦中"良心发现"……

　　这两篇小说有许多相似之处，两位作者都给自己的作品安上了一条"光明的尾巴"，即主人公的认识觉醒。但是，我们评价一部作品，不是看它贴的标签，而是要看作品给我们提供了一些怎样的整体艺术形象，它们的认识价值如何，作家对它们又采取了怎样的审美评判。

让我们先来看看《桃源》中的女主人公细草。作品没有更多地给我们提供关于她的身份、思想言行等方面的社会历史背景，但从作者描绘的她那充满性欲和诱惑的要求来看，她完全是一个"性解放"的狂热寻求者。她对待爱情的态度极不严肃。只是在刊物上看了黄寒林一篇谈美学的文章，就一再给他写信，先是卖弄弗洛伊德潜意识理论，继而"申请见他"，到后来策划去海边"桃源"一番，前后"统共只不过是三个月"。而且，她早就知道寒林已经有了妻室。她对爱的认识是"随便玩玩"。她觉得，追求一个有妇之夫"又惊险，又愉快"。总之，她寻求的是一种动物本能般的刺激。细草不道德的感情狂热集中地表现在她与黄寒林在海边的几天相处上。她特地弄来一张假的"夫妻"证明，想同寒林一起住单间。当这一目的没有达到时，她仍毫不死心地一次次用感情的挑逗向他进攻……

细草的所作所为，与我们社会主义的爱情观与道德规范是不相容的。《桃源》的作者不但没有对细草丑陋的心灵世界进行道德上的批评和鞭挞，而且还抱着一种玩赏的态度，对她的越轨行为做一种旁观式的细致描绘，甚至将她的一系列违背社会主义爱情道德的言行，归结为"年轻的狂热"与"单纯的浮浅"，根本未能认识和触及藏在她心灵深处的肮脏的资产阶级思想根源。小说结束前，作者安排了细草对黄寒林发表的关于爱情和婚姻看法的一段话。细草认为：第一，"男人在四十岁左右，普遍有更新生活的愿望"；第二，"婚姻的构成靠爱情，而婚姻的持续基本是靠着惯性"；第三，当今社会上的"大部分家庭都是维持会"。这些论点，是细草为所欲为地寻求"性解放"和狂热地追求寒林的理论依据。耐人寻味的是，作者通过细草表述的这些观点，同当今西方资产阶级学者对西方社会日益增多的家庭解体和爱情离异的解释十分相似。文学常识告诉我们，文学作品中的人物形象不能等同于作者自身，但作品中人物的言行有时确实可以反照出作者的思想。从细草的这一段婚姻爱情观的表白，人们完全可以从中窥见作者创作这篇小说的动机及其审美追求。

《桃源》发表后，有的评论文章认为它"是一篇既新鲜又令人受感动和教育的作品"。这种评价是不正确的。不错，《桃源》写了男主人公黄寒林内心世界中的感情与道德的矛盾，写了黄寒林所谓用道德力量抑制了情欲的冲动，但应指出，这是一种极大的虚伪，是作者为主人公抹上的薄薄一层光亮的油彩。对于黄寒林这样的有妇之夫来说，不管他是带着一种怎样的矛盾心理，带着一种怎样的"冷静"和"成熟"与细草接触，当他一旦卷进细草的情网的勾缠，他也就将自己放到了"道德法庭"的被告席上。事实上，自从他认识了细草以后，他就给自己的家庭和事业带来了不幸：妻子的脾气越来越坏；专著一拖再拖，不能按期完成，致使出版部门被罚款。他与细草的暧昧关系反映出他的心灵也是醴醴的。他的这种感情"克制""冷静"等，怎能作为思想的"成熟"来歌颂？又怎能作为"道德的胜利"来赞美？相反，他完全应该受到道德的谴责！

在这一点上，《梦浴》似乎比《桃源》走得更远。《梦浴》的作者用了数万言的篇幅，细腻地描写了女主人公如何如疯如痴地追求婚外的爱情生活，写她如何为填补这种"饥饿"而热衷于去挑逗有妻室的男人。作品给我们描写的秋思的神态、心态以至她全部的生活内容，都是充斥着"忧郁""孤独""空虚""不满足"，就连在梦呓中也念念不忘所谓"真正的爱"。小说中反复出现的她画的题名为《相思》的画，用陶致远这个美术学院毕业的专门研究绘画美学的人的评价来说，就是"画面飘溢着一团朦胧的爱的意绪……有执着的追求，有落空的哀怨，有超脱的向往，互相交织，形成一种热烈、洒脱与沉郁相混的调子……"，总之，杜秋思是一个追求"爱就是一切"的资产阶级爱情至上主义者。她追求婚外爱情生活的做法不应受到同情和褒扬。但是，作者却对主人公杜秋思抱着一种怜悯和同情的态度，动情地描写了她的所谓"心灵空虚"和"感情追求"。致使许多人读完这部小说之后，可能产生这样一种印象：杜秋思追求婚外爱情的做法，虽然危险，却也情有可原。由此可见，作者描写人物的立足点是完全站歪了。至于小说安排的秋思猛醒回头的光明结局，那只是一条人为地贴上去的，然而是无力的搪塞读者的标签。

《梦浴》的副标题是"献给思索幸福的家庭"。看来，探讨如何去处理夫妻关系，怎样的家庭才能得到幸福，是这篇小说的出发点。这种探讨是应当允许的，但是，由于作者缺乏正确的指导思想，结果走入迷途。按照马克思主义的观点，家庭是社会的细胞。夫妻关系以及家庭成员间的关系，是社会关系的特殊形式，包含有复杂的社会内容。家庭关系中既包括物质的社会关系，又包括思想的社会关系。就物质的社会关系而言，社会物质生活条件中的各种因素，对家庭起着不同程度的制约和影响。而家庭中的思想关系，不但包括像《梦浴》中提出的感情的方面，而且还包括伦理道德以及政治法律等方面。就是说，夫妻之间不仅仅是感情的和谐与融洽，而且还负担有社会道德以至法律的责任。在这一点上，资产阶级学者总是忽视婚姻家庭的社会责任，过分强调人的"心理""意志""欲望""文化"等。近年来，在我们的文学创作领域中，有的人受西方资产阶级思想的影响，热衷于去表现和宣扬人的自然属性而忽略人的社会属性这一文学主题，将人的自然属性与社会属性分离，以至对立。这是创作上的一种背离社会主义的倾向。《梦浴》在探讨家庭幸福和夫妻关系这一问题上，就是将属于思想关系中的感情因素无限膨胀；作品的效果，使人觉得伦理、道德、法律等仿佛成了妨碍"真正的爱情"的因素。

《桃源》和《梦浴》中的几个人物在不同场合多次提到所谓"弗洛伊德主义"。这不是巧合，而是说明这两篇小说的作者对这位奥地利的精神病医师、临床心理学家有颇浓的兴趣。弗洛伊德是一位资产阶级心理学家。《桃源》发表后，有的批评文章已经注意到作者对人物心理的刻画和描写，完全是袭用了弗洛伊德心理学的公式。这里要再提出来的是，《梦浴》的一些构思和人物心态，也明显地可以看出有弗洛伊德1900年写的专论《释梦》的影子。这就恰好说明了这两位作者的思想局限。作家是人类灵魂的工程师，当然要了解和熟悉人物的心理，要研究心理学。但作家与心理学家毕竟不能等同。作家在研究人物心理的时候，其着眼点不能囿于心理学家的概念模式，而应注视同人物相关联的环境因素和广阔的社会生活背景。这是因为，作家在自己的作品中，不是为表现人物心理而写心理，而是为了深入地写出其思想和社会内涵。《桃源》和《梦浴》这两篇作品，对与人物密切相关的社会背景、时代氛围等的表现十分淡弱，有的根本就毫无表现，这样，人物的行为、心态往往难以使人相信；几个人物的心态言行，只是弗洛伊德心理公式的印证和填充，是在一种概念和模式下的编造，并不是从我们时代生活的深厚土层中开掘提炼出来的。

《梦浴》《桃源》在描写婚姻爱情题材所出现的问题，很自然地使人想到，马克思主义世界观和艺术观对指导一个作家的创作多么重要！经过十年内乱之后，一些作者，特别是青年作者，对马克思主义理论的学习大大地忽略了，同时又不加分析地接受了西方形形色色的思潮的影响，有的甚至将资产阶级唯心主义的认识论和艺术表现方法，全盘照搬进我们的文学创作中来，有的还将那些表现西方世界的颓废、没落，调子阴郁、低沉，或是放荡不羁的作品，当作蓝本去模仿。这都是不足取的。社会主义的文学创作无疑应当注意防止和纠正这些偏向。

1983年12月1日于广州

（注：本文原载《广州日报》1983年12月16日。）